Doris Bezler

# Schlaf still, mein Mädchen

Kriminalroman



Knaur Taschenbuch Verlag

**Besuchen Sie uns im Internet:**
**www.knaur.de**

Originalausgabe April 2010

Ein Unternehmen der Droemerschen Verlagsanstalt
Th. Knaur Nachf. GmbH & Co. KG, München.

Redaktion: Maria Hochsieder
Umschlaggestaltung: ZERO Werbeagentur, München
Umschlagabbildung: plainpicture / Design Pics
Satz: Adobe InDesign im Verlag
Druck und Bindung: CPI – Clausen & Bosse, Leck
Printed in Germany
ISBN 978-3-426-50209-9

2 4 5 3 1

# Schlaf still, mein Mädchen

Da war er wieder, dieser Schrei. Er echote in allen Winkeln ihrer Seele und erfüllte sie mit der Gewissheit, dass es kein Tier war, das da um sein Leben rang, kein Mann und keine Frau. Es war ein Kind! Es rief nach ihr! Dessen war sie sich plötzlich sicher, obwohl es keine Worte gab, die sie hätte erkennen können. Kind, wo bist du?, flüsterte sie mit heiserer Stimme und versuchte verzweifelt, die sie umgebende Dunkelheit mit den Augen zu durchdringen. Das kindliche Flehen, das aus allen Richtungen zu kommen schien, verebbte nur langsam und ließ sie wie gelähmt vor Angst zurück. Maren wollte die Hand ausstrecken nach diesem verlorenen Wesen, doch der Arm gehorchte ihr nicht. Auch die Beine ließen sich nicht bewegen. Sie waren kalt wie Eis. Langsam neigte sie den Kopf, um herauszufinden, was sie an der Bewegung hinderte. Von irgendwoher flimmerte ein unwirkliches Licht und tanzte funkelnd auf einer schwarzen Flüssigkeit, die ihre Knie umspülte. Was war das? Blut? Schaumiges, altes Blut? Nein, Wasser! Fauliges Schwarzwasser! Darin bewegte sich kaum merklich etwas Helles. Sie musste herausfinden, was es war. Jetzt erkannte sie einen leichten Baumwollstoff, den das Wasser blähte. Ganz langsam sank der Stoff nach unten. Maren versuchte verzweifelt, gegen ihre Erstarrung anzukämpfen und nach ihm zu greifen. Doch das Wasser hatte sich in dickwandiges Glas verwandelt. Mit äußerster Anstrengung verfolgte sie den Gegenstand mit ihren Augen, bis er in der undurchdringlichen Finsternis verschwunden war. Sie rang nach Luft. Etwas hatte sich über ihr Gesicht gelegt. Dumpf, feucht und schwer. Endlich gelang ihr eine befreiende Armbewegung. Wie ein Taucher, der in letzter Minute die rettende Wasseroberfläche erreicht, sog sie die kühle Nachtluft in ihre Lungen. Ihr Herzschlag hämmerte im Kopf wie nach einem kräftezehrenden Lauf und vermischte sich mit dem Nachhall der Traumgeräusche. Sie schob die Bettdecke vollständig zur Seite und spürte die angenehme Kühle auf der schweißnassen Haut. Jeder neue Atemzug holte sie weiter zurück in die Wirklichkeit und entfernte sie von ihrem nächtlichen Alp, der sie nun schon seit Wochen quälte. Was bedeutete dieser Schrei? Was verschwand da vor ihren Augen in der Finsternis?

Eine unerklärliche Angst um Julia ergriff sie und vertrieb ihr endgültig den Schlaf. Unsinn, versuchte Maren sich zu beruhigen. Julia ist sicher, sie liegt in ihrem Kinderzimmer und schläft. Erschöpft drehte sie sich auf die andere Seite und zog die Beine eng an den Körper. Sie wusste, der Traum würde wiederkommen.

Maren schaute auf die Glasfront zum Garten. Eins der Fenster war gekippt. Ein silbriger Schein fiel durch die Organzavorhänge und tauchte das Zimmer in ein gleichmäßiges, unwirkliches Licht. Vollmond, kein Wunder, dass ich schlecht träume. Wann hatte das eigentlich angefangen? Als sie noch mit Ehemann Rolf in Frankfurt gewohnt hatten, war das anders gewesen. Seit fast einem Jahr jedoch war Rolf nur noch Julias Vater, und sie und Julia lebten allein in diesem Haus am Rande eines Taunus-Dörfchens. Früher wurde ihr Schlaf höchstens von Julia gestört. Wenn die Kleine nachts im Elternschlafzimmer aufgetaucht war, musste Maren alle Geduld aufbringen, um sie sachte wieder in ihr Bett zu bugsieren.

Damals hatte Rolf gefordert: »Sorge dafür, dass Julia endlich in ihrem Bett schläft.« Maren hatte sich seinen Anweisungen widerspruchslos gefügt und all ihre Energie darauf verwendet, Julia eine gute Mutter zu sein. Sie brauchte keinen Beruf mehr, denn jeder Tag hatte sein volles Programm. »Taxi Mama« war ständig unterwegs: zum Kindergarten und Kinderturnen, zur musikalischen Früherziehung, zu Spielfreunden, zum Wasserpantschen im Palmengarten, Tigersuchen im Zoo oder Dinosauriergucken im Senckenberg. Sollte sie den Kindergeburtstag zu Hause organisieren oder lieber doch im Museum? Großstadtkinder aus besseren Kreisen hatten hohe Erwartungen. Maren fand das in Ordnung und hätte sich ein Leben außerhalb ihres Mütterbiotops der Extraklasse nicht mehr vorstellen können. Dass Rolf darin immer seltener vorkam, war Maren zunächst nicht aufgefallen. Rolf machte indessen Karriere bei einer Bank – schließlich musste die Eigentumswohnung finanziert werden – und arbeitete häufig bis spät in die Nacht. Dienstreisen und Konferenzen wechselten einander ab.

Maren begleitete Julias Entwicklung mit großer Freude und beobachtete voller Stolz, dass die Kleine in vielem ihren Altersgenossen voraus war. Früh hielt sie die Stifte mit dem richtigen Schreibgriff in der Hand und konnte schon ihren Namen gut lesbar schreiben, als die anderen sich noch mit Strichmännchen und Mondgesichtern abgaben. Maren förderte Julia, wo sie nur konnte, und begann darüber nachzudenken, wie sie Julia einen optimalen Start in der Schule ermöglichen konnte. Mehrmals hatte sie am Zaun der nahe gelegenen Grundschule gestanden, das Pausengeschehen beobachtet und verzweifelt über Alternativen für Julia nachgedacht. Schließlich war da auch noch der Schulweg mit den tausend Gefahren, die Maren sah.

Zu ihrer Überraschung hatte Rolf Marens Sorgen ernst genommen und schnell und zügig gehandelt, allerdings, wie es seine Art war, ohne es mit ihr zu besprechen. Eines Tages war er mit dem Kaufvertrag für ein Baugrundstück in einem kleinen Dorf im Hintertaunus nach Hause gekommen. »Hintertaunus? Ist das nicht etwas weit vom Schuss?«, fragten Freunde und Bekannte. Vor allem Marens Freundin Sybille hatte sich besorgt geäußert.

Im Frühsommer des vorletzten Jahres waren Rolf und Maren zusammen hingefahren. Der Ort strahlte beschauliche Ruhe aus. Im Hundert-Meter-Radius rund um den kopfsteingepflasterten Marktplatz gab es einen Metzger, Bäcker, Lebensmittelladen, eine Kirche und eine Grundschule. Ein Neubaugebiet befand sich etwa einen halben Kilometer außerhalb und war durch einen asphaltierten Feldweg mit dem Ort verbunden. ANLIEGER FREI. Andere Fahrzeuge mussten den Umweg über die Bundesstraße nehmen. Eine Handvoll Häuser stand schon. Ihr Baugrundstück lag zwischen einem Haus im Alpenlook mit gewaltigem Holzbalkon und einer tempelartigen Villa mit einem Garten im japanischen Stil. Maren und Rolf kannten einen jungen Architekten, der ihnen einen Entwurf zeichnete, einen Kubus: Parterre und erster Stock mit Galerie über dem großzügigen Wohn-Ess-Bereich. Riesige Fensterfronten. Dunkle Klinker. Flachdach. Edelstahlgeländer mit Glasfüllungen am Balkon und an den Treppen. Rolfs Mutter rümpfte sofort die Nase. »Da kann euch ja jeder auf den Frühstückstisch gucken.«
»Ist doch niemand da zum Gucken«, hatte Maren stolz geantwortet und ihren Blick über die umliegenden Streuobstwiesen bis hin zum Waldrand schweifen lassen. Eine Weite, an die sich mancher Städter erst gewöhnen musste. Maren

hatte die Landschaft jedoch als wohltuend empfunden. Sie erschien ihr friedlich, beschaulich und ohne Gefahren. Wenige Wochen nach dem Einzug in ihr neues Heim war dann Sybilles SMS gekommen: Willst Du wissen, mit wem Rolf seine Dienstreisen verbringt?

Maren lauschte dem sanften Brummen der Fahrzeuge, das von der Bundesstraße herüberwehte. Die Vorhänge blähten sich im Luftzug, und draußen im Garten strich der Wind knisternd durch das dürre Herbstlaub. Beruhigt registrierte sie die vertrauten Geräusche. Sie sog die erdige kühle Nachtluft ein, die von draußen hereinkam, schloss die Augen und versuchte, sich wieder in einen ruhigen Schlaf tragen zu lassen, als das deutlich vernehmbare Knacken eines trockenen Zweiges sie zusammenfahren ließ. Das zarte Schweben des Vorhangs wirkte plötzlich bedrohlich.

Er stand hinter einem Heckenrosenbusch auf dem Brachland, das sich an die bebauten Grundstücke anschloss und sich bis zum nahe gelegenen Waldrand erstreckte. Am Himmel stand hoch der Vollmond. Nicht weit entfernt streifte eine Rotte Wildschweine durch die Brache. Er hörte ihr Grunzen und das malmende Geräusch ihrer Kiefer. Die Sauen hatten überhandgenommen, doch er hatte sein Gewehr nicht dabei. Es wäre kein Problem gewesen, heute eine zu schießen. Der Förster hätte es nicht gemerkt, und es würde niemanden wundern, wenn hier in der Nacht ein Schuss hallte. Die Sauen wühlten überall den Boden auf. Weil das nicht sein durfte, mussten sie weg. So war das. Was nicht sein darf, muss weg. Diese Logik hatte ihn seit seiner Kindheit geprägt.
Vor ihm erhob sich dunkel die quadratische Silhouette des Wohnhauses. Hier schläft sie, dachte er. Er versuchte sich

vorzustellen, wie sie in ihrem Bett lag, mit zerwühlten blonden Haaren in einem dünnen weißen Nachthemdchen, das ihre rosige Haut umspannte: ein Engelskind. Engel gehörten nicht in diese Welt. Die Kleine sollte nicht hier sein, nicht in diesem Haus sein, nicht bei dieser Frau. Sie sollte bei ihm sein.

Maren starrte angespannt zum Fenster. Sie versuchte mit äußerster Konzentration, aus den Nachtgeräuschen jene herauszufiltern, die auf eine mögliche Gefahr hindeuteten. Waren es Einbrecher, würde man gleich hören, wie sie über den Zaun kletterten. Der war nicht sonderlich hoch. Warum hatte sie sich damals nicht gegen Rolf durchgesetzt und einen mannshohen Metallzaun gefordert? »Willst du in einem Käfig leben? Wer reinwill, kommt immer rein«, hatte Rolf lapidar geantwortet, und Maren war, wie so oft, mit ihrer Angst allein geblieben.
Sie lauschte angestrengt und meinte, den dumpfen Aufprall eines Körpers auf der Gartenerde und das Geräusch scharrender Füße auf dem Gehweg vor dem Haus zu hören. Waren da leise Stimmen, die sich zuflüsterten, wie sie weiter vorgehen sollten? Maren lag reglos da und versuchte, möglichst flach zu atmen, damit ihr kein Laut von draußen entging. Doch die Geräusche kamen plötzlich aus einer anderen Richtung. Es klang nach huschenden Schritten auf dem Teppich im Flur.

»Mama, Maaa-ma …!«
Ruckartig setzte Maren sich auf und blinzelte ins Licht, das plötzlich durch die weit geöffnete Schlafzimmertür hereinfiel. Ein Mädchen mit zerzaustem blonden Haar, das einen Stoffhasen auf dem Arm trug, stand in der Tür.

»Julia«, stöhnte Maren, »hast du mich aber erschreckt!«
»Darf ich in Papas Bett schlafen?«
»Ja.«

Er stand still, ganz still im Gewirr der dornigen Ranken. Niemand sollte je erfahren, dass er hier gewesen war. Ob er es wagen konnte, auch einmal bei Tag hier zu erscheinen? Das Haus war so nah und hatte so viel Glas. Er würde vieles sehen können. Plötzlich fuhr er erschreckt zusammen. Ein Teil des dunklen Riesenwürfels vor ihm war plötzlich hell erleuchtet. Kaum hatten sich seine Augen an das Licht gewöhnt, erstarrte er. Im verglasten Flurbereich des ersten Stockwerkes erschien sie wie die leibhaftige Erfüllung seines Traumes. Das Haus war zu einem riesigen Monitor geworden. Sie stand vor einer Tür und rieb sich ihre Wade mit den Zehen des anderen Fußes. Hampelte von einem Fuß auf den anderen und lauschte dann an der Tür. Plötzlich schaute sie in seine Richtung. Er sah, wie sich ihre Lippen bewegten und sie ihr Stofftier an sich drückte. Danach fasste sie offenbar Mut. Beherzt öffnete sie die Tür und verschwand bald darauf im Zimmer. Das Licht im Flur erlosch.

Maren blieb wach. Ihre Augen brauchten etwas Zeit, um sich erneut an die Dunkelheit im Schlafzimmer zu gewöhnen. Die regelmäßigen Atemzüge an ihrer Seite teilten ihr mit, dass Julia wieder Schlaf gefunden hatte. Von draußen war nichts Ungewöhnliches mehr zu hören. Bestimmt war es nur ein Tier, dachte Maren, die durch das Atmen der Kleinen neben sich deutlich ruhiger geworden war. Eigentlich wäre es besser, sie ließe Julia immer hier schlafen. Was war das inzwischen für ein unsinniger Ritus geworden, die Kleine allabendlich in ihrem Zimmer zum Schlafen zu bringen, wenn sie dann doch jede Nacht zu ihr kam und Maren sich das sogar herbeiwünschte, um selbst Ruhe zu finden? Ob Julia auch zu Vanessa und Rolf ins Bett kroch, wenn sie alle vierzehn Tage das Wochenende bei ihrem Vater und dessen neuer Lebensgefährtin in Frankfurt verbrachte? Ob Rolf sie dann missgelaunt wie früher in ihr Bett zurücktrug?

»Warum hast du das Ehebett noch im Schlafzimmer stehen? Willst du Rolf damit etwa zeigen, dass er zur Not bei dir immer noch einen Parkplatz findet?«, hatte Sybille spitz gefragt.

»Das Bett ist für Julia. Seit Rolf weg ist, hat sie nachts öfter Angst und träumt schlecht«, hatte Maren geantwortet.

Sybille hatte zu bedenken gegeben: »Und wenn du mal einen anderen Übernachtungsgast hast, darf der sich dann mit der Kleinen um den Platz an deiner Seite streiten? Ist dir klar, dass viele neue Beziehungen genau daran scheitern?«

»Ich will keine neue Beziehung! Das will ich weder Julia noch mir zumuten«, hatte Maren erklärt, und Sybille hatte mit bedenklicher Miene geschwiegen.

Maren fuhr sich mit dem Handrücken über die Augen. In diesem Augenblick hörte sie von draußen wieder laut und deutlich das trockene Rascheln. Es klang, als habe sich ein Zweig an etwas verhakt und sei dann wieder zurückgeschnellt. Maren stand entschlossen auf, schob die Gardine vorsichtig zur Seite und schaute hinaus auf die hell beschienene Rasenfläche hinter ihrem Haus. Von dort wanderte ihr Blick über den Zaun zum Grundstück des Nachbarn mit dem japanischen Garten. Der Mond spiegelte sich in einem kleinen Teich. Alle Pflanzen waren niedrig und in Form geschnitten. Höchstens eine Maus hätte sich hier verstecken können. Hinter dem Zaun auf dem Niemandsland vor dem Wald wuchs üppig das Unkraut. In mannshohen dunklen Buckeln wölbten sich

Brombeerhecken und Wildrosenbüsche. Dort könnte sich tatsächlich jemand verbergen.

Aber warum?, fragte sich Maren. Sie drückte kopfschüttelnd das Fenster zu und verriegelte es mit einer energischen Handbewegung. Die Doppelverglasung schluckte sofort alle Außengeräusche, und Maren kroch beruhigt zurück ins Bett.

# Dienstag, der 14. September

Julia schüttete die Cornflakes mit Schwung in die Schüssel. Einige verfehlten ihr Ziel und schlitterten über die Tischplatte.

»Ui«, kreischte sie so laut, dass Maren zusammenzuckte.

Maren saß müde am Tisch und schob mit langsamen Bewegungen einige Cornflakes zusammen. Julia war schneller und hatte bald alle Reste zusammengefegt und sich in den Mund gebröselt.

»Musst du heute auch in die Schule?«

»Nein«, gähnte Maren. »Heute ist Dienstag. Erst morgen wieder: Montag, Mittwoch, Freitag. Das habe ich dir doch schon letzte Woche erklärt. Du musst dir das langsam einmal merken.« Julia nickte kauend.

Vor zwei Wochen waren die Sommerferien zu Ende gegangen. Julia besuchte nun die zweite Klasse. Maren hatte sich nach langem Zureden ihrer Freundin Sybille entschlossen, bei verschiedenen Schulämtern eine Bewerbung einzureichen, und war völlig erstaunt gewesen, innerhalb weniger Tage einen Zeitvertrag erhalten zu haben. Zwölf Stunden an drei Tagen, allerdings an einer Gesamtschule in Frankfurt. Eigentlich hatte sie nicht vorgehabt, wieder zu unterrichten. Damals, bald nach Abschluss des Referendariates an einem Frankfurter Gymnasium, war Julia geboren worden. Maren war gerne in die Rolle der Hausfrau und Mutter geschlüpft, denn es erschien ihr anfangs wie Urlaub vom Stressmarathon des

Lehreralltags, den sie sich bei der Berufswahl so nicht vorgestellt hatte.

»Und was machst du dann heute Morgen?«, erkundigte sich Julia.

»Ich bringe dich erst in die Schule …«

Julia verzog das Gesicht, als hätte sie in eine Zitrone gebissen. Dann quengelte sie, wie schon so oft: »Warum lässt du mich nicht endlich alleine gehen?«

»Weil ich nicht möchte, dass du mutterseelenallein durch die Felder läufst. Leider gibt es hier im Neubauviertel keine anderen Kinder, mit denen du zusammen zur Schule gehen könntest.«

»Was ist so gefährlich in den Feldern?«

»Die Wildschweine.«

»Die kommen erst, wenn es dunkel ist, das weiß hier jeder.«

»Du würdest trödeln und kämst zu spät.«

»Ich würde ganz schnell gehen, und wenn ich ein Fahrrad hätte, wäre ich noch schneller.«

»Du kannst noch gar nicht richtig Fahrrad fahren. Du würdest stürzen und dich verletzen, und niemand wäre da, um dir zu helfen.«

»Wenn du mir endlich ein Fahrrad kaufen würdest, könnte ich üben und würde immer einen Sturzhelm aufsetzen. Du könntest mir sogar ein Handy mitgeben.«

»Ein Handy?! Das wird ja immer toller!«, schimpfte Maren.

»Viele in meiner Klasse haben ein Handy«, maulte Julia und schob den letzten Löffel Cornflakes in den Mund. Dann nahm sie vier Scheiben Brot aus dem Korb und bestrich sie dick mit Butter.

»Ich könnte auch zu Fuß gehen und dir mein großes Ehrenwort geben, dass ich nicht trödle«, nahm sie den Faden wieder auf.

Maren stöhnte. Julia blieb hartnäckig: »Für die in meiner Klasse bin ich das allerletzte Baby, dafür, dass du mich noch bringst und holst!«

»Das hatten wir schon«, entgegnete Maren. »Ich lasse dich die letzten Meter allein gehen. Nach der Schule komme ich mit dem Auto, weil ich noch einkaufen will, dann kannst du zum Parkplatz neben der Metzgerei kommen. So merkt keiner, dass es darum geht, dich abzuholen!«

»Alle merken es und lachen mich aus.«

»Sag mir, wer dich auslacht, den knöpf ich mir mal vor!«

»Das wäre ja noch peinlicher!« Julia quetschte ein paar Tränen hervor und begann, die Butterschicht der Brote dick mit Leberwurst zu bestreichen.

»Warum tust du das? Das ist zu viel, zu fett und völlig ungesund«, kritisierte Maren.

»Warum, warum, warum?«, schrie Julia und schlug dabei jedes Mal mit der flachen Hand auf den Tisch.

Maren nahm die Brote und legte sie in eine große Brotdose. »Ich kann mir gar nicht vorstellen, wie du das alles essen willst.«

Julia verstaute die Dose kommentarlos in ihrem Schulranzen. Dabei zog sie ein zerknittertes Blatt Papier hervor und legte es auf den Küchentisch.

»Hier, das Gedicht soll ich bis morgen lernen!«

Maren schaute auf das Blatt.

»Ein Rilke-Gedicht? Das ist aber ganz schön schwer für das zweite Schuljahr!«

»Aber nicht für mich. Die anderen müssen nämlich das Baby-Drachengedicht aus dem Lesebuch lernen. Ich hab Frau Maier-Bode gesagt, dass ich das schon seit dem Kindergarten kenne. Da ist sie ins Lehrerzimmer gegangen und hat mir das aus einem anderen Buch kotofobiert.«

»Fotokopiert.«
»Gut, halt so.«

Am Feldrain verabschiedete sich Maren von Julia. Die Kleine war ungeduldig und löste sich schnell aus ihrer Umarmung. Dann hüpfte sie mit dem klappernden Ranzen auf dem Rücken in Richtung Schule davon. Die Reflektoren der Verschlüsse blitzten noch einmal auf, dann war Julia außer Sichtweite.

Maren schaute hinüber zur Umgehungsstraße. Die Bundesstraße war anfangs für sie nichts anderes gewesen als ein ganz normaler Verkehrsweg, der ihren beschaulichen Wohnort mit dem pulsierenden Rhein-Main-Gebiet verband. Erst viel später, nachdem sie schon einige Wochen in ihrem Haus gewohnt hatten und Julia bereits die Grundschule besuchte, hatte ein Gespräch mit der Nachbarin aus dem Alpenhaus ihr diese Straße auf neue Weise ins Bewusstsein gerückt.

»Gut, dass Sie die Kleine noch in die Schule bringen«, hatte Frau Levandowski gemeint. Maren hatte sich daraufhin stolz über Julias Selbständigkeit geäußert und angekündigt, dass ihre Tochter ab der kommenden Woche die fünfhundert Meter durch das Feld bis zum Dorf alleine gehen würde.

»Ja, wissen Sie denn nicht«, hatte die Nachbarin mit unheilschwangerem Blick gefragt und sich gleich darauf korrigiert. »Stimmt, vor drei Jahren im Mai waren Sie ja noch nicht da. Wie die Zeit vergeht!« Mit einer Mischung aus Schauder und Sensationslust hatte sie Maren daraufhin alles mitgeteilt, was sie wusste. Beinahe geschwärmt hatte sie von dem riesigen Polizeiaufgebot, das es gegeben hatte. Hubschrauber! Hunde! Kripo! Maren hatte Frau Levandowski angemerkt, wie froh sie war, nach langer Zeit endlich jemanden gefunden zu haben, der die Geschichte noch nicht kannte. Ein Mädchen war verschwunden. Die Kleine stammte aus dem Nachbardorf, das etwa zwei Kilometer entfernt war. Dort gab es keine Schule, und das Mädchen hatte hier in der Grundschule die zweite Klasse besucht. Den Schulweg hatte sie mit dem Fahrrad zurückgelegt; sie hatte den Asphaltweg benutzt, der vom Nachbardorf aus zunächst direkt neben der Bundesstraße verläuft und später in jenen Weg mündet, der vom Neubaugebiet zum Dorfkern führt. Julias Schulweg also. In der Nähe der Grundschule hatte die Oma des Mädchens gewohnt, die hatte es manchmal nach der Schule besucht. Deshalb hatte man Melanie zu Hause erst nach Stunden vermisst. Es gab keine Zeugen, nur den Hinweis einer Kräutersammlerin. Die hatte am Waldrand gestanden und über die Felder bis hinüber zur Bundesstraße geschaut. Sie will auf dem Standstreifen ein Auto gesehen haben, mit geöffneter Heckklappe. Ein Mann soll ein Fahrrad eingeladen haben. Möglich, dass ein Kind im Auto gesessen habe. Man hatte die Kleine bis heute nicht gefunden. Auch ihre Sachen nicht.

Waren es Mädchenhändler aus dem Osten? Ein Kinderpornoring? War es der neue Lebensgefährte der Mutter? Im Dorf hatte jeder seine eigene Vermutung. Frau Levandowski tippte auf einen unbekannten Sextäter, der noch immer in den umliegenden Feldern und Wäldern lauerte und jeden Moment erneut zuschlagen konnte.

Endlich wendete Maren den Blick von der Straße ab und blinzelte in die blasse Morgensonne, die noch verschleiert war vom Dunst der Wälder. Sollte die Levandowski erzählen, was sie wollte. Es gab genug Gründe hier in dieser unübersichtlichen Gegend mit ihren alten Brunnen, zerfallenen Scheunen, Gräben und Wäldern, die das Verschwinden eines Kindes erklären konnten. Diese Landeltern ließen ihre Kinder ja auch ohne jede Aufsicht kilometerweit um das Dorf herumziehen.

Maren erlaubte Julia nicht, sich diesen Kindergruppen anzuschließen, und sie brachte ihre Tochter jeden Tag zur Schule. Für Julia bestand keine Gefahr.
Der Morgen war jetzt, Mitte September, schon herbstlich frisch. Doch über Mittag sollte es noch einmal richtig warm werden, jedenfalls hatte das der Wetterbericht versprochen. Vielleicht könnte sie mit Sybille heute Nachmittag auf der Terrasse Kaffee trinken. Aber jetzt würde sie erst einmal die Gelegenheit nutzen und oben am Waldrand entlang den Weg zur Siedlung zurückjoggen.
Marens Stimmung hob sich langsam wie der Nebel aus den feuchten Wiesen ringsum. Den Rest bleierne Schwere würde sie sich aus den Gliedern laufen. Seit der Trennung von Rolf war das ihre selbstauferlegte Therapie: Morgens, nachdem sie Julia in die Schule gebracht hatte, den Weg in einem großen Bogen am Waldrand entlang zurückzujoggen. Diese Strecke war etwa viermal so lang wie die Abkürzung über den asphaltierten Feldweg, und da sich der Waldsaum auf einer Anhöhe entlangzog, ging es zu Beginn ein wenig bergauf. Sie fiel in einen mechanischen Trab. Im Kopf wanderten ihre Gedanken. Gewohnheiten entwickeln. Sich feste Tagespläne machen, Verpflichtungen eingehen und auf keinen Fall wegen Unwohlsein absagen. Das waren die Tipps aus dem Buch zur Bewältigung von Lebenskrisen, das Sybille ihr bei ihrem ersten Besuch nach Rolfs Auszug mitgebracht hatte.
»Mensch, Maren, lass dich bloß nicht so hängen. Das hat der Kerl doch gar nicht verdient.« Sybille hatte gut reden.
»Ich habe keine Wurzeln mehr, Sybille, ich hänge nur noch an einem seidenen Faden, und der heißt Julia. Wenn es sie nicht gäbe, wäre mir alles egal.«
Maren trottete in kleinen Schritten. Die Müdigkeit machte sich stärker bemerkbar, als sie vermutet hatte.

Sie war am höchsten Punkt des Weges angekommen. Hinter ihr breitete sich ein hochgewachsener Mischwald aus, nach wenigen Metern fiel der Hang steil ab. Man konnte die Tiefe ahnen, wenn man zwischen dem Gestrüpp hindurchlugte. Tief unten in der Waldsenke blinkte ein Wasserspiegel. Ein See? Ein Sumpf? Kein Pfad führte dorthin, jedenfalls nicht von hier oben. Auf der anderen Seite des Weges fiel der Abhang sanfter hinab in das kleine Tal. Er war mit alten, ein wenig zerzaust wirkenden Obstbäumen bewachsen. Die Zwetschgen waren überreif. Die Äpfel würden noch etwa zwei Wochen brauchen. Maren pflückte sich dennoch einen Apfel ab, biss hinein und verzog das Gesicht. Sauer! Sie warf den Apfel weit von sich den Hang hinunter. Unten durch die Felder zog sich als dunkelgraues Band der Weg, den sie mit Julia zur Schule nahm. Noch eine Feldbreite weiter erkannte sie die Leitplanke der Bundesstraße. Der Lärm der Fahrzeuge raunte durch das Tal.

Hier irgendwo musste sie gestanden haben, fuhr es Maren plötzlich durch den Kopf, die Kräutersammlerin, die einzige Zeugin von … wovon eigentlich? Maren fixierte blinzelnd die Fahrzeuge in der Ferne. Hell und dunkel, groß und klein. Das konnte man mit viel Anstrengung vielleicht noch erkennen. Eine geöffnete Heckklappe und einen Mann, der ein Fahrrad einlud? Ein kleines Mädchen auf dem Beifahrersitz? Unvorstellbar! Wahrscheinlich hatte die Beobachtung der Frau gar nichts mit dem Verschwinden des Mädchens zu tun gehabt. Vielleicht hatte sie sich alles nur eingebildet, nachdem sie davon in der Zeitung gelesen hatte. Maren atmete tief durch und sog die erdige, vom Fallobstgeruch durchdrungene Herbstluft ein. Eigentlich ist es hier viel zu schön. Kaum vorstellbar, dass im sanften Frieden dieser Landschaft ein grausames Verbrechen an einem kleinen Mädchen geschehen sein sollte. So dachten wohl auch die Dorfbewohner. Wahrscheinlich hatten sie sogar recht mit der Vermutung, dass es in der Familie ein Drama gegeben hatte, bei dem der Stiefvater des Mädchens eine grausige Rolle gespielt haben mochte. Maren kannte ihn nicht. Nur die Mutter und den jüngsten Sohn, das leibliche Kind des Mannes. Der Junge ging in Julias Klasse. Ab und an besuchte die Mutter die Klassenelternabende. Der Vater ließ sich dort nie blicken. Die Mutter arbeitete manchmal als Aushilfe im Lebensmittelladen gegenüber der Schule.

Maren fröstelte am schattigen Waldrand. Sie trippelte ein wenig auf der Stelle und wandte sich wieder dem Weg in Richtung Siedlung zu. Ein lautes Rascheln und das Geräusch knackender Zweige ließen sie zusammenfahren. Aus dem Gebüsch brach ein großer schwarzer Hund hervor. Er nahm keinerlei Notiz von Maren, hatte sie wahrscheinlich längst gewittert und als ungefährlich bewertet. Oft war sie ihm schon begegnet, meist hier auf dem Waldweg. Manchmal auch mitten im Dorf. Der Hund war ein Streuner. Keiner scherte sich um ihn, und auch er scherte sich um niemanden. Er lief seine Wege in gleichmütiger Gelassenheit, zielstrebig, als folge er einem geheimen Plan, den nur er kannte und von dem er sich durch nichts abbringen ließ. So etwas hätte es in der Stadt nicht gegeben. Ein frei laufender, großer, schwarzer Hund hätte dort sofort Panik erzeugt und Polizei, Feuerwehr oder zumindest den Tierschutzverein herbeigerufen.

»Hallo«, sagte Maren, »du hast mich vielleicht erschreckt!« Es war das erste Mal, dass sie den Hund ansprach. Zu ihrem Erstaunen reagierte er. Blieb stehen und sah sie an. Mit seinem einen dunklen Auge. Das andere war milchig grau und offensichtlich blind. Ein Tropfen kitzelte Maren an der Nase. Automatisch griff sie in die Hosentasche, um ein Papiertaschentuch hervorzuholen. Der Hund kam sofort näher und setzte sich auf den Weg. Dabei hielt er eine Vorderpfote leicht angehoben. Mit geneigtem Kopf blickte er gebannt auf ihre Hand. »Na, du bist ja vielleicht einer. Meinst, ich habe was zu fressen für dich?« Maren suchte in ihrer Hosentasche und fand ein Hustenbonbon. Sie packte es aus, beugte sich vor und hielt es dem Hund hin. Der sprang bei ihrer Bewegung sofort zurück und fixierte sie aus sicherer Entfernung. Sie warf ihm das Bonbon zu. Ihre Wurfbewegung veranlasste den Hund abermals, sich wegzuducken. Erst als er sicher zu sein schien, dass sie sich nicht weiter bewegte, näherte er sich vorsichtig schnüffelnd und ohne Maren aus den Augen zu lassen. Schließlich schnappte er das Bonbon hastig und zerkaute es genüsslich. Noch ehe er seine Mahlzeit beendet und sich leckend die Reste aus den Mundwinkeln entfernt hatte, stellte er plötzlich aufmerksam die Ohren auf und hob den Kopf. Jetzt hörte auch Maren die stampfenden Schritte, die sich hinter der Wegbiegung näherten und blickte in diese Richtung. Ihre Anspannung löste sich, als sie die herannahende Person erkannt hatte. Hin und wieder war sie diesem Mann im Trainingsanzug schon begegnet, der wie sie diese Strecke am Waldrand entlang zum Laufen gewählt hatte. Der Mann war nicht von hier. Eines Tages hatte sie zufällig entdeckt, wie er aus einem Fahrzeug gestiegen war, das er in der Nähe des Neubaugebietes auf einem kleinen Waldparkplatz abgestellt hatte.

Im Gegensatz zu sonst unterbrach der Mann seinen Lauf, als er Maren mit dem Tier auf dem Weg entdeckte, und blieb stehen. Der Hund zeigte daraufhin eine merkwürdige Verwandlung. Er richtete sich steifbeinig auf, sah mit angelegten Ohren den Mann an und ließ ein dumpfes Grollen hören. Unter den haarigen Lefzen blitzten lange Eckzähne. Das schwarze Fell hatte sich im Nacken zu einer Bürste aufgerichtet. Der

Mann beobachtete dies aufmerksam. Seiner reglosen Miene war nicht anzusehen, ob er den Hund fürchtete oder dessen Reaktion lediglich mit einem gewissen Interesse wahrnahm. Plötzlich kam Bewegung in das Tier. Es wandte sich blitzschnell um und rannte in Richtung des Dorfes davon. Maren hatte ihm erstaunt nachgesehen und fuhr erschrocken zusammen, als sie im Augenwinkel bemerkte, dass der Mann näher an sie herangetreten war.

»Entschuldigung«, sagte er sofort.

Sie setzte ein höfliches Lächeln auf, das jedoch von einem ängstlich flackernden Blick begleitet wurde. Vorsichtig versuchte sie im Gesicht des Mannes Anhaltspunkte dafür zu finden, dass von ihm keine Gefahr ausging. Er mochte etwas älter sein als Maren. Mit seinem dunkelblonden, kurz geschnittenen Haar und der glatt rasierten Haut wirkte er gepflegt. Das war kein Verbrechergesicht, wie Maren es von einschlägigen Fahndungsfotos oder Phantombildern kannte. Hieß das nun, dass von ihm keine Gefahr ausging, oder war er der Wolf im Schafspelz? Der Frauenmörder in der Verkleidung des gutaussehenden großen Jungen? Maren schluckte. Warum hatte er entgegen seiner Gewohnheit angehalten? Ihr Schreien würde keiner hören. Besser weglaufen und durch den Überraschungseffekt Land gewinnen. Heimlich musterte sie den Körper des Mannes. Er wirkte durchtrainiert. Wie groß musste ihr Vorsprung sein, damit er sie nicht einholen konnte? Sie tastete vorsichtig nach dem Handy in ihrer Hosentasche und wurde sich bewusst, dass es lange dauern würde, bis Hilfe, egal von woher, hier einträfe. Zum ersten Mal empfand sie die Stille, die sie hier umgab, als bedrohlich. Der Himmel und die Bäume schienen plötzlich die Farbe gewechselt zu haben. Maren atmete bebend ein. Der Mann sah sie forschend an. Sie hielt seinem Blick stand. Welche Augenfarbe

hatte er? Grau oder blau? Maren zwang sich zur Ruhe. Kein Opferverhalten zeigen! Selbst die Initiative ergreifen! Irgendwo hatte sie das einmal gelesen. Sie verzog die Mundwinkel zu einem aufmunternden Lächeln, das der Mann andeutungsweise erwiderte. Er war inzwischen einen Schritt zurückgetreten. Marens Gesichtszüge entspannten sich ein wenig.
»Gehört der Hund jetzt Ihnen?«, fragte der Mann.
»Nein«, sagte Maren, »aber er begegnet mir hier regelmäßig. Heute habe ich ihn zum ersten Mal angesprochen, sozusagen als alten Bekannten, und er hat sofort reagiert und mich um ein Hustenbonbon angebettelt.«
Ein Lächeln huschte über das Gesicht des Mannes und verlieh ihm für den Bruchteil einer Sekunde eine kindliche Offenheit, die Marens Angst sofort vertrieb. Dazu sagte er mit leichtem Bedauern: »Vor mir läuft er immer davon. Wenn ich ihn überhaupt sehe, dann nur auf der Flucht.«
»Wissen Sie denn, wem er eigentlich gehört?«, fragte Maren.
Der Mann antwortete nicht sofort. Schließlich zuckte er mit den Schultern und sagte leise: »Das ist ein Streuner, der ist überall zu Hause.«
»Trotzdem muss er einmal jemandem gehört haben. Er trägt ein Halsband«, entgegnete Maren.
»So nahe bin ich ihm noch nicht gekommen, dass ich das hätte feststellen können«, sagte der Mann. Er wirkte plötzlich so ernst, dass Maren erneut erschrak. Sie wünschte sich das Lächeln zurück. Sie selbst lächelte etwas gequält und registrierte, dass er darauf nicht reagierte. Stattdessen musterte er sie schweigend. Das veranlasste sie endgültig zur Flucht.
»Schönen Tag noch!«, sagte sie schnell, schlug einen großen Bogen um ihn und lief in deutlich höherem Tempo als sonst in Richtung Neubaugebiet davon. Seine Blicke, die sie im Rücken spürte, ängstigten sie. Erst als sie die nächste Wegbie-

gung erreicht hatte, blieb sie stehen und schaute sich vorsichtig um. Vor ihr breitete sich ein Bild herbstlichen Friedens aus. Ein gekrümmter, grasbewachsener Weg lag vor ihr, der sich zwischen den Furchen der Reifenspuren aufwölbte. In der Bucht vor der Wegbiegung glänzte silbrig das verwitterte Holz einer Sitzbank, die der Verschönerungsverein des Dorfes aufgestellt hatte. Dahinter, unter dem Geäst der Bäume, deren Laub den ersten gelb-roten Schimmer zeigte, bildeten verschlungene Brombeerranken eine sichere Grenze zum steil abfallenden Waldesdunkel. Die Früchte reckten sich schwarz glänzend der Vormittagssonne entgegen. Maren tadelte sich selbst. Was ist aus dir geworden in den letzten Monaten? Fühlst dich von allen Seiten bedroht. Sie zwang sich zur Ruhe, ging zu den Hecken und pflückte einige Beeren. Sicher wäre es ein schöner Zeitvertreib für sie und Julia, wenn sie demnächst hier ein wenig ernteten. Dann wanderten ihre Gedanken wieder zu dem Mann, vor dem sie eben davongelaufen war. Es war bedenklich, dass immer öfter harmlose Alltagssituationen solche Angstgefühle in ihr erzeugten. Wenn das so weitergeht, kann ich mich bald in Behandlung begeben, dachte sie. Vor sich sah sie das herbe Gesicht einer alterslosen Psychologin, deren brillenbewehrte Blicke sich forschend in ihr Inneres bohrten.

Großmutter, warum hast du so große Augen?

Damit du dich darin sehen kannst!

Bei mir ist alles auf den Kopf gestellt, dachte sie. Ich habe keine Angst vor gefährlichen schwarzen Wölfen, die ihre Zähne fletschen, dafür aber vor höflichen blonden Prinzen.

Maren schob die letzte Beere in den Mund und machte sich auf den Heimweg.

Aus dem Keller drang das gurgelnde Geräusch der Waschmaschine. Maren hatte den Einkaufskorb mit den leeren Flaschen bereitgestellt und suchte auf dem Küchentisch nach einem Stück Papier, das sich als Einkaufszettel verwenden ließ. Sie faltete ein zerknittertes Blatt auseinander und stieß auf Julias Rilke-Gedicht.

*Wer jetzt kein Haus hat, baut sich keines mehr.*
*Wer jetzt allein ist, wird es lange bleiben,*
*wird wachen, lesen, lange Briefe schreiben*
*und wird in den Alleen hin und her*
*unruhig wandern, wenn die Blätter treiben.*

Maren ließ sich langsam auf dem Küchenstuhl nieder. Sie starrte auf das Papier in ihrer Hand und ließ es geschehen, dass die Buchstaben vor ihren Augen verschwammen.

Niemand wusste, wo er jetzt war. Diese wunderbare Gewissheit gab ihm das Gefühl, er könne sich unsichtbar machen, wann immer er es wünschte. Er saß auf dem Hochstand und vertiefte sich in den Anblick einer kleinen, vor ihm liegenden Waldwiese. Zarter Dunst schwebte über den bräunlichen Herbstgräsern. Die ersten Sonnenstrahlen hatten den Morgennebel besiegt und brachen als glitzernder Fächer durch das Sparrendach. Tief atmete er die mild-würzige Herbstluft ein. Diese späte Vormittagsstunde war seine Lieblingszeit, weil sie menschenleer war. Kein Wesen mit Augen störte ihn. Nur er war das Auge. Ein Auge, welches weit in den Raum schaute, das Geschehen vor sich durchdrang und in sich aufsog. Die Augen der anderen waren für ihn bedrohlich, weil sie ihn durchbohrten und verletzten, ganz tief innen. Sie sandten klare, schneidende Blicke, denen er nie standhalten, sondern nur ausweichen konnte. Seit seiner frühesten Kindheit war das so gewesen. Ihren Blicken waren meistens ihre Hände gefolgt. Er wollte weder angeschaut noch angefasst werden. Aber sie hatten schon nach seiner Hand gegriffen, bevor er sich entschlossen hatte, sie zu reichen. Sie hatten über sein Haar gestrichen, bis es an der warmen Kopfhaut klebte. Wo hat er nur die schönen Locken her? Ihrem Atem entströmte faulig säuerlicher Dunst, und an ihren Händen klebte der Geruch dessen, was sie vorher angefasst hatten. In ihm floss ein Strom der Abwehr. Warum merkten sie das nicht? In seiner Erinnerung hießen sie alle gleich: Augenwesen. Sie waren ihm so fremd, wie er ihnen fremd sein mochte. Doch sie fürchteten ihn nicht, wie er sie fürchtete. Das verriet das herablassende Lächeln in ihren Gesichtern. Warum erlaubte die Mutter, dass sie nach ihm griffen? »Finger weg!«, hatte sie doch so oft in scharfem Ton zu ihm gesagt. Warum nicht auch zu ihnen? Wie oft hatte sie ihm eingeschärft: »Man schaut nur mit den Augen, nicht mit den Händen!« Diesen Worten war sehr schnell die Hand gefolgt, die schmerzhaft in sein Gesicht oder über den Handrücken fegte. Nach und nach hatte er es unterlassen, seine Hände zu gebrauchen, wenn er etwas näher kennenlernen wollte. Wie ein Hotelpage stand er da und ließ nur noch seine Blicke aufmerksam wandern. Seine Augen tasteten heimlich jeden Gegenstand, jedes Lebewesen ab, und in seiner Phantasie entzündete sich eine schillernde Vorstellung, wie sich all das anfühlte, was er nicht anfassen durfte. Warm und weich? Kühl und splitterig? In ihm wuchs die Lust zu berühren, wenigstens dann, wenn die anderen nicht in der Nähe waren. Anfassen war Besitzen. Lange her war die Zeit, in der er die Hand ausgestreckt und geschrien hatte: »Haben! Ich will auch haben!« Die Mutter hatte dann geringschätzig den Mund verzogen und gesagt: »Mach die Augen zu, dann siehst du, was du haben kannst!« Dabei hatten sie alle gelacht. Die Mutter gemeinsam mit den Augenwesen. Über ihn. Am liebsten wäre er davongelaufen. Aber er war geblieben, hatte die Augen geschlossen und eines Tages verwundert festgestellt, dass er die Wunschbilder hinter seiner Stirn nicht nur sehen, sondern auch fühlen konnte, viel stärker und tiefer als die schalen Konturen der Wirklichkeit. Und er hatte die beruhigende Gewissheit erlangt, dass das Land in ihm grenzenlos war und wunderbar verborgen vor den Händen und Blicken der Augenwesen, die ihm in der Realität so bedrohlich nachstellten. Dieses geheime Reich galt es von nun an zu bewahren und zu schützen. Er musste nur darauf achten, dass es keine verräterischen Zeichen in seiner Mimik oder seiner Körpersprache gab, die aufmerksamen Beobachtern Botschaften aus seinem Innern vermittelten. Mit den Jahren hatte er allerdings gelernt, dass eine reglose Miene mögliche Eindringlinge eher animierte als ein unverbindlich lächelndes Gesicht. Hatte er anfänglich das Lächeln für eine Vorform des Lachens gehalten und damit für den Ausdruck von aufkommender Fröhlichkeit, einen Zustand, den er sich strikt verboten hatte, weil man dabei zu schnell übermütig und unvorsichtig werden konnte, so wusste er es inzwischen besser: Lächeln hatte mit Lachen nichts zu tun. Lächeln war eine Maske, das Visier, das man vor den forschenden Blicken der Eindringlinge herunterklappen konnte. Richtig plaziert und gut dosiert war es ein perfekter Schutz. Er genoss es geradezu, wenn er die Mutter gegen sich aufbrachte und ihre ausholende Hand schließlich mit einem kleinen Lächeln abbremste. Die Sekunden ihres Innehaltens nutzte er zur Flucht. Später zerrte die Mutter ihn aus einem sicher geglaubten Versteck. Immer fand sie ihn, doch die Zeitspanne, bis sie seiner habhaft wurde, wurde immer länger. Gewonnene, kostbare Minuten in der

süßen Schwebe zwischen sicherer Zuflucht und der prickelnden Angst vor Entdeckung. Ein Zustand, den er zunehmend zu schätzen wusste und den er dadurch herbeizuführen versuchte, indem er absichtlich Untaten beging. Er genoss die Momente, in denen die Mutter ganz und gar ihm gehörte und in denen sie sich fast verzweifelt ihm zuwandte. Die immer gleichen Worte, mit denen sie seine rauher werdenden Streiche kommentierte, vermittelten ihm ein Gefühl der Sicherheit.
»Was hast du dir dabei gedacht? Tu das nie wieder, hörst du? Was sollen die Leute von uns denken?«
Die Leute, das Maß aller Dinge.
Die Summe ihrer Erwartungen ließ sich in zwei Sätzen zusammenfassen, die ihn durch seine Kindheit begleiteten: »Benimm dich! Sei still!«
Dieses Stillsein war ein weiteres Problem gewesen. Die Mutter hatte zu den Leuten gesagt: »Das Kind ist ein Quecksilber, keine Nacht habe ich Ruhe! Ich weiß nicht, wie ich meine Arbeit schaffen soll!« Noch jetzt konnten die Erinnerungen ihr bedrohliches Eigenleben entfalten, sobald er die Augen schloss. Rundherum war Finsternis. Die Dunkelheit lastete auf ihm, würgte seinen Hals, drohte, ihn zu verschlingen. Er hatte geweint, so lange, bis der Lichtspalt in der sich öffnenden Tür ihm die Bilder des Tages zurückgab. Dazu die Mutter. Sie schrie und erzeugte brennenden Schmerz auf seinem Gesicht und seinem Körper. Manchmal war da auch die dunkle Stimme des Vaters, die sie begleitenden Schläge hallten dumpf in seinem Brustkorb wider, brannten auf den Ohren und erzeugten einen Eisengeschmack im Mund. Er hatte die Wahl zwischen der Dunkelheit und diesem Schmerz und hatte sich für den Schmerz entschieden, weil er sich darin wiederfand. Das war weniger bedrohlich, als sich in der Finsternis zu verlieren.

»Bitte ein Licht! Lasst das Licht in der Nacht brennen«, hatte er sie gebeten. Manchmal war es ein Handel. Er bekam das Licht, wenn er artig gewesen war. Oft gab es das Licht trotzdem nicht. Sie vergaßen es oder sie sagten: »Du bist doch jetzt schon groß. Du brauchst kein Licht mehr.«
Er hatte die Augen geschlossen, und es blieb trotzdem hell. Das milde Licht der Herbstsonne schimmerte sanft durch seine Lider. Die Strahlen wärmten sein Gesicht und erzeugten in ihm eine tiefe Ruhe und Geborgenheit. Umso erschrockener fuhr er zusammen, als er plötzlich nicht weit von sich das Rascheln trockenen Laubes wahrnahm. Er öffnete die Augen. Am Waldrand auf der anderen Seite der Wiese stand reglos ein großes Tier und reckte seinen Kopf in Richtung des Hochstandes. Seine Nase prüfte schnüffelnd den Wind. Mit jedem Luftzug, den es erhaschte, richtete sich sein Nackenhaar weiter auf. Als er sich erhob, um besser sehen zu können, sprang das Tier mit zwei Sätzen auf die Wiese und stemmte die Vorderläufe ins Gras. Dabei ließ es ein wütendes, dunkles Bellen vernehmen. Näher kam der Hund allerdings nicht. Er bellte, wich zurück, kam wieder ein Stück heran. Der Wald hallte, als wären hundert seiner Artgenossen zur Verstärkung erschienen.
Um dem Lärm ein Ende zu bereiten, nahm er schnell einige Erdbrocken vom Boden des Hochsitzes und warf damit nach dem Untier. Die Wurfgeschosse erreichten ihr Ziel nicht, sondern schlugen irgendwo in der Wiese ein. Dennoch genügte dies, den Hund so plötzlich zu vertreiben, wie er aufgetaucht war.
Ein Blick auf die Uhr verriet ihm, dass es höchste Zeit war zurückzukehren. Pünktlichkeit, Zuverlässigkeit, Höflichkeit waren Eigenschaften, auf die zu achten er gelernt hatte. Das war der Preis dafür, dass man ihn in Ruhe ließ. Zufrieden lächelnd machte er sich auf den Weg.

»Sonst noch was?«
»Hundert Gramm von der Mortadella.«
Ein fleischiger Busen, umspannt von einer weißen Schürze, beugte sich in die Vitrine der Fleischertheke. Eine Hand, deren Ringfinger von einem Goldring gewürgt wurde, griff nach der Wurst und fegte sie mit schnellen Bewegungen an der kreisenden Schneide vorbei. Die andere Hand fing die Scheiben geschickt ab und warf sie mit Schwung auf die Waage. Der Zeiger der Waage bebte.
»Ein bisschen mehr. Ist das recht? Sonst noch was?« Ohne eine Antwort abzuwarten hatte die Metzgerin Maren wieder ihren Standardsatz entgegengeworfen. Im gekachelten Laden hallten die im Quintabstand halb gesungenen, halb gesprochenen Worte mit der Durchschlagskraft einer Feuerwehrsirene. Der sprachliche Tick der Metzgerin wurde durch jeden Kundenwunsch, jeden neuen Posten auf der Rechnung und jede Pause im Gespräch ausgelöst.
Julia nannte die Metzgerin nicht Frau Seipp, sondern nur die Frau Sonstnochwas. Seitdem hieß sie auch für Maren so.
Maren blickte in die wasserhellen Äuglein, die den ihren sofort auswichen und sich auf die kleinen roten Hände konzentrierten, die die Wurst in der Vitrine neu arrangierten. Die blonden dauergewellten Löckchen ringelten sich fettig über der Stirn.
»Sonst noch was?«
»Hackfleisch.«
Die Hände griffen nach einer silbernen Schale mit einem Rest gemahlenen Fleisches. »Sonst noch was?«, sang es, während das Gefäß abgestellt wurde.
»Bitte nur vom Schwein.«
»Unsere Rindviecher haben nichts!«, bemerkte die Metzgerin, zelebrierte dabei das Überstreifen eines Wegwerfhand-

schuhs und warf Maren einen abschätzigen Blick zu. Die Hand griff mit knisterndem Geräusch in das weiche Fleisch und packte es auf die Waage.

Maren blieb hartnäckig. »Schweinehackfleisch, bitte!«, sagte sie.

Die Metzgerin legte schweigend das Fleisch zurück und zerrte den mit Fleischresten behafteten Handschuh mit ruckartigen Bewegungen von ihren Fingern. Ohne Maren eines weiteren Blickes zu würdigen, begab sie sich zur Tür, die in den hinteren Ladenbereich führte.

»Theeeeeoooo, Theeeeeho, Thejoho«, hallte ihre Stimme durch das Haus, bis sie sich in der Wurstküche verfing. »Gib mir doch ein bisschen Hack vom Schwein hoch!«

Aus den Tiefen des Hauses drang eine leise, etwas dunklere Stimme. Was sie sagte, war nicht zu verstehen. Dafür antwortete es von oben umso lauter: »Neeeee, nur Schwein, für die Frau …?«

Die Metzgerin wandte sich um und sah Maren auffordernd an. Tat so, als habe sie sich noch immer nicht Marens Nachnamen merken können.

»Wiegand«, sagte Maren.

»Wiehigang«, sirrte es nach unten, als sei es wichtig, für wen das Fleisch bestimmt war.

Die Metzgerin bestätigte die ordnungsgemäße Erledigung dieses Auftrages mit einem Nicken. Dann kehrte sie hinter die Theke zurück, wobei sie sich umständlich die Hände an der Schürze abwischte und auch dabei ihr unvermeidliches »Sonst noch was?« hören ließ.

Bevor Maren etwas sagen konnte, erschien der Sohn der Metzgerin mit einem Tablett, auf dem sich ein weißgeäderter Fleischberg erhob. Die Gummischürze, die er über seinem Metzgerhemd trug, war blutverschmiert. Er wollte das Tablett abstellen und schnell wieder nach hinten verschwinden. Doch die Metzgerin hielt ihn zurück: »Mach du hier weiter, ich gehe mal nach der Suppe gucken!« Sie wischte sich wieder die Hände an der Schürze ab, wandte Maren den Rücken zu und verließ den Laden.

»Wie viel möchten Sie bitte?«, fragte der Metzgersohn freundlich. Er war das Abbild seiner Mutter, hatte das Haar allerdings zu einer Bürste geschnitten. Umso überraschender war es, dass er sich einer klaren Hochsprache bediente, was in dem kleinen Dorfladen etwas fremd wirkte. Seine zurückhaltende Freundlichkeit gefiel Maren jedoch besser als die falsche Diensteifrigkeit seiner Mutter. Sie überlegte laut: »Ich weiß nicht genau. Ich möchte für meine Tochter und für mich heute Abend Frikadellen braten. Und es soll auch noch etwas für morgen übrig bleiben, weil ich da arbeite und keine Zeit zum Kochen habe. Was meinen Sie?«

»Mindestens ein Kilo, würde ich vorschlagen.«

»Okay, also ein gutes Kilo.«

Der Metzgersohn stach mit einem Spatel das Fleisch ab und häufte es auf eine Plastikfolie. Er wartete geduldig, bis der Zeiger der Waage sich nicht mehr bewegte. Ein wenig Fleisch befand sich noch auf dem Spatel, als die Waage 1000 g anzeigte. Er sah Maren fragend an. Maren nickte bestätigend.

»Möchten Sie sonst noch etwas?«, fragte er, und Maren sah ihn verblüfft an, weil seiner Sprache jegliche Melodie fehlte.

Maren hatte sich angewöhnt, größere Mengen und bestimmte Waren nicht mehr im Lebensmittelladen des Dorfes zu besorgen, sondern mit dem Auto eine halbe Stunde weiter zu einem Großmarkt auf der grünen Wiese zu fahren, nicht nur wegen der günstigeren Preise, sondern auch, weil er ihr etwas bot, was es an ihrem Wohnort nicht gab: Anonymität. Nie hatte sie sich vor ihrem Umzug Gedanken darüber gemacht, was das Laufband an einer Registrierkasse über Gewohnheiten und Lebensführung desjenigen verriet, der brav seine Waren darauflegte.

*Rotwein und Salznüsschen mitten in der Woche?* – Die kriegt wohl Besuch.

*Einwegrasierklingen?* – Männerbesuch, der über Nacht bleibt.

*Eine Packung Tampons dazu?* – Pech gehabt, schlechtes Timing. Verschmitztes Grinsen.

*Immer dieses teure Ökozeug?* – Geld hat sie offenbar genug.

*Eine kleine Flasche Rum?* – Hat sie jetzt Alkoholprobleme, weil ihr Mann weg ist?

Selbst wenn man dann beteuerte, man bräuchte es nur zum Backen, würde das vermutlich wenig nützen. Die Gesichter der Kassiererin und der umstehenden, immer gleichen Kundschaft sprachen eine deutliche Sprache, die keiner Worte bedurfte. Ihre Blicke prüften die Indizien auf dem Laufband und fällten ihr Urteil.

Heute jedoch hatte Maren im Lebensmittelladen des Dorfes eingekauft, weil sie nicht viel brauchte. Sie stand am Ende einer kleinen Schlange, die sich an der Kasse gebildet hatte.

Die Frau ganz vorne hielt den Betrieb auf, weil sie der Kassiererin etwas über die geplante Hochzeit ihrer Nichte erzählen musste.

»Am besten, man hält sich da ganz raus«, meinte sie abschließend.

Wenn ihr das mal tätet, dachte Maren und ließ den Blick prüfend über die Waren in ihrem Einkaufskörbchen gleiten. Eier, Mehl, Milch, ungezuckerte Cornflakes. Es war nichts Verfängliches, das sie gleich an den Scanneraugen der drei Damen vorbeiziehen lassen musste.

Ein Klirren erregte Marens Aufmerksamkeit. Sie konnte einen Regalgang einsehen, in dem sich eine Frau in einer blauen Kittelschürze daranmachte, ein zersplittertes Glas mit Gurken vom Boden aufzunehmen.
»Nicht so!«, schrie es von der Kasse. »Gleich mit einem Eimer und einem Putzlumpen!«
Die Frau im Kittel erhob sich langsam und schlich in den hinteren Ladenbereich. Die Kassiererin ließ sich wieder auf ihrem Stuhl neben der Kasse nieder und schüttelte mit herablassender Miene den Kopf. Die vor ihr stehende Kundin meinte: »Eine Hilfe ist das aber nicht für euch. Die macht ja mehr kaputt, als sie einbringt!«
»Ich sage dazu nichts«, meinte die Kassiererin. »Der Chef hat sie eingestellt.«
»Möchte nicht wissen, was der davon hat«, meinte die andere.
Und alle drei kicherten plötzlich wie Teenager.
Maren wusste, wer die Frau im blauen Kittel war. Sie hieß mit Nachnamen Schwarz und war die Mutter der verschwundenen Melanie. Die Frau hatte sich darangemacht, die Scherben einzusammeln und mit langsamen und trägen Bewegungen die Essigbrühe aufzuwischen. Ihr Gesicht war fahl und müde. Die Blässe der Haut wurde durch die dunkel gefärbten Haare noch betont. Am Ansatz war das mit ersten silbernen Fäden durchzogene hellere Haar nachgewachsen. Zur vernachlässigten Erscheinung der Frau trug auch der schmuddelige Pullover bei, dessen geraffte Ärmel unter dem Kittel zum Vorschein kamen. An den Unterarmen zeichneten sich blutunterlaufene Stellen ab. Manchmal hatte Maren die Frau mit einer Sonnenbrille, die notdürftig die verfärbte Haut um die Augen abdeckte, im Laden gesehen oder mit blutigen Schrammen am Hals. Wurde sie misshandelt? Darüber sprach man hier kein

Wort. Als Maren dies zum ersten Mal wahrgenommen hatte, war sie so entrüstet gewesen, dass sie die Frau draußen in der Nähe des Ladens abgepasst und ihr Hilfe angeboten hatte. Sie hatte ihr eine Telefonnummer zustecken wollen von einem Verein, der sich um misshandelte Frauen kümmerte.

Frau Schwarz hatte Maren angezischt: »Lassen Sie mich in Ruhe! Kümmern Sie sich um Ihren eigenen Dreck! Da haben Sie genug zu tun.«

Seitdem gingen Maren und Frau Schwarz einander aus dem Weg, soweit es sich einrichten ließ.

Julia hatte aus der Schule berichtet, dass der kleine Jörg Schwarz aus ihrer Klasse ihr so furchtbar leidtue, weil er Julia anvertraut habe, dass sein Vater ihn jedes Mal schlage, wenn die Lehrerin ihm ein Heuli (das Gegenteil von einem Smiley) ins Heft stempelte. Daraufhin erfolgte zunächst ein nicht gerade freundlich ausgetragenes Gespräch zwischen Maren und der Lehrerin, die der Meinung war, dass Kinder frühzeitig lernen müssten, auch mit Misserfolgen klarzukommen. Deshalb gäbe es unter schlecht angefertigten Arbeiten eben auch Heuli-Symbole. Wenige Wochen nach Schulbeginn war Julias Klasse schon sehr genau aufgeteilt in Heuli- und Smiley-Kinder, in Lesefüchschen und Leseschnecken. Daraufhin hatte sich Maren an einem Elternabend zu der Bemerkung verstiegen, dass es eigentlich ehrlicher sei, gleich im ersten Schuljahr das Notensystem einzuführen, dann wüssten die Kinder wenigstens genau, wofür sie Prügel bezögen. Am nächsten Abend klingelte bei Maren das Telefon. Der Anrufer hielt es nicht für nötig, sich vorzustellen. Er schien ziemlich alkoholisiert zu sein und sagte zu ihr: »Du alte Fotze, halt dich endlich aus meiner Familie raus, sonst besorg ich dir mal, was du nötig hast!« Maren vermutete, dass es Herr Schwarz war, den seine Frau über Marens Andeutungen auf dem Elternabend informiert hatte. Maren war über den Anruf nicht nur entsetzt gewesen, sondern hatte auch Angst, der Kerl könnte am Ende gar tätlich werden. Als sie das alles Rolf erzählte, der damals gerade seit wenigen Wochen ausgezogen war, hatte dieser gemeint: »Was kümmerst du dich auch immer um die Probleme anderer Leute. Julia ist gut in der Schule. Sie ist ein Lesefüchschen und hat nur Smileys, also, was soll das? Halte dich da raus. Dann lassen die dich auch in Ruhe.«

»Wollen Sie nicht auspacken?«, wurde Maren gefragt. Erschrocken fuhr sie aus ihren Gedanken auf und legte artig ihre Einkäufe auf das Band.
Die Kassiererin zog mit gespielter Aufmerksamkeit die Waren über den Scanner. Sie tat, als sei sie tief in ihre Arbeit versunken. Mit Maren würde sie kein Gespräch beginnen. Und Maren war dankbar dafür.

Sybille polierte gut gelaunt ihre Sonnenbrille und plazierte das teure Modell schließlich auf ihrem Nasenrücken. Sie zupfte einige ihrer störrischen blonden Locken aus dem Gesicht und räkelte sich im Gartenstuhl.
»Traumhaftes Wetter ist das heute«, meinte sie und ließ entspannt den Blick schweifen, der schließlich auf der Terrasse des gegenüberliegenden Alpenhauses landete, wo Herr Levandowski in Feinrippenunterhemd und Trainingshose in einem Liegestuhl Zeitung las.
»Der Mann da drüben ist ja ein toller Anblick«, kicherte sie. »Echt sexy!«
Maren goss Kaffee ein. Julia griff sich sofort eine der Waffeln, die Maren gebacken hatte, legte sie auf ihren Teller und begegnete Marens tadelndem Blick mit herausforderndem Grinsen. Sybille lehnte mit Hinweis auf ihre Diät ab.

An Julia gerichtet fragte sie: »Und – wie klappt das mit deiner neuen Tagesmutter? Ist sie nett?«
Julia nickte mampfend. »Frau Hebenstreit hat einen süßen Kater. Wenn ich aus der Schule komme, liegt manchmal eine zermatschte Maus auf der Treppe. Gestern hat er sogar eine Ratte gebracht.«
»Iiiihgitt«, Sybille verzog das Gesicht, und Julia ergötzte sich an ihrem Ekel. Dann fuhr sie fort: »Frau Hebenstreit ist nett, vielleicht ein bisschen alt und dusselig, weil ich ihr immer sagen muss, wo sie gerade ihre Brille hingelegt hat.«
»Läufst du von der Schule aus alleine zu ihr?«, erkundigte sich Sybille weiter.
Mit einem überlegenen Seitenblick zu ihrer Mutter meinte Julia: »Natürlich! Das ist überhaupt nicht weit. Nur die Langstraße hoch, am Bäcker und am Metzger vorbei, dann rechts in die Seitenstraße. Schon bin ich da! Und Frau Hebenstreit könnte mich auch nicht abholen wegen ihrer Hüfte.«
Zwischen Mutter und Tochter wurden vielsagende Blicke getauscht.
»Am liebsten würde ich jeden Tag zu Frau Hebenstreit gehen«, legte Julia noch nach, bevor sie nach der nächsten Waffel griff.

Später verzog Julia sich in ihr Zimmer, angeblich, um ihre Hausaufgaben zu erledigen. Maren kannte ihre Tochter besser. Sie wusste, dass das aufgeschlagene Heft unbeachtet auf Julias Schreibtischplatte lag und nur hin und wieder mit etwas Tinte gefüttert wurde. Schule war für Julia eine langweilige Nebensache, die ihr nur die Zeit stahl. Viel lieber lag sie stundenlang in ihrem Zimmer auf dem Boden, las und spielte dann alle möglichen Szenen mit ihren Puppen und Stofftieren nach, in Kulissen, die sie selbst malte, aus Schuhkartons bastelte oder durch das Umstellen ihrer Möbel arrangierte. In Julias Geschichten kreuzten sich oft Phantasie und Wirklichkeit. In der Phase von Rolfs und Marens Trennung hatte es in Julias Welt Töchter gegeben, die mit ihren Vätern in die weite Welt hinauszogen.

Zurzeit beobachtete Maren zunehmend besorgt, dass in Julias Spielen einsame Mädchen, deren Eltern beide gestorben waren, die Hauptrolle spielten. Beschützer und Freund dieser Mädchen waren große Stofftiere, auf deren Rücken sie davonritten oder davonflogen und alle möglichen Abenteuer bestanden. Dabei entdeckten die Mädchen besondere Begabungen an sich, zum Beispiel, dass sie zaubern, hellsehen oder fliegen konnten oder Hüterinnen besonderer Geheimnisse waren. Maren wurde in diese Geschichten nur teilweise eingeweiht. Vieles behielt Julia für sich, besonders dann, wenn sie spürte, dass Maren hellhörig geworden war und neugierig nachfragte.

»Schafft sie ihre Hausaufgaben alleine?«, fragte Sybille, die selbst Grundschullehrerin in Frankfurt war.

Maren winkte ab und sagte, Julias Kinderstimme imitierend: »Hausaufgaben sind Pepsi. Die schaffe ich in zehn Minuten. Dann mach ich noch mal eine halbe Stunde Fleiß und krieg morgen wieder die meisten Smileystempel!«

Sybille schüttelte lachend den Kopf.

»Julia scheint nicht viel Kontakt zu den anderen Kindern in ihrer Klasse zu haben.«

»Nein, hat sie nicht. Und erzähl mir jetzt bitte nicht, ich sei daran schuld, weil ich sie zu sehr beglucke. Es liegt auch an ihr, dass sie mit Kindern ihres Alters wenig anfangen kann. Nicht selten habe ich erlebt, dass sie bei anderen zum Spielen war und dann den Nachmittag im Gespräch mit deren Müttern, Vätern oder älteren Geschwistern verbracht hat, weil sie die interessanter fand. Du kannst dir vorstellen, dass die Leute keine Lust haben, eine so anstrengende Freundin ihrer Kinder noch einmal einzuladen. Sie unterhält sich am liebsten mit Erwachsenen. Bei allen unseren Nachbarn hat sie sich schon eingeladen. Mit Herrn Levandowski hat sie über alternative Schädlingsbekämpfung im Garten gefachsimpelt, und Herrn Wahlich, unserem Kimono tragenden Nachbarn auf der anderen Seite, hat sie erklärt, was seinen Koikarpfen guttut.«

»Herr Wahlich, Herr Levandowski«, wiederholte Sybille leise. »Kann es sein, dass sie ein bisschen nach einem Vaterersatz sucht?«

Maren reagierte unwirsch: »Willst du mir in dieser Hinsicht auch noch ein schlechtes Gewissen machen?«

»Nein, gar nicht. Im Gegenteil, ich will dir helfen, deine Probleme in den Griff zu bekommen.«

»Na toll, im Moment bist du damit beschäftigt, immer neue zu benennen. Mein Hauptproblem ist ein ganz anderes …«

Eine Weile schwiegen die beiden, und jede blickte in eine andere Richtung hinaus in den Garten. Herr Levandowski war unter der Zeitung eingeschlafen. Sein Schnarchen drang zu ihnen herüber. Unmittelbar hinter dem Gartenzaun leuchtete das künstliche Mahagonibraun der akkurat gelegten Lockenfrisur der Nachbarin.

»Wir müssen leiser reden. Sie hat schon Witterung aufgenommen«, flüsterte Maren und deutete mit einer Kopfbewegung auf die Nachbarin. Dann erhob sie sich und begann, den Tisch abzuräumen. Sybille folgte ihr, mit dem restlichen Geschirr beladen, in die Küche und reichte ihr die Teller, die Maren in die Spülmaschine einsortierte.

»Schläfst du immer noch so schlecht?«, erkundigte sie sich in fürsorglichem Ton.

Maren richtete sich auf. Sie umschlang ihren Oberkörper mit den Armen und sagte mit leiser Stimme: »Ich könnte hervorragend schlafen, wenn dieser elende Traum nicht wäre. Immer wieder dasselbe. Es macht mich wahnsinnig.«
»Ich hab mal in so einem Traumdeutungsbuch gelesen, dass Wasserträume Sexualität bedeuten und dass Dunkelheit immer mit Angst vor dem Ungewissen zu tun hat. Vielleicht hast du Angst, weil im Moment das Thema Mann für dich ungeklärt ist.«
»Hör mir bloß mit diesem Irrsinn auf«, fauchte Maren. »Und lass in Zukunft deine Hausfrauenpsychologie! Das Thema Mann ist für mich kein Thema mehr, und zwar auf lange Sicht! Glaub es mir! Schon allein, wenn ich Rolf alle vierzehn Tage bei der Übergabe von Julia genießen darf, samt seinem neuen kuhäugigen Glück, reicht mir das.«
»Kuhäugig«, wiederholte Sybille und lachte kopfschüttelnd. »Du musst zugeben, dass dein Ex bei der Wahl seiner Neuen Geschmack bewiesen hat. Vanessa ist ebenso attraktiv wie du. Du bist eifersüchtig, zumindest neidisch auf ein zartes Mädchen Anfang zwanzig, das noch vor sich hat, worauf du zurückblickst. Du kommst keinen Millimeter von der Stelle, wenn du nicht endlich anfängst, auch in Sachen Beziehung an deiner Zukunft zu arbeiten!«
Maren antwortete bissig: »Das ist typisch Sybille. Hat der vorherige Mann nichts getaugt, muss als Therapie ein neuer her, möglichst mit den gegenteiligen Macken, als Ausgleich sozusagen.«
»Das ist immer noch besser als diese Witwenverbrennung, die du inszenierst. Rolf – oder keiner! Da merkt man, dass du die Selbstherrlichkeit, mit der dich dein Ehemonster am Schluss abserviert hat, zum größten Teil selbst kultiviert hast.«

»Irgendwie habe ich mir den Nachmittag mit dir heute anders vorgestellt«, meinte Maren enttäuscht.
»Weil du dir einfach nichts sagen lässt. Anscheinend gefällt dir alles so, wie es ist. Lebst in dieser Einöde. Hetzt morgens in die Schule und wieder zurück, ohne jeglichen Kontakt zu den Leuten. Stülpst dich über deine Tochter und leidest wie ein waidwundes Reh, wenn sie ihre Krallen zeigt und sich frei strampelt. Kümmere dich wieder um dich, um deine Perspektiven als Mensch – und als Frau. Du kannst dir nicht vorstellen, wie ich dich um deine mädchenhafte Figur beneide. Und was tust du? Wickelst dich in übergroße Blusen und Trainingsjacken. Außerdem finde ich es strafbar, wie du dein Haar behandelst. Wenn ich dein kaffeebraunes, glänzendes und volles Haar hätte, ich würde es offen tragen, damit alle Frauen um mich herum vor Neid erblassen. Aber du knäuelst es lieblos im Nacken zusammen. Warum? Du hast doch früher immer so viel Wert auf eine gepflegte Erscheinung gelegt. Willst du deinem Ex zeigen, dass du selbst dir die Mühe nicht wert bist, jetzt, wo seine Aufmerksamkeit nicht mehr auf dir ruht? Diese Genugtuung würde ich ihm nicht verschaffen. Kopple dich endlich ab von ihm. Rolf ist Geschichte. Oder hoffst du insgeheim, dass er eines Tages mit Büßermiene wieder hier einzieht?«
»Nein, das tue ich nicht«, brauste Maren auf, »ich warte nicht mehr auf Rolf.«
Sybille kommentierte die heftige Reaktion mit einem kritischen Blick.
»Warten ist sowieso die falsche Strategie, um glücklich zu werden«, sagte sie. »Glück ist eine Kombination aus Vorbereitung und Zufall!«
»Unglück aber auch«, sagte Maren.
Sybille seufzte. »Auf zufällige Begegnungen kannst du hier in

dieser Einsamkeit sowieso nicht hoffen, und gezieltes Ausschauhalten wäre hier nicht gerade von Erfolg gekrönt, weil die Dichte der in Frage kommenden Männer äußerst gering ist.«

»Was kein Problem ist, da ich nicht vorhabe, Ausschau zu halten«, sagte Maren entschieden.

»Was ein Problem ist, denn selbst wenn du wolltest, würdest du hier keinem begegnen«, erwiderte Sybille.

»Sag das nicht!«, entgegnete Maren.

»Ach?«, horchte Sybille auf.

»Nichts *Ach*«, äffte Maren sie nach.

»Eben doch«, sagte Sybille. »Wann, wo, wie sieht er aus?«

Maren verzog unwillig das Gesicht, begann aber dennoch ein wenig zögernd zu erzählen: »Er begegnet mir manchmal beim Joggen. Mitte dreißig, sportlich, blond. Er hat ein nettes Lächeln. Manchmal.«

Sybilles Gesicht glühte vor Neugier, doch Maren tat, als sei sie vollauf mit dem weiteren Einräumen des Geschirrs beschäftigt, wobei Sybille ihr schließlich schulterzuckend half.

Der Spätsommernachmittag räkelte sich träge in der Waldsenke wie eine schläfrige Katze. Noch stand die Sonne hoch am Himmel, so dass einige Strahlen durch das teilweise schon gelblich leuchtende Gewirr der Blätter bis zum Boden dringen konnten. Hier zeichneten sie helle Flecken in das Flickenmuster des Laubteppichs oder spiegelten sich auf der Oberfläche des schwarzen Wassers, das die Senke wie ein Adergeflecht durchzog. Das dunkle Herz wurde von einem langgezogenen Moorsee gebildet, dessen Tiefe niemand kannte. Direkt ans Wasser zu gelangen, war ohnehin nur von einer Seite aus möglich. Hier hatte eine mächtige Weide mit ihrem Wurzelgeflecht den Boden verfestigt und aufgewölbt. Die

Fährten im schwarzen Morast ringsum zeigten, dass diese Stelle als Tränke genutzt wurde. Rund um den See ging die Wasserfläche in einen breiten und dicht verflochtenen Gürtel aus Schilfgras über. Im Anschluss daran ragten aus dem moorigen Boden die mächtigen Kandelaber der Herkulesstauden auf. Die Blütenstände dieses Jahres hatten Tausende gelblicher Samen angesetzt und hoben sich farblich von den dunkelbraunen, sperrigen Schirmen aus dem Vorjahr ab. Es gab niemanden, der ein Interesse daran hatte, dieses undurchdringliche Gewirr zu ergründen.

Gegenüber der Tränke schloss sich an den Schilfgürtel ein kleines Wäldchen von Schwarzerlen an, deren Stämme teilweise im Wasser standen und diesem Ort das Aussehen eines tropischen Mangrovensumpfes gaben. Dahinter, wo der Boden fester wurde und er wieder leicht anstieg, war ein dichter Hain junger Fichtenstämmchen gewachsen. Auch tagsüber drang kaum Licht durch dieses Dickicht. Wer jedoch danach suchte, konnte einen Pfad in dem dunklen Fichtendschungel finden. Er wurde allnächtlich von einer großen Rotte Wildschweine benutzt, die tagsüber auf dem weichen Nadelboden des dunklen Haines ein sicheres Versteck gefunden hatte.

Eines der Schweine untersuchte mit zitterndem Rüssel einen Gegenstand, der schon sehr lange hier lag und von verschiedenen Tieren bereits quer durch das Wäldchen geschoben worden war. Intensiv beschnupperte das Jungschwein jede Ritze des Behälters. Als es den Kopf zurückziehen und sich etwas Interessanterem zuwenden wollte, hatte sich das Tier plötzlich in einer Schlaufe des Gegenstandes verfangen. Es schüttelte den Kopf, um das lästige Ding loszuwerden, doch das rutschte nur weiter an seinem Hals entlang. Inzwischen hatten sich die Verschlüsse an der vorderen Seite des Gegenstandes gelöst und dadurch eine breite Klappe geöffnet. So war das Anhängsel am Hals des Tieres noch sperriger und unangenehmer geworden. Das Tier lief vor Panik quiekend zum Schwarzerlensumpf. Dort blieb es zunächst zwischen zwei aufragenden Wurzeln stecken, konnte sich dann aber mit einer heftigen Rückwärtsbewegung aus der Schlaufe befreien und verschwand im Dunkel. Der Gegenstand blieb zurück, halb hing er an einer Wurzel, halb schwamm er auf der Oberfläche des Schwarzwassers. Die vom Wildschwein verursachten Wellen ließen ihn sacht auf und nieder tanzen. Die Strahlen der untergehenden Sonne erzeugten funkelnde Blitze auf zwei kleinen Flächen an der Klappe des Behälters, die das Sonnenlicht in viele Richtungen reflektierten. Die geöffnete Klappe bewegte sich wie ein lahmer Flügel auf der Wasseroberfläche. Aus dem Innern des Behälters quoll etwas Weißes hervor. Als das Wasser dort allmählich eindrang, entglitt es seiner Behausung. Wie ein bizarrer Schwan trieb es mit den Wellen zum anderen Ufer. Doch bevor es das Ufer erreichen konnte, versank es mit einer letzten Strudelbewegung im Moorteich unter den überhängenden Zweigen der großen Weide.

Das unvorsichtige Jungtier hatte durch seine Aktion im Schweinewald ein heftiges Grunz- und Quiekkonzert provoziert, welches zwischen den Hängen widerhallte. Das Geräusch wurde fortgetragen bis zu der kleinen Waldwiese, die jetzt im Schatten lag.

Unter dem Hochstand lauschte mit hocherhobenem Kopf der schwarze Hund. Schon bald senkte er wieder den Kopf und widmete sich weiter dem sorgfältigen Abschnüffeln des Waldbodens. Seine Nackenhaare waren dabei zur Bürste aufgerichtet. Er folgte der Spur bis zur Leiter des Hochstandes. Sprosse für Sprosse prüfte er, bis er, die Vorderpfoten auf die letzte erreichbare Leitersprosse gestellt, mit langgezogenem

Hals in der Höhe die Luft einsog. Er knurrte grollend hinauf. Als der Hund sich überzeugt zu haben schien, dass dort außer der Geruchsspur nichts mehr war, sprang er herunter und lief mit elastischen, weit ausgreifenden Bewegungen über die Lichtung davon, als wisse er genau, welches Ziel als Nächstes auf seinem Plan stand.

## Donnerstag, der 16. September

Maren hatte den gestrigen Schultag zu ihrer eigenen Überraschung gut überstanden. Auch mit den neuen Kolleginnen und Kollegen kam sie gut zurecht. Sorge bereitete ihr nach wie vor der lange Arbeitsweg nach Frankfurt und die dadurch bedingte lange Abwesenheit von zu Hause. Es war ein Glücksfall, dass sie kurzfristig durch einen Aushang im Lebensmittelladen die alte Frau Hebenstreit als Tagesmutter für Julia gefunden hatte. Frau Hebenstreit hatte lange Jahre in Bad Homburg als Klavierlehrerin gearbeitet. Als ihre Arthrose das nicht mehr zuließ, hatte sie ihren Beruf aufgegeben und war in ihr Elternhaus zurückgekehrt, das sich nahe der Schule befand. Sie konnte sich problemlos an Marens und Julias Terminplan anpassen.

Zu Marens Erstaunen ging Julia gerne zu Frau Hebenstreit, obwohl ein Nachmittag oder die Morgenstunden vor Schulbeginn in der Wohnung einer fast Achtzigjährigen nicht besonders unterhaltsam sein konnten.

Rolf hatte Marens Idee, wieder arbeiten zu gehen, zunächst als unverantwortlich gegenüber dem Kind bezeichnet. Maren war nach diesem Auftritt schon wieder drauf und dran gewesen, ihre Pläne aufzugeben, doch Sybilles hartnäckiges Zureden hatte ihr geholfen, bei ihrer Entscheidung zu bleiben. Nachdem Rolf sich überlegt hatte, dass Marens Verdienst sich günstig auf seine Unterhaltszahlungen auswirken würde, hatte er eingelenkt.

Maren war in guter Stimmung. In der Nacht hatte sie geschlafen wie ein Stein und konnte sich nicht erinnern, überhaupt etwas geträumt zu haben.
Nachdem sie Julia mit dem Auto zur Schule gebracht hatte, war sie zum Bäcker gegangen, hatte einige Stücke des frisch gebackenen Obststreuselkuchens gekauft und war wieder nach Hause gefahren. Sie wollte Diktate korrigieren. Gut gelaunt legte sie das Kuchenpaket auf den Esstisch und wollte gerade in der Küche die Kaffeemaschine in Gang setzen, als ihr Handy das Eintreffen einer SMS meldete.
Die Nachricht kam von Sybille: Wie geht's dem großen Blonden mit dem Joggingschuh? Maren schüttelte unwillig den Kopf. So ein Blödsinn, Sybille, du glaubst doch nicht im Ernst, dass ich mich auf solche pubertären Spielchen einlasse, dachte sie und schrieb als Antwort: Keine Zeit.
Prompt kam von Sybille, die offensichtlich gerade Pause hatte, zurück: Richtig, du hast keine Zeit mehr!
Lass mich in Ruhe!, dachte Maren, stand auf und legte einen Stapel Hefte auf den Esstisch. Ihr Blick schweifte über die Sitzlandschaft der viel zu mächtigen Wohnzimmercouch. Die großen einfarbigen Stoffflächen schienen die Leere des Raumes noch zu betonen. Hinter der Glasfront im Garten setzte sich allmählich der Herbst in Szene. Auf dem Rasen spielte der Wind mit einer Handvoll trockener Blätter. Die Sonne gab ihre letzte Kraft und ließ einen kleinen Busch am Gartenzaun flammend rot aufleuchten.
*Wer jetzt noch allein ist,* ging es ihr durch den Sinn. Und sie fröstelte in dem großen, schattigen Raum. Maren kannte das Gefühl, das in ihr aufsteigen wollte, nur zu gut. Das Frieren bildete stets den Anfang. Sie schlang die Arme fest um ihren Oberkörper. Nimm mich in den Arm!, wimmerte es in ihr. Wenn Maren sich jetzt nicht mit aller Konsequenz an die fri-

sche Luft schickte, würde sie in wenigen Minuten mit angezogenen Beinen regungslos in einer Ecke des riesigen Sofas sitzen und vor sich hin starren. Hilfesuchend schaute sie nach draußen.

Das Wetter ist viel zu schön, um im Haus zu bleiben. Das Diktat kann ich auch am Wochenende durchsehen, wenn Julia bei Rolf ist, dachte sie. Schnell war sie in ihrem Joggingoutfit und machte sich auf den Weg durch die Siedlung in Richtung Waldrand, wohl wissend, dass sie hinter Gardinen beobachtet wurde.

Der Wechsel der Umgebung und die Bewegung taten ihr gut. Da Maren von zu Hause aus startete, war ihre Strecke heute doppelt so lang wie sonst. Die längere Strecke war ihr heute gerade recht, denn es würde dauern, bis das pulsierende Blut die letzten Kältenester in ihr getilgt hatte.

Als sie am Waldrand ankam, fiel ihr Blick sofort auf den silberfarbenen Kombi, der dort seitlich vor der Schranke parkte. Ein Frankfurter Kennzeichen. War das am Ende das Auto des Joggers? Oder hatte sie ein anderes Fahrzeug in Erinnerung? Mit Wiesbadener Kennzeichen? Ist auch egal, dachte sie. Maren lief nicht geradeaus in den Wald hinter der Schranke, in dem sie noch nie gewesen war, sondern hielt sich links und war bald auf ihrem bekannten Joggingpfad in Richtung Dorf unterwegs. Sie trabte in gleichmäßigen Schritten, den Blick auf den unebenen Boden gerichtet, und überlegte, mit welcher der für den Deutschunterricht des 10. Schuljahres vorgeschlagenen Kurzgeschichten sie morgen beginnen sollte. Sie war so sehr in Gedanken, dass sie erst im letzten Moment eine kleine Bewegung aus den Augenwinkeln wahrnahm. Sie erschrak, als sie entdeckte, wer ihr entgegenkam. Er wich mit einem kleinen Sprung aus, grüßte kurz nickend und war schon an ihr vorbei. Maren hatte ebenfalls versucht, ihm auszuweichen, und sich dabei in der Breite des Weges verschätzt. Sie spürte, wie ein stechender Schmerz ihr durch den Knöchel jagte und fand sich einen Sekundenbruchteil später im nassen Gras am Wegrand inmitten fauligen Fallobstes sitzend wieder. Sie rieb ihren schmerzenden Knöchel und wollte gerade aufstehen, als sie seine Stimme neben sich hörte: »Warten Sie, ich helfe Ihnen!«

»Nein«, wehrte sie ab, »das ist nicht nötig, ich komme gut selbst zurecht!«

Sie rappelte sich mühsam auf. Er blieb neben ihr stehen und beobachtete ihre umständlichen Bewegungen mit kritischem Blick. Sie versuchte ein tapferes Lächeln, doch damit konnte sie seine bedenkliche Miene nicht vertreiben.

Danke, dass du jetzt nicht einfach ungefragt zugreifst. Danke, dass du mich in Ruhe lässt, dachte sie.

»Vielen Dank, auf Wiedersehen«, sagte sie schnell, während sie sich umdrehte, um ihren Weg Richtung Dorf fortzusetzen. Kaum trat sie jedoch mit dem Fuß auf, durchzuckte sie ein Schmerz. Die nächsten Schritte waren ein mühevolles Humpeln und hatten mit Jogging wenig zu tun.

Nur weg, dachte sie, bis zur nächsten Biegung, dort abwarten, bis er verschwunden ist, und dann umkehren und vorsichtig nach Hause hinken.

»Warten Sie«, hörte sie ihn hinter sich rufen. Er kam näher, und als er sie eingeholt hatte, meinte er: »Das geht so nicht, glauben Sie mir! Wenn Sie jetzt weiterlaufen, haben Sie morgen einen blauen Elefantenfuß. Sie müssen den Fuß hochlegen und kühlen!«

»Das ist hier am Wald kaum möglich«, wehrte sie höflich lächelnd ab.

»Doch«, sagte er, und deutete auf die Sitzbank des dörflichen Verschönerungsvereins.

»Hängen Sie sich bei mir ein, ich bringe Sie hin«, schlug er vor.
»Nein«, wehrte Maren hastig ab. Ihr Gesicht wurde heiß. »Ich gehe allein!«
Mit schnellen, kleinen Humpelschritten floh sie vor ihm zur Bank. Mit der Handfläche entfernte sie fahrig eine braune, nasse Schicht vermoderter Blätter von den Holzplanken. Dann ließ sie sich darauf nieder, indem sie einen Arm auf die Rückenlehne legte und beide Beine auf der Sitzfläche ausstreckte.
Er stand immer noch an derselben Stelle und hatte ihr Tun mit nachdenklichem Blick verfolgt.
»So«, sagte sie. »Ich warte jetzt ein Weilchen, bis sich das wieder beruhigt hat. Dann laufe ich nach Hause und versorge den Fuß mit Eis. Ich wohne nicht weit. Da drüben in der Siedlung.«
Er war ihrer Handbewegung mit den Augen gefolgt und sah abschätzend in Richtung der Häuser, die sich als kleine weiße Würfel in der Ferne abzeichneten.
»Fast ein Kilometer«, sagte er und deutete auf ihren Knöchel. »Wie viele Tage wollen Sie hier warten, bis sich das beruhigt hat?«
Maren lächelte scheu.
»Es geht schon. Ich komme zurecht«, sagte sie und hoffte, dass er das als Aufforderung verstand, endlich seinen Weg fortzusetzen.
Stattdessen sagte er: »Ich mache Ihnen einen Vorschlag. Nicht weit von hier steht mein Auto. Ich hole den Wagen und fahre Sie nach Hause.«
»Nein, das ist überhaupt nicht nötig«, wehrte Maren ab. »Außerdem sind meine Kleider nass und schmutzig. Ich würde die Autositze ruinieren.« Ein wenig triumphierte es in ihr,

dass ihr diese Antwort eingefallen war. In jedem Dschungel der Welt hätte Rolf sie nach dieser Erklärung zurückgelassen.

»Das macht nichts, ich bin gleich da«, meinte der Mann zu Marens Erstaunen, wandte sich um und lief davon.

Sie sah ihm nach und überlegte, ob es eine Fluchtmöglichkeit gab. Hinter der Bank im Wald zu verschwinden war wegen des Steilhanges ausgeschlossen. Den vor ihr liegenden Obsthang hinunter ging auch nicht, weil sie dann schon von weitem zu sehen wäre. In Richtung des Dorfes verschwinden? Ein zu weiter Weg mit diesem Fuß. Er schmerzte deutlich mehr, als sie hatte zugeben wollen. Sie atmete tief durch und beschloss, sich erst einmal zu fügen.

Nach kurzer Zeit erschien der schwarze Hund auf seiner üblichen Route. Als er Maren bemerkte, unterbrach er seinen Lauf und hockte sich in sicherer Entfernung mit Bettelblick vor sie hin.

»Ich habe nichts«, sagte Maren. »Hustenbonbons sind heute aus!«

Das Motorengeräusch wurde hörbar, und der Hund verschwand.

Vor ihrem Haus angekommen stieg ihr Helfer aus und kam um das Auto herumgelaufen, um auf ihrer Seite die Tür zu öffnen. Mühsam schälte sich Maren aus dem Beifahrersitz. Sie griff nicht nach der Hand, die er ihr bot, sondern hielt sich am Türholm fest. Dann ging sie mit vorsichtigen Schritten in Richtung Haustür, wobei sie versuchte, möglichst wenig zu hinken.

»Guten Morgen, Frau Wiegand«, schallte es aus dem Nachbargarten. »Habe gar nicht gewusst, dass sie schon unterwegs sind.« Dann fiel Frau Levandowskis Diagnoseblick auf Ma-

rens Bein und von dort auf den Mann, der abwartend neben dem Auto stand.
»Oje, haben Sie sich was getan?«
»Nichts Schlimmes, Frau Levandowski, nur eine Kleinigkeit!«
»Na, hoffentlich!« Und dann mit einem forschenden Blick auf den Mann: »Aber Sie haben ja gleich Hilfe gefunden. Das ist gut!«
Maren nickte mit artigem Lächeln und suchte in ihren Hosentaschen nach dem Schlüssel.
»Vielen Dank dann noch einmal für alles«, sagte sie dabei zu dem Mann am Auto.
»Auf Wiedersehen!« Gleich würde sie im Haus verschwinden können.
»Auf Wiedersehen«, sagte er und machte sich daran einzusteigen.
Immer nervöser und hektischer wurde Marens Schlüsselsuche.
»Haben Sie keinen Schlüssel?«, rief Frau Levandowski laut zu ihr hinüber.
»Ich muss ihn beim Fallen verloren haben«, sagte Maren verzweifelt.
»Heiliger Bimbam!«, seufzte Frau Levandowski.
»Vielleicht liegt er oben auf der Wiese«, hörte Maren die Stimme des Mannes vom Auto her. Er war wieder ausgestiegen und meinte: »Ich werde hinfahren und ihn suchen.«
»Das kann ich nicht von Ihnen verlangen!«, sagte Maren bestürzt.
»Tun Sie ja nicht«, entgegnete er, stieg ein und fuhr davon.
Maren verbrachte die nächste Viertelstunde unter der Beobachtung von Frau Levandowski auf der Treppe vor der Haustür. Nachdem sie sich recht einsilbig verhalten hatte, gab die

Nachbarin immerhin ihre Versuche auf, sie in ein Gespräch zu verwickeln. Sie blieb allerdings in der Nähe, um den Ausgang der Geschichte nicht zu verpassen. Sorgfältig entfernte sie gelbe Blättchen aus dem Blumenarrangement, das sie zu Dekorationszwecken auf dem Betonbehälter für die Mülltonnen plaziert hatte. Wenig später kam der Mann zurück und brachte den Schlüssel.

»Er lag im Gras«, sagte er.

»Was für ein Glück«, hauchte Maren dankbar. »Ich wäre völlig aufgeschmissen gewesen!«

»Haben Sie keinen Schlüssel bei den Nachbarn deponiert?«, erkundigte er sich.

»Nein«, rief Frau Levandowski. »Bei mir hat ja die Frau Wahlich einen Schlüssel, und ich habe ihren. Es kann immer mal was sein, sage ich mir. Sicher ist sicher!«

Maren beugte sich vor und meinte dann leise: »So vertraut bin ich hier noch nicht mit den Nachbarn.«

»Verstehe«, sagte er und warf einen kritischen Blick in Richtung der Levandowski. »Aber diese Schlüsseldienste, die im Notfall die Tür öffnen, kosten ein Vermögen.«

»Mein Mann, äh, mein Ex-Mann, hat einen Schlüssel. Doch der wohnt in Frankfurt und wäre nicht gerade begeistert, wenn ich ihm mit meiner Dusseligkeit die Zeit stehlen würde.«

Maren öffnete die Haustür und schaute sich noch einmal zu ihm um. Er stand am Fuß der Treppe auf dem Gartenweg.

»Ich danke Ihnen vielmals und weiß gar nicht, wie ich mich erkenntlich zeigen soll. Ich heiße übrigens Wiegand, Maren Wiegand.«

»Ich hätte jetzt auf Julia getippt«, sagte er. Offenbar hatte er ihr Türschild gelesen.

Maren lächelte. »Das ist meine Tochter. Sie ist sieben und gerade in der Schule.«

Er nickte. Nach kurzem Zögern sagte er: »Thorsten Steiner.« Maren war ihm insgeheim dankbar, dass er dies nicht zum Anlass nahm, näher zu kommen, sondern einige Meter entfernt auf dem Gartenweg stehen blieb. Über sein Gesicht huschte kurz das Lächeln, das sie schon kannte. Maren lächelte scheu zurück.

»Möchten Sie vielleicht einen Kaffee?«, fragte sie zaghaft, weil sie glaubte, dass die Höflichkeit das jetzt gebot.

»Vielleicht ein andermal«, sagte er zu ihrer Erleichterung. »Kümmern Sie sich jetzt besser um Ihren Fuß! Sie wissen ja, hochlegen und Eis drauf.«

»Sind Sie Arzt?«, fragte Maren.

»Nein«, sagte er, »das ist Patientenwissen!«

Er verabschiedete sich höflich und fuhr davon.

Maren betrat ihr Haus und hatte das Gefühl, hundert Jahre nicht mehr da gewesen zu sein.

## Freitag, der 17. September

Trotz der Kühlpackung, mit der Maren den größten Teil des Donnerstagnachmittags auf der Couch verbracht hatte, war der Fuß stark angeschwollen und hatte sich bläulich verfärbt. Auch wenn die stechenden Schmerzen sie vor zu viel Bewegung warnten, hatte sie doch Julia von der Schule abgeholt, Essen zubereitet und andere, ihrer Ansicht nach unbedingt nötige Arbeiten im Haushalt erledigt.

Am Freitagmorgen meldete sie sich in der Schule krank. Julia bestand darauf, nach der Schule dennoch zu Frau Hebenstreit gehen zu dürfen, und Maren ließ sich darauf ein. Sie hatte vor, den Tag zum Ausruhen zu nutzen. Sie zog sich mit einem Stapel Lektüre ins Schlafzimmer zurück, wo sie vor den Blicken ihrer Nachbarn geschützt war.

Am späten Vormittag läutete es an der Tür. Maren erhob sich zunächst nicht, weil sie vermutete, dass Frau Levandowski sich nach ihrem Befinden erkundigen wollte. Das Läuten erklang noch ein zweites Mal. Dann folgte Motorengeräusch. Maren sprang trotz des schmerzenden Fußes auf und lugte durch den Vorhang nach draußen. Sie sah ein Auto davonfahren, das sie kannte.

Sie legte sich wieder hin und ließ den gestrigen Vormittag noch einmal in Gedanken vorüberziehen. Im Nachhinein konnte sie sogar ein wenig über sich lachen und versuchte, sich vorzustellen, wie ihr Auftritt auf Thorsten Steiner gewirkt haben mochte. Die Analyse fiel nicht sonderlich positiv

für sie aus, und sie fand es daher äußerst verwunderlich, dass er heute an ihrer Tür geklingelt hatte. Oder hatte sie am Ende noch irgendetwas anderes in seinem Auto verloren?
Denkbar wäre das. Meine Güte, wie durcheinander du gestern warst, tadelte sie sich.

Am frühen Nachmittag rief Sybille an. Sie war in bester Wochenendlaune und unterbreitete Maren den Vorschlag, mit ihr in Frankfurt »auf die Pirsch« zu gehen. Schließlich sei Julia doch bei Rolf, und das solle sie für sich nutzen.
»Geht nicht«, sagte Maren, »ich bin gehandicapt, habe mir den Fuß verstaucht!«
»Wobei?«
»Beim Laufen. Ich bin einfach danebengetreten und umgeknickt.«
»Das ist schlecht. Dann kannst du ja gar nicht joggen gehen!«
»Nein, das ist erst einmal unmöglich.«
»Schade! Und der große Blonde mit dem Joggingschuh trabt allein und ungeküsst durch die Landschaft?«
»So ist es.«
»Wie kommt Julia dann nach Frankfurt?«
»Wie abgemacht. Ich bringe sie am Samstagmorgen zu Rolf, und er bringt sie mir am Sonntagabend zurück.«
»Ist der Fuß doch nicht so schlimm?«
»Doch.«
»Aber du möchtest wie immer deinem Rolfi keine Umstände machen. Dann müsste er ja wegen dir seine Pläne ändern, wäre vielleicht sauer oder würde blöde Bemerkungen machen. Und um alldem zu entgehen, funktionierst du bis zum Umfallen! Ich bin gespannt, wann du diesem Herrn endlich mal gewaltig auf die Zehen trittst!«

»Das verstehst du nicht.«
»Oh, doch. Aber wenn du sowieso nach Frankfurt kommst, hätte ich eine andere Idee. Harry wollte dich immer schon mal näher kennenlernen. Warum gehen wir morgen Abend nicht zu ihm und lassen uns bekochen. Da kannst du gemütlich dein Bein hochlegen und dich kringelig lachen über Harrys Storys. Das wird dir guttun!«
Warum wissen immer alle anderen, was mir guttut?, dachte Maren.
Harry und Sybille hatten sich im Sommerurlaub auf den Malediven kennengelernt und dort verblüfft festgestellt, wie klein die Welt doch war. Beide wohnten im Ostteil Frankfurts, waren sich dort aber nie begegnet.
Harry arbeitete bei einer Zeitung und war Maren bei einem kurzen Zusammentreffen wie die Karikatur eines Klatschreporters vorgekommen. Ein Essen bei ihm erschien ihr wenig reizvoll.
»Ich weiß nicht, ob ich das will.«
»Du musst! Harry kennt eine Menge Leute, schon deshalb ist es gut, Harry zu kennen, wenn man der Einöde entfliehen will. Das wird bestimmt ein unterhaltsamer Abend für dich! Also abgemacht?«

## Samstag, der 18. September

Als Maren sich, auf Sybilles Arm gestützt, die drei Stockwerke zu Harrys Altbauwohnung nach oben gequält hatte, sah sie als Erstes eine riesige weiße Schürze. Darin steckte Harry und empfing seinen Damenbesuch wie der Chef de Cuisine eines Hotels der Spitzenklasse. Als er umständlich Marens Jacke an dem völlig überfüllten Garderobenständer unterzubringen versuchte, fiel ihr Blick auf seinen drahtigen Körper, der in Jeans und Muskelshirt steckte. Ihr gefiel, was sie sah. Kein Wunder, dass Sybille total in diesen Mann verschossen ist, dachte sie. Das Gewicht von Sybilles Ledermantel brachte das Möbel schließlich zum Umkippen. Daraufhin machte sich ein riesiger Kleiderberg, aus dem unten Harrys Beine hervorschauten, auf den Weg in das Zimmer, das er Schlafzimmer nannte. Woher diese Bezeichnung rührte, war für Maren nicht sofort ersichtlich. Ihr Blick durch den Türspalt war auf einen Stapel Wasserkästen, ein Fahrrad, einen Wäscheständer und einen rotgetigerten, lebendigen Kater gefallen. Nachdem Harry erschöpft unter dem Kleiderberg hervorgekrochen war, den er in der Zimmermitte abgeladen hatte, dort, wo man unter einer Menge Kram das Bett vermuten durfte, machte sich der Kater mit gelassenen Bewegungen an die Erstbesteigung des Hügels und begab sich mit der Erhabenheit der Sphinx auf dem Gipfel zur Ruhe.

»Das ist übrigens Garfield. Du kannst du zu mir sagen«, erklärte Harry und strich sich etwas verlegen über das stoppelkurze dunkle Haar. Dann reichte er Maren endlich die Hand zur Begrüßung, nachdem er sie flüchtig an der Schürze abgewischt hatte.

»Maren«, sagte sie artig und probierte ein Lächeln.

Im Laufe des Abends stellte sich heraus, dass Harrys Kochkünste stark geprägt waren von den Zwängen eines Single-Haushaltes, in dem man die meiste Zeit mit dem Suchen dessen zubrachte, was man gerade brauchte.

Nachdem Maren die Spaghetti gefunden hatte, die im sogenannten Schlafzimmer zuoberst in einem der Wasserkästen steckten, lud Harry sie und Sybille ein, es sich auf der durchgesessenen Sitzlandschaft im Wohnzimmer gemütlich zu machen. Da Harrys Esstisch sich in der Küche befand und der überladen war mit allem, was in Harrys Leben der letzten Woche eine Rolle gespielt hatte, waren sie gezwungen, das Essen an dem flüchtig freigeräumten Couchtisch einzunehmen, den sie hartnäckig gegen Garfields Eroberungsversuche verteidigen mussten. Es gab Spaghetti Pesto, die einen Geschmack nach altem Fisch im Mund zurückließen.

Maren lobte Harrys Wein, denn der war wirklich gut. Dies wiederum führte dazu, dass Harry in epischer Breite erzählte, wie er über besondere Beziehungen zu dieser Originalabfüllung aus der Toskana gekommen war. Er krönte seine Schilderung damit, dass er vor Maren gönnerhaft eine Flasche davon auf den Tisch stellte. Selbst unter Freunden sei diese mindestens hundert Euro wert, behauptete er. »Und ich schenke sie dir. Heb sie dir auf für einen ganz besonderen Anlass!«

»Ist er nicht süß?«, wisperte Sybille. Maren lächelte.

Irgendwie passen sie gerade in ihrer Gegensätzlichkeit gut zusammen, dachte sie und musterte das Pärchen. Der drahtige, braungebrannte Mann und die üppige, blonde Sybille. Mit

ihrer Festigkeit und ihrem Pragmatismus ist sie im Alltag sicher ein wichtiger Anker für jemanden, dessen Gedanken immer schon bei der nächsten Story sind.
Harry wechselte plötzlich das Thema: »Und? Wie läuft es jetzt so bei euch im Taunusdörfchen? Den Leuten ein bisschen aufs Maul geschaut? Tut sich da was Neues?«
Maren sah Harry verständnislos an. Sie wusste nicht, worauf er anspielte. Und Harry wandte sich an Sybille: »Sie ist doch aus dem Schulort der verschwundenen Melanie, oder?«
»Doch, doch«, sagte Sybille schnell und erklärte Maren: »Harry arbeitet gerade an einer Serie mit dem Titel *Wo sind unsere Kinder?* Du hast mir doch von dem verschwundenen Mädchen bei euch erzählt. Stell dir vor, Harry hat damals die Berichterstattung gemacht. Ich hab ihm erzählt, dass der Mann die Mutter misshandelt und wahrscheinlich auch den Sohn verprügelt, der in Julias Klasse geht und dass du einiges über die Familie weißt.«
»Für mich war der Alte ja nie raus aus dem Spiel«, erklärte Harry zutiefst überzeugt.
Maren ahnte in diesem Moment, dass die Einladung für diesen Abend ihren Grund nicht allein in Sybilles Fürsorglichkeit ihr gegenüber hatte.
»Ein Riesenaufwand war das damals«, erinnerte sich Harry, »und das Ergebnis gleich null. Das ist schon ärgerlich.«
»Ärgerlich, weil eine Familie ein Kind verloren hat oder weil es nichts mehr zu berichten gab?«, fragte Maren spitz.
Harry ging gar nicht darauf ein. Er stand auf und fand erstaunlich schnell die Kopie eines Zeitungsartikels. Diese hielt er ihr hin.
»Da, lies mal! Sybille hat erzählt, dass ihr erst viel später da hingezogen seid. Dann habt ihr den ganzen Zirkus ja gar nicht mitbekommen!«

Maren vertiefte sich in den Zeitungsartikel und war froh, sich für den Moment nicht weiter mit Harry unterhalten zu müssen.

POLIZEI: MELANIES TOD
IMMER WAHRSCHEINLICHER
WER SCHÜTZT UNSERE KINDER
VOR DIESEN BESTIEN?
SCHON 300 HINWEISE – KEINE KONKRETE SPUR

*Allgemein herrscht großes Entsetzen in Melanies Heimatort. Viele Eltern haben in den letzten Tagen ihre Kinder auf dem Weg in die Grundschule des Nachbarortes begleitet aus Angst, der Täter könnte ein zweites Mal zuschlagen.*

*Die Polizei fragt: Wer hat am Dienstag in der Woche vor Pfingsten an der Bundesstraße gesehen, wie ein Mann mittleren Alters ein Kinderfahrrad in einen Geländewagen verlud?*

*Vermutlich war Melanie zu diesem Mann ins Auto gestiegen und wurde dann von ihm verschleppt. Eine Zeugin konnte dies aus größerer Entfernung beobachten.*

*»Wer so etwas tut, ist kein Mensch mehr, sondern eine Bestie. Die Strafen sind viel zu mild, das schreckt doch keinen ab!«, hört man von den aufgebrachten Einwohnern.*

*Das Gebiet wurde weiträumig von Hundertschaften der Polizei abgesucht. Ohne Ergebnis!*

*Je mehr Zeit verstreicht, desto geringer wird die Wahrscheinlichkeit, Melanie lebend wiederzufinden, so ein Polizeisprecher.*

*Die Polizisten haben in erheblichem Maß Überstunden geleistet. Viele sind selbst Familienväter und können nachfühlen, was das ungewisse Schicksal des Kindes für die Eltern bedeutet. Auch Hauptkommissar Lars S., Leiter der Sonderkommission Melanie, wird nicht aufgeben, bis er das Kind gefunden hat. Er hofft natürlich wie alle, dass Melanie noch lebt. »Jede Minute zählt jetzt«, sagt er und denkt nicht mehr an den eigenen Nachtschlaf. »Später würde ich mir Vorwürfe machen.« Sollte Melanie etwas zugestoßen sein, so kann man schon jetzt die Entschlossenheit ahnen, mit der dieser Mann und seine Leute alles tun werden, um den Täter zu fassen und seiner gerechten Strafe zuzuführen. Wir hoffen mit ihnen und den verzweifelten Eltern …*

»Na?«, fragte Harry und sah Maren erwartungsvoll an.
»Ein bisschen reißerisch und zu gefühlsbetont für meinen Geschmack«, meinte Maren achselzuckend.
Harry schüttelte ungläubig den Kopf und tippte sich an die Stirn. Beleidigt schnauzte er Maren an: »Du raffst es nicht, Mädchen! Die Leute wollen so etwas lesen. Die wollen sich aufregen, aber sie brauchen auch Hoffnung, dass es jemanden gibt, der sich dafür einsetzt, dass es wieder gut wird. Du musst immer Freund- und Feindbilder bieten. Wenn du das nicht machst, kauft keiner das Blatt! Ich habe damals eine Woche lang jeden Tag einen Artikel drin gehabt und das, obwohl sich eigentlich nichts tat. Aber so ein Thema ist immer ein Aufreißer, weil du keinen findest, der sich nicht betroffen fühlt. Was hätte ich damals für einen Anhaltspunkt oder eine konkrete Spur gegeben! Aber nichts war da! Da hilft dann selbst die beste journalistische Arbeit nichts.«
Harry sah Maren herausfordernd an, er hatte ihre abfällige Mimik beim Stichwort »journalistische Arbeit« bemerkt. Maren begegnete seinem Blick ungerührt.
Harry holte tief Luft und fuhr dann etwas ruhiger in über-

heblichem Ton fort: »Gute journalistische Arbeit erschöpft sich natürlich nicht im Berichterstatten. Dahinter steckt immer die knallharte Recherche. Man muss schon etwas dafür tun, dass man an die News kommt. Eins ist klar, alle lesen die Zeitung, auch der Täter! Deshalb kommt es darauf an, das, was man mitteilt, richtig zu verpacken. Du kannst sogar Köder legen oder den Täter in die Enge treiben. Das ist etwas, was die Polizei nicht kann und darf. Ich kann den Täter persönlich ansprechen, ohne dass er merkt, dass ich auf ihn ziele. Er ist Wachs in meinen Händen. Ich kann ihn beeinflussen, kann ihm Angst machen, ihn in falscher Sicherheit wiegen und damit sein Handeln lenken.«

Harry sah beifallheischend in die Runde. In Sybilles Augen las er die erhoffte Bewunderung. Maren saß, das Weinglas in der Hand schwenkend, mit halbgeschlossenen Lidern da und betrachtete das Lichterspiel auf der Oberfläche ihres Rotweines. Ihr Gesichtsausdruck fand sein Pendant in der gelangweilten Miene des Katers, der vor sich hin dösend nach erfolgreicher Eroberung der Tischplatte zwischen den sorgsam abgeleckten Tellern thronte.

Harry setzte seinen Vortrag fort: »Für mich stand damals fest: Der Lover der Mutter ist der Hauptverdächtige. Also habe ich ihm damals die Zeitung mit dem letzten Artikel da, den du eben gelesen hast, in den Briefkasten geworfen. Dann habe ich ihn angerufen und so getan, als wäre ich Kommissar Stephan, habe ihm gesagt: Wir wissen, dass Sie es waren, können es nur noch nicht beweisen. Wir werden eine Hausdurchsuchung bei Ihnen machen! Wir finden alles, auch das, was wir nicht suchen! Du wirst keine ruhige Minute mehr haben. Ich bleib bis an dein Lebensende an dir dran! Damit wollte ich ihn aufschrecken. Genial, was?«

Maren sah hinüber zu Sybille. Die hing an Harrys Lippen,

während er weiterredete: »Hab dem Alten gesagt, wir werden an allen Orten suchen, die etwas mit ihm zu tun haben. Wir finden alles, geringste Faserspuren, Blutspuren, selbst nach einem Riesenhausputz. Nichts wird uns entgehen ... und so weiter. War einfach eine Lunte, die ich gelegt habe. Wollte nur wissen, ob er nervös wird, weil er was zu verbergen hat. Habe ihn dann abwechselnd mit zwei Kumpels rund um die Uhr überwacht. Die Bullen übrigens auch. Die hatten den gleichen Verdacht wie wir. Haben uns natürlich mächtig Ärger gemacht wegen Behinderung der Ermittlungen. Dabei habe ich dem Kommissar blöderweise gesagt, er sei selber behindert. Damit war es mit den Nachrichten aus der Bullerie für mich mit einem Schlag vorbei. Schöne Scheiße! Und was kam raus dabei? Der Typ ist nur von einer Kneipe zur nächsten gezogen und hat sich die Hucke vollgesoffen. Wahrscheinlich hatte er die Kleine oder was davon übrig war, an einem sicheren Ort versteckt und dadurch unsere Observation seelenruhig ertragen. So wie der gesoffen hat, hatte der mächtig was herunterzuspülen! Für mich war der, wie gesagt, nie aus dem Spiel, bis heute nicht. Und wenn du sagst, er verpasst der Alten regelmäßig was, kannst du dir doch erst recht vorstellen, wie er mit den Kindern umspringt. Meine Theorie: Der hat die Kleine damals im Suff totgeprügelt und sie dann irgendwie entsorgt. Wahrscheinlich weiß die Frau das sogar und traut sich nicht, etwas zu sagen, weil sie abhängig von ihm ist und es sowieso nicht mehr rückgängig machen kann. Oder sie war es selbst. Alles schon da gewesen! Altbekannte Tatsache, das wissen die Bullen auch: Kommen Kinder weg, musst du erst mal im engsten Umkreis suchen. In den seltensten Fällen sind es die großen Unbekannten, sondern meistens Leute, die die Kinder kennen. Verwandte, Freunde ...«

Harry hatte ununterbrochen geredet und dabei drei Gläser Rotwein hinuntergestürzt, als sei es Wasser.
Hundert Euro, wer's glaubt, dachte Maren.
Sybille saß mit angezogenen Beinen auf der Couch. Den Stiel des Rotweinglases zwischen den Fingern drehend, hörte sie Harry aufmerksam zu. Er blinzelte Maren listig an: »Wenn die Frau blaue Flecken hat, bedeutet das, die Story wird wieder heiß! Der Typ kommt wieder aus der Reserve. Vermöbelt die Mutter und die restlichen Kinder, wird immer brutaler, bis es wieder kurz vor dem Gau ist. Nehmen wir mal an, der Frau reicht es jetzt, und sie hat schon lange vor, ihn endlich ans Messer zu liefern. Nehmen wir außerdem mal an, sie braucht nur jemanden, der ihr gut zuredet und sie ein bisschen motiviert.« Harry pausierte bedeutungsvoll und sah Maren herausfordernd an. Als diese nicht reagierte, drängelte er: »Mädchen, versteh doch! Das wäre genau die richtige Rolle für dich! Und Cash im vierstelligen Bereich, bar auf die Hand, wäre in so einem Fall kein Thema. Bei uns gibt es eine Sonderkasse für solche Angelegenheiten!«
Harry grinste aufmunternd.
Maren schüttelte den Kopf.
»Bestimmt nicht. Wenn ich meine, da ist was, überzeuge ich höchstens die Frau davon, zur Polizei zu gehen und ins Frauenhaus.«
Harry stöhnte wie ein gequältes Tier und fragte Sybille: »Sag, mal, ist sie immer so edel, deine Freundin?«
Sybille rollte mit den Augen und nahm einen tiefen Schluck.
Harry ließ nicht locker und wandte sich wieder Maren zu: »Du hast keine Ahnung! Po-li-zei!« Er schüttelte missbilligend den Kopf.
»Wenn du der Alten was von Polizei erzählst, Mädchen, macht sie sofort dicht. Das ist so üblich in deren Milieu.«

Er trank ein weiteres Glas in einem Zug leer, zwirbelte es am Stiel zwischen den Fingern und sah mit stierem Blick seinem Spiel zu.

Maren starrte vor sich hin. Plötzlich musste sie an Thorsten Steiner denken. Er war nett. So ruhig und unaufdringlich. Sie versuchte, sich sein Gesicht vorzustellen, und wunderte sich darüber, dass ihr das nur teilweise gelang. Sie sah das helle Augenpaar, das sie forschend musterte, ohne von sich etwas preiszugeben. Dazu die Bewegungen seiner blassen Lippen beim Sprechen. Das scheue Lächeln. Sie wünschte sich, dass er jetzt hier neben ihr säße, sie bei der Hand nähme und sagte: »Komm, lass uns gehen!« Sie erinnerte sich an seine schmalen, festen Hände, die ihr den Schlüssel gereicht hatten.

Sie spürte eine Berührung am Unterarm und begegnete erschrocken Sybilles forschendem Blick. »Aufwachen, Maren, was ist mit dir?«

»Ich bin müde«, antwortete sie seufzend.

»Und wen hast du gerade in Gedanken angelächelt?«, fragte Sybille.

Maren holte Luft.

»Julia«, sagte sie. »Ich habe gerade an Julia gedacht. Können wir jetzt gehen?«

»Ich bleibe bei Harry«, sagte Sybille und reichte Maren den Schlüssel zu ihrer Wohnung.

Sybille blickte zärtlich lächelnd zu Harry. Er antwortete mit einem Luftkuss.

»Okay«, sagte Maren resigniert, griff nach dem Schlüssel und bewegte sich in Richtung Flur. Harry, ganz der vollendete Gastgeber, folgte ihr leicht schwankend.

»Warte noch«, sagte er, griff mit weit ausholender Bewegung nach einem Blatt Papier auf der Flurkommode und schrieb von seinem Handy umständlich eine Nummer ab.

»Das kannst du dir sparen, ich ruf dich bestimmt nicht an.«
»Diese Botschaft ist bereits angekommen«, sagte er und reichte Maren, die vor seinem Atem zurückwich, galant das Blatt hinüber. Dabei schwankte er in ihre Richtung und wieder zurück. »Dies, Gnädigste, ist nicht meine Nummer, sondern eine Möglichkeit, Infos weiterzugeben, ohne dass du gleich aufs nächste Revier rennen und Aufsehen erregen musst. Ruf einfach an, wenn du etwas Wichtiges erfährst.«
Dann erhob er den Zeigefinger und stand vor ihr wie Wilhelm Buschs Lehrer Lämpel. Mühsam setzte er seine Ansprache fort: »Vergiss aber nicht, dem Kommissar zu sagen, dass ICH dir den Tipp gegeben hab. Wäre mir wichtig, dass er seine negative Meinung über mich ein bisschen korrigiert.«
Harry lächelte zufrieden über seinen genialen Einfall.
Maren wandte sich ab und tapste unsicher die Treppe hinunter.

## Sonntag, der 19. September

Am späten Sonntagvormittag stand Maren vor ihrer Haustür und kramte in der Handtasche nach dem Wohnungsschlüssel. Harrys kostbare Rotweinflasche hatte sie neben sich auf den Treppenabsatz gestellt.

»Ach, Frau Wiegand, gut, dass ich Sie sehe«, drang Frau Levandowskis Stimme an ihr Ohr. Noch bevor Maren etwas sagen konnte, war die Nachbarin herübergekommen.

»Da war gestern wieder der junge Mann da, ihr Bekannter, der ihren Schlüssel gefunden hat …«

»Ja? Wann denn?«

Frau Levandowski registrierte zufrieden, dass sie Marens Interesse geweckt hatte, und fuhr mit gewichtiger Miene fort: »Zweimal hat er geklingelt. Gestern Nachmittag und dann noch einmal gegen Abend. Da bin ich dann raus.«

»Und, was hat er gesagt?«, erkundigte sich Maren.

»Nicht viel, nur eben, dass er zu Ihnen will.«

»Hat er eine Nachricht für mich hinterlassen?«

»Nein, aber er hat mich gefragt, ob Sie am Ende im Krankenhaus sind wegen Ihrem Fuß.«

»Und was haben Sie ihm geantwortet?«

»Ich habe ihm gesagt, dass das nicht notwendig war und dass Sie fortgefahren sind, um die Kleine zu Ihrem Mann zu bringen und dass Sie bestimmt das ganze Wochenende wegbleiben.«

»So, das haben Sie gesagt?«

Frau Levandowskis Blick fiel auf die Rotweinflasche.
»Die Frau will sich schließlich auch mal amüsieren, hab ich ihm gesagt. Alleinstehend mit Kind. Das ist nicht so einfach.«
»Danke, Frau Levandowski«, sagte Maren säuerlich, schloss auf und trat ins Haus.
»War Ihnen das nicht recht, was ich gesagt habe?«, fragte die Levandowski.
»Doch, ist schon in Ordnung, Frau Levandowski«, sagte Maren und war im Begriff, die Tür zu schließen.
»Soll ich ihm denn, wenn er das nächste Mal kommt, etwas von Ihnen ausrichten?«, bohrte die Nachbarin weiter.
»Nicht nötig, Frau Levandowski«, stöhnte Maren und schloss die Tür.
Einen Moment blieb sie mit dem Rücken an die Tür gelehnt stehen, schloss die Augen und atmete tief durch. Als sie ihre Jacke aufhängen wollte, fühlte sie ein Stück Papier in der Jackentasche. Maren holte es hervor und las die in krakeliger Schrift notierte Handynummer. Ein Name stand nicht dabei. Jetzt fiel ihr wieder ein, dass dies der Zettel war, den Harry ihr beim Abschied gegeben hatte. Maren ging ans Telefon und wählte die Nummer. Es klingelte mehrfach. Dann meldete sich eine Männerstimme. Hatte er einen Namen genannt? Die Verbindung war schlecht. Man hörte starkes Rauschen und ein Auto hupen. Offenbar hatte sie den Mann unterwegs erreicht. »Können Sie mich hören?«, schrie Maren in das Telefon. »Ja? Was ist?«, konnte sie verstehen. »Mit wem spreche ich?«, fragte sie zurück.
»Stephan«, sagte er.
»Wer sind Sie?«, rief sie.
»Hauptkommissar Stephan, kann ich Sie zurück…« Der Rest fiel der schlechten Verbindung zum Opfer.

Maren speicherte die Nummer des Kommissars im Adressbuch ihres Handys.
Man kann nie wissen, dachte sie.

Maren saß am Tisch im Wohnzimmer und war in die Korrektur der Diktathefte vertieft.
Plötzlich hörte sie das Geräusch des sich drehenden Schlüssels im Türschloss. Es erschreckte sie nicht, sondern erinnerte sie an eine Zeit, in der dieses Geräusch Rolfs Rückkehr angekündigt und sie sich darüber gefreut hatte. Auch jetzt spürte sie tief in ihrem Innern noch die Andeutung eines kleinen, freudigen Stiches.
Rolfs Heimkehr hatte einmal die Erlösung von einem langen, oft zermürbenden Alltag bedeutet. Rolf hatte Neuigkeiten nach Hause gebracht und ihr einen anderen Blick auf die Ereignisse ihres Tages vermittelt. Maren wischte die Erinnerung schnell fort und ärgerte sich zugleich darüber, dass Rolf nie auf den Gedanken gekommen war, ihr seinen Hausschlüssel zurückzugeben. Sie hatte dieses Thema, wie so viele andere auch, tunlichst gemieden. Sie fürchtete jeden weiteren Anlass zu Auseinandersetzungen. Außerdem war sie sich nicht sicher, ob ihre Forderung nach dem Schlüssel nicht einem übertriebenen Unabhängigkeitsdrang entsprang, der Julia nur schadete.
Sie hörte Rolfs Stimme im Flur, konnte seine Worte jedoch nicht verstehen.
»Kommt Vanessa nicht mit rein?«, hörte sie dann laut und deutlich Julia fragen, als habe sie das absichtlich getan, gewissermaßen für Maren.
»Nein«, sagte Rolf beim Betreten des Zimmers, »sie möchte lieber im Auto warten. Das hast du doch gehört.«
Maren war aufgestanden und bemühte sich um Haltung. Die

Begegnungen mit Rolf bescherten ihr jedes Mal ein flaues Gefühl in der Magengegend. Übelkeit stieg in ihr auf.
Julia betrat das Zimmer, die Arme voller Süßigkeiten und einer neuen Barbiepuppe.
»Das ist der Ken, den ich mir gewünscht habe«, strahlte Julia. »Papa hat ihn mir gekauft. Jetzt habe ich auch einen Barbiemann.« Unverkennbar lag ein Anflug von Triumph in Julias Blick, als sie Maren flüchtig einen Kuss auf die Wange hauchte.
Maren ärgerte sich, dass sich Rolf bezüglich der Süßigkeiten schon wieder nicht an die Absprachen gehalten hatte.
»Alles in Ordnung hier? Hast du die Heizung schon eingeschaltet, oder soll ich mich darum kümmern?«, fragte er mit steinerner Miene. Maren schüttelte stumm den Kopf. Rolf stand im Mantel da und schlug den Autoschlüssel mit der einen Hand gegen die Handfläche der anderen. Beide Eltern blieben reglos in gebührendem Abstand voneinander stehen und sehnten das Ende dieser Begegnung herbei. Das sagt einem keiner, dachte Maren bitter. Wenn ein Kind da ist, trennen sich die Eltern nicht einmal, sondern hundertmal, bei jedem dieser Anlässe. Es ist eine endlose Quälerei. Und die Kinder? Maren beobachtete mit Sorge, wie Julias Trennungsängste wuchsen und wie sie aus dem Stegreif Szenarien erfand, mit denen sie den Zeitpunkt des Abschieds so lange wie möglich hinauszuzögern versuchte. Weil Julia bei der Mutter lebte, war es der Vater, von dem sie sich schmerzlich lösen musste.
Maren spürte, dass Julia ihr zunehmend mit Ablehnung begegnete. Vielleicht, weil sie ihrer Mutter insgeheim die Schuld an ihrer Trennungsqual gab?
Sie sprang an ihrem Vater hoch, klammerte sich fest und bettelte: »Bitte, bitte, liebes Papili, bleib noch. Es dauert doch so

lange, bis ich wieder zu dir kommen kann. Am liebsten würde ich die ganze Woche bei dir bleiben!«
»Du weißt doch, dass das nicht geht, meine Süße. Ich muss doch arbeiten«, sagte Rolf sanft.
Julia gab sich nicht zufrieden und maulte: »Warum musst DU immer arbeiten. Ich habe einen Schulfreund, bei dem ist der Papa den ganzen Tag zu Hause!«
»Damit du mit Mama hier schön wohnen kannst und ihr etwas zu essen habt«, erklärte Rolf.
Maren spürte, wie Groll in ihr aufstieg, doch sie versuchte, vor Julia eine neutrale Miene zu bewahren.
Julia wandte den Kopf in Marens Richtung: »Papa hat mir versprochen, dass ich in den Herbstferien mit ihm und Vanessa nach Furteventa fliegen darf, natürlich nur, wenn du es erlaubst. Ich freu mich schon so!«, jubelte sie und drückte Rolf einen dicken Kuss auf die Nase.
»Fuerteventura«, korrigierte er lächelnd und rieb seine Nase zärtlich an der ihren.
»Und wieso werde ich da nicht gefragt?«, brauste Maren auf.
»Wirst du doch gerade«, antwortete er schnippisch.
Marens Augen schleuderten Blitze in seine Richtung. Doch er begegnete diesen mit gelassenem Blick und drückte Julia fester an sich.
»Was spricht dagegen, außer dass ich keinen formellen Antrag bei dir gestellt habe?«, erkundigte sich Rolf in der Manier des überlegenen Geschäftsmannes.
»Nichts«, antwortete Maren tonlos und betrachtete das Bild demonstrativer Vater-Tochter-Einigkeit, das ihr geboten wurde. Sie fühlte sich in ähnlicher Weise ausgegrenzt wie am vorangegangenen Abend bei Harry und Sybille.
»JUHUUU«, jubelte Julia, ließ von Rolf ab, raffte ihre Habseligkeiten zusammen und sauste die Treppe hinauf.

»Die vielen Süßigkeiten mussten ja wohl nicht sein, oder?«, fragte Maren.
»Die hat sie von meiner Mutter. Du kannst einer Oma nicht verbieten, ihrem einzigen Enkelkind, das sie nur selten sieht, etwas zu schenken. Du hältst es ja nicht für nötig, sie zu besuchen!«
»Nein, halte ich nicht. Ich habe keine Lust, mir ihre unterschwellige Kritik anhören zu müssen, was ich ihrem Herzblatt von Sohn alles angetan habe und wie großartig Vanessa seine Wunden leckt!«
Rolf wedelte mit der Hand vor seiner Nase herum.
»Du stinkst nach Knoblauch«, sagte er angewidert.
»Ich habe mir erlaubt, gestern italienisch essen zu gehen«, antwortete sie bissig.
In dem folgenden Moment des Schweigens, in dem Maren mühsam mit den Tränen kämpfte, klingelte plötzlich das Telefon.
Maren rührte sich nicht.
»Willst du nicht rangehen?«, fragte Rolf gereizt.
»Nein«, sagte sie mit trotziger Herausforderung.
Julia kam die Treppe heruntergesaust und schnappte sich das Telefon.
»Guten Tag, mein Name ist Julia Wiegand, was kann ich für Sie tun?« Diese Art, sich am Telefon zu melden, hatte sie sich angewöhnt, seit sie dies einmal von Vanessa gehört hatte, die bei einer Service-Agentur arbeitete, und seit Maren gesagt hatte, dass sie diese Art von Begrüßung affig und blöd fand. Sie hielt Maren den Hörer hin.
»Hier, jemand für dich!«
»Wer?« Hoffentlich nicht Harry, dachte Maren.
»Stein oder so, hat er gesagt.« Julias lauernder Blick wanderte zwischen Vater und Mutter hin und her.

Maren nahm Julia hastig das Telefon aus der Hand, verschwand in der Küche und schloss hinter sich die Tür.
»Ja, bitte«, sagte sie leise.
»Thorsten Steiner«, sagte er. »Ich wollte mich erkundigen, wie es Ihrem Fuß geht.«
»Oh, danke, es geht schon etwas besser. Ich hinke zwar noch, aber es wird schon.«
»Waren Sie nicht beim Arzt?«
»Eine Krankschreibung kann ich mir zurzeit nicht leisten. Das macht nur einen schlechten Eindruck bei meiner neuen Arbeitsstelle. Außerdem muss ich Julia sowieso zur Schule bringen.«
»Verstehe«, sagte er. Was er weiter sagte, konnte sie nicht mehr hören, denn Rolf hatte die Küchentür geöffnet und schimpfte ihr entgegen: »Dauert das jetzt länger oder was? Ich möchte gehen. Vanessa wartet. Wir haben heute noch etwas vor!«
Maren war vor Schreck zusammengefahren. Sie schaltete das Telefon aus und legte es enttäuscht beiseite.
Rolf trat in die Küche. »War das jetzt dein neuer italienischer Lover?«
»Das geht dich einen Scheißdreck an«, fauchte sie. Er wich demonstrativ zurück, um sie an ihren Knoblauchgeruch zu erinnern.
»Es geht mich sehr wohl etwas an, denn ich will wissen, was du Julia hier eigentlich zumutest!«
»Ich und zumuten? Das ist ja wohl das Allerletzte! Hast du dich jemals in den vergangenen Monaten gefragt, was du uns zugemutet hast?«, schrie sie ihn an.
»Da sieht man es mal wieder. Du lernst nichts dazu. Wenn man nur einmal etwas zu bedenken gibt, was an deinem Verhalten nicht in Ordnung sein könnte, reagierst du gleich mit

einem Gegenschlag, anstatt dich mit deinen eigenen Fehlern auseinanderzusetzen. So war das schon immer!«, konterte er.
Maren kämpfte mit den Tränen und sah Rolf aus glasigen Augen herausfordernd an. Sie suchte nach dem Anflug eines schlechten Gewissens in seinem Gesicht. Falls es existierte, hielt er es gut unter einer Maske aus Kälte und Abwehr versteckt.
Von außen klopfte Julia an die Küchentür. »Mama, hör auf, dich mit Papa zu streiten!« Dieser Hieb saß. Für Julia war sie also schuld an dem Streit! An Rolfs triumphierender Miene konnte sie erkennen, dass auch er die Botschaft verstanden hatte.
»Ist schon gut, Kleines«, gurrte er sanft.
Rolf verließ die Küche und nahm seine Tochter tröstend auf den Arm. Maren folgte mit dem Gefühl, eine Aussätzige zu sein.
»Ich werde Julia zu Weihnachten übrigens ein Fahrrad schenken«, sagte er und lächelte in das Gesicht seiner Tochter. Die lächelte wissend zurück.
Das war also auch schon eine abgemachte Sache zwischen den beiden. Maren war unfähig, weiter aufzubegehren, und fügte sich schweigend. Seiner Tochter schenkte er ein Fahrrad, ihr halste er den Kampf um die Grenzen der damit gewonnenen Freiheit auf.
Rolf und Julia verabschiedeten sich liebevoll voneinander. Dann verließ er das Haus, ohne Maren noch eines Blickes zu würdigen. Sie hörte, wie er von außen die Tür abschloss.
Mutter und Tochter in Sicherheitsverwahrung. Rolf fühlt sich nach wie vor wie der Herr im Haus, dachte Maren bitter.
»Wenn du wissen willst, ob ich Hunger habe«, hörte Maren plötzlich Julias Stimme aus dem Hintergrund, »ich habe mit Vanessa und Papa schon bei Oma gegessen. Es gab meine

Lieblingsklöße, und jetzt gehe ich noch ein bisschen mit Barbie und Ken spielen.«
In Julias Stimme lag der gleiche Triumph, den sie eben bei Rolf gespürt hatte. Ihre Tochter kam ihr vor wie eine Verräterin, die der Feind eingeschmuggelt hatte.
Maren stand reglos vor der Fensterfront und betrachtete ihr Spiegelbild. Sie sah eine schmale, dunkelhaarige Frau mit fast mädchenhaften Gesichtszügen. Sie schlang die Arme fest um ihren Oberkörper. Ihr war kalt. Warum läuft das alles so schief?, fragte sie sich.

Die Hundeschnauze zwängte sich in den Türspalt des alten hölzernen Hoftores. Das Türblatt gab nach, schwang ein wenig zurück, so dass der Körper hindurchpasste. Das Hoftor ließ sich nicht mehr einklinken. Zu schief und verzogen war es mit den Jahren geworden. Die Nase am Boden lief der Hund zur Hofmitte. Dort stand ein blecherner Fressnapf. Der war leer wie immer in den letzten Monaten. Dennoch stieß er die Nase hinein, leckte ein-, zweimal das blanke Metall, so dass das Gefäß scheppernd über die Pflastersteine glitt. Anschließend lief er ein paar Schritte in Richtung der Hundehütte und blieb vorsichtig davor stehen. Er würde nicht hineingehen. Dies war der Ort stunden-, manchmal tagelanger Gefangenschaft gewesen. Mit gesträubtem Nackenfell beschnupperte er die Metallkette, die vor der Hütte auf dem Boden lag. Sie war bald gänzlich überwuchert von Gras und Unkräutern.
Der Hund lief weiter zum Tor der Scheune. Es ließ sich nicht öffnen wie das Hoftor. Nicht weit davon gab es einen Durchschlupf in der Scheunenwand. Ein morsches Brett war unten teilweise herausgebrochen. Dort hatte der Fuchs den Boden aufgewühlt, und der Hund hatte später mit seinen scharfen

Krallen diese Furche so erweitert, dass auch er sich hindurchzwängen konnte. In der Scheune schlug ihm der Geruch der Ratten und Mäuse entgegen, die sich hier zahlreich angesiedelt hatten. An den Sprossen der Leiter, die hinauf zu dem Heuboden führte, konnte er eine Katze wittern. Dem Scheunenboden haftete der Hauch der Menschen an, die hier ein- und ausgegangen waren. Alle waren dem Hund bekannt. Die eine Spur, die er mit der Erinnerung an den tiefen Schmerz verband, der sein Auge hatte erblinden lassen, war auch dabei. Allerdings war sie nur noch schwach wahrnehmbar. Dafür haftete sie noch deutlich in dem Berg aus Heu und Stroh, der in der Nähe des Kaninchenstalles aufgehäuft war, und hing besonders stark in dem kleinen Kissen und der Decke, die im Staub daneben lagen. Mit gesträubtem Nackenhaar wendete der Hund sich ab und lief in eine Ecke unterhalb des Heubodens. Sein Fell glättete sich wieder, und mit einem leichten Wedeln der Schwanzspitze beschnupperte er den Puppenherd, den Puppenwagen und die Puppe, die staubbedeckt schlafend darin lag. Neben dem Puppenherd gab es eine kleine Matratze mit bunten Kissen, eine Art Wohnzimmercouch im Miniaturformat. Auf dieser drehte sich der Hund mehrmals im Kreis und ließ sich dann mit lautem, wohligem Grunzen auf den Kissen nieder.

## Montag, der 20. September

Schon im Morgengrauen machte er sich wieder auf den Weg. Diesmal verließ er die Scheune auf der anderen Seite. Seit sich niemand mehr kümmerte, hatte die Scheune viele Schlupflöcher bekommen und wurde nicht nur von den Tieren als Rückzugsmöglichkeit genutzt. Draußen hob der Hund die Nase in den Wind. Er stand auf einem grasbewachsenen Weg, der am Rande des Dorfes entlang hinauf zum Wald führte. Jenseits des Weges breitete sich ein riesiges Weidegelände aus, auf dem einige schwarz-weiße Kühe dicht gedrängt zusammenstanden, um einander vor der feuchten Kälte des Herbstmorgens zu schützen. Die dahinterliegende Wiese war noch leer. Sie war für die Pferde bestimmt. Die ließ man, im Gegensatz zu den Kühen, nachts nicht mehr draußen, seit es in der Gegend mehrere Vorfälle gegeben hatte, bei denen Pferde bestialisch verletzt worden waren. Der Hund wandte sich nach links hinauf zum Waldrand und begann seine Runde, die ihn bis weit hinter die Grenzen des Nachbardorfes führte. Im Nachbardorf gab es ein Haus, das er regelmäßig aufsuchte. Der Fußmatte entströmte ein ähnlicher Geruch wie den Spielsachen in der Scheune. In dem Haus gab es eine Frau, die dem Hund früh am Morgen einen gefüllten Futternapf vor die Tür stellte.

Der Mann, der in dem Haus lebte, wurde erst gegen Mittag gefährlich. Vorher war er draußen nie zu sehen. Er hatte ein Gewehr und schoss nach Krähen und Tauben. Sah er den

Hund, dann auch nach ihm. Doch der Hund wählte seine Route so, dass er ihm nicht begegnen musste. Er hatte viele Gründe, Menschen mit Männergeruch aus dem Weg zu gehen.
Am späten Vormittag befand er sich bereits wieder auf dem Rückweg. Der führte ihn regelmäßig an der Schranke vor dem Waldweg vorbei über den flach abfallenden Hang hinunter zu dem schwarzen Wasser, dann zum Hochstand und von dort wieder zurück bis zum Wiesenweg neben der Scheune. Dort wartete er, bis das Klingeln aus der nahen Grundschule den mittäglichen Schulschluss ankündigte.

Es war wenige Minuten nach 13 Uhr. Er war mit gespielt gleichgültiger Miene den Wiesenweg hinaufgelaufen, um zu überprüfen, ob sich die Beobachtung, die er in der letzten Woche gemacht hatte, bestätigen würde. Völlig überrascht hatte er am letzten Montag zur Mittagszeit bemerkt, dass sie aus dem Wiesenweg herausgekommen und auf die Straße getreten war. Allein! Ohne diese Mutter, die ihr sonst auf Schritt und Tritt folgte.
Am Dienstag hatte er sie nicht gesehen, dafür aber die Mutter. Sie war ausgerechnet den Wiesenweg entlang hinauf zum Wald gejoggt. Am Mittwochmittag war das Kind wieder allein von dort gekommen. Am Donnerstag nicht. Am Freitag um Viertel vor zwei kam die Kleine wieder allein.
Montag? Mittwoch? Freitag? Kündigte sich da eine Gewohnheit an?
Heute war wieder Montag. Er hatte den ganzen Morgen in fiebriger Vorfreude verbracht, das wohlige Gefühl zutiefst genossen und sich dem Mittag entgegengesehnt. Sie von fern zu sehen hätte schon genügt! Sie auch noch zu treffen, ihr ganz nahe zu kommen und den Geruch zu atmen, der süß und zart

der Kinderhaut entstieg, war eigentlich schon zu viel des Guten! Er musste bescheiden bleiben!
Die Septembersonne schien mit milder Wärme. Die Obstbäume waren schwer von den Früchten. Es gab genug Gründe, durch die Flur zu schlendern. Er brauchte sich nicht sorgen, sich verdächtig zu machen. Seit es geschehen war, war er noch vorsichtiger geworden, bemühte er sich noch mehr um all die Tugenden, die ihm halfen, sich unauffällig in der Welt der quälenden Augenwesen zu bewegen. Während der letzten drei Jahre hatte er sich keinem Mädchen mehr genähert, sondern hatte sich einen leistungsfähigeren Computer gekauft und war ganz in eine Welt der Bilder eingetaucht, die jedoch auf Dauer nur ein schaler Ersatz gewesen war. Er hatte viel Zeit damit verbracht, sich über das Internet Kenntnisse anzueignen, die es ihm ermöglichten, dort auch verborgen zu bleiben. Über die Arbeitsweise der Polizei hatte er sich ebenfalls eingehend informiert. Es gab Fahnder, die sich eigens mit dem Internet beschäftigten, verdeckte Ermittler, die Kaufangebote machten. Es war ein gegenseitiges Belauern. Jeder arbeitete mit den Methoden des Gegners. Auch die Polizisten mussten untertauchen, um Menschen wie ihm zu begegnen, und er musste sich hinter der Maske des unbescholtenen, braven Bürgers verbergen. Bis jetzt war ihm die Tarnung gelungen.
Er hatte die Internetseiten der Polizei studiert, um zu sehen, wie sie organisiert waren und wer wofür zuständig war. Er kannte Dienstanweisungen, Bestimmungen und Gesetzestexte. Er besaß Grundkenntnisse in der Selbstverteidigung und konnte mit Waffen umgehen. Das hatte er im Schützenverein gelernt, den er regelmäßig aufsuchte. Waffen hatten ihn schon seit frühester Kindheit fasziniert. Es bereitete ihm eine tiefe Freude, das kühle, schwere Metall in der Hand zu halten, wohl wissend, damit über Leben und Tod entscheiden zu

können. In seiner Phantasie hatte er sich Menschen ausgesucht, die er töten würde. Er, der ewige Bittsteller und Zuschauer, würde sich zum Vollstrecker aufschwingen. Ihr Flehen um Gnade würde er ohne Rührung anhören und mit kühlem Blick ihre zitternden Lippen betrachten. Dann würde er seine Entscheidung treffen und seine Tat zelebrieren. Er würde sich am Brechen ihres Blickes laben und von dem allmächtigen Gefühl durchflutet sein, den Atem der Welt für einen Augenblick angehalten zu haben.
Die Sekunde des Todes würde ihm einen Moment tiefster Stille und Intimität mit dem Opfer bescheren. Schon früh in seinem Leben hatte er entdeckt, dass Töten ihm eine tief empfundene Lust bereitete: das Erschlaffen des Kätzchens in seiner Hand, nachdem er dessen Hals fester und fester umschlossen hatte, der mit dem Tod ringende Igel im Regenfass. »Hast du das gemacht?«, hatte die Mutter gefragt. Er hatte den Kopf geschüttelt. Die Mutter hatte die Tiere in den Müll geworfen. »Das muss ja wohl nicht sein«, hatte sie gesagt. Später hatte er dafür gesorgt, dass die Mutter die getöteten Tiere nicht mehr zu Gesicht bekam, und sie musste geglaubt haben, dass »diese Phase«, wie sie es nannte, überwunden sei. Er hatte auch herausgefunden, dass er seine Lust steigern konnte, indem er nicht irgendein Tier wählte, sondern eines, das einem anderen Menschen etwas bedeutete, und indem er den Tod nicht sofort, sondern mit sorgfältig ausgedachten Varianten der Qual herbeiführte. Er hatte wunderbare heimliche Freude dabei empfunden, die Katze der Nachbarin nachts als zerschlissenen Balg vor ihre Tür zu legen und am nächsten Morgen inmitten der anderen zu stehen und sich über die Tat zu entrüsten. Er behielt alle gehörten Kommentare im Gedächtnis – abartig, bestialisch, widerlich, teuflisch, grausam – und empfand sie als Komplimente. In vielen Augen hatte er

nicht nur Abscheu, sondern auch Angst entdeckt. Angst vor ihm! Auch in der Zeitung berichtete man über ihn. Er hatte alle Artikel gesammelt und las sie, wenn ihm danach war, mit wohligem Schaudern. Er stellte sich vor, nicht Tiere, sondern Menschen, die ihn mit Todesangst in den Augen um Gnade anflehten, seien seine Opfer. Das inständige Bitten um das eigene Leben war die stärkste Form der Unterwerfung, die man sich denken konnte. So hatte er in seinen Tagträumen begonnen, unter den Menschen, die ihm begegneten, Opfer zu wählen. Die meisten waren weiblich. Er hatte ihnen scheinbar freundlich gegenübergestanden und hinter seiner Stirn unbemerkt die Szenarien ihres Todeskampfes entworfen. Wer ihm etwas antat, wurde auf die Liste seiner Traumopfer gesetzt. Das waren nicht wenige. Sie jedoch war nicht dabei. Wenn sie ihn ansah, wurde er handlungsunfähig, fühlte sich klein und schutzlos wie das Kind, das er vor über dreißig Jahren einmal gewesen war. Nach wie vor bäumte es sich in seinem Innern gegen sie auf, doch den verzweifelten Hass lenkte er um. Er nährte damit eine geheime, übermächtige Wut, die er gemeinsam mit den Ängsten und Erniedrigungen, die ihm widerfuhren, sorgsam in sich verschloss. Sie waren gefangen in ihm wie der böse Geist in der Flasche. Er wusste inzwischen, dass es keine Möglichkeit zur Kontrolle mehr geben würde, sobald dieser Verschluss sich löste.

Er hatte den Wiesenweg etwa zur Hälfte erklommen und stand auf der Höhe des hinteren Scheunentores. Nirgendwo konnte er sie entdecken. Sollte sie am Ende in der Scheune sein? Sorge breitete sich in ihm aus. In der Scheune war manchmal der Hund. Der war ein großes Hindernis. Zwischen ihm und dem Hund herrschte kein Frieden, nur Waffenstillstand. Der Hund wich ihm aus, seit er ihn blind geschlagen hatte, und er wich dem Hund aus, seit der ihn gebissen hatte. Sie durften sich nicht an Orten begegnen, an denen es keine Möglichkeiten gab, einander aus dem Weg zu gehen. Tiefe Enttäuschung machte sich in ihm breit, und er erklomm schwerfällig die letzten Meter des Weges bis zum Waldrand. Unterwegs hatte er nach einem Stock gegriffen und hieb damit heftig auf die hohen Gräser am Wegrand ein, schließlich auch auf die Stirn einer Kuh, die es gewagt hatte, dem Weidezaun zu nahe zu kommen. Jedes noch so kleine Gefühl der Enttäuschung und des Ärgers begann innerhalb kürzester Zeit ein unbeherrschbares Eigenleben in ihm zu entfalten. Jeder kleine Funken Wut verwandelte sein inneres Ödland in ein flammendes Inferno. Der Anlass mochte vollkommen nichtig sein. In dir ist ein Wutteufel, hatte die Mutter immer gesagt und den Stock auf seinen Körper niedersausen lassen, um den Teufel auszutreiben.

Nachdem er ein wenig ziellos umhergelaufen war, pflückte er sich einige rotwangige Äpfel, setzte sich auf eine Bank und legte die Früchte nebeneinander auf das rissige Holz. Aus der Hosentasche zog er einen Messergriff, ließ die Klinge herausspringen und betrachtete sie. Sie blinkte in der Sonne wie ein kostbarer Schmuck. Messer waren ebenfalls seine große Leidenschaft. Häufig fuhr er in ferne Städte, um sich dort in Waffengeschäften neue Messer zu kaufen. In vielen Mußestunden pflegte und betrachtete er seine sich ständig vergrößernde Sammlung. Er begann, einen Apfel zu schälen, und freute sich an der Leichtigkeit, mit der die scharfe Klinge die faserige Pflanzenhaut abhob.

Eine Bewegung ließ ihn von seiner Arbeit aufblicken, und sofort durchströmte ihn ein Gefühl wohliger Zufriedenheit. Sie war am unteren Wiesenweg aufgetaucht und kam in munteren Sprüngen in Richtung Waldrand gelaufen. Als sie in Höhe der Scheune anhielt, machten sich einige Kühe der kleinen Herde auf den Weg zum Weidezaun. Sie schienen das Mädchen zu kennen, denn sie drängten sich ihr neugierig entgegen.

Ohne Scheu griff die Kleine nach den Tieren und streichelte sie. Ab und an hüpfte sie zum gegenüberliegenden Wegrand und zupfte von dort lange Gräser, um die Kühe damit zu füttern. Dabei sprach sie mit den Tieren. »So, jetzt habt ihr genug, jetzt gehe ich noch zur anderen Weide, um meine Pferde zu füttern. Ich muss heute noch ausreiten, um einen wichtigen Brief zur Post zu bringen.« Offensichtlich befand sie sich in ihrer Phantasiewelt, und die Tiere gehörten zu ihrem Spiel.

Sein Herz begann aufgeregt zu klopfen, als sie ihren Weg in seine Richtung fortsetzte.

Er tat so, als habe er sie nicht bemerkt, und schälte weiter, obwohl seine Hände heftig zitterten. Gleich würde sie vor ihm stehen bleiben. Sie würde ihm zusehen, wie er mit der furchterregend scharfen Klinge umging. Er würde ihr die Klinge nur zeigen, nicht in die Hand geben und ihr erklären, wie gefährlich sein Messer sei. In ihrem Blick würde er die Angst erkennen, aber auch Bewunderung darüber, dass er diese Waffe handhaben konnte.

Er bemerkte, dass sie wirklich vor ihm stehen geblieben war, und sah sie an. In ihren Augen war nicht die geringste Spur von Angst zu lesen, auch keine Bewunderung, nur eine flüchtige Neugier, die schon vorüber war, als sie erkannt hatte, dass er nur einen Apfel schälte.

»Hallo«, sagte sie ohne große Anteilnahme und lief weiter zur benachbarten Pferdeweide. Wie die Kühe setzten sich auch die Pferde in Bewegung und kamen dem Mädchen entgegengelaufen. Sie sprach wieder mit den Tieren und holte ihnen frisches Gras. Ihm schenkte sie keinerlei Beachtung mehr. Er fühlte sich bitter vernachlässigt und schnitt den Apfel in Stücke. Diese steckte er sich hastig in den Mund und kaute mit malmenden Bewegungen. Dann griff er nach der nächsten Frucht. Goldgelb, mit kleinen, roten Sprenkeln überzogen, lag sie in seiner schweren Hand. Er umschloss die pralle Frucht mit festem Griff und setzte mit der anderen Hand die Klinge an. Als die Stahlspitze die Fruchthaut durchbrach, entstand ein knackendes Geräusch, das wohlige Schauder in ihm erzeugte. Die Flüssigkeit aus dem Innern quoll durch die Verletzung nach außen. Er schluckte und leckte hastig mit der Zunge über seine Lippen. Gebannt starrte er auf das Geschehen in seiner Hand. Der Saft war in Rinnsalen an der glatten Schale herabgelaufen und benetzte seine Haut. Erneut griff er zur Klinge. Mit ruhiger Akribie setzte er eine Kerbe nach der anderen, bis die Linien die Form eine Rechtecks ergaben. Nun setzte er die Klinge flach an und schnitt das vorgeritzte Rechteck mit einer gekonnten Bewegung tief aus dem Fruchtkörper heraus. Es knirschte. Ein Strom von Flüssigkeit drang schaumig aus der Öffnung heraus. Einige Atemzüge lang betrachtete er mit stierem Blick sein Werk. Dann hieb er plötzlich mit der Klinge auf das Fruchtfleisch ein. Er stach wieder und wieder mit verzweifelter Wildheit zu. Saft spritzte. Kleine Brocken lösten sich und fielen ab. Die Umrisse des Apfels wurden mehr und mehr unkenntlich. In seiner Hand befand sich eine klebrige Masse, die er schließlich mit der Faust zusammenpresste. Von dort tropfte sie hinab in das trockene Laub zu seinen Füßen.

Er hatte die Augen geschlossen und lauschte auf das Gleichmaß der Tropfgeräusche. Sein Atem wurde ruhiger. Schweiß perlte auf seiner Stirn.

Erschreckt fuhr er aus seiner Trance, als er ihre Stimme hörte: »Was hast du denn mit dem Apfel gemacht?«

Er blickte ihr in die Augen. Sie betrachtete ihn mit neugieriger Herablassung.
»Möchtest du einen neuen Apfel?«, fragte er und legte ein wenig atemlos alle Freundlichkeit, die er aufbringen konnte, in seine Stimme.
»Ich darf von Fremden nichts nehmen«, sagte sie.
»Du kennst mich doch«, sagte er.
»Nicht so gut wie einen Freund«, sagte sie.
»Aber wie einen Bekannten, und das geht auch. Ich schäle dir einen Apfel, wenn du möchtest.«
»Wieso? Die Vitamine sind alle unter der Schale, sagt meine Mama. Wusstest du das nicht?«
»Nein.«
»Dann hast du ganz schön wenig Ahnung. Du kannst dein komisches Messer ruhig wegstecken«, meinte sie und schaute auf seine klebrigen Hände und die zerquetschten Apfelreste, die sich über seiner Kleidung, der Sitzbank und dem Boden verteilt hatten.
»Deine Hose hast du auch eingesaut«, meinte sie. »Meine Mama würde ganz schön meckern, wenn ich so nach Hause käme!«
Er schloss die Augen und versuchte mit aller Macht gegen die Erinnerungen und die Wut anzuatmen, die in ihm aufschäumten. Zwei rosige Hände mit sauber polierten Fingernägeln, deren Nagelbetten rot aufgequollen waren, hielten ihm seine Hose entgegen. Jetzt fängt das bei dir auch schon an, lamentierte die vertraute Stimme. Da war es wieder, das Gefühl, Schmutz und Unrat zu sein, vor dem man sich ekeln musste. Es legte sich pelzig über die Wut und erstickte sie. Jetzt war er nur mehr winzig klein und den Tränen nahe. Er tastete nach dem Messer, das er neben sich auf der Bank abgelegt hatte, und umfasste dessen Griff, als wollte er sich daran festhalten.

Dann öffnete er die Augen und sah sie an. Sie hatte seine Regungen mit neugierigem Interesse beobachtet.
»Ist dir schlecht?«, fragte sie.
Er schüttelte stumm den Kopf.
»Willst du nun einen Apfel oder nicht?«, fragte er leise.
»Okay, gib her«, sagte sie und streckte die Hand aus.
»Hast du gesehen, wie scharf mein Messer ist?«, fragte er zögernd. »Ich könnte damit den Apfel hauchdünn schälen, dann bleiben deine Vitamine. Schau zu, wie ich das mache!«
Er ergriff einen Apfel und spürte, wie er sich bei dem Anblick entspannte, den die unter der rosigen Fruchtschale entlanggleitende Klinge ihm bot.
»Siehst du«, sagte er und präsentierte ihr stolz ein hauchdünnes Häutchen.
Sie nickte. »Du musst aufpassen, dass du dir nicht in die Finger schnippelst mit deinem sauscharfen Messer!« Fragend griff sie nach einem Apfel auf der Bank.
»Darf ich lieber den?«
Er nickte mühsam beherrscht. Lächeln konnte er nicht mehr. Sie rieb den Apfel an ihrem Ärmel ab, wandte sich um und lief mit kleinen Hüpfern den Weg zurück, auf dem sie gekommen war.

## Samstag, der 25. September

Julia flitzte den Weg am Waldrand entlang. In der einen Hand hielt sie eine geöffnete Plastiktüte und ließ sie knatternd hinter sich herflattern. Maren hatte große Mühe, ihr zu folgen.

Sie quälte sich den Hang hinauf. Ihr Fuß schmerzte, war geschwollen und ließ noch kein anderes Schuhwerk außer Turnschuhen zu. Doch das nahm sie in Kauf, weil die Alternative gewesen wäre, mit Julia den gesamten Samstagnachmittag zu Hause zu verbringen.

Julia hatte in einiger Entfernung angehalten und sich mit ungeduldiger Miene nach Maren umgedreht: »Wo bleibst du denn, du Lahme? Hast du gesehen, wie gut die Tüte fliegt? Du musst mir unbedingt einen Drachen kaufen. Im Herbst lässt man Drachen steigen. Ich habe das noch nie gemacht. Ich will das endlich auch mal tun. Nächste Woche musst du einen Drachen kaufen!«, forderte sie.

Maren war inzwischen herangekommen und hielt schnaufend neben Julia an.

»Wenn du nicht anständig *bitte* sagst, gibt es nichts.«

»Bitte, bitte, kauf mir einen Drachen«, sagte Julia, als habe man eine Taste gedrückt.

»Drachen steigen lassen kann aber nicht jeder«, gab Maren zu bedenken. »Vielleicht fragst du lieber deinen Vater, ich habe keine Ahnung, wie man so etwas macht.«

Julia verzog das Gesicht. »Von ihm kriege ich dann gesagt:

Aber, liebe Julia, das geht doch nicht hier in der Stadt. Die Häuser, die Stromleitungen!«
»Er kann ja mit dir aufs Land fahren.«
»Kann er nicht! Du hast keine Ahnung! Wir können nicht mehr wegfahren, weil Vanessa das Autofahren nicht mehr verträgt. Das hat sie neulich gesagt, als sie mich hergebracht haben. Und alleine zu Hause bleiben will sie am Wochenende auch nicht. Rolf soll wenigstens dann bei ihr sein, wenn er schon die ganze Woche in der Bank ist.«
»So«, sagte Maren und registrierte mit einer gewissen Befriedigung, dass in Rolfs neuer Beziehung offensichtlich die Konflikte wiederkehrten, die sie aus ihrer Ehe mit ihm kannte.
»Ja, s o o o«, äffte Julia ihre Mutter nach. »Sie kriegt nämlich ein Kind, und ich darf bei der Hochzeit Blumenmädchen sein. Cool, was?«
Dieser Schlag saß. Maren rang nach Luft.
»Ist das dann eigentlich mein Bruder oder meine Schwester, auch wenn du nichts damit zu tun hast?«, fragte Julia gnadenlos weiter.
»Halbschwester oder Halbbruder nennt man das«, antwortete Maren mechanisch.
»Immerhin!«, triumphierte Julia. »Cool, ich krieg einen halben Bruder oder vielleicht eine halbe Schwester! Ich weiß noch gar nicht, was ich lieber hätte. Juhuuuu …«
Sie sauste wieder davon mit ihrer flatternden Tüte und war bald hinter der Wegbiegung verschwunden. Maren hatte das Gefühl, der leere Korb, den sie bei sich trug, sei schwerer geworden. Als sie kurz darauf Julia entdeckte, stand die auf dem Weg, hampelte von einem Bein auf das andere und schien sich mit jemandem zu unterhalten, der in einer der Wegeinbuchtungen stand. Als Maren in Hörweite war, winkte Julia sie ungeduldig heran: »Du musst mal kommen, hier ist einer,

der heißt Thorsten und der sagt, er kennt dich, und er weiß, wie Drachensteigen geht!«
Auf der Rückenlehne der Bank, die Maren nur zu gut von ihrem Unglück her kannte, saß Thorsten Steiner. Die Füße hatte er auf der Sitzfläche abgestellt. In der einen Hand hielt er einige Brombeeren, die er sich nach und nach in den Mund schob. Auch Julia bediente sich wie selbstverständlich. Sie lächelte ihm vertrauensselig entgegen, als seine Handfläche leer war, und meinte: »So, jetzt kannst du uns neue pflücken.«
Thorsten Steiner sprang leichtfüßig von der Bank und lief Maren entgegen. Offensichtlich war er nicht zum Joggen hergekommen, denn er war mit Jeans und einem schwarzen Lederblouson bekleidet. Dadurch wirkte er kompakter, als Maren ihn in Erinnerung hatte, und sie begann bereits wieder, Fluchtpläne zu schmieden.
»Na, was macht der Fuß?«, fragte er freundlich. Maren wich einen Schritt zurück und meinte mit einem flüchtigen Lächeln: »Besser. Komm, Julia, wir wollen noch zum Apfelbaum!«
»Nein«, sagte Julia, »erst die Brombeeren. Thorsten kann uns gut helfen. Er kommt auch an die da hinten dran!«
Die Kleine hüpfte zu Maren und nahm aus dem Korb einen Kunststoffbehälter, den sie für die Brombeeren mitgebracht hatten.
»Wir machen nämlich heute Obsternte!«, erklärte Julia. »Zuerst die Brombeeren für den Joghurt, und dann holen wir noch Äpfel. Wir backen nachher ein ganzes Blech. Apfelkuchen mit Streusel. Isst du auch so gerne die Streusel vor dem Backen?«
»Ja«, sagte er. »Nur hat uns meine Mutter immer eins auf die Finger gegeben, wenn wir Streusel genascht haben.«
»Musst halt nachher alles ein bisschen verteilen, damit man die Löcher nicht so sieht!«, war Julias Rat.

Maren drängte es, weiterzugehen, doch war ihr klar, dass sie Julia nur unter größtem Protest dazu würde bewegen können. Sie scheute sich vor einer Auseinandersetzung im Beisein von Thorsten Steiner. Daher beteiligte sie sich am Beerenpflücken. Dabei plapperte Julia ununterbrochen mit dem Mann, und er ging geduldig auf sie ein.
»Mensch, Julia«, schimpfte Maren schließlich, »sei doch einmal ein paar Minuten still! Du kannst doch die Leute nicht so zutexten!«
»Lassen Sie nur«, sagte er. »Das macht nichts.« Julia grinste triumphierend. Maren schwieg und griff mit den Fingerspitzen nach einer besonders reifen Beere, die sich an einer der hinteren Ranken der Sonne entgegenreckte und entsprechende Süße versprach. Dabei hatte sie nicht bemerkt, dass sie mit einem Fuß der Abbruchkante unter der Brombeerhecke bedrohlich nahe gekommen war. Sand und Steine lösten sich plötzlich, als Maren den Halt verlor und mit einem Fuß abrutschte.
»Vorsicht«, hörte sie Thorsten Steiner sagen und spürte schmerzhaft seinen Griff an ihrem Oberarm. Maren zog den Fuß langsam wieder nach oben und stand nun dicht vor dem Mann. Sie atmete seine Nähe, spürte das leichte Zittern ihres Körpers und hielt es für Angst. Der Mann lockerte seinen Griff, als er merkte, dass sie wieder festen Boden unter den Füßen hatte.
»Tut mir leid, wenn das jetzt zu fest war«, meinte er.
Maren musste sich erst einmal von dem Schrecken erholen und blieb stumm.
»Es geht hier ziemlich steil hinunter, wussten Sie das nicht?«, fragte er.
»Doch«, sagte sie, »ich hatte mich nur wegen des Brombeerbusches verschätzt. Danke!«

Einen flüchtigen Augenblick lang glitt sein Blick forschend über ihr Gesicht. Dann sah er an ihr vorbei hinab in die Tiefe.
»Kennen Sie sich hier gut aus?«, fragte er.
»Es geht«, meinte sie.
»Waren Sie schon einmal da unten?«
»Nein«, sagte sie. »Ich habe auch nicht vor, dorthin zu gehen. Da ist tiefer Sumpf, ich denke, es ist gefährlich.« Er nickte und sah sie an ohne sein Lächeln, das ihr geholfen hätte, ihre Unsicherheit zu vertreiben. Seine hellen Augen erfassten ihren Blick ohne Scheu. Sie wich aus und wandte sich wieder ihrer Tochter zu.
Julia war die selbsternannte Königin des Nachmittags und bestimmte das Programm.
Thorsten Steiner wurde an der Hand gefasst und zu dem Apfelbaum gezerrt, den Julia für die Ernte bestimmt hatte. »Hier ist unser schöner Obstgarten!«, rief sie. »Wo ist die Leiter?«
Es gab keine Leiter. Der Mann kletterte in den Baum und schüttelte die Zweige. Julia jubelte, als die Äpfel ins Gras prasselten, und füllte sie emsig in Marens Korb.
»Noch mal schütteln!«, rief sie.
»Nein, nicht so viele!«, versuchte Maren zu bremsen.
Thorsten Steiner stand aufrecht auf einem dicken Ast und blickte in die Runde.
»Schönes Grundstück! Haben Sie das gekauft oder gepachtet?«
»Weder – noch«, sagte Maren. »Es gehört, glaube ich, den Metzgersleuten aus dem Dorf. Jedenfalls habe ich deren Sohn hin und wieder hier gesehen.«
Thorsten Steiner sah Maren mit nachdenklicher Miene an. »Den Metzgersohn – hier?«, fragte er ungläubig. Dabei glitt sein Blick forschend über die Streuobstwiese. Schließlich grinste er kopfschüttelnd.

»Sie wollen damit doch nicht sagen, dass ich hier gerade im großen Stil Äpfel klaue?«
Er sprang von dem Baum und landete neben Maren. Sie erwiderte mit gespieltem Ernst: »Die einzige Person, die hier die Äpfel einsteckt, ist das Kind. Und das ist noch nicht strafmündig. Ich stehe nur dabei, und Sie betreiben aktiven Naturschutz, indem Sie den armen Baum von seiner schweren Last befreien.«
Während er seine Handflächen an den Jeans abwischte, meinte er schmunzelnd: »Ihre phantasievollen Ausreden lassen auf eine hohe kriminelle Energie schließen. Aber mitgefangen – mitgehangen, so heißt es wohl!«
»Ist ja keine Polizei in der Nähe«, sagte sie.
»Ja, zum Glück«, meinte er und schaute Maren direkt in die Augen. Diesmal stand in seinem Gesicht ein Lausbubengrinsen, das ihr gefiel.
»Ich will jetzt auch mal auf den Baum klettern!«, schrie Julia. »Du musst mich hochheben, Thorsten!«
Er sah die Kleine herausfordernd an: »Zauberwort?«
»Hebst du mich b i t t e hoch, Thorsten?«
Er ergriff Julia und setzte sie ohne Anstrengung in den Baum.
»Hast du gesehen, Mama, ich bin ein Vogel, der auf einen Ast geflogen ist. Jetzt bin ich ein Affe und klettere ganz hoch hinauf!«
»Nicht, Julia!«, rief Maren entsetzt. »Das ist zu gefährlich!«
Die Kleine kletterte, ohne sich um Marens Warnung zu scheren.
Thorsten Steiner rief ihr zu: »Die oberen Äste sind für die dummen Affen reserviert, für die klugen Affen gibt es die dicken Äste hier unten. Wozu gehörst du?«
»Zu den klugen, natürlich«, sagte Julia und machte es sich auf einem breiten Ast bequem.

»Haben Sie Pädagogik studiert?«, erkundigte sich Maren.
Er schüttelte den Kopf. »Reine Lebenskunde«, meinte er.
»Haben Sie selbst Kinder?«, fragte Maren.
Er beobachtete aufmerksam Julias Kletterkünste und sagte leise: »Meine Geschwister haben Kinder. Das ist gesammeltes Onkelwissen.«
»Achtung, Achtung!«, brüllte die Kleine dazwischen. »Ich komme jetzt hier runtergesprungen wie du, Thorsten!«
Er wandte sich schnell von Maren ab und rief Julia zu: »Warte, ich fang dich!«
Julia begegnete Marens tadelndem Blick mit einem Ausdruck tiefer Selbstzufriedenheit. Sie sprang hoch in die Luft und verließ sich darauf, dass der Mann für eine sichere Landung sorgte.
»Vertrauen ehrt«, sagte er und wollte Julia wieder auf dem Boden absetzen. Doch die klammerte sich um seinen Hals.
»Das war geil«, sagte sie. »Noch einmal!«
»Nein, bestimmt nicht«, sagte er.
Julia zog sofort eine Schnute.
»Hör auf zu drängeln, Julia, du hast doch gehört, was er gesagt hat!«, rief Maren ihr ärgerlich zu.
»Was ist denn dabei, wenn ich ein bisschen Spaß haben will?«, quengelte sie. Dabei schlang sie die Arme noch enger um den Hals des Mannes und versuchte, ihre Stirn gegen die seine zu drücken, was er nur verhindern konnte, indem er ihr seitlich auswich.
»Uii, hi, hi«, rief sie plötzlich und griff ihm von oben in die Jacke. »Du hast ja Hosenträger an wie Peter Lustig!«
Er griff blitzschnell nach ihrer Hand und zog sie zurück. Dann setzte er sie resolut auf dem Boden ab. Dabei lachte er. »Sag mal, du fängst ja früh an. Gehst du Männern immer so an die Wäsche?«

Maren stieg eine brennende Röte ins Gesicht.
»Entschuldigen Sie bitte«, sagte Maren.
»Kein Thema«, sagte er.
Bevor Maren noch etwas einwenden konnte, platzte Julia maulig dazwischen.
»Sybille sagt übrigens, Jeans mit Hosenträgern sieht bei Männern richtig scheiße aus!«
»Julia!«, rief Maren entsetzt. Das Mädchen hielt triumphierend dem Blick seiner Mutter stand.
»Tut mir leid, wenn ich nicht deinen Geschmack getroffen habe, Gnädigste«, sagte der Mann und zog den Reißverschluss seiner Jacke bis zum Hals zu.
»Schon gut«, entgegnete Julia großzügig. »Du darfst trotzdem mit uns nach Hause zum Kaffeetrinken kommen. Vorher musst du aber mithelfen beim Kuchenbacken!«
»Julia, jetzt reicht's!«, schimpfte Maren. »Du bist hier nicht der Bestimmer!«
»Bin ich ja nicht, ich bin nur die Einladerin, und du lädst die Leute doch auch immer zum Kaffee ein, wenn sie nett sind. Und er ist doch nett.«
»Danke«, sagte Thorsten Steiner mit gespielter Unterwürfigkeit.
Maren sah ihn mit vorsichtigem Lächeln an.
»Sie können natürlich gerne zu uns zum Kaffee kommen. Das schulde ich Ihnen ohnehin.« Und als er sich mit seiner Antwort Zeit ließ, fügte sie noch hinzu: »Ich würde mich freuen!«
»Ist das Ihr Ernst?«, fragte er skeptisch.
»Ja, wirklich!«, antwortete sie leise.
Er schien einen Moment lang zu überlegen. Seine Augen wanderten von Maren zu Julia und wieder zurück. Dann sagte er:
»Gut, also dann danke ich für die Einladung. Ich werde noch

mein Auto holen, das da oben am Waldrand geparkt ist, dann komme ich.«

»Ich komme mit das Auto holen!«, rief Julia sofort.

»Von mir aus«, sagte er und begegnete dabei Marens abwehrendem Blick.

»Nein, Julia, ich möchte das nicht. Du gehst mit mir!«, befahl sie.

»Warum? Ich möchte mit Thorsten Auto fahren! Das ist doch nur ein kleines Stück!«

Der Mann ging davon und überließ Maren und Julia ihrem Streit, ohne sich weiter einzumischen.

»Ich möchte nicht, dass du zu Fremden ins Auto steigst. Das habe ich dir schon hundertmal gesagt!«, predigte Maren.

»Er ist nicht fremd. Ich kenne ihn gut, und du kennst ihn ja auch schon!«

»Du kennst ihn gerade etwas mehr als eine Stunde und ich ihn auch nicht viel länger. Er ist fremd.«

»Warum lädst du ihn dann überhaupt nach Hause ein?«

Maren machte sich wortlos auf den Weg. Julia folgte ihr in gebührendem Abstand und schimpfte dabei vor sich hin.

Der restliche Nachmittag verlief weiter nach Julias Regie. Sie saß am Esstisch auf Thorsten Steiners Schoß und schälte mit ihm gemeinsam Äpfel, während Maren den Teig bereitete. Julia kicherte: »Hast du deine Hosenträger jetzt ausgezogen, bloß weil ich dich ausgelacht habe?«

»Na klar, die sind jetzt im Auto, ich lasse mich doch nicht von dir veräppeln!«, sagte er und hielt Julia ein Stück Apfel vor den Mund. Sie schnappte danach, und er tat, als habe sie ihn fürchterlich in den Finger gebissen. »Du Raubtier«, sagte er und zwickte sie in die Seite. Julia kicherte glucksend, und einige Apfelstückchen fielen aus ihrem Mund. Er sammelte die Reste ohne Protest von seiner Kleidung ab. Kurz darauf zerrte Julia ihn an der Hand hinauf in ihr Zimmer, stellte ihm jedes Spielzeug einzeln vor und ließ ihn alle Smiley-Stempel in ihren Schulheften bewundern. Maren konnte gerade noch verhindern, dass er das ganze Haus vom Dach bis zum Keller besichtigen musste, weil sie inzwischen den Kaffeetisch gedeckt hatte, auf dem der Kuchen noch heiß, aber fertig gebacken, stand. Maren setzte sich und sann verzweifelt nach einer Möglichkeit, wie sie Julias Zudringlichkeiten beenden konnte, ohne dass diese sich noch mehr danebenbenahm.

Thorsten Steiner kam kaum dazu, in Ruhe seine Kaffeetasse zu leeren, geschweige denn, ein Gespräch mit Maren zu führen. Stellte er Maren eine Frage, erhielt er die Antwort von Julia, sagte Maren etwas zu ihm, plapperte Julia sofort dazwischen und verzog beleidigt das Gesicht, wenn sie von Maren zurechtgewiesen wurde. Sie fügte sich nur, wenn Thorsten Steiner etwas zu ihr sagte, dann beinahe unterwürfig, was Maren erst recht nicht gefiel.

Draußen war es bereits dunkel geworden. Julia sauste plötzlich in den ersten Stock und kurze Zeit später hörte man das Geräusch einlaufenden Badewassers. Schließlich erschien die Kleine im Unterhöschen am Geländer und rief hinunter ins Esszimmer, wo die beiden Erwachsenen am Tisch saßen und der Mann hastig ein Stück Kuchen aß. »Thorsten, kommst du, du darfst mitkommen, wenn ich bade!«

»Julia, jetzt reicht's!«, entfuhr es Maren in scharfem Tonfall. »Du badest alleine, und du lässt Herrn Steiner jetzt endlich in Ruhe etwas essen!«

Julia tat, als gäbe es Maren gar nicht.

»Du kannst ruhig noch zum Abendessen bleiben und nach dem Baden mit mir etwas essen, Thorsten, aber erst kommst du ...«

»Gar nichts wird er«, fauchte Maren. »Ich habe dir gesagt, dass du Herrn Steiner in Frieden lassen sollst!«
»Herr Steiner, Herr Steiner, Herr Steiner«, äffte Julia. »Für mich ist es Thorsten, und er ist mein Freund! Thorsten, kommst du?«, drängelte sie weiter.
Thorsten Steiner kaute den Mund leer, dann meinte er: »Hör zu, Prinzessin, du hast doch verstanden, was deine Mama gesagt hat? Jetzt verschwindest du ins Bad, und wenn du brav bist, lese ich dir nachher noch aus deinem Buch vor, okay?«
»Au ja«, jubelte Julia und flitzte davon. Die Badezimmertür flog krachend ins Schloss.
Maren sah Thorsten Steiner betreten an und meinte: »Ich muss mich bei Ihnen vielmals entschuldigen. Julia ist heute besonders schlimm. Sie wird in der letzten Zeit immer zudringlicher, besonders gegenüber Männern. Vielleicht liegt es daran, dass sie ihren Vater zu selten sieht. Es tut mir wirklich leid, dass Sie heute Nachmittag ihr Opfer waren.«
»Machen Sie sich keine Vorwürfe«, sagte er ruhig und ein winziges Lächeln umspielte seine Mundwinkel. »Ich empfinde das nur als halb so schlimm, und wenn es mir zu viel wird, kann ich ja etwas sagen. Sie haben gesehen, wie schnell sie darauf eingeht.«
»Trotzdem ist es mir peinlich«, sagte Maren.
»Das muss Ihnen nicht peinlich sein. Sie haben doch nicht auf meinem Schoß herumgeturnt oder mich zum Baden eingeladen«, sagte er, wieder mit diesem Bubengrinsen im Gesicht.
Am Brennen ihrer Wangen spürte Maren, wie ihr das Blut ins Gesicht schoss und sie nicht mehr wusste, wo sie hinsehen sollte. Ihr Blick verfing sich versehentlich in dem seinen, und in ihren Augen stand der Schreck der Ertappten. Er lachte. Ein offenes, beinahe albernes Lachen, und Maren sah ihn verblüfft an.

»Was ist?«, fragte er ernüchtert durch ihre ernste Miene.
»Ich habe Sie noch nicht so richtig lachen gesehen«, erklärte Maren vorsichtig.
»Danke, gleichfalls!«, sagte er leise. Das Lachen war zwar wieder aus seinem Gesicht verschwunden, doch hatte es darin deutlich entspannte Züge hinterlassen, die Maren aufmerksam studierte. Er sah sie wieder so an wie am Nachmittag beim Brombeerenpflücken. Anders als dort wich sie nun seinem Blick nicht aus.
Es ist eine merkwürdige Stille in seinem Gesicht, dachte sie und wusste nicht, was sie davon halten sollte.
Im ersten Stock knallte die Badezimmertür. Julia kam im Schlafanzug die Treppe hinunter, sprang auf Thorsten Steiners Schoß, schlang die Arme um seinen Hals und drückte sich fest an ihn.
»Riech mal, ich rieche saugut, nicht wahr?«
»Ziemlich saugut, ja«, sagte er.
»Weißt du wonach?«, fragte sie kokett.
»Ja, du hast das Parfüm deiner Mama geklaut!«
Julia trommelte ihm mit beiden Fäusten gegen die Brust.
»Woher weißt du, wie das riecht?«
Maren fasste über den Tisch hinweg nach Julias Oberarm und versuchte, sie sanft von Thorsten Steiner wegzuziehen. »He, an mein Parfüm gehst du nicht noch einmal! Hast du verstanden?«, tadelte sie dabei ihre Tochter. Doch es gelang ihr nicht, ihrer Stimme die nötige Strenge zu geben. Julia war unbeeindruckt vom Schoß des Mannes hinabgerutscht und hatte sich auf den Weg in Richtung Küche gemacht.
»Möchtest du Leberwurst oder Käse oder Salami oder alles auf dem Brot, Thorsten?«
»Ich möchte nichts mehr, ich bin noch satt vom Kuchen«, antwortete er.

Julia erschien sofort in der Küchentür. Alle Enttäuschung der Welt lag in ihrem Blick.
»Du willst doch nicht etwa schon gehen?«
Thorsten Steiner erklärte sanft: »Nein, erst lese ich dir noch vor, habe ich dir doch versprochen, Prinzessin.«
»Und dann?«, fragte Julia zaghaft. In ihren dunklen Augen schimmerten Tränen.
»Und dann sage ich dir gute Nacht«, antwortete er.
»Und dann?«, hauchte Julia.
»Und dann gibt es hier Toskanawein, Käse und Weißbrot für ihn«, sagte Maren schnell entschlossen und sah Thorsten Steiner an.
»Isst du so was?«, fragte Julia skeptisch.
»Ja, gerne«, sagte er und begegnete Marens Blick.
Julia war noch nicht zufrieden: »Bleibst du dann länger? Also, ich meine, dass ich, falls ich aufwache, weiß, dass du noch hier bist?«
»Vielleicht«, sagte er.
»Hoffentlich hört ihr dann auch endlich damit auf, Frau Wiegand und Herr Steiner zueinander zu sagen. Das hört sich nämlich doof an.«
»Vielleicht«, sagte Maren und suchte vergebens nach einer Antwort in seinem Blick.

Maren hatte den Tisch gedeckt und zündete die Kerze darauf mit feierlicher Geste an. Der Raum war erfüllt vom Duft eines frisch aufgebackenen Baguettes. Sie löschte das Deckenlicht und ließ nur eine kleine Stehlampe brennen, deren Licht dem Raum gemeinsam mit der Kerze einen milden Glanz verlieh. Sie genoss die Atmosphäre. Wäre ich eine Katze, würde ich jetzt schnurren, dachte sie. Und so an sich erinnert, lief sie schnell ins kleine Gästebad, betrachtete ihr Gesicht im Spiegel und war ganz und gar nicht mit sich zufrieden. Mit Haarbürste, Puder, Lippenstift und Wimperntusche ging sie daran, das zu ändern. Dann zerrte sie energisch das Gummiband aus ihrem Haar und bürstete es sorgfältig auf, bis es schimmerte und dunkel und schwer über ihre Schultern fiel. Der nächste kritische Blick galt ihrer Garderobe. Sie trug noch immer ihre Jeans und die Bluse vom Nachmittag, die leicht zerknittert über dem Hosenbund hing. Sie überlegte schnell, ob sie nach oben ins Schlafzimmer gehen und sich umziehen sollte, entschied sich aber dagegen. Stattdessen steckte sie die Bluse in die Jeans und suchte im Garderobenschrank nach einem passenden Gürtel. Sie probierte mehrere vor dem Flurspiegel aus, bis sie den richtigen gefunden hatte. Ab und zu lauschte sie nach oben in den ersten Stock, ob Geräusche auf der Treppe sein Kommen ankündigten. Doch dort war alles still. Noch nicht einmal Julias aufgeregtes Stimmchen war zu hören. Maren betrachtete sich erneut in der Totalen des großen Spiegels und war immer noch nicht zufrieden. Sie öffnete die obersten beiden Knöpfe der Bluse, bewegte sich vor dem Spiegel hin und her und schloss dann einen der Knöpfe wieder. Auf der Ablage im Gästebad fand sie ein Silberkettchen mit einem Anhänger aus einem geschliffenen Bergkristall und legte es um.

Zu guter Letzt verteilte sie noch ein paar Tupfer ihres Parfüms an ihrem Hals. Dabei fiel ihr seine Bemerkung gegenüber Julia wieder ein – »Ziemlich saugut« –, und sie musste lachen. Zufrieden betrachtete sie ihr Spiegelbild. Das sollte ich öfter tun, dachte sie versöhnlich.

Maren setzte sich an den Tisch und sah nachdenklich auf die Uhr.

Er war schon eine ganze Stunde oben.

Hatte Julia ihre Aufdringlichkeiten fortgesetzt und ließ ihn jetzt nicht gehen? Maren kannte den Abendterror, zu dem ihre Tochter fähig war, nur zu gut. Sie wollte sich gerade auf den Weg machen, als sie aus dem oberen Badezimmer das Geräusch laufenden Wassers wahrnahm. Kurz danach erschien er auf der Treppe und kam mit schweren, müden Schritten hinab. Unten angekommen sah er ein wenig verwundert in die Runde, trat einen Schritt auf den Tisch zu und meinte: »Schön.«

Das klang so sachlich, dass es Maren erschreckte. Sie versuchte, sich nichts anmerken zu lassen, meinte höflich, aber doch mit etwas belegter Stimme und einem vorsichtigen Lächeln: »Setzen Sie sich doch! Möchten Sie ein Glas Wein?« Sie hatte bereits nach der Flasche mit Harrys toskanischem Wein gegriffen.

Doch er lehnte ab. »Jetzt keinen Alkohol, bitte«, sagte er mit der gleichen nüchternen Stimme und griff nach dem Glaskrug. »Sie auch?«, fragte er. Maren nickte stumm, und er goss beiden Wasser ein. Dann setzte er sich ihr gegenüber an den Tisch, stützte für einen Moment sein Gesicht mit den Händen ab und rieb sich dann die Augen.

»Ich bin eingeschlafen«, sagte er. »Tut mir leid!«

Maren lächelte erleichtert.

»Sie glauben gar nicht, wie oft mir das schon passiert ist. Julia hat gerade abends eine Bärenkondition und lässt einen nicht mehr aus dem Zimmer. Seit der Scheidung ist es immer schlimmer geworden. Sie klammert enorm.«

Er nickte müde und meinte leise: »Sie hat panische Angst vor dem Dunkeln. Ich glaube, alle Kinder haben solche Phasen. Ich kann mich erinnern, dass es mir als Kind ähnlich ging.«

»Stimmt«, sagte Maren. »Bei mir musste im Zimmer lange Zeit ein kleines Licht brennen, und mein Vater hatte immer geschimpft über den unnötigen Stromverbrauch. Wie albern!

Meine Mutter hat sich durchgesetzt und mir das Licht erlaubt.«

Er rieb sich kurz mit den Fingerkuppen die Stirn, als wolle er von dort einen Kopfschmerz oder störende Gedanken wegwischen. Schließlich meinte er mit bemühter Sachlichkeit: »Neunzig Prozent aller Ängste hat man in seinem Leben erworben. Die Angst vor dem Dunkeln scheint eine der wenigen angeborenen Ängste zu sein, und da kommt es darauf an, wie man als Kind lernt, sie zu überwinden.«

»Ich fühle mich nach wie vor nicht sicher, wenn es dunkel ist, zum Beispiel abends auf der Straße.«

»Straßenraub passiert genauso häufig im Hellen wie im Dunkeln«, gab er zu bedenken.

»Das mag sein. Seit ich allein bin, habe ich insgesamt mehr Angst vor Einbrechern und Überfällen, aber hauptsächlich, dass Julia etwas passiert. Fast jede Nacht habe ich einen entsetzlichen Alptraum, in dem Julia im schwarzen Wasser versinkt und ich nach ihr zu greifen versuche und sie nicht fassen kann. Der Traum lähmt mich noch am Tag danach. Das eigene Kind zu verlieren ist einfach das Schrecklichste, was ich mir vorstellen kann, und ich finde nichts, womit ich dieser Angst begegnen könnte.«

Sie sah ihn an. Er war ihren Worten mit ernster Miene gefolgt, und dennoch wirkte er abwesend. Langsam hob er seinen Arm, griff sein Glas, trank daraus und stellte es ebenso mechanisch wieder auf den Tisch. Schließlich räusperte er sich und sagte leise: »Angst an sich ist ja nichts Schlimmes. Im Gegenteil, sie ist ein wichtiges Warnsystem, und das freigesetzte Adrenalin macht uns kampf- und verteidigungsbereit. Was Sie allerdings schildern, das ist Panik. Diese Art von Angst ist irrational und unkontrollierbar.«

»Aber was kann ich tun, damit meine Angst kontrollierbar

wird? Im Moment habe ich das Gefühl, je mehr ich mich damit beschäftige, desto schlimmer wird es. Ich frage auch andere Menschen nach ihren Ängsten und wie sie damit umgehen und merke: Nichts ist vergleichbar. Sagen Sie mir zum Beispiel: Wovor haben Sie Angst?«
Er schwieg eine Weile, trank sein Glas leer und füllte es mit den gleichen, sorgfältigen Bewegungen erneut. Er sah nachdenklich vor sich hin, als müsse er erst nach der passenden Antwort suchen. Um Fassung bemüht, bekannte er schließlich: »Vor nichts, ich habe eigentlich vor nichts mehr Angst.«
Seine Antwort schlug ihr wie kalter Nebel entgegen.
»Vor nichts«, wiederholte sie flüsternd. »Noch nicht einmal vor dem eigenen Tod?«
Er deutete ein Kopfschütteln an und meinte: »Vor dem am wenigsten, den spürt man ja nicht, wenn er endlich da ist.«
Noch während Maren versuchte, einen Zusammenhang zwischen ihrem Gesprächspartner und dessen Bemerkung herzustellen, fühlte sie, dass seine Worte in ihr jene verbotene Grenze passiert hatten, hinter der sie ihre eigenen dunklen Gedanken – wie sie glaubte – sorgfältig verborgen hielt. Allzu oft hatte sie sich in den letzten Wochen und Monaten gewünscht, sich in einem Nichts aufzulösen, nichts mehr spüren zu müssen und sich einer langsam fortschreitenden Versteinerung überlassen zu dürfen. Nur Julias Gegenwart rief sie immer wieder in das Hier und Heute zurück. Julias Stimme brachte ihre verzagten Lebensgeister wieder auf Touren. Tu etwas! Tu es für dein Kind, wenn du dir selbst schon nichts mehr wert bist. Was würde sein, wenn ihr auch diese Kraft abhanden käme? Wer wusste schon, wie hart man täglich um diese letzten kläglichen Energiereserven kämpfen musste?
Sie beobachtete heimlich den Mann, der ihr gegenübersaß und wie gebannt in sein Glas starrte.

*Er* kannte diesen Zustand, dessen war sie sich plötzlich sicher. Sie atmete bebend ein. Er hatte das Wort »endlich« benutzt, weil er sich in einer ähnlich haltlosen Situation befand wie sie. Wenn sie es wagte, sich auf diesen Mann einzulassen, müsste sie auch bereit sein, ihn mit all seinen Problemen zu akzeptieren. Wollte sie das? Würde sie das aushalten, angeschlagen wie sie war? Sie betrachtete die Hände des Mannes, die das Glas umschlossen, als sei es ein Anker, der ihn in der Wirklichkeit hielt, während hinter seiner Stirn offenbar Bilder aufstiegen, die ihn meilenweit forttrugen. Wen haben diese Hände sanft berührt? Und wen mit unerbittlicher Härte gepackt? Nichts wusste sie von Thorsten Steiner, den sie so arglos in ihr Haus geholt hatte, angesteckt von Julias Unbefangenheit. Wollte sie überhaupt mehr von ihm wissen? Oder war in der letzten Stunde etwas geschehen, das seine Dämonen geweckt hatte. Hier am Tisch? Oben in Julias Zimmer? Oder war es nur ihr Gesprächsthema gewesen? Sie fühlte Panik in sich aufsteigen. Zu ihrer eigenen Sicherheit musste sie versuchen, ihn aus diesen schwarzen Tiefen zurückzuholen. Krampfhaft suchte sie nach einem Satz, mit dem sie das Gespräch wieder aufnehmen und in hellere, harmlosere Gefilde zurückführen konnte. Sie versuchte ein Lächeln und gab sich betont munter: »Vor nichts haben Sie Angst? Dann sind Sie ja richtig zu beneiden! Ich wünschte, ich hätte nur einen kleinen Teil Ihres Mutes!«
»Mut ist nicht die Abwesenheit von Angst, sondern ihre Überwindung. Ich bin nicht mutig«, sagte er noch immer tonlos. Sein Bemühen um vollkommene Sachlichkeit war die Hilfsleine, nach der sie greifen konnte, und sie erkundigte sich wie eine aufmerksame Schülerin: »Und wie erreicht man diese Überwindung der Angst? Kann man das am Ende lernen?«
»Man darf der Angst nicht ausweichen, sondern man muss

sich damit konfrontieren und den Umgang damit trainieren. Das kann man wirklich lernen. Sie müssen sich die Angst vorstellen wie einen Ozean. Sie schwimmen darin und sehen plötzlich riesige Wellen auf sich zukommen. Wenn Sie in Panik geraten und unkontrolliert um sich schlagen, werden Sie überrollt und in die Tiefe gezogen. Konzentrieren Sie sich aber auf jede einzelne Welle und schwimmen in ruhigen Bewegungen auf sie zu, so werden Sie von ihr mit in die Höhe genommen und können sich von ihr tragen lassen. Das müssen Sie durchhalten. Welle für Welle, bis es vorbei ist.«

»Das ist ein gutes Beispiel«, sagte sie und atmete unmerklich auf. »Haben Sie sich das selbst ausgedacht?«

»Nein«, sagte er, »das sind Ratschläge von Experten.«

»Haben Sie dazu einen Kurs gemacht?«, erkundigte sie sich und spürte mit zunehmender Erleichterung, dass sie beide dabei waren über ein sachliches Gespräch wieder aus der beklemmenden Tiefe ihrer Gedankenwelt herauszufinden.

»Ja, so was in der Art«, antwortete er und konnte ihr jetzt wieder in die Augen sehen.

»Würden Sie mir raten, eine Therapie zu machen wegen meiner Angstträume?«

»Warum nicht? Eine Therapie ist nichts Ehrenrühriges und kann sehr hilfreich sein. Es wäre eine Illusion zu glauben, dass Sie durch die entsprechende Therapie all Ihre Sorgen und Probleme loswerden. Das geht nicht! Aber Sie können lernen, besser damit zu leben. Das ist immerhin etwas.«

»Sie meinen, mein Traum verschwindet nicht, ich lerne nur, ihn besser auszuhalten?«

»Ja. Und vielleicht verschwindet er dadurch auch nach und nach. Aber eine Garantie dafür gibt es nicht!«

Maren überlegte. Das klang nicht sehr hoffnungsvoll, aber vermutlich war es realistisch. Sie schaute in die Kerze, die gleichmäßig und mit kräftiger Flamme herunterbrannte. Eigentlich hatte sie sich den Abend anders vorgestellt. Wie eigentlich? Sie sah zu ihm hinüber. Hatte er sich etwas erhofft? Er hielt sein Glas immer noch umfasst und betrachtete die Lichtspiele in der Flüssigkeit. War es ein gutes oder ein schlechtes Zeichen, wenn man mit einem anderen Menschen nach so kurzer Zeit über Themen sprach, die einen im Innersten berührten? Hatte sie zu viel von sich preisgegeben? Und er? Dachte er jetzt auch gerade darüber nach?

Seine Mimik verriet, dass er wieder in Gedanken war, allerdings war er nicht so darin versunken, dass er ihren Blick nicht bemerkt hätte.

Er sah sie an und hob ihr das Glas entgegen: »Vielen Dank für den schönen Nachmittag und für Ihre Mühe heute Abend«, sagte er mit einem Blick auf den Tisch.

»Das können Sie nicht ernst meinen! Ich kann nur hoffen, dass sie Julias unmögliches Verhalten nicht ganz so übelnehmen.«

»Aber nein. Kinder sind phasenweise anstrengend. Das ist völlig normal.«

»Haben Sie beruflich mit Kindern zu tun?«

Er zögerte einen Augenblick.

»Manchmal schon«, sagte er dann.

»Sind Sie am Ende Lehrer?«

»Nein«, meinte er. »Aber Sie sind Lehrerin, nicht wahr?«

Maren nickte. »Das merkt man mir hoffentlich nicht gleich an?«

Er schüttelte den Kopf. »In der Küche lag so ein Kalender von der Sparkasse, den Lehrer meistens haben.«

»Sie haben eine gute Beobachtungsgabe. Das ist mir schon ein paarmal aufgefallen. Hat das mit Ihrem Beruf zu tun?«

Er nickte müde.

»Was tun Sie beruflich?«
»Ich sehe schon, Sie wollen es unbedingt wissen«, sagte er und atmete tief durch, als müsse er sich seine Worte genau überlegen. »Den größten Teil des Tages sitze ich da, rede mit Menschen über das, was sie sich gegenseitig antun, und schreibe es auf. Seitenweise.«
»Sie meinen Mord und Totschlag?«, vergewisserte sich Maren.
Er sah sie an und nickte wortlos.
»Und das steht dann in der Zeitung?«, fragte sie weiter.
»Ja, manchmal schon.«
»Dann sind Sie Reporter wie ein Bekannter von mir. Am Ende kennt er Sie. Für welche Zeitung arbeiten Sie?«
»Ich arbeite für keine Zeitung.«
»Ach so, verstehe, Sie sind freier Mitarbeiter. Das hatte ich mir auch schon überlegt, in der Zeit, als ich keine Stelle hatte.«
»Welche Fächer unterrichten Sie?«, erkundigte er sich.
»Deutsch und Kunst.«
»Kunst? Dann hat Ihre Kleine das Talent von Ihnen. Ich habe die Bilder oben in ihrem Zimmer gesehen. Sie unterscheiden sich in der Qualität deutlich von dem Bild des anderen Mädchens, das sie an die Tür gepinnt hat.«
»Ach das, das ist ein Bild, das Melanie gemalt hat. Das ist eine traurige Geschichte. Julia hat das Mädchen gar nicht gekannt. Melanie Schwarz ist im Mai vor drei Jahren spurlos verschwunden. Wahrscheinlich ist sie einem Verbrechen zum Opfer gefallen. Der Bruder dieses Mädchens geht in Julias Klasse. Jörg hatte für den Zeichenunterricht keine Mappe dabei. Da hat die Lehrerin die Mappe seiner Schwester hervorgekramt und ihm gegeben. Er hat die Mappe geleert und die Zeichnungen alle Julia geschenkt. Jörg bemüht sich sehr um

ihre Aufmerksamkeit. Er denkt wohl, dass es für einen so schwachen Schüler wie ihn gut ist, mit der Klassenbesten befreundet zu sein.«

»Klassenbeste? Ist sie das? Alle Achtung. Mir ist gleich aufgefallen, dass Ihre Tochter ziemlich intelligent ist. Sie kann einem ja wirklich Löcher in den Bauch fragen und nimmt kein Blatt vor den Mund«, sagte er mit einem kleinen Lächeln.

»Man denkt immer, intelligente Kinder seien besonders pflegeleicht und hätten keine Probleme in der Schule. So einfach ist es leider nicht. Julia langweilt sich im Unterricht, ist vorlaut und plappert ungefragt alles heraus, was sie irgendwo aufschnappt oder gelesen hat.«

»Haben Sie die anderen Bilder des Mädchens noch?«, erkundigte er sich.

»Interessieren Sie sich dafür?«, fragte Maren erstaunt.

»Ich würde sie mir gerne einmal ansehen.«

»Aus beruflichen Gründen?«

»Ja.«

»Haben Sie damals auch über Melanie geschrieben?«

»Ja.«

»Es müssen viele Zeitungen darüber berichtet haben. Mein Bekannter hat mir erzählt, dass er sogar eigene Nachforschungen angestellt hat und dabei mit dem Kommissar, der die Aktion hier geleitet hatte, ziemlich aneinandergerasselt ist. Bis zu einer Geldstrafe muss das gegangen sein.«

»Das kann vorkommen«, sagte er. »Wie heißt Ihr Bekannter?«

»Harald Harders. Er unterschreibt seine Artikel mit haha. Kennen Sie ihn?«

»Flüchtig.«

»Neulich wollte er mich sogar dafür einspannen, dass ich die Mutter des Mädchens aushorche. Es gibt da einen Gewalthintergrund in der Familie. Der kleine Jörg wird offensichtlich regelmäßig geschlagen, und die häufigen Schwellungen und blauen Flecke der Frau sprechen eine deutliche Sprache. Sie arbeitet stundenweise im Lebensmittelladen hier im Dorf und tut mir sehr leid, so scheu und in sich gekehrt wie sie ist. Nach Harrys Theorie hat der Lebensgefährte der Mutter das Kind damals totgeprügelt und es dann verschwinden lassen.«

»Und. Wollen Sie es tun?«

»Was?«

»Für Ihren Freund die Frau aushorchen!«

»Damit mich Jörgs Vater noch einmal am Telefon bedroht? Auf keinen Fall! Ich halte mich da heraus.«

»Er hat Sie bedroht? Warum?«

»Weil ich dummerweise auf einem Elternabend in der Schule eine Bemerkung gemacht habe, in der es um häusliche Gewalt ging. Er selbst war an dem Abend gar nicht anwesend und bei dem Telefongespräch ziemlich betrunken. Seine Frau hatte ihm wohl von meiner Bemerkung berichtet. Ich schließe daraus, dass sie ihn für sich einspannt, um sich Personen vom Hals zu halten, deren Anteilnahme sie als Einmischung in ihre Angelegenheiten empfindet. Trotz der häufigen Streitereien halten die beiden wohl zusammen, wenn es darum geht, sich gegenüber Außenstehenden abzuschotten. Daher ist Harrys Theorie, dass die Frau Mitwisserin der Tat von damals sein könnte, vielleicht gar nicht so verkehrt.«

»Das ist eine sehr gewagte These«, meinte er.

»Finden Sie? Ist auch egal. Im Grunde geht mich das nichts an. Aber ich habe nun mal ein mulmiges Gefühl, wenn ich an Julia denke und mir vorstelle, dass hier in der Gegend ein Kindermörder frei herumläuft. Ich wünsche mir nichts sehnlicher, als dass er bald gefunden wird.«

»Verstehe«, sagte er, rieb sich wieder die Augen und meinte

dann etwas unvermittelt: »Ich glaube, ich mache mich auf den Weg.«

Maren bemühte sich, ihre Enttäuschung zu verbergen und fragte zaghaft: »Möchten Sie denn nicht noch etwas essen?«

»Nein danke«, antwortete er leise. »Ich weiß, Sie haben sich Arbeit gemacht. Das war sehr nett. Aber es ist besser, wenn ich jetzt gehe.«

Maren musterte ihn forschend. Sosehr sie am Nachmittag vollstes Verständnis für einen plötzlichen Aufbruch gehabt hätte, sowenig konnte sie jetzt nachvollziehen, warum er nicht noch bleiben wollte. Lag es an ihr? Hatte sie ihn mit einem Zuviel an Atmosphäre erschreckt? Wirkte sie selbst unattraktiv? Und das trotz des sorgfältigen Make-ups? Oder vielleicht gerade deshalb? Maren schluckte und suchte fieberhaft nach den Gründen für ihre Enttäuschung. Eigentlich will ich nichts von ihm wissen. Eigentlich will ich, dass er geht. Warum macht mir das jetzt trotzdem so viel aus? Ist es die Angst vor dem Alleinsein? Wahrscheinlich hielt sie es nicht mehr aus, verlassen zu werden, egal in welcher Situation.

Sie begleitete ihn noch zur Tür.

»Vielen Dank noch einmal«, sagte er.

»Wofür?«, fragte sie.

»Für alles!«

»Das kann nicht Ihr Ernst sein!«, entfuhr es Maren. »Sie bedanken sich gerade fürs Äpfelklauen, Kuchenbacken und Kind-ins-Bett-Bringen!«

»Und fürs Reden am Tisch«, ergänzte er ihre Aufzählung.

Maren betrachtete ihn mit einem leichten Kopfschütteln. Er wich ihrem Blick aus und verabschiedete sich schnell.

Wenige Augenblicke später stand sie vor dem Flurspiegel und spürte die Leere des Hauses wie schon lange nicht mehr.

Mit heftigen Bewegungen rieb sie den Puder von ihren Wan-

gen. Ihre Tränen übernahmen die Auflösung der Wimperntusche.
Geistesabwesend räumte sie den Tisch ab. Harrys Wein landete wieder im Küchenregal. Für besondere Anlässe, dachte sie bitter, die es bei mir nicht mehr gibt.

Er hatte den Computer abgeschaltet und sich im Finstern auf sein Bett gelegt. Es war weit nach Mitternacht, eine ebenso wunderbare, leere Zeit wie die späte Vormittagsstunde. Draußen fegte der erste Herbststurm durch die Äste der Bäume und ließ sie scharrend gegen die Hauswände und das Dach schlagen. Auf das Dachfenster fielen Regentropfen. Es klang wie das Knistern und Klicken winziger Steinchen. Er lauschte den Geräuschen der Nacht und stieg hinab in die Landschaft, die sich seit der letzten Woche in ihm aufgetan hatte. Er wusste, dass es längst kein Zurück mehr gab, nur noch diesen Sog, der ihn mit wachsender Intensität immer weiter hineinziehen würde. Es hatte begonnen wie damals. Wie Wasser, das jede Ritze findet, nachströmt und die Zugänge erweitert. Er wusste, dass nun wieder die Zeit kommen würde, in der er versuchte, gegen diese Rinnsale anzukämpfen. Wie Menschen an einem Deich die auftretenden Risse sorgfältig wieder versiegeln, weil sie wissen, wie mächtig die Flut ist und wie hilflos sie ihr ausgeliefert sein würden, falls sie hereinbrach. So weit sollte es nicht wieder kommen. Aber ganz auf das Wasser verzichten wollte er deshalb nicht.
Er schloss die Augen. Nun sah er nicht einmal mehr das Rechteck des Fensters über sich. Nur ihr blondes Haar, das mitwippte, wenn sie sich bewegte, und ihre Augen. Dunkelblaue Edelsteine.
Längst sahen sie ihn nicht mehr mit der anfänglichen Reserviertheit an. Längst schon strahlten sie ihm freudig und un-

vermittelt entgegen. Der Gedanke daran durchströmte ihn wohlig und machte ihn zugleich wütend auf sie. Sie durfte keine Macht über ihn bekommen! Es durfte nicht geschehen, dass sie ihn in ihren Bann zog und weich machte und schmerzhafte Stiche in seiner Brust erzeugte. Respekt und Bewunderung sollten in ihren Augen stehen, wenn sie ihn ansah! Bei kleinen Mädchen war das schnell zu erreichen. Irgendwann, wenn sie älter wurden, verloren sie diesen Ausdruck. Dann bekamen sie etwas Lauerndes. Ihre Blicke strichen wie züngelnde Nattern über das Äußere der anderen. Dann gehörten sie endgültig zu den Augenwesen. Er konnte sich gut erinnern an die Zeit damals auf dem Schulhof, als ihn diese Angriffe so tief verletzt hatten. Ein Mädchen hatte es in seiner Klasse gegeben, ein Engel mit langem, blondem Haar. Er hatte eine Bankreihe hinter ihr gesessen. Und eines Tages, als sie mit einer scheinbar achtlosen Bewegung ihr Haar über die Schulter nach hinten gestrichen hatte, war jenes wohlige Gefühl in ihm aufgestiegen, das er bisher nur beim Quälen der Tiere erlebt hatte. Es hatte ihn prickelnd durchströmt und ein rasendes Klopfen in seinen Ohren erzeugt. Von diesem Moment an war es ihm nicht mehr möglich gewesen, diesem Mädchen so zu begegnen wie den anderen. Er war nicht in der Lage gewesen, mit ihr zu sprechen, ohne rot zu werden und zu stottern. Daher hatte er nicht mehr mit ihr gesprochen und sie dafür gehasst, dass sie ihm die Sprache gestohlen hatte. Er konnte sich nicht in ihrer Nähe aufhalten, ohne dass seine Bewegungen unbeholfen wurden. Daher hatte er es vermieden, ihr zu nahe zu kommen und sie dafür gehasst, dass er sich ihretwegen seines plumpen und ungelenken Körpers bewusst geworden war. Viel zu spät hatte er festgestellt, dass die anderen Schüler seine Gefühle längst bemerkt hatten und begannen, sich über ihn lustig zu machen. An den unmöglichsten

Stellen im Schulgebäude waren Zeichnungen mit Herzchen aufgetaucht, in denen sein Name und der des Mädchens zu lesen gewesen waren. Hingekleckste blutrote Feuermale, von unsichtbarer Hand an die Wände geschmiert. Er wagte kaum noch den Blick zu heben in den langen Gängen und Treppenhäusern, in denen das Lachen tausendfach widerhallte und ihn bis in die Nacht verfolgte. Jedes Wort, jedes Lachen, jeden Blick bezog er auf sich. In der Nacht wanderte er durch das stille Haus, unfähig, Traum und Wachsein auseinanderzuhalten. Die anklagenden Blicke der Mutter. Was ist mit dir los? Leg dich hin, gib endlich Ruhe! Die Medikamente, die keinen Schlaf brachten, sondern Benommenheit erzeugten. Ohnmächtig hatte er sich doch vorher schon gefühlt, dafür brauchte sie ihm nicht noch Tabletten zu geben! Niemand verstand ihn! Die Zahl der Feinde nahm täglich zu. Eines Tages hatte es noch eine Steigerung gegeben. Eine Zeichnung war an der Tafel zum Vorschein gekommen, als der Englischlehrer sie aufgeklappt hatte, um etwas anzuschreiben. Eine Karikatur mit einem riesigen Phallus, ein paar Tropfensymbolen, dazu eine zweite Figur mit Riesenbusen, blondem, langem Haar und gespaltenem Dreieck. In der Überschrift standen sein Name und der des Mädchens. Die meisten hatten laut gelacht. Das Mädchen hatte sich zu ihm umgesehen mit hochrotem Kopf. Blicke voller Abscheu und Ekel hatte sie ihm entgegengeschleudert, als sei er der Schuldige, als habe er dieses Bild zu verantworten, dessen Opfer er doch war wie sie auch!

Am nächsten Tag war sie in die Schule gekommen mit großen, schwarz umrandeten Augen und einer Kurzhaarfrisur, in die rote Strähnen eingefärbt waren. Damit hatte sie ihm das Letzte genommen, was ihm noch von ihr geblieben war: den Blick von der hinteren Bankreihe auf ihr langes Haar und den ab und an heimlich erwischten Aufschlag ihrer Augen. Er hatte von da an hinter ihr gesessen, auf die kurzen Fransen gestarrt, die wie fettige Krallen über ihrem Nacken abstanden. Er hätte zur Seite schauen können, doch er quälte sich mit dem Anblick, den sie ihm bot. Wie sehr er sie verabscheute! Wie sehr er sie gleichzeitig besitzen wollte! Widerstreitende Gefühle zerrissen ihn, während er auf ihren Rücken starrte. Unter der engen Bluse schnitten die dünnen Träger des BHs kleine Wülste in ihr Fleisch. Plötzlich hatte er gespürt, wie jenes namenlose wunderbare Gefühl wieder in ihm aufstieg, wenn er sich vorstellte, mit einem scharfen Messer den Stoff ihrer Bluse zu ritzen und ihn ihr in feinen Streifen vom Leib zu reißen. Mit einem Mal hatte er eine Auflösung gefunden für den Widerstreit von Abscheu und Begehren, der in ihm tobte! Wieder einmal war Hilfe gekommen aus dem dunklen Land seiner Phantasie. Lustvoll gab er sich der Vorstellung hin, wie er mit derben Schnüren ihren entblößten Körper umwickelte. Segment für Segment von ihr teilte er ab und nahm es dadurch in Besitz. Er sah das ängstliche Nicken ihres mit der Knebelfessel fixierten Kopfes und fühlte sich endlich wieder gut auf dem Platz hinter ihr.

Von da an brauchte er sie und die anderen nicht mehr, er genügte sich selbst und lieh sich den Anblick ihrer Gesichter und Körper als Stoff für seine heimlichen Gedankenspiele. Damals hatte er an den einsamen Nachmittagen und Abenden wieder begonnen, sich an Tieren zu vergreifen und sie noch bestialischer zu Tode zu quälen als zuvor. Jede dieser Handlungen brannte er in sein Gedächtnis ein und verwendete die Versatzstücke als Rohmaterial für weitere Folterphantasien. Das blonde Mädchen war lange Zeit seine Hauptdarstellerin gewesen. Er quälte sie lustvoll und weidete sich an der Wandlung ihres Blickes, von anfänglicher Geringschätzung bis hin zur angstvoll flehenden Unterwerfung. Irgendwann begann er damit, sie am Ende dieser Szenarien zu töten, und dachte sich dafür immer neue Variationen aus. Jedes Mal genoss er die Sekunden danach, die erlösende, tief befriedigende Stille nach dem Rausch. Diesen Moment zu erreichen wurde zum eigentlichen Ziel seiner Handlungen. Damals begann er zu ahnen, dass er zunehmend Grenzen würde überschreiten müssen und dass sich seine Gedankenbilder danach sehnten, ihr Pendant in der Wirklichkeit zu finden.

Auch seinen Eltern war er immer fremder geworden in jener Zeit. Hin und wieder hatte er der Mutter angemerkt, dass sie Spuren seines Tuns gefunden hatte. Einmal hatte er sie sogar heimlich dabei beobachtet, wie sie die Reste eines Katzenfells aus einem Gitterrost im Keller entfernt und die Blutflecken vom Betonboden geschrubbt hatte. Nie hatte sie ihn darauf angesprochen. Dieses Schweigen empfand er als eine Demütigung, viel schlimmer als jedes Anschreien und zur Rede stellen.

Im Laufe der folgenden Jahre hatte sein Körper plötzlich zu wachsen begonnen, er war groß und kräftig geworden und den Frauen und Mädchen in seiner Umgebung rein äußerlich deutlich überlegen. Abscheu und Angst in ihren Blicken waren für ihn zur lustvollen Herausforderung geworden.

Inzwischen war er weit über dreißig Jahre alt, hatte sogar einige Jahre glückloser Ehe hinter sich gebracht, die eines seiner vielen Zugeständnisse der äußeren Anpassung und Tarnung gewesen war. Seine Frau hatte von seinem Doppelleben nichts geahnt. Sie konnte ja nicht wissen, was sich in seinem Kopf abspielte, während er nach außen die Normen der Augenwesen erfüllte. Er hatte sich sogar liebevoll um ihre gemeinsame Tochter gekümmert und hatte manchmal selbst gehofft, dadurch mit der Zeit von seiner dunklen Welt Abschied nehmen zu können. Eines Tages jedoch war diese Ehe zu Ende gewe-

sen. Es hatte ihn nicht sehr getroffen. Seine Mutter hatte gesagt: Ich habe immer gewusst, dass sie keine Frau für dich ist. Die wollte von Anfang an nur das gemachte Nest und dein Geld! Damit war es besiegelt.
Es hatte aufgehört zu regnen. Er wünschte sich einen ruhigen Schlaf, doch der war ihm nur noch selten beschieden. Er blickte in ein Paar dunkelbrauner Edelsteinaugen, die nicht schwarz umrandet waren. »Hallo«, sagte sie, und es durchströmte ihn eine bedrohliche Wärme.

## Sonntag, der 26. September

Am Morgen wurde Maren davon geweckt, dass Julia mit einem Plumps zu ihr ins Bett sprang.
»Wo ist Thorsten?«, fragte sie.
»Gegangen.«
»Schade. Wann kommt er wieder?«
»Ich denke, gar nicht!«
»Natürlich kommt er wieder! Als ich fragte, ob er mir noch ein Kapitel vorliest, hat er gesagt: Das nächste Mal. Übrigens, weißt du schon, dass ich keine Angst mehr vor dem Dunkeln habe?«
»Kein Wunder, jetzt ist es ja auch hell.«
»Auch abends und nachts nicht mehr. Thorsten hat mir eine schöne Geschichte erzählt. Es war einmal der Kleine Bär, der hatte große Angst vor dem Dunkeln. Der Große Bär hat sich hunderttausend Sachen ausgedacht, um ihn zum Schlafen zu bringen. Nichts hat geholfen. Immer hat der Kleine Bär gesagt, ich kann nicht schlafen, weil ich Angst vor dem Dunkeln habe. Da hat der Große Bär den Kleinen Bär an der Pfote genommen, hat ihn hinaus ins Dunkle geführt und ihm die Nacht gezeigt. Die war so wunderschön mit dem Mond und den Sternen, dass der Kleine Bär ganz begeistert war und nun wusste, dass man vor so etwas Schönem gar keine Angst zu haben braucht. Thorsten hat mir versprochen, dass er mit mir auch einmal hinaus ins Dunkle geht, wenn du es erlaubst. Erlaubst du es?«

»Mal sehen.«
»Das sagst du immer, wenn du eigentlich nein sagen willst! Was ist denn schon dabei, wenn er mit mir abends mal rausgeht? Es kann doch nichts passieren. Er ist groß und stark genug, um auf mich aufzupassen!«

Maren war gerade mit der Zubereitung des Frühstücks beschäftigt, als das Telefon läutete. Julia kam ihr wie immer zuvor und nahm den Hörer ab.
»Thorsten!«, jubelte sie und begann sofort, munter draufloszuschwätzen. Anschließend reichte sie Maren das Mobilteil: »Hier, er will dich!«

Maren war immer noch äußerst verblüfft, als sie gemeinsam mit Julia anschließend den Tisch unverrichteter Dinge wieder abräumte. Thorsten Steiner hatte am Telefon ganz anders geklungen als am vorangegangenen Abend. Die Beklemmung und die verhaltene Stimmung waren wie weggeblasen gewesen. Er hatte sich in freundlichem, beinahe munterem Ton mehr oder weniger für sein ungeselliges Verhalten am Abend entschuldigt und wollte sich revanchieren, indem er Maren und Julia zum Frühstücksbrunch in ein nahe gelegenes Hotel einlud. Einen Augenblick hatte Maren gezögert. Das Gefühl dumpfer Unruhe und Beklemmung, welches der Abend in ihr hinterlassen hatte, war noch spürbar. Aber etwas anderes war stärker: Eine nicht zu verleugnende Freude darüber, dass er sich wieder gemeldet hatte.

Sie hatten sich in der Hotelhalle verabredet. Julia entdeckte ihn sofort und sprang auf ihn zu.
Als er Maren gegenüberstand, sagte er lachend: »Bingo.«
Ihr war sofort bewusst, worauf das abzielte: auf ihre Kleidung.

Sie trug eine Jeans, eine weiße Bluse und ein dunkles Jackett. Er trug eine Jeans, ein weißes Hemd und ebenfalls ein dunkles Jackett. Der Unterschied bestand lediglich darin, dass sie wegen ihres bandagierten Fußes Sportschuhe trug und er nicht.
Maren erklärte lachend: »Ich war mir nicht sicher, was man am Sonntagmorgen in einem Nobelhotel zum Brunch anzieht, da dachte ich, das ist der beste Kompromiss zwischen overdressed und lässig.«
»So dachte ich auch. Ich hätte es nur nicht so treffend in Worte fassen können wie Sie«, meinte er.
»Das glaube ich Ihnen nicht. Schließlich sind Sie von der schreibenden Zunft!«
Eine junge Frau im Sonntagskostüm und mit Karottenflecken auf der Bluse stand plötzlich vor ihnen und fragte: »Können Sie uns bitte einen Kinderstuhl an den Tisch bringen?«
»Das werde ich gleich veranlassen, gnädige Frau«, sagte Thorsten Steiner, und Maren sah ihn erstaunt an. Er wandte sich zu ihr: »Das haben wir nun von unserer Uniformiertheit! Sie hält uns für Angestellte!«
»Ich habe noch nie Hotelangestellte in Jeans und Turnschuhen gesehen«, räumte Maren ein.
»Wahrscheinlich meint sie, das sei ein Zugeständnis an das Family Brunch«, mutmaßte er.
»So wie Sie sich verhalten haben, wird die Frau das auch weiterhin glauben.«
»Manchmal ist es nicht verkehrt, wenn die Leute einen für jemand anders halten als man ist.«
»Und wie kommt die arme Frau jetzt zu ihrem Kinderstuhl?«
»Ich stelle ihr einen hin. Die stehen doch da drüben. Vielleicht bekomme ich noch Trinkgeld«, sagte er grinsend wie ein kleiner Junge, dem ein Streich gelungen war.

Maren schüttelte lachend den Kopf.
Julia sauste mit ihrem Teller am Buffet entlang und verkündete: »Das ist super! Da kann ich gleich mal für Ferteventa üben, da haben wir auch ein Hotel mit Frühstücksbuffet, hat Rolf gesagt.«
Maren sagte leise zu Thorsten Steiner: »Ich hoffe sehr, dass sie sich heute etwas besser benimmt als gestern, jedenfalls habe ich ihr das eingeschärft.«
Er blickte zu einem Tisch, an dem ein kleines Kind gerade von einem Trotzanfall geschüttelt wurde, und meinte: »Ich denke, in Anbetracht der Vergleichsgruppe hat sie schon jetzt Punkte gut. Außerdem finde ich Julias Verhalten nicht so schlimm wie Sie!«
»Na ja«, sagte Maren und wechselte das Thema: »Wie sind Sie auf die schöne Idee mit dem Brunch gekommen?«
»Gestern Abend auf der Rückfahrt hatte ich eher beiläufig das Schild gesehen. Familienbrunch. Ein Kind frei. Und heute Morgen, als ich die Kaffeemaschine anwerfen wollte und merkte, dass ich kein Kaffeepulver mehr hatte, dachte ich, dass es eine gute Idee wäre, mit Ihnen und Julia dorthin zu gehen.«
»Nett von Ihnen, dass Sie an uns gedacht haben«, sagte Maren fröhlich.
»Nett von Ihnen, dass Sie darauf eingegangen sind«, erwiderte er und hob ihr das Sektglas entgegen.
Maren hob ebenfalls ihr Glas. Sie genoss die entspannte Stimmung, die sich wie von Zauberhand wieder eingestellt hatte, und beschloss, nicht weiter darüber nachzudenken, warum der gestrige Abend so ganz anders verlaufen war. Vom Nachbartisch her hörte sie plötzlich Julias munteres Geplapper. Sie saß dort mit ihrem Teller und einem Glas Orangensaft bei einer älteren Dame, die Spielkarten auf dem Tisch zu einer Patience gelegt hatte und der Kleinen die Regeln erklärte.

»Geil, lass mich auch mal!«, rief Julia, und Maren schüttelte ärgerlich den Kopf. Die alte Dame sah freundlich lächelnd zu Maren und Thorsten Steiner hinüber. Sie nickte grüßend.
»Kennen Sie die Frau?«, fragte Maren.
»Vielleicht. Ich überlege gerade«, sagte er.

Gegen Ende des Frühstücks setzte Julia klirrend ein Glasschälchen mit Obstsalat und Quark neben Thorsten auf den Tisch und kletterte auf seinen Schoß.
»Kommst du nachher noch mit zu uns, wir haben noch haufenweise Kuchen von gestern übrig, den musst du essen«, drängelte sie.
»Willst du mich mästen wie die Hexe bei Hänsel und Gretel?«, fragte er und trank einen Schluck Kaffee. Julia kicherte.
»Ich hätte dich auch gerne in einem Käfig, dann könntest du mir nicht mehr weglaufen.« Über den Tassenrand sah er zu Maren hinüber.
»Sie können gerne kommen«, sagte Maren.
»Würde es Ihnen viel ausmachen, die Zeichnungen von Melanie Schwarz herauszusuchen? Dann könnte ich sie mir gleich einmal ansehen«, bat er daraufhin.
Maren bemühte sich, eine leichte Enttäuschung zu verbergen, und meinte ruhig: »Kein Problem, das dauert nicht lange. Sie sind im Keller bei Julias abgelegtem Spielzeug. Irgendwie sind alle Zeitungsmenschen wohl ähnlich hartnäckig, wenn sie eine Story in der Nase haben. Bin gespannt, womit Harry als Nächstes kommt.«
Julia hatte inzwischen ihren Löffel in die leere Glasschüssel geworfen und war wieder zu der alten Dame zurückgekehrt.
»Ist er eigentlich Ihr neuer Lebensgefährte?«, erkundigte sich Thorsten Steiner, und Maren blickte erstaunt auf.
»Harry? Um Gottes willen! Nicht eine Sekunde hielte ich es

mit diesem durchgeknallten Kerl aus! Er ist mit meiner Freundin zusammen. Das ist schon schlimm genug.«
Thorsten Steiner lächelte, wollte etwas sagen, kam jedoch nicht dazu, weil die alte Dame plötzlich vor ihrem Tisch stand. »Sie haben eine wirklich reizende Tochter, und äußerlich ist sie ganz der Papa!« Julia kicherte vergnügt vom Nachbartisch herüber, dann beschäftigte sie sich weiter mit ihrer Patience.
»Irgendwoher kenne ich Sie«, sagte die alte Dame zu Thorsten Steiner. »Nur im Moment weiß ich nicht, wo ich Sie hintun soll. Können Sie sich vielleicht an mich erinnern?«
»Im Moment nicht, tut mir leid«, sagte er.
Zu Maren gewandt sagte die alte Dame in besorgtem Ton: »Ihre Tochter hat mir erzählt, wo Sie wohnen.«
Maren war sofort klar, worauf die Frau anspielte, und versuchte zu beschwichtigen: »Ja. Aber es ist doch schon drei Jahre her.«
Die Alte fuhr seufzend fort. »Wenn ich damals gewusst hätte, was sich da vor meinen Augen abspielt, hätte ich es vielleicht noch verhindern können. Aber man ordnet seine Beobachtungen ja zunächst ganz anders ein. Erst als ich aus der Zeitung erfuhr, dass die Polizei nach dem Fahrrad sucht, ist mir alles wieder eingefallen.«
»Dann sind Sie die Kräutersammlerin, die das Einladen des Fahrrades an der Bundesstraße beobachtet hat?«, fragte Maren überrascht.
»Ja, genau«, sagte die Dame mit leichtem Stolz. »Haben Sie auch von mir in der Zeitung gelesen? Sogar mein Bild war damals abgedruckt.«
»Nein, eine Nachbarin hat es mir erzählt.«
»Na, dann wissen Sie ja alles. War das eine Aufregung! Kein Auge habe ich mehr zugetan in jener Zeit! Man denkt nur

noch, hinter dem nächsten Busch steht er mit dem Messer in der Hand. Zunächst hatte ich mir nicht viel dabei gedacht und mich von den Zeitungsleuten fotografieren lassen. Aber dann hat meine Cousine gesagt: Wie konntest du? Du bist die einzige Zeugin! Er wird dich beseitigen wollen! Du musst Polizeischutz anfordern! Rund um die Uhr!«

»Und haben Sie das getan?«, fragte Maren ein wenig atemlos und stellte dabei mit einem Seitenblick auf Thorsten Steiner erstaunt fest, dass dieser, das Kinn auf die Hände gestützt, gelangweilt zum Fenster hinaussah. Passte das zusammen? Einerseits hatte er schon mehrfach nach Melanies Zeichnungen gefragt, und andererseits interessierte es ihn anscheinend nicht im Geringsten, die Schilderung dieser wichtigen Zeugin zu hören, die für seine Recherche doch von Nutzen sein musste.

»Polizeischutz? Ach, woher denn«, winkte die alte Dame ab. »Ich sage Ihnen eins, seit damals weiß ich es: Die Polizei können Sie vergessen! Das sind nicht so aufgeweckte Kommissare wie im Fernsehen! Der Leiter der ganzen Aktion damals hatte es noch nicht einmal für nötig befunden, mich persönlich zu befragen. Der Herr hatte Wichtigeres zu tun und diese Arbeit seinen Kolleginnen überlassen. Junge, unerfahrene Dinger waren das. Und Polizeischutz? Von wegen. Die haben mir gesagt: Wenn etwas ist, rufen Sie uns an. Wir kommen dann sofort. Und was die unter sofort verstehen, weiß man ja. Meine Cousine hatte neulich bei ihrem Auffahrunfall eine halbe Stunde auf der Straße gestanden und gewartet.«

»Oje, war sie verletzt?«, fragte Maren teilnahmsvoll.

»Nein, zum Glück nicht. Nur der rechte Scheinwerfer war kaputt. Und der Mensch, auf dessen Auto sie aufgefahren ist, wurde auch noch frech! Die Polizisten hatten nachher ge-

meint, dass man das alles auch ohne sie hätte regeln können. Die arme alte Frau mit diesem unverschämten Kerl? So sind sie in der Wirklichkeit, die Freunde und Helfer!«
Maren registrierte, dass Thorsten Steiner ein Gähnen unterdrückte und dann begann, aus einer Papierserviette ein Schiffchen zu falten.
»Was haben Sie damals eigentlich genau gesehen?«, erkundigte sich Maren.
»Das Kind konnte ich ja leider nicht erkennen. Möglich, dass es schon im Auto saß. Die Scheiben waren verspiegelt, wie bei einer dunklen Sonnenbrille.«
»Und, was haben Sie sehen können?«
»Das Auto stand schon am Straßenrand auf dem Standstreifen. Hinten war die Heckklappe geöffnet. Der Mann stieg über die Leitplanke, ging hinunter zu dem asphaltierten Fußweg, der neben der Bundesstraße verläuft, und nahm das Fahrrad von dort auf. Es muss da gelegen haben. Er trug es zu seinem Auto und legte es in den Kofferraum. In der Hand hatte er außerdem eine große, helle, dick gefüllte Plastiktüte. So eine Einkaufstüte aus dem Supermarkt. Die legte er noch dazu. Als er die Heckklappe schloss, hatte ich das Gefühl, er mache Mundbewegungen, als rede er mit jemandem.«
Maren runzelte die Stirn. »Das ist unmöglich! Das können Sie bei der Entfernung vom Waldrand her nicht gesehen haben. Ich bin oft da oben und weiß, was man von dort aus auf der Bundesstraße erkennen kann.«
Die alte Dame lächelte triumphierend: »Ich habe immer ein Fernglas dabei. Eigentlich beobachtete ich gerade einen Bussard, der in übler Weise von Krähen angegriffen wurde. Mehr oder weniger zufällig kam mir dann diese Szene ins Visier. Irgendwie hatte ich auch so ein Gefühl, trotz der dunklen Scheiben, dass sich in dem Auto etwas bewegt. Inzwischen

bin ich mir ganz sicher, dass das Kind da drin war. Warum hätte der Mann sonst das Fahrrad einladen sollen?«
»Sie können doch gar nicht wissen, ob es das Fahrrad des Mädchens war. Es könnte doch auch ein anderes Fahrrad gewesen sein.«
»Es war ein Kinderfahrrad, sonst hätte es nicht so einfach hineingepasst.«
»Wenn Sie ein Fernglas dabeihatten, müssten Sie doch auch den Mann einigermaßen gut gesehen haben. Haben Sie ihn der Polizei beschrieben?«
»Und wie ich ihn beschrieben habe! So genau ich nur konnte! Groß war er und kräftig und dunkle Kleidung hatte er an. Eine Hose und ein Hemd oder einen Pullover, jedenfalls dunkel. Dann hatte er noch so eine Schirmmütze auf dem Kopf mit einem ganz großen Schirm, dass man vom Gesicht gerade noch den Mund erkennen konnte. Dadurch konnte ich leider nicht sehen, welche Haarfarbe er hat. Wenn Sie jetzt denken, die Polizei wäre meinen Beobachtungen nachgegangen, irren Sie sich! Das war alles, wie gesagt, nicht wie im Film, wo man dasitzt und ein Phantombild angefertigt wird. Nichts haben sie gemacht! Eine Polizistin hat meine Aussagen protokolliert und dann gesagt: Wir melden uns. Einmal sind sie noch gekommen und wollten, dass ich ihnen das Auto noch einmal genau beschreibe. Typ und Baujahr und so. Und ob es etwas Auffälliges hatte, woran ich mich erinnern konnte. Herrgott, woher sollte ich denn so etwas wissen? Es war eines mit einer Heckklappe und von heller Farbe. Grau, silbern oder hellblau. Das müsste der Polizei doch genügen, um danach zu suchen. Nichts haben sie gemacht. Den Wald haben sie zertrampelt. Kein Blatt auf dem anderen gelassen. Und was haben sie gefunden? Nichts. Die Leute von der Zeitung waren da viel interessierter. Die kamen und wollten alles genaues-

tens wissen. Sie sind sogar mit mir in der Gegend herumgefahren, und ich habe ihnen jedes Auto gezeigt, von dem ich dachte, dass es das gewesen sein könnte. Unter dem Bild von mir in der Zeitung stand: Die letzte Zeugin. Sie hat Melanie mit dem Täter gesehen. Ja, schlimm war das damals. Schlimm auch, dass immer noch nichts gefunden wurde. Ein Mensch verschwindet doch nicht spurlos! Wenn Sie mich fragen, hat es da eine Menge Fehler bei der Polizei gegeben. Im Strafzettelschreiben sind sie groß. Ich habe schon den dritten dieses Jahr wegen Falschparkens, aber wenn es um die wirklich wichtigen Dinge geht, kümmern sie sich nicht.«

»Hurra, cool, aufgegangen!«, hörte man Julia vom Nebentisch jubeln. Die alte Dame ging zu dem Tisch zurück, sammelte ihre Karten ein und kam noch einmal, um sich zu verabschieden.

»Sie haben wirklich ein kluges Kind!«, lobte sie.

»Die Klugheit hat sie von der Mutter«, sagte Thorsten Steiner, und Maren sah ihn verwundert an, weil er sich auf einmal wieder einschaltete. Die alte Dame lächelte ihn an. Plötzlich runzelte sie nachdenklich die Stirn. »Ich kenne Sie! Aber woher nur?«, sagte sie. Dann verabschiedete sie sich und ging kopfschüttelnd davon.

Maren sah, dass Julia sich bereits ein neues Betätigungsfeld gesucht hatte. Sie saß bei einem jungen Paar am Tisch und hielt deren Kleinkind, das in einem Kinderstuhl saß, die Trinkflasche an den Mund. Die Eltern des Kindes schienen das zu begrüßen, denn sie waren dadurch in der Lage, ihre Mahlzeit beidhändig einzunehmen, zumal Julia das Kind noch mit allerlei Faxen und Spielereien unterhielt.

»Das war ja ein merkwürdiger Zufall eben«, meinte Maren.

»Meinen Sie?«, fragte Thorsten Steiner. Seine Stimme klang nicht mehr so wohlgelaunt wie zu Beginn.

Maren erklärte: »Nun, wir unterhalten uns darüber, dass Sie sich mit der Angelegenheit von damals durch die Zeichnungen noch einmal näher beschäftigen wollen, und nun können Sie zusätzlich auch noch auf die Aussagen einer wichtigen Zeugin zurückgreifen. Vielleicht kennt sie Sie sogar von damals. Sind Sie am Ende mit ihr im Auto herumgefahren und haben nach dem Tatfahrzeug gesucht?«

»Tatfahrzeug? Nun mal ganz langsam! Kein Mensch kann wissen, ob der Mann etwas mit dem Verschwinden des Kindes zu tun hatte.«

»Welchen Grund sollte er gehabt haben, das Fahrrad einzuladen?«

»Weil er es gefunden hat? Weil es vielleicht seinem eigenen Kind gehörte? Weil er es für jemanden von dort abholen sollte? Dafür gibt es doch hundert normale Gründe!«, spekulierte er in leicht gereiztem Tonfall.

»Harry hätte dahinter längst etwas gewittert.«

»Ich bin aber nicht Harry«, sagte er, jedes Wort betonend.

»Zum Glück«, sagte Maren und lächelte ihn an.

Dann fügte sie nachdenklich hinzu: »Auf jeden Fall scheint die Polizei bei den Ermittlungen keine sonderlich gute Figur abgegeben zu haben.«

»Woraus schließen Sie das?«

»Weil sie nicht nach dem Auto gesucht hat. Es waren die Zeitungsleute, die sich mit der Zeugin auf den Weg gemacht haben, um das Auto zu finden.«

»Ja, ein großes, helles mit Heckklappe. Vielleicht hat die Polizei andere Methoden, um Autos zu finden?«

»Meinen Sie?«

»Ich denke schon«, sagte er und sog hörbar die Luft ein.

»Aber dass man ihr den Schutz verweigert hat, ist schon ein starkes Stück«, hakte Maren nach.

»Damals konnte man alle möglichen Variationen der Aussage dieser Frau in sämtlichen Zeitungen lesen. Eines war allerdings überall gleich: Sie konnte den Mann und sein Auto nur vage beschreiben. Insofern konnte derjenige, wenn er überhaupt der Täter war, sich nach der Lektüre der Zeitung völlig in Sicherheit wiegen. Für die Frau bestand keine Gefahr.«

»Sie wissen noch ganz schön viel über den Fall von damals! Warum interessieren Sie sich plötzlich wieder dafür? Brauchen Sie das auch für eine neue Story wie Harry?«

»Tun Sie mir einen Gefallen und vergleichen Sie mich nicht immer mit Harry! Ich interessiere mich schon lange Zeit für diesen Fall. Es gibt so viele Ungereimtheiten. Es ist nicht ungewöhnlich, dass bestimmte Fakten erst nach längerer Zeit zum Vorschein kommen oder bereits Bekanntes in einem anderen Licht erscheinen lassen. Nehmen wir diese Zeichnungen aus der Schule. Vielleicht enthalten sie irgendeinen Hinweis, irgendein Puzzleteil, das passt. Man sollte nichts unversucht lassen. Irgendwie ist man diesem Kind und seinen Eltern, zumindest seiner Mutter, eine Antwort schuldig.«

»Und wenn die Mutter selbst etwas damit zu tun hat?«

»Dann muss sie sich dem stellen, es ist das Letzte, was sie für ihr Kind tun kann. Und sie muss es auch für sich tun.«

»Und Sie hoffen, selbst nach dieser langen Zeit noch etwas zu finden, was die Polizei damals übersehen hat?«

»Ja, vielleicht.«

»Ist das der Grund, warum Sie immer wieder zum Joggen hierherkommen? Um vielleicht Leuten wie mir zu begegnen, die Ihnen Informationen liefern könnten?«

»Ja.«

»Verstehe«, sagte Maren leise. Sie atmete tief durch und fragte betont sachlich: »Wenn Sie etwas herausfinden, melden Sie es dann der Polizei weiter?«

»Dazu ist man verpflichtet.«
Maren nickte.
»Die Plastiktasche ist eine Ungereimtheit«, sagte sie plötzlich.
»Inwiefern?«, horchte er auf.
»Ich meine, so aus der Mutterperspektive gesehen. Die Frau sagte, die Tüte sei prallvoll gewesen. Warum hat ein Kind eine solche Tüte nach der Schule bei sich? Jörg, Melanies kleiner Bruder, trägt sein Sportzeug in einer Einkaufstüte. Das habe ich schon gesehen. Geld für einen Turnbeutel scheint nicht da zu sein. Vermutlich war das auch bei Melanie so. Das Sportzeug besteht aus einem Paar Schuhen, einem T-Shirt, einer Turnhose. Nichts, was eine Plastiktüte prall füllt. Also muss da noch etwas anderes drin gewesen sein.«
Thorsten Steiner war Marens Ausführungen mit sichtlichem Interesse gefolgt. Das schmeichelte ihr.
»Vorausgesetzt, es war Melanie«, ergänzte er und ermunterte sie trotz des Einwands: »Erzählen Sie weiter, was Ihnen durch den Kopf geht!«
»Ich überlege gerade, was Julia alles einsteckt, wenn wir unterwegs sind. Kinder sammeln nun einmal gern. Ich habe es mir schon zur Gewohnheit gemacht, ständig eine Tüte dabeizuhaben. Hier in der Gegend gibt es immer etwas zum Sammeln: Esskastanien, Eicheln, Nüsse, Obst, Hagebutten, …«
»Alles nicht im Mai«, wandte Thorsten Steiner ein.
»Nicht im Mai«, stimmte Maren ihm nachdenklich zu. »Was sammelt man im Mai?«
»Sagen Sie jetzt nicht Maikäfer«, meinte er und lächelte sie an. Offensichtlich hatte sich seine Laune wieder gebessert.
Maren schloss die Augen. »Mai«, sagte sie und konzentrierte sich auf das innere Bild, das vor ihr entstand. »Der Raps steht hoch im Kraut, blüht teilweise schon. Bis auf die Eichen sind

alle Bäume in vollem Laub. Die Wintersaat auf den Feldern ist kniehoch. Die Kirschen sind schon verblüht. Die zartrosa Apfelblüten duften süß und schwer. Die Wiesen sind saftig grün und über und über mit den dottergelben Tupfen der Löwenzahnblüten bedeckt. Dazu noch die weißen Sterne der Wildmargeriten und die zarten Büschel des Wiesenschaumkrauts. Wie schön, und der Himmel im Mai kann so hoch und so blau sein.«

Thorsten Steiner hatte amüsiert Marens Gesicht betrachtet. Sie öffnete wieder die Augen und sah ihn ein wenig verwundert an, als fiele es ihr schwer, den Übergang von der Maiwiese in den Frühstücksraum des Hotels zu finden.

»Wenn Sie das Ganze jetzt noch in die entsprechende Form bringen, ist das poetische Werk vollendet«, meinte er. »Es ist nicht schwer zu erraten, woher Julia ihre Phantasie hat. Allerdings hat es leider unsere Frage nicht beantwortet.«

»Welche Frage?«

»Was man im Mai sammeln kann.«

Julia tauchte plötzlich wieder am Tisch auf und raunte geheimnisvoll: »Ich soll meinen Eltern von denen da drüben einen schönen Gruß sagen.« Sie winkte dabei zu dem jungen Paar und dem Kleinkind hinüber. Das Kleine winkte glucksend zurück, indem es die Handflächen öffnete und schloss. »Ich hätte die Schwesterprobe bestanden, ihr könnt mit dem Geschwistermachen anfangen.« Sie kicherte.

»Du hättest ihnen ruhig sagen können, dass Herr Steiner nicht dein Vater ist«, meinte Maren in vorwurfsvollem Ton. Ihr Gesicht brannte.

»Aber wie nennt man das, was er ist?«, fragte Julia. »Dein Freund ist er ja auch nicht, oder?«

»Du hättest Bekannter sagen können, das ist nie verkehrt.«

»Bekannter«, murmelte Julia vor sich hin. Sie schlang plötz-

lich die Arme um seinen Hals, gab ihm schnell einen Kuss auf die Lippen und meinte: »Für mich bist du mein Freund!«
»Prima«, sagte er, »dann habe ich jetzt auf einen Schlag eine neue Bekannte und eine neue Freundin bekommen. Wenn das kein Glücksfall ist!« Dabei setzte er Julia das Papierschiffchen als Hut auf den Kopf. Sie griff danach: »Cool, hast du das für mich gemacht?« Er nickte und sah zu Maren hinüber. Sie begegnete seinem Blick mit einem flackernden Lächeln.

Sie waren vor Marens Haus gerade aus den Autos gestiegen, als ein kleiner Junge auf einem Kinderfahrrad angeflitzt kam, das er mit quietschender Bremse auf dem Bürgersteig vor dem Gartentor zum Stehen brachte.
»Hallo, Jörg«, rief Julia begeistert. Der kleine Junge, der deutlich zarter gebaut war als Julia, grüßte das Mädchen mit einem flüchtigen Lächeln, dann glitt sein Blick eher beiläufig über Maren und verfing sich an Thorsten Steiner, den er von oben bis unten eingehend prüfte. Der Mann musterte den Jungen in ähnlicher Weise, und Maren hatte einen kurzen Moment den Eindruck, dass die beiden einander kannten.
»Hat die Julia ein bisschen Zeit?«, fragte er Thorsten Steiner, ohne ihm dabei ins Gesicht zu sehen.
»Da musst du Julia fragen, ob sie Zeit hat«, antwortete Maren, was den Jungen sichtlich verwunderte.
»Klar habe ich Zeit!«, rief Julia begeistert. »Was machen wir?«
»Fahrrad fahren?«, fragte er.
»Geht nicht, mein Fahrrad hat gerade einen Platten«, sagte Julia sofort, und Maren runzelte die Stirn. Der Wind hatte Regen gebracht, der den Weg schnell mit Wassertropfen sprenkelte.
»Vielleicht spielt ihr lieber in Julias Zimmer?«, schlug Maren vor. Jörg nickte, ließ sein Fahrrad auf das Pflaster fallen und

folgte Julia durch das geöffnete Gartentor zur Haustür. Thorsten Steiner hob das Rad auf, trug es in den Garten und stellte es neben der Haustür ab. Die Kinder waren schon im Haus verschwunden, und man hörte sie lachend die Treppe hinaufpoltern.

»Das ist übrigens der kleine Bruder von Melanie«, erklärte Maren.

Thorsten Steiner nickte. »Ich dachte es mir wegen des Namens. Außerdem sieht er ihr ähnlich.«

»Kannten Sie Melanie am Ende?«, fragte Maren erstaunt.

Thorsten Steiner schüttelte den Kopf. »Nur von den Fotos.«

Maren stand vor dem Flurspiegel und ordnete sich ihre Haare. Hinter sich beobachtete sie Thorsten Steiner, der seine Jacke aufhängte und einiges aus den Taschen umsortierte. Einen Moment lang begegneten sich ihre Blicke im Spiegel, und sie registrierte in seinen Augen die gleiche Unsicherheit, die auch sie empfand. Sie versuchte ein vorsichtiges Lächeln, das er prompt erwiderte.

»Im Gegensatz zu Julia ist der Kleine wirklich nur eine halbe Portion«, meinte Thorsten Steiner.

»Es ist kaum vorstellbar, dass jemand ein so zartes Kind prügeln kann, ohne ihm alle Knochen zu brechen«, erwiderte Maren.

»Es ist überhaupt schwer vorstellbar, dass jemand Kinder prügelt. Was dabei herauskommt, kann man dem Kleinen jetzt schon ansehen: Er duckt sich. Vor Männern hat er Angst, und Frauen nimmt er nicht für voll.«

Maren nickte: »Wer weiß, was aus ihm wird, wenn er erwachsen ist? Ein Schläger?«

Thorsten Steiner zuckte mit den Schultern. »Auf jeden Fall einer, der innerlich schwach ist und mit allen Möglichkeiten der Maskerade versucht, Anerkennung und Bestätigung zu

finden. Vielleicht einer, der tief verletzt ist und aggressiv reagiert, wenn jemand es wagt, an seiner Fassade zu kratzen.«
Maren erwiderte mit nachdenklicher Miene: »Einige der Menschen, über die Sie schreiben, sind so, nicht wahr?«
»Ja«, sagte er.
»Sind Sie als Kind geprügelt worden?«, fragte sie und erschrak gleichzeitig über ihre Distanzlosigkeit. Doch es schien ihm nichts auszumachen.
»Hin und wieder schon. Meine Eltern waren sehr einfache Leute. Wir waren drei Kinder, da ging es manchmal hoch her. Ich empfand Prügel immer als furchtbare Erniedrigung und Ungerechtigkeit. Oft hat es ja auch den Falschen von uns getroffen. Aber zum Glück war es nicht so häufig.«
»Meine Mutter hatte andere Mittel, um mir Angst zu machen«, sagte Maren. »Tu das nicht, davon wirst du krank! Wenn du verbotene Bücher liest, wirst du blind! Wenn du die Hände nicht richtig abtrocknest, faulen sie ab! Als Kind glaubt man einen solchen Blödsinn und fühlt sich plötzlich überall von Gefahren belauert.«
»Und das steckt heute noch in Ihnen?«
»Meinen Sie? Wirke ich so?«
»Ein bisschen schon.«
»Jetzt sind wir schon wieder ans Eingemachte gegangen, genau wie gestern Abend«, kommentierte sie warnend.
»Scheint eine Spezialität von uns zu sein«, bestätigte er. Dass er »uns« gesagt hatte, berührte sie mehr, als sie sich eingestehen wollte.

Maren hatte Tee gekocht. Sie saßen mit den Teegläsern in der Hand in gebührendem Abstand nebeneinander auf einem Sofa. Auf den Sitzmöbeln ringsherum und auf dem Couchtisch hatte Maren Melanies Zeichnungen ausgebreitet.

Zum Vergleich hatte sie eines von Julias letzten Bildern im Zeichenblock aufgestellt. Es zeigte eine Kuh- und daneben eine Pferdeweide. Links am vorderen Bildrand sah man zur Hälfte eine Scheune mit einem großen Holztor. Davor stand ein mächtiger, schwarzer Hund. Oben am Waldrand hinter den Weideflächen saß ein Mensch auf einer Bank und hatte neben sich auf der Sitzfläche Äpfel aufgereiht, die er wohl gerade geerntet hatte. In der Hand hielt er einen Apfel, und der rote Kringel daran und der graue Strich in der anderen Hand des Mannes schienen anzudeuten, dass er den Apfel mit einem Messer schälte.

Ein Bild friedlichen Landlebens.

Thorsten Steiner hatte Maren gebeten, Melanies Bilder mit ihm gemeinsam zu betrachten, um ihre Meinung als Mutter und Kunstlehrerin dazu zu hören. Maren fühlte sich geschmeichelt, dass er Wert auf ihr Urteil legte.

»Die Größenverhältnisse auf Melanies Bildern haben nichts mit der Perspektive zu tun, sondern eher mit ihrer Wichtigkeit für das Kind. Aus diesem Grund füllt beispielsweise das Kaninchen das ganze Bild aus. Für die Menschen daneben ist nur wenig Platz, weshalb sie in Zwerge verwandelt werden. Der Himmel am oberen Blattrand ist immer als blaues Band zu sehen. Keines der Bilder hat einen Horizont. Die Farben sind nicht gemischt. Insofern konnte Melanie vieles, was sie malte, nicht so darstellen, wie sie es vielleicht in der Realität wahrgenommen hat. Dazu kommt, dass sie sich ganz streng an bestimmte Schemata hält, die ihr wahrscheinlich irgendwann einmal jemand vorgegeben hat, zum Beispiel: Ihre Kaninchen bestehen immer aus zwei Kreisen, einem großen und einem kleinen, zwei breiten Streifen am Kopf als Ohren und einer kleinen Ausbuchtung hinten am Körper als Schwänzchen. Beine gibt es nicht. Alle Kaninchen auf den Bildern ha-

ben die gleiche Körperhaltung, alle schauen nach links. Da ist wenig Individualität zu erkennen.«
Thorsten Steiner war Marens Ausführungen aufmerksam gefolgt und hatte dabei seine Blicke immer wieder über die Zeichnungen wandern lassen. Er stellte das Teeglas auf dem Tisch vor sich ab, beugte sich nach vorne, stützte das Kinn auf den Handknöcheln ab und betrachtete noch einmal schweigend jedes einzelne Bild. Maren musterte ihn von der Seite. Die ernste Mimik gab seinem Gesicht etwas Festes, Zuverlässiges. Ihre Augen folgten wohlwollend der kantigen Linie vom Kinn zum Ohr.
»An diesem Batman dort drüben, mit dem großen schwarzen Umhang, ist das ein Phallus?«, fragte er plötzlich, und Maren schreckte auf: »Welches Bild meinen Sie?«
»Ganz links auf der Couch, die rabenschwarze Silhouette vor diesem bunten Streifenvorhang!«
Maren suchte etwas verwirrt nach dem Bild, dann lachte sie: »Ach, das meinen Sie? Schwarze Katze vor Regenbogen, ist der Titel des Bildes. Ich weiß es deshalb, weil Frau Maier-Bode dieses Bild auch mit Julias Klasse gemalt hat.« In ironischem Tonfall fuhr sie fort: »Ein sehr kreativer Kunstunterricht ist das, müssen Sie wissen, alle Kinder malen nach genauer Vorgabe das gleiche Bild. Im Hintergrund ist ein Regenbogen, davor die Silhouette einer sitzenden schwarzen Katze. Schnurrhaare sind verboten. Die hatte Julia nämlich noch hineingezaubert und musste sie wieder übermalen. Was Sie als Phallus bezeichnen, ist übrigens der Schwanz der Katze. Auf allen Bildern rechts nach oben gerichtet.«
»Aha, dann bin ich bei der Interpretation des Kunstwerks wohl zu sehr von meiner männlichen Phantasie geleitet worden«, sagte er mit leichtem Grinsen und murmelte noch einmal leise vor sich hin. »Schwarze Katze vor Regenbogen, das

muss einem wirklich gesagt werden, zumal der Regenbogen nur irgendwie bunt ist und die Farben nicht in der Reihenfolge des Spektrums erscheinen. Naturwissenschaftlich betrachtet waren die Vorgaben der Lehrerin offensichtlich nicht so streng. Die Ohren der Katze sind zu kurz, also für mich ist das immer noch ein geiler Batman, obwohl der ja mit Sex nichts am Hut hat.«

Maren kicherte. »Sie dürfte man in einem Museum nicht mit Erklärungen auf Besucher loslassen, das könnte zu äußerst eigenwilligen, etwas einseitigen Interpretationen führen!«

Er begegnete breit grinsend ihrem Blick. Dann stand er auf und stellte sich hinter die Couch. »Nennen Sie mir doch bitte alle Auftragsarbeiten der Lehrerin. Die Bilder geben nichts her, außer dass Sie sich über meine Deutungen amüsieren.«

»Schade«, lachte Maren, »die hätte ich gern gehört.«

»Okay, ich improvisiere eine Kurzinterpretation, wenn Sie für mich die Bilder identifizieren!«

Maren ließ ihren Blick über die Zeichnungen schweifen. »Das zweite von rechts hat den Titel ›Buntes Herbstlaub vor blauem Himmel‹.«

Er nahm das Bild, betrachtete es und meinte, einen italienischen Akzent imitierend: »Hresste von gutte Pizza auf blaue Tischtuch.«

»Das Bild mit den weißen Schnipseln soll ein Schneemann sein mit schwarzem Zylinder und Möhrennase.«

»Okay, zu der Möhre sage ich jetzt nichts, sonst denken Sie noch schlecht von mir, weiter …«

»Entlaubter Baum vor Winterhimmel.«

»Punker bei Sonnenuntergang.«

»Tisch mit Stillleben.«

»Ein bisschen leer ist es auf dem Tisch. Könnte ein Blick in meinen Kühlschrank sein, da ist zurzeit auch nicht mehr drin als eine Tomate und eine Flasche Bier.«

»Weitere Themenbilder erkenne ich jetzt leider nicht«, sagte Maren lachend.

Er kam zurück und setzte sich wieder neben sie auf die Couch.

»Ein Glück«, meinte er, »mir gehen langsam die Ideen aus.«

»Und, was bleibt jetzt?«, fragte er mit einem Blick über die restlichen Bilder.

»Kaninchen in allen Variationen«, sagte sie.

»Stimmt nicht«, entgegnete er. »Das schwarze Kaninchen da rechts weicht vom Schema ab. Es hat vier Beine und einen längeren Schwanz. Sieht eher wie eine schwarze Katze oder ein schwarzer Hund aus«, mutmaßte er.

»Die spitze Schnauze spricht für Hund«, meinte Maren.

»Und was macht diese Frau im blauen Kleid vor dem Hund? Sie hält die Arme vom Körper weggestreckt. Sieht aus, als ob sie fliegt.«

»Sie fliegt nicht, sie flieht. Sie hat Angst vor dem Hund. Die zwei Striche in seinem Maul könnten andeuten, dass er die Zähne fletscht«, erklärte Maren.

»Und wer ist es, der Angst vor dem Hund hat? Melanie selbst?«

Maren schüttelte den Kopf.

»Ich denke, die kleine Figur auf den Kaninchenbildern soll sie selbst sein. Sie hat sich immer mit langen, gelben Strichen am Kopf gemalt. Die Figur auf dem Hundebild ist kahlköpfig.«

»Nicht kahlköpfig«, sagte er mit zusammengekniffenen Augen. »Da gibt es eine gelbe Linie über dem Kopf. Wenn es kein Heiligenschein ist, sind das kurze, blonde Haare. Vielleicht ist es ein Mann?«

»Vielleicht, in Kinderbildern werden männliche und weibliche Personen oft nur durch einfache Merkmale unterschie-

den, also zum Beispiel kurze Haare oder lange Haare. Die Kleidung spielt dann eine eher untergeordnete Rolle. Insofern könnte dieses dreieckige Kleid auch einen Anzug oder einen Blaumann darstellen.« Maren runzelte nachdenklich die Stirn. »Das Bild ist nicht fertig geworden«, stellte sie plötzlich fest. »Hinter dem Hund sind gelbe lange Striche und ein Bogen, der wie ein Gesicht darunter aussieht. Es könnte sein, dass sie sich dort hinmalen wollte.«
»Das würde bedeuten, dass der Hund jemanden vertrieben hat, vor dem er sie schützen wollte?«
»Möglich«, sagte Maren. »Hatte Melanie vielleicht ein Kaninchen als Haustier?«
»Nein«, sagte er sofort. Und Maren staunte wieder einmal, wie gut er informiert war.
»Vielleicht hat sie sich eines gewünscht«, überlegte sie.
»Dort drüben auf dem Kaninchenbild ist nicht nur Melanie, sondern auch die Gestalt im blauen Kleid wieder abgebildet. Sehen Sie, ganz klein im Hintergrund!«, fiel ihm auf.
Maren beugte sich weiter nach vorne.
»Gut beobachtet, das scheint wirklich dieselbe Person zu sein. Die gelbe Linie über dem Kopf ist auch wieder da.«
Sie lehnte sich zurück und berührte dabei seinen Arm, den er auf der Rückenlehne der Couch ausgestreckt hatte. Daraufhin rutschte sie hastig wieder nach vorne, und er zog schnell seinen Arm zurück.
»Entschuldigung«, sagten beide wie aus einem Munde. In Maren stieg Hitze auf. Aus den Augenwinkeln sah sie, dass er sie amüsiert anschaute. Maren beugte sich wieder über die Bilder und tat, als wäre sie vollkommen in diese vertieft.
Aus dem Kinderzimmer über ihnen drang dumpfes Gepolter sowie ab und an wildes Geschrei. Maren sah hinauf zur Decke, dann nach draußen über die grüne Rasenfläche des Gar-

tens. Es war trübes Herbstwetter. Im Mai sieht die Welt ganz anders aus, dachte sie. Ihr Blick wanderte zurück zu den Zeichnungen.
»Kaninchenfutter«, sagte sie plötzlich.
»Wie bitte?«, fragte Thorsten Steiner.
Sie wandte sich um, sah ihn an und merkte dadurch erst, wie nah sie bei ihm saß. Sie rückte nicht ab, sondern sagte: »Löwenzahn wächst im Mai. Sie hat Kaninchenfutter in der Tüte gesammelt. Ich kann mir das gut vorstellen. Julia würde das auch tun. Beim Anblick saftiger Gräser denkt sie sofort an die Kühe und Pferde auf dieser Weide, zu der sie so gern geht. Vielleicht war das bei Melanie ähnlich. Irgendwo gab es ein Kaninchen, das sie regelmäßig fütterte. Als sie an der Wiese vorbeifuhr, hat sie an das Tier gedacht. Sie hat ihr Fahrrad auf den Weg gelegt, Löwenzahn gepflückt und in die Tüte gestopft, die eigentlich für ihr Sportzeug vorgesehen war. Die Kräutersammlerin hat das Mädchen nicht gesehen, weil es gerade in der Wiese saß. Der Mann im Auto hat angehalten, als er Melanie dort sah. Er sagte zu ihr: ›Komm, steig ein, ich fahre dich zu deinem Kaninchen, dann kannst du ihm das Futter gleich geben.‹ Melanie nahm das Angebot des Mannes gern an, weil sie auf diese Weise schneller zu dem Kaninchen kommen konnte.«
Thorsten Steiner war Marens Schilderung wie gebannt gefolgt. Er stand plötzlich auf, stellte sich vor das große Terrassenfenster, die Hände hatte er in die Gesäßtaschen seiner Jeans geschoben und starrte nach draußen. Maren musterte die dunkle Silhouette des Mannes vor der Fensterfront, als plötzlich ein lautes Aufheulen auf dem oberen Flur zu hören war. Julia schrie: »Du machst mir alles kaputt, du Drecksau!«
»Fick dich ins Knie!«, hörte man den kleinen Jungen schreien. Dann sauste er wie ein Blitz die Treppe hinunter in Richtung

Ausgang. Maren war schnell aufgesprungen und hatte sich ihm in den Weg gestellt. Er rannte einfach Kopf voran in sie hinein und boxte ihr dabei in die Seite, um den Weg frei zu machen. Dabei trat er ihr versehentlich auf den verletzten Fuß, und Maren schrie vor Schmerz auf. Inzwischen war Thorsten Steiner neben ihr und zog den Kleinen von Maren weg. Jörg duckte sich und hielt die Arme schützend über den Kopf. Thorsten Steiner hockte sich vor den Jungen, fasste ihn an den Schultern und fragte: »Verabschiedet man sich so, wenn man zu Besuch war? Hast du gemerkt, wie weh du eben Julias Mutter getan hast?«
Der Kleine schüttelte andeutungsweise den Kopf, starrte mit vorgeschobener Unterlippe zu Boden und versuchte, dem Blick des Mannes auszuweichen. Von der obersten Treppenstufe hörte man Julias Schluchzen. Jörg versuchte sich mit einer plötzlichen Fallbewegung zu befreien, doch Thorsten Steiner hielt ihn fest. Der Kleine jammerte: »Ich will nach Hause! Lass mich los!«
»Ich lasse dich los«, sagte Thorsten Steiner. »Aber bevor du gehst, legst du die Sachen, die du in den Taschen hast, hier auf den Tisch! Verstanden?« Der Kleine nickte zaghaft, und der Mann ließ die Arme sinken. Jörg griff in seine Hosentaschen und holte einige Plastikfigürchen hervor. »Julia, sind das deine?«, fragte Thorsten Steiner nach oben. »Ja, meine!«, heulte Julia auf. »Beklaut hat er mich auch noch! Er hat mir alles kaputt gemacht, der blöde Arsch!«
»Julia!«, rief Maren drohend.
Jörg nutzte die Gelegenheit zur Flucht. Er schob Maren beiseite und rannte aus der Tür.
»Woher wussten Sie, dass da Julias Sachen drin waren?«, fragte Maren verblüfft.
»Ich hab's ihm angesehen«, sagte Thorsten Steiner.

Anschließend half er Maren, Julias Zimmer aufzuräumen. Julia selbst beteiligte sich kaum daran, weil sie jedes zerstörte Spielzeug und jedes zerrissene Bild heulend betrauerte. »Ich weiß gar nicht, was er auf einmal hatte«, schluchzte sie. »Zuerst haben wir so schön gespielt. Aber dann hat er beim Weitspringen vom Bett gegen mich verloren, und da ist er auf einmal verrückt geworden. Guck mal, meinen Barbies hat er die Haare herausgerissen und meinem Barbie-Ken hat er mit Mamas Nagelschere die Augen ausgestochen!«
Maren erschauderte, als sie in das zerstörte Gesicht der Puppe starrte.
»Eigentlich müsste die Versicherung von Jörgs Eltern das bezahlen«, meinte Thorsten Steiner.
»Den Teufel werde ich tun und mich bei denen melden«, entgegnete Maren verbittert. »Der Kleine kommt mir jedenfalls nicht mehr ins Haus. Hast du gehört, Julia?«
Julia saß mit angezogenen Beinen auf ihrem Bett. Sie schluchzte vor sich hin und nickte zaghaft.
Thorsten Steiner setzte sich neben Julia und legte ihr den Arm um die Schultern. »Da haben wir jetzt richtig Glück gehabt, dass das Geschenk, das ich dir mitgebracht habe, noch in meinem Auto ist. So ist das auf jeden Fall heil geblieben.«
»Ein Geschenk?«, horchte Julia auf und sah ihn mit tränenverschleiertem Blick an.
Er nickte. »Komm mit runter! Wenn ich gleich gehe, gebe ich es dir.«
»Du willst schon gehen?«, fragte Julia kläglich. »Du hast doch noch gar nichts mit mir gespielt, sondern nur mit der Mama geplappert!«
»Ich muss noch arbeiten, bin sowieso schon knapp dran«, sagte er.
»Am Sonntag?«, fragte Maren.

»Ja, leider«, sagte er und wandte sich der Treppe zu.
Beim Hinuntergehen bat er Maren, ihr die Zeichnungen von Melanie zu überlassen, weil er sie einer befreundeten Psychologin zeigen wollte. Maren willigte ein und überlegte, ob die Psychologin wohl seine Lebensgefährtin war.
Maren und Julia begleiteten ihn zu seinem Auto. Dort griff er ins Handschuhfach, holte einen kleinen Stoffbären hervor und drückte ihn Julia in die Hand.
Sie strahlte: »Das ist der Kleine Bär, der Angst vor dem Dunkeln hat!«
»Genau«, sagte Thorsten Steiner, »und der erzählt dir jetzt jeden Abend seine Geschichte und passt die ganze Nacht auf dich auf!«
Julia nickte, küsste den Bären und presste ihn an sich. Thorsten Steiner beobachtete sie dabei. In seinem Gesicht lag ein Ausdruck von Gequältheit, den Maren nicht zu deuten wusste. Dann sah er sie an.
»Vielen Dank noch einmal für die Zeit.«
Maren nickte.
»Sie können gerne wiederkommen«, sagte sie und versuchte, ihn damit aufzumuntern.
»Danke«, sagte er. Dann stieg er schnell ein und fuhr davon.
Als Maren zurück ins Haus ging, kam es ihr darin leerer vor als sonst. Sie ließ sich von Julia das geschenkte Stofftier zeigen. Es war nicht neu. Sein Fell war an einigen Stellen schon ganz abgegriffen und roch nach Benzin. Offensichtlich hatte der Kleine Bär schon länger im Handschuhfach des Autos gelegen, vielleicht als eine Art Talisman.

# Sonntag, der 26. September, spätabends

Er lag, erschöpft wie nach einem langen Marsch, auf seinem Bett und war wieder Teil der Dunkelheit, dem Dämon seiner Kindheit, geworden. Die einst so gefürchtete Einsamkeit der Nacht hatte sich im Laufe der Jahre als eine Zufluchtsstätte erwiesen. An dem Wochenende, das hinter ihm lag, hatte er jedoch erfahren, dass er sich auch hier nicht mehr sicher fühlen konnte. Die Dunkelheit, die ihn sonst mit samtiger Geborgenheit umhüllte, hatte ihn unerwartet im Stich gelassen. Statt im Schutze der Nacht lustvollen Wunschträumen nachzuhängen, sah er sich mit Bildern konfrontiert, von denen er geglaubt hatte, dass er sie längst in den unerreichbaren Salzbergwerken seiner Seele abgelegt habe. Zum ersten Mal seit langer Zeit spürte er wieder das Gefühl allumfassenden Ausgeliefertseins. Wie am Vorabend brach die Flut der Bilder über ihm herein, ohne dass er etwas dagegen tun konnte. Ein Paar heller, wissender Kinderaugen sah ihn an. Dazu hörte er eine allzu bekannte Stimme. »Was hast du getan? Du Ungeheuer!«

»Nichts«, wimmerte er, »ich war das nicht. Ich war ganz lieb.«

Längst schon schlug sie auf ihn ein. Er sah nicht ihre Hände, sah nicht, womit sie ihn schlug, nur ihr Gesicht mit der überwältigenden Ablehnung in ihrem Blick. »Du bist schlecht. Ich will dich nicht«, hallte es von allen Seiten.

Er atmete keuchend, wollte weglaufen und konnte es nicht.

»Nimm dich zusammen!«, hallte die Stimme wieder. Ich halte es aus, dachte er. Ich stehe hier, und sie merken es nicht. Nichts steht mir auf der Stirn geschrieben. Vor sich sah er das rot-weiße Kunststoffband gespannt. Er stand inmitten der anderen, die sich entrüsteten über das, was geschehen war. Es gelang ihm, mit neugierigem Interesse die Gruppe der Polizisten zu mustern, die sich auf der anderen Seite der Absperrung befand.

Sie hatten die erste Phase der Suche hinter sich. Ihre Schuhe waren voller Schlamm. In ihren verschwitzten Gesichtern stand die Erschöpfung. Einige unterhielten sich miteinander, die meisten standen stumm und ratlos da.

Bei diesem Anblick spürte er ein Gefühl des Triumphes in sich wachsen. Er war der heimliche Herrscher über dieses Geschehen, weil er es verursacht hatte und auch den weiteren Verlauf beeinflussen konnte.

Dann sah er sich durch den Flur seines Hauses gehen, langsam und mit ruhigem Schritt. Das vertraute Läuten der Türglocke ertönte. Arglos öffnete er und blickte zum ersten Mal in jenes Gesicht, das seitdem zum festen Bestandteil seiner Gedankenwelt geworden war. Ungefragt und ohne Vorankündigung tauchte es aus seiner Erinnerung auf und betrachtete ihn mit prüfenden Augen, die in ihn eindrangen und selbst keinen Einblick gewährten in das, was hinter dieser Stirn vorging. Seit jener Begegnung trainierte er seine Sprache und Haltung, um diesen wissenden Blicken standzuhalten. Im ersten Augenblick hatte er den Mann, der vor seiner Tür stand, für einen zufälligen Besucher gehalten, so gut war diesem die Tarnung gelungen. Er trug Jeans und lächelte höflich.

Eine feingliedrige, jungenhafte Hand hielt ihm eine Klarsichthülle mit einem Ausweis entgegen. Ah, ein Sammlerausweis, hatte er gedacht und »Moment, ich hole etwas!« sagen wollen, denn er war als großzügiger Spender bekannt. Als er den zwölfzackigen Stern wahrnahm und begriff, wer ihn da besuchte, war ein eiskalter Strom durch seinen Körper geflossen: Hauptkommissar Lars Stephan war der Leiter der Sonderkommission Melanie.

Bis heute wusste er nicht, ob Stephan diesen Schreckensmoment an ihm registriert hatte.

»Darf ich hereinkommen?«

Wie höflich er war! Höfliche Menschen abzuwehren war schwierig. »Nein, auf keinen Fall!«, schrie es in ihm, und »Ja«, sagte er, ebenso höflich, aber mit unstetem Blick. Er beobachtete, wie Lars Stephan sich im Zimmer umschaute, den angebotenen Platz zunächst nicht annahm und der Treppe zum Keller bedrohlich nahe kam.

»Ich brauche Ihnen sicher nicht näher zu erklären, warum ich hier bin?« Kluge Frage! Jeder beantwortete sie anders, je nachdem, wie viel oder wie wenig er mit dem Geschehen zu tun hatte. Rhetorische Fallen und Fußangeln standen ihm bevor. Er hatte es mit dem Chef zu tun, einem Profi. Eigentlich hätte ihn das ein bisschen stolz machen können.

Inzwischen war er das wirklich, denn bis heute hat dieser Mann ihm nichts anhaben können.

Später saß Stephan auf der Couch im Wohnzimmer, entspannt wie ein gerngesehener Gast. Hatte belanglos erzählt und im Geflecht unverbindlichen Geplauders seine Frageschlingen verborgen. Mit grausamer Langsamkeit verrannen Minuten des Schweigens, in denen er verzweifelt versuchte, die Gedanken des Kommissars von dessen regloser Stirn abzulesen. Immer länger ließ Stephan diese Gesprächspausen werden. Bemerkte der Polizist, wie seinem Gegenüber der Schweiß aus allen Poren rann? Empfand nur er selbst das Dröhnen des Kühlaggregates im Keller als so laut?

Was tue ich, wenn er jetzt einfach aufsteht, hinuntergeht und die Kühltruhe öffnet? Eigentlich darf er das nicht. Aber so lange ich es dulde, ist es in Ordnung. Wie kann ich ihn auf die Überschreitung seiner Grenzen hinweisen, ohne mich verdächtig zu machen? Er verdächtigt mich bereits. Ich sehe es in seinen Augen. Oder sieht er alle Leute so an? Bilde ich mir das nur ein, weil ich der Täter bin? Ja, ich bin der Täter. Ich bin der Mensch mit dem Täterwissen, und das willst du aus mir herauslocken. Du hast ermittelt. Was weißt du, was außer dir und mir niemand weiß? Wir belauern einander wie Raubtiere. Jeder ist darauf bedacht, möglichst wenig preiszugeben und dabei von dem anderen möglichst viel zu erfahren. Du bist dir noch nicht sicher, aber du hast einen Verdacht gegen mich. Was hat dich darauf gebracht? Wodurch hast du Witterung aufgenommen? Jetzt suchst du nach einer Schwachstelle, wo du einhaken kannst. Ich werde alles tun, sie vor dir zu verbergen. Das ist meine einzige Chance. Du und ich, wir stehen auf zwei verschiedenen Seiten. Ich bin der Böse, die Bestie. Du bist der Gute, der Mensch. Warum sind wir geworden, was wir sind? Macht es dir Spaß, die Schwachstellen anderer zu finden, sie festzunehmen und einzusperren? Gibt dir das ein Gefühl von Erfolg, von Stärke und Überlegenheit? Brauchst du das so wie ich? Bist du zur Polizei gegangen, damit du eine Waffe tragen kannst, die dich stark macht? Bedeuten dir Waffen dasselbe wie mir? Bist du am Ende wie ich? Verletzlich und voller Sehnsucht nach Anerkennung? Oder bist du ein verrückter Idealist, der an das Gute glaubt und es mit aller Macht gegen das Böse verteidigen will?

Irgendwann verwickelte Lars Stephan ihn in ein Gespräch über Vor- und Nachteile verschiedener Autotypen, so dass er schon hoffte, der offizielle Teil sei endgültig beendet und er müsse nicht mehr angespannt auf mögliche Fallen lauern.

Doch dann, nach über einer Stunde, legte der Kommissar plötzlich wieder eine andere Gangart ein, bombardierte ihn unerwartet mit einem Hagel von Fragen. Nichts davon las er von einem Blatt ab, kein Stift, kein Papier befand sich in seiner Hand. Es war ein Verhör in der Verpackung eines unverbindlichen Gespräches.

»Leider waren Sie gestern nicht anwesend, als wir Ihr Fahrzeug überprüfen wollten.«

»Das ist ja nicht verboten.«

»Heute Morgen haben Sie Ihr Fahrzeug als gestohlen gemeldet.«

»Ja.«

»Vorhin haben wir uns über Autos unterhalten. Warum haben Sie mir das dabei nicht mitgeteilt?«

»Sie haben mich nicht danach gefragt.«

»Sie haben mir erzählt, dass Ihr Auto zehn Liter braucht, dass Sie nie wieder Ledersitze nehmen würden und dass die Anhängerkupplung nichts taugt. Danach hatte ich Sie auch nicht gefragt.«

»Ich verstehe nicht, was das jetzt soll.«

»Und ich verstehe nicht, warum jemand, der sich so viele Gedanken um sein Auto macht und über alle Details Bescheid weiß, nicht erzählt, dass der Wagen gerade gestohlen wurde. Hatte Ihr Auto eine Alarmanlage?«

»Nein.«

»Doch, sie ist Teil der Serienausstattung.«

»Gut. Es hat eine Alarmanlage.«

»Sie haben als Ort des Diebstahls den Parkplatz oben an der Linde angegeben.«

»Ja.«

»Was wollten Sie da?«

»Ein wenig frische Luft schnappen.«

»Wann haben Sie das Auto dort abgestellt?«
»Gestern Abend.« – »Uhrzeit?« – »Weiß ich nicht.« – »Schildern Sie mir einmal genau, wie Sie das gemacht haben.« – »Was?« – »Den Parkvorgang.« – »Ich habe das Auto auf einen der vier kleinen Parkplätze bei der Linde gestellt.« – »Welchen dieser vier Parkplätze?« – »Einen davon.« – »Haben Sie dazu die Absperrung der Baustelle beseitigt?« – »Welche Baustelle?« – »Die gestern Nachmittag eingerichtet wurde, um die Parkplätze zu planieren.« – »Ich hatte es neben der Baustelle geparkt.« – »Es gibt dort keine Baustelle.«
Sie saßen einander gegenüber, jeder auf die Regung des anderen wartend. Es gelang ihm immer besser, seinen Blick in die grauen Augen des Polizisten zu bohren.
»Solche Verhörmethoden sind nicht erlaubt, Herr Kommissar!«
»Wer sagt denn, dass das hier ein Verhör ist?«
»Unterlassen Sie diese Spielchen. Ich beantworte Ihnen gerne Ihre Fragen. Aber hören Sie auf, mich zu veräppeln. Ich habe nicht darauf geachtet, ob es da oben eine Baustelle gab oder nicht. Es war mir einfach nicht wichtig.«
Er richtete sich auf und straffte die Schultern. Mit diesem gelungenen Gegenschlag fühlte er sich als Sieger der Situation. Doch das verächtliche Zucken um die Mundwinkel im Gesicht des Polizisten deutete an, dass dieser ihm von nun an äußerst kritisch begegnen würde. Vielleicht hatte Lars Stephan diese Wendung des Gesprächs sogar als Sieg für sich verbucht.
Zwei Sieger. Eine Pattsituation. In Zukunft würde jeder darauf bedacht sein, das Gleichgewicht zum eigenen Vorteil zu verschieben.
Stephan fragte mit ruhiger Beharrlichkeit weiter: »Woher haben Sie erfahren, dass wir einen hellfarbenen Geländewagen suchen?«

»Suchen Sie so einen?«
»Sie haben sich gestern an der Polizeiabsperrung aufgehalten und sich dort mit verschiedenen Anwesenden unterhalten. Ein Reporter war dabei, der behauptete, dass die Polizei einen hellen Geländewagen sucht. Kurz darauf haben Sie sich entfernt. Als die Polizei Ihr Fahrzeug gestern Abend überprüfen wollte, waren weder Sie noch Ihr Fahrzeug zu Hause anzutreffen.«
»Ich sagte doch, dass ich einen Spaziergang gemacht habe.«
»Wir haben Ihr Auto in einem Steinbruch in der Nähe von Mammolshain gefunden. Es ist ausgebrannt.«
»Da bin ich aber froh, dass Sie es gefunden haben«, hatte er geantwortet und sich noch nicht einmal Mühe geben müssen, glaubwürdig zu klingen. Das also war der Grund für den Besuch des Kommissars. Das Auto. Er hatte unglaubliches Glück gehabt, als er am Vortag an der Absperrung gehört hatte, wie der hektische Reporter alle Leute nach einem hellfarbenen Geländewagen oder Kombi befragt hatte. Eine Zeugin habe sich bei der Zeitung gemeldet und berichtet, sie habe das Einladen eines Fahrrades an der Bundesstraße beobachtet. Es ist aus, hatte er in dem Moment gedacht, jetzt haben sie dich! Hatte geglaubt, es sei nur noch eine Frage von Sekunden, bis jemand seinen Namen in Verbindung mit dem gesuchten Auto bringen würde. Sie würden Spuren des Mädchens im Auto finden. Das würde für die Hausdurchsuchung reichen. Selbst wenn er schnell alles fortschaffte, würde es nichts nützen. Sie waren in der Lage, winzige Spuren zu finden und zu deuten. Sie konnten Erde und Pflanzenfasern ihrem Herkunftsort zuordnen. Sie konnten genetische Fingerabdrücke nachweisen, analysieren und vergleichen. Zeitpunkte errechnen.
Der Schweiß war ihm auf die Stirn getreten. Er hatte die Blicke der Umstehenden auf sich gespürt. Sie sahen ihn fragend

an, schwiegen jedoch. Das hatte es ihm ermöglicht, sich davonzustehlen, das Auto in den Steinbruch zu fahren, es anzuzünden und alle Spuren zu beseitigen. Beim Hinausfahren aus dem Ort war er gesehen worden. Auch das meldete niemand der Polizei. Allgemein entrüstete man sich über den dreisten Diebstahl und die Polenmafia. Auf diese Weise bemerkte er erstmals, dass er von einem schützenden Netz umgeben war. So war dem Kommissar am Ende nichts anderes übriggeblieben, als sich genauso höflich zu verabschieden, wie er gekommen war. Eine Trumpfkarte zog er am Schluss noch aus der Jackentasche. Ein kleines Diktiergerät. »Sie haben doch nichts dagegen, dass ich unser Gespräch aufgezeichnet habe? Man kann sich nicht alles merken, und es erleichtert mir nachher die Schreibtischarbeit.« Die Höflichkeit des Gegenübers spiegelnd, hatte er lächelnd abgewinkt. Nein, er habe nichts dagegen. Schließlich habe er ja nichts Verfängliches gesagt. Der Kommissar hatte zustimmend nicken müssen und war gegangen.
Als Verlierer. Das hatte gutgetan.

Einmal noch war der Polizist wiedergekommen und hatte Fragen zur Scheune gestellt. Wie häufig er dort gewesen sei, was er dort gemacht habe. Bis auf die Begebenheiten mit dem Mädchen hatte er alle Fragen wahrheitsgemäß beantwortet. Schon längst hatte er gewusst, dass allen Benutzern der Scheune diese Fragen gestellt worden waren. In der Krone am Tresen war die Hauptnachrichtenbörse gewesen. Es war gar nicht aufgefallen, dass er da plötzlich aufgetaucht war, er, der eigentlich die Gesellschaft von Menschen mied. Viele waren in jenen Tagen in die alte Kneipe gekommen, wurden von ihren Ehefrauen regelrecht dorthin geschickt, um Neuigkeiten aufzuschnappen. Die Zeitungsleute waren auch dort gewesen und hatten ausposaunt, was sie selbst herausgefunden hatten, und sich gemeinsam mit den Dorfbewohnern darüber entrüstet, wie wenig ergiebig die Arbeit der Polizei war. Eines Tages hatte er so auch erfahren, dass sich die Polizei auf die Spurensicherung in der Scheune von Melanies Oma konzentrierte. Die Kleine hatte dort doch oft gespielt. Fragen hatte es auch nach dem Kaninchen gegeben, das in letzter Zeit dort in dem alten Stall gehalten worden war. War es ihres? Wo war es hingekommen? Fragen, bei denen es ihm heiß und kalt geworden war, doch er hatte sich nichts anmerken lassen. Einige Tage später war dann von einem der Zeitungsleute die Entwarnung gekommen. Ein wenig angetrunken hatte er am Tresen verkündet: »Die DNA-Spuren in der Scheune geben nichts her. Es sind zu viele. Das halbe Dorf hat dort gevögelt, und die andere Hälfte hat die Scheune benutzt, um dort Sachen abzustellen! Nach den Spuren dort ist jeder hier verdächtig, sogar ich!«, hatte er gegrölt und der Bedienung genussvoll auf den Hintern gehauen.

Er löste sich aus seiner verkrampften Seitenlage, legte sich auf den Rücken und streckte alle Glieder von sich. Seine Gedanken waren bei der Scheune und den Weiden. Am nächsten Tag war Montag. Lange hatte er darüber nachgedacht, ob er das, was so behutsam begonnen hatte, durch eigenes Zutun ein wenig beschleunigen sollte. Warum nicht? Mal sehen, wie sich die Dinge entwickelten. Er würde die Gelegenheit ergreifen, sobald sie sich bot. Soll sie ruhig kommen, die Kleine. Sie will es ja selbst.

## Montag, der 27. September

Am Vormittag nach der Schule hatte Maren in einem Kaufhaus der Frankfurter Innenstadt einen bunten Drachen gekauft und Julia beim Abholen von Frau Hebenstreit damit überrascht. Seit einer halben Stunde stand sie nun mit Julia auf dem asphaltierten Feldweg und machte Vorschläge, wie man den Drachen starten könnte.

»Die Rennerei bringt's nicht«, keuchte Julia. »Kaum ist er oben, stürzt er schon wieder ab. Einen schönen Scheiß hast du da gekauft!«

»Hör auf, mir Vorwürfe zu machen! Wahrscheinlich machst du etwas falsch! Lass mal die Schnur etwas länger!«

»Lauf du doch mal, du stehst nur herum!«, fauchte Julia.

»Ich kann nicht mit meinem Fuß! Übrigens, wer wollte denn Drachen steigen lassen?«

Julia griff missmutig nach der Drachenschnur und lief noch einmal den Weg entlang. Diesmal gewann der Drachen mehr Höhe als zuvor. Julia war sofort wieder Feuer und Flamme. Doch dann ließ der plötzlich ausbleibende Wind das Fluggerät absacken, um es schließlich mit einer heftigen Bö aus einer anderen Richtung hinunterzudrücken, so dass es sich in den Ästen eines Obstbaumes verfing. Maren brauchte eine Weile, bis sie den Drachen durch vorsichtiges Ziehen an der Schnur befreit hatte.

»Das hat keinen Zweck, Julia, wir müssen es ein andermal probieren.«

Sie bekam keine Antwort. Maren wandte sich um. Julia war nicht mehr neben ihr, sondern ein ganzes Stück den Weg entlanggelaufen und stand dort neben Thorsten Steiner. Sie winkte Maren zu: »Thorsten sagt, es geht nicht, weil die Thermik hier schlecht ist. Er kennt eine Wiese neben einem Bauernhof nicht weit von hier. Da ist auch ein Segelflugplatz und immer gute Thermik. Darf ich mit ihm da hinfahren? Bitte!«
Kurze Zeit später saß Maren neben Thorsten Steiner auf dem Beifahrersitz.
»Ich hätte nicht gedacht, dass wir uns so schnell wiedersehen.«
»Ich auch nicht«, sagte er.
»Sind Sie wieder wegen Ihrer Recherche hierhergekommen?«
»Unter anderem auch, ja.«
»Haben Sie Ihrer Freundin Melanies Bilder schon gezeigt?«, erkundigte sich Maren.
»Welcher Freundin?«
»Der Psychologin, ich dachte, Sie seien vielleicht mit ihr zusammen?«
»Ich bin so viel mit ihr zusammen wie Sie mit Harry.«
»Dann halten Sie nicht viel von ihr?«
»Als Psychologin schon.«
»Aha. Und was sagt sie zu den Bildern?«
»Wird noch eine Weile dauern«, antwortete er.
Maren schaute kurz durch die beschlagene Seitenscheibe, hinter der die herbstbunte Landschaft zu einem eindrucksvollen Farbenmeer zusammenfloss, dann wandte sie den Kopf wieder zu dem Mann und musterte ihn von der Seite. Er hatte ihren Blick bemerkt und schaute sie flüchtig an. Ein merkwürdiger Ausdruck stand in seinem Gesicht. Ein kleines Lächeln umspielte die Mundwinkel, doch die Augen blickten ernst.

Julias Stimme brach das Schweigen.
»Woher kennst du die Drachenwiese, Thorsten?«
»Ich war früher öfter da. Eigentlich weiß ich gar nicht, ob es die Wiese überhaupt noch gibt.«
»Wie lange ist es her, dass du das letzte Mal dort warst?«
»So drei, vier Jahre.«
»Mit wem warst du da?«
Es dauerte eine Weile, bis er antwortete, da er sich anscheinend auf die Straßenführung konzentrieren musste.
»Kennst du nicht«, sagte er schließlich.
»Hoffentlich sind wir bald da!«
Die Windschutzscheibe hatte sich beschlagen. Maren entdeckte in der Türablage neben sich ein Fenstertuch. Als sie danach griff, bohrte sich etwas Metallenes schmerzhaft unter ihren Fingernagel. Maren schrie auf und zog eine rosafarbene Haarklemme hervor.
»Haben Sie sich daran geschnitten?«, fragte Thorsten Steiner.
»Nein, so schlimm ist es nicht. Wo soll ich die Klemme hintun?«
»War sie dort in der Ablage?«, fragte Thorsten.
»Ja, unter dem Tuch. Wissen Sie, wem sie gehört?«
Thorsten Steiner antwortete nicht. Er konzentrierte sich auf die Straße. Dann meinte er: »Vielleicht kann Julia sie gebrauchen?«
»Klar«, rief Julia, bevor Maren antworten konnte, und Maren gab ihr die Klemme nach hinten. Dabei begegnete sie wieder Thorstens Blick. Er wirkte noch ernster als zuvor.

Maren stand ganz oben auf der langgezogenen, grasbewachsenen Anhöhe und versuchte, mit hochgeschlagenem Kragen und Händen in den Taschen, dem Herbstwind zu trotzen, der, wie Thorsten Steiner es prophezeit hatte, mit gleichmäßiger Thermik von unten heraufströmte und den vielen bunten Drachen Auftrieb gab, die über ein Gewirr von Schnüren mit ihren glücklichen Besitzern verbunden waren. Väter, Mütter, Kinder und zwei Erzieherinnen mit ihrer Kindergartengruppe tummelten sich am Hang. Die Fläche war riesig. Zum größten Teil bestand sie aus einer Wiese, aber auch zwei Stoppelfelder schlossen sich an und wurden eifrig genutzt. Dadurch war genug Platz, und keiner geriet dem anderen ins Gehege.

Auf der Wiese zu Marens rechter Seite stand eine Frau frierend in Feinstrumpfhosen und dünnem Kostüm. Sie tänzelte in hochhackigen Schuhen von einem Bein auf das andere. An der Hand hielt sie ein kleines Mädchen, das umso dicker in Fellmantel, Mütze, Handschuhe und Thermostiefel eingepackt war. Man konnte sich kaum vorstellen, wie das Kind so hätte über die Wiese laufen sollen.

Das Unterhaltungsprogramm hatte der Vater übernommen. Er sauste mit verbissenem Gesichtsausdruck über die weite Fläche. Virtuos gab er Leine, und der Drachen stieg und stieg und stand bald höher als alle anderen am Himmel. Mutter und Tochter blickten staunend hinterher.

Julias Drachen lag noch auf dem Boden, die Schnur war einige Meter davor ausgelegt. Thorsten Steiner hockte neben Julia, die aufmerksam auf seine Hände schaute und zuhörte, was er ihr über das Aufwickeln der Schnur erklärte. Sie nickte. Er drückte ihr schließlich die Rolle in die Hand und stand auf. Julia suchte mit den Blicken die Gegend ab. Jetzt hatte sie Maren entdeckt.

»Maaamaaaa«, brüllte sie. »Du musst gucken, wie ich das schon kann!« Maren winkte zurück und spürte, wie ihre Augen im kalten Wind tränten. Julia wandte sich zu Thorsten um und rief laut: »Thorsten, du musst den Drachen jetzt hochhalten, damit ich richtig starten kann. Achtung, Achtung, Mama, guck, es geht los!«

»Juhuuu«, brüllte sie und rannte los. Thorsten ließ den Drachen los, und Julia flitzte jubelnd auf Maren zu. Ihre Augen strahlten. Die Wangen glühten vor Aufregung. Der Drachen taumelte im Abstand von etwa drei Metern hinter Julia an der Leine. Er gewann nicht einen Millimeter an Höhe, weil Julia vergaß, ihm Schnur zu geben. Da sich der Drachen hinter ihr befand und sie nur nach vorne zu Maren schaute, bemerkte sie das nicht. »Ich kann's, ich kann's, ich kann's!«, jubelte sie. Im Hintergrund sah Maren Thorsten, der sich lachend mit der flachen Hand gegen die Stirn schlug. Maren lachte kopfschüttelnd zurück. Dann setzte Thorsten sich in Bewegung und rannte schnell hinter Julia her. Nach wenigen Metern hatte er die Kleine eingeholt. Er griff sie unter beiden Armen und hob sie mitten im Lauf hoch.

»Hey, was soll der Scheiß?«, protestierte Julia strampelnd. Thorsten drehte Julia in der Luft um und setzte sie mit Blick zu ihrem Drachen wieder auf dem Boden ab.

»Guck doch mal, was du gemacht hast«, sagte er lachend. »Schnur geben, hab ich gesagt!«

»Oje, hab ich vergessen«, sagte Julia, »komm! Noch einmal!« Sie griff nach seiner Hand und zerrte ihn wieder zum anderen Ende der Wiese. Beim zweiten Mal vergaß Julia nicht, genug Leine zu geben, und der Drachen gewann tatsächlich an Höhe. »Na?«, rief Julia stolz zu Maren. »Das hättest du nicht gedacht?«

»Nein«, sagte Maren. »Das hast du super gemacht!« Thorsten war inzwischen auch neben Julia angekommen und beobachtete den Drachen, der in der Höhe schlingerte. Thorsten griff in die Schnur, zog ein wenig und gab sie dann Julia wieder in die Hand. »Du musst dich so bewegen, dass sie immer straff bleibt!« Julia nickte. Mit strahlenden Augen dirigierte sie ihren Drachen. Er war noch nicht halb so hoch, wie der des Nachbarvaters, aber Julia schaute voller Ehrgeiz hinüber und fühlte sich offenbar herausgefordert, es ihm nachzutun. Thorsten stand, die Hände in den Taschen vergraben, in der Nähe dieses Mannes und beobachtete aufmerksam Julias begeistertes Tun.

Maren betrachtete die beiden unterschiedlichen Männergestalten auf der Wiese. Dabei stieg in ihr ein lange nicht mehr gekannter Übermut auf.

Hundert Vaterpunkte für dich, lieber Thorsten, dachte sie, und als ihr Blick wohlwollend über seine Schultern zu den schmalen Hüften glitt, setzte sie in Gedanken hinzu: Und noch hundert Sonderpunkte von Maren. Es durchströmte sie prickelnd, und sie genoss dieses Gefühl wie ein unverhofftes Geschenk.

Julia hüpfte emsig wie ein Eichhörnchen auf der Wiese herum.

»Mensch, Julia, nicht so hippelig!«, rief Thorsten. »Dein Drachen wird sonst seekrank!«

»Sei still«, rief Julia, »ich muss ihn jetzt richtig steuern, damit er noch höher kommt. Hast du selbst gesagt, ich soll ihn vor den Wind bringen!«

Julia lief nach rechts und damit ihrem Kontrahenten gegen den Führungsarm, so dass dessen Schnur schlaff wurde und der Drachen an Höhe verlor. Thorsten war schnell herbeigesprungen, hatte Julias Schnur übernommen und damit verhindert, dass sich die Schnüre der beiden Drachen kreuzten.

Der Mann schnauzte Julia an: »Hey, kleine Zicke, kannst du nicht gucken, wo du hintrampelst!«

»Mann, jetzt entspannen Sie sich!«, sagte Thorsten. »Es ist doch gar nichts passiert!«

»Ich bin allergisch gegen Leute, die nicht auf ihre Kinder aufpassen können«, fauchte der Mann.
»Dann sollten Sie dringend zum Arzt gehen«, sagte Thorsten ruhig und zog Julia an der Hand zur Mitte der Wiese. Dort übergab er ihr wieder die Schnur.
Maren grinste in sich hinein. Thorsten stapfte jetzt den Hang zu ihr hinauf und sah sie ebenfalls belustigt an.
»Beinahe hätte er Sie geschlagen«, sagte Maren.
»Hm«, meinte Thorsten, »die Steinzeit soll ja eigentlich vorbei sein.«
Er stellte sich mit dem Rücken zum Wind dicht vor Maren und stemmte die Hände in die Taschen seines Lederblousons. Mit Freude registrierte Maren, dass in seinem Gesicht eine entspannte Lebendigkeit strahlte, die es vorher dort nicht gegeben hatte.
»Ihnen ist kalt, schöne Frau«, sagte er mit sanfter Stimme. »Sie haben eine weiße Nasenspitze und weinen schwarze Tränen!«
Maren sah ihn entsetzt an.
»Ist meine Wimperntusche verlaufen?«
Er nickte.
»Oh, Gott«, stöhnte sie und kramte in der Jackentasche hektisch nach einem Papiertaschentuch, mit dem sie sich die Augenwinkel auswischte.
»Ist es jetzt besser?«, fragte sie ihn.
»Wollen Sie eine ehrliche Antwort?«, grinste er, nahm ihr das Taschentuch aus der Hand und tupfte vorsichtig rund um ihre Augen. Sie hielt still mit geschlossenen Lidern.
»Wegen Renovierung geschlossen«, schmunzelte er. »So, fertig, Sie können die Rollläden wieder öffnen.« Maren sah ihn zärtlich an. Für einen Sekundenbruchteil fand sie die gleiche Botschaft in seinen Augen und erwartete einen Kuss von ihm.

Doch schon war in seine Miene jene merkwürdige Reglosigkeit zurückgekehrt, die sie schon kannte.
Etwas drängte sie, diesen Rückfall aufzuhalten, und ein wenig verwundert über die eigene Entschlossenheit meinte sie: »Ist es nicht an der Zeit, dass wir das mit dem *Sie* lassen und zum *Du* übergehen?«
Er sah sie ein wenig überrascht an. Doch dann meinte er leise: »Ja, eigentlich schon.«
Sie nickte ihm aufmunternd zu und wagte sich noch weiter. »Dir ist auch kalt«, sagte sie und umfasste seine Hände mit den ihren, die in ihren Jackentaschen geruht hatten und vorgewärmt waren. So standen sie sich einen Moment gegenüber. Thorsten schaute an Marens Gesicht vorbei in die Ferne. Eine plötzliche Windbö schob ihn näher auf sie zu und jagte ihm die Haare in die Stirn. Sie griff vorsichtig in seinen Haaransatz und strich die Haare sanft zurück. Sie fühlten sich borstig an. Seine Kopfhaut war warm. Er stand reglos vor ihr und schloss die Augen. Ihre Zeigefingerspitze wanderte zärtlich über sein Gesicht. Vorsichtig schlang sie die Arme um seinen Hals, und als er das geschehen ließ, stellte sie sich leicht auf die Zehenspitzen und wagte es, behutsam seine Lippen zu küssen. Die waren rauh und trocken und rührten sich nicht. Das gab ihr einen kleinen Stich. Doch anders, als sie es sonst von sich kannte, zog sie sich nicht zurück, sondern drängte ihren Körper gegen den seinen und verstärkte den Druck ihres Kusses. Jetzt endlich reagierte er, indem er sie fest in seine Arme zog und den Kuss so heftig erwiderte, dass es ihr fast den Atem nahm.
Doch plötzlich löste er sich von ihr, und sie spürte, wie sich der kalte Wind zwischen ihnen fing.
»Jetzt guckt doch endlich!«, hörte sie Julias Stimme ganz in der Nähe und doch wie aus einer anderen Welt. Thorsten

wandte sich Julia zu, und die nächste Bö traf Maren ungeschützt. Sie schauderte.
»Keine Schnur mehr«, verkündete Julia stolz. »Du hast gesagt, dann können wir einen Brief schicken. Zeig mir mal, wie das geht!«
Thorsten drehte sich zu Maren um und fragte leise: »Hast du ein Stück Papier?« Er wirkte etwas abwesend. Maren schüttelte den Kopf. »Nur Taschentücher.«
»Die sind zu weich«, sagte er und griff in seine Brusttasche. Einige Kärtchen fielen dabei zu Boden. Julia bückte sich danach, um eines zu greifen.
»Das ist doch gut«, sagte sie. Doch Thorsten kam ihr zuvor, raffte die Kärtchen eilig zusammen und steckte sie zurück in die Brusttasche. »Die brauche ich noch«, sagte er. »Aber du hast doch ganz viele davon!«, protestierte Julia.
»Ich brauche sie aber alle«, sagte Thorsten, zog aus der Jackentasche ein zusammengefaltetes Blatt und las, was darauf stand. »Hier, die Tankquittung können wir nehmen!«
»Wie langweilig«, maulte Julia.
»Entweder die oder gar nichts«, sagte Thorsten entschieden, und Julia fügte sich.
»Dann mach jetzt! Schreib was drauf!«, forderte sie.
»Auf Drachenbriefe schreibt man nichts. Es sind Geheimbriefe. Man darf sich nur in Gedanken etwas wünschen, sonst kommt der Brief nicht an, und die Wünsche gehen nicht in Erfüllung«, erklärte Thorsten.
»Darf man auch nicht sagen, an wen der Brief ist?«, erkundigte sich Julia.
»Nein, auch nicht«, sagte Thorsten.
Wenig später standen sie alle drei nebeneinander und schauten blinzelnd dem Papier zu, das vom Wind getrieben an der Drachenschnur in den Himmel kletterte.

»Ich weiß gar nicht, ob mir alle meine Wünsche einfallen«, meldete Julia besorgt.
»Du musst dich auf jeden Fall beeilen«, sagte Thorsten. »Wenn du den Brief nicht mehr siehst, gilt es nicht mehr.«
»Meinst du, er fliegt so hoch, dass die da oben im Himmel ihn bekommen können?«, fragte Julia.
»Wen meinst du damit?«, erkundigte sich Thorsten.
»Ich habe zwei Opas und eine Oma im Himmel«, erklärte Julia. »Und wen hast du dort?«
Maren betrachtete mit seltsamer Rührung das Bild des Mannes und des kleinen Mädchens, die einander an der Hand haltend vor ihr standen und gebannt in die Weite des Himmels über sich blickten, als hätten sie die Welt um sich vergessen und seien selbst Teil des unendlichen Blaus geworden, mit dem sie durch die Drachenschnur auf magische Weise verbunden waren.
»Bei dir sind doch bestimmt schon beide Omas und Opas oben, so alt wie du bist!«
»Das stimmt«, sagte Thorsten.
»Am Ende auch deine Mama oder dein Papa?«
»Beide«, sagte Thorsten.
»Oje, du Armer«, sagte Julia. »Und wer noch?«
»Viel zu viele«, sagte Thorsten leise.
»Dann kriegen die alle jetzt nette Grüße von uns«, lächelte Julia zufrieden und wurde plötzlich ganz aufgeregt. »Jetzt sieht man unseren Brief gleich nicht mehr! Auf die Plätze, fertig, los! Wir müssen mit dem Wünschen anfangen! Mama, hast du dir schon was gewünscht?«
»Ja«, sagte Maren mit ein wenig brüchiger Stimme.
»Und du, Thorsten?«
»Ja«, sagte er.
»Na gut, dann ich jetzt auch«, sagte sie und fügte nachdenk-

lich hinzu: »Hoffentlich haben wir uns nicht alle dasselbe gewünscht, das wäre dann echt Wunschverschwendung!«
Maren und Thorsten sahen einander an, jeder vorsichtig die Augen des anderen suchend. Ein Lächeln brachten sie beide nicht zustande.
Anschließend packten sie den Drachen ein und liefen durch die Felder zu dem Gehöft in der Nähe, das einen Hofladen betrieb und Getränke verkaufte. Irgendwann unterwegs hatte Thorsten nach Marens Hand gegriffen und sie fest umschlossen. So schlenderten die beiden Erwachsenen hinter dem davonhüpfenden Kind her. »Hoffentlich haben sie Apfelschorle!«, rief Julia besorgt.
Es war schon dämmrig, als sie bettelte, mit Thorsten und Maren noch durch das Pflanzenlabyrinth laufen zu dürfen, das der Bauer eigens für die Besucher angelegt hatte.
Maren sah Thorsten fragend an. Er schaute auf seine Armbanduhr. »Okay«, sagte er, »aber irgendwann muss ich heute auch noch einmal etwas arbeiten.«
Julia sauste in das Labyrinth.
»Ihr müsst erst bis zwanzig zählen, jeder nacheinander! Dann dürft ihr mich suchen«, rief sie begeistert, bevor sie verschwand. Maren zählte laut: »1 …, 2 …, 3 …!«
Thorsten starrte regungslos auf den Eingang des Labyrinths in dem Julia verschwunden war. Maren hielt plötzlich inne und beobachtete ihn erschreckt, weil sie das Gefühl hatte, mit dem gleichförmigen Zählen Thorsten Stück für Stück von sich entfernt zu haben. Thorsten, komm zurück, dachte sie beunruhigt. Wie bei einem Schlafwandler wagte sie es nicht, ihn anzusprechen. Stattdessen wartete sie geduldig, bis sie seiner Miene entnehmen konnte, dass er wieder bei ihr angekommen war. Sie küsste ihn sanft auf die Wange und meinte: »Ich gehe jetzt.«

Er nickte kurz. Maren hatte Julia schnell gefunden. Sie liefen den Weg zurück, fanden Thorsten jedoch nicht. »Da hinten läuft er«, rief Julia und deutete auf eine schemenhafte Gestalt im Abenddunst, die sich in Richtung eines Holzschuppens, der zu dem Gehöft gehörte, entfernte.
»Thorsten, wohin gehst du?«, rief Julia. Doch er reagierte nicht.
»Lass ihn!«, sagte Maren.
Julias Hand griff nach der ihren. »Meinst du, er ist sauer auf mich und haut jetzt einfach ab?«, fragte sie kläglich. Maren umfasste beruhigend Julias Hand und hoffte, ihre eigene Nervosität verbergen zu können. Sie ahnte, dass in Julia Erinnerungen an die Auseinandersetzungen zwischen ihren Eltern wach wurden, die oft damit geendet hatten, dass Rolf einfach gegangen und erst nach Stunden, später sogar nach Tagen wiederaufgetaucht war.
»Nein, er ist bestimmt nicht sauer. Ich glaube, er will nur mal in Ruhe telefonieren wegen seiner Arbeit. Den langen Nachmittag mit uns hatte er bestimmt nicht eingeplant.«
»Ich muss mal«, sagte Julia, und Maren ging mit ihr zu den Besuchertoiletten auf den Hof. Julia stellte zufrieden fest, dass endlich die Schaukel frei war.
»Lass mich noch schaukeln«, drängte sie und wunderte sich, dass Maren nicht protestierte. »Gut, du schaukelst hier, ich schau mal nach Thorsten!«
Maren machte sich auf den Weg zum Holzschuppen. Hier war Thorsten nicht mehr. Sie betrachtete die alte, verwitterte Bretterwand. Viele Besucher des Hofes hatten sich hier in den letzten Jahren verewigt. Unwillkürlich suchte Maren nach seinem Namen. Es gab viele Thorstens in Verbindung mit den verschiedensten Frauennamen. Maren tadelte sich: Kaum bist du ihm ein bisschen näher, schon fängst du an, hinter ihm her-

zuspionieren. Dennoch nagte in ihr die Enttäuschung über sein abruptes Verschwinden.

Sie war am Holzschuppen vorbei zum Parkplatz gelaufen und hatte sich bereits eine Erklärung für Julia zurechtgelegt, die ihr plausibel machen sollte, warum Thorsten einfach ohne sie davongefahren war. Plötzlicher beruflicher Termin. Mutter krank. Brieftasche im Büro vergessen. All die Erklärungen, die sie sich im Zusammenhang mit Rolf so oft ausgedacht hatte, um Julia nicht zu ängstigen. Heute war sie sich nicht mehr sicher, ob Julia ihr das alles geglaubt hatte. Mit einer gewissen Erleichterung stellte sie fest, dass Thorstens Auto noch an seinem Platz stand. Nicht weit davon entdeckte sie ihn. Er saß auf einem gefällten Baumstamm, das Gesicht in die Hände gestützt. Leise ging sie auf ihn zu.

»Ist dir nicht gut?«, fragte sie.

Er zuckte erschreckt zusammen, hob den Kopf und schien mehr durch sie hindurch als sie selbst anzuschauen. Trotz des Dämmerlichtes erkannte sie, dass seine Augen glasig und gerötet waren.

»Was ist?«, fragte sie bestürzt.

»Nichts, ich habe nur Kopfschmerzen«, meinte er mit müder Stimme.

Automatisch fühlte Maren seine Stirn. Die war kühl und dennoch schweißig feucht. Thorsten drehte den Kopf weg, um ihrer Berührung auszuweichen. Maren setzte sich neben ihn und legte den Arm um seine Schultern.

»Sag mir doch, was du auf einmal hast!«, bat sie.

»Nichts, lass mich!«, sagte er. Er erhob sich und streifte dabei ihren Arm ab. Die Geste trieb Maren Nadelstiche ins Fleisch.

Plötzlich wandte er sich zu ihr um: »Wo ist Julia?« Seine Stimme klang wieder fester.

»Sie schaukelt im Hof!«

Thorsten machte sich sofort auf den Weg, und Maren trottete hinter ihm her wie ein geprügelter Hund. Als sie beim Spielplatz angekommen waren, erstarrte Thorsten. Maren trat mit einem Schritt neben ihn und erfasste mit einem alarmierten Blick, was er bereits festgestellt hatte. »Sie ist nicht mehr hier«, sagte er mit einer Stimme, die von weit weg zu kommen schien. Maren glaubte aus seinem Tonfall eine mühsam beherrschte Panik herauszuhören, was ihre eigene Unruhe sofort verstärkte. Diese qualvoll gedehnten Sekunden kannte Maren nur zu gut aus den Szenen ihres Traumes, dessen lähmende Panikgefühle nun unaufhaltsam in ihr aufstiegen. Wie in Zeitlupe schaute sie über den verwaisten Spielplatz. Die Schaukel schwang leise quietschend. Die metallene Fläche der Rutsche war von vielen Kinderkörpern blank gescheuert und spiegelte gleißend wie ein aus der letzten Glut aufloderndes Feuer die spärlichen Strahlen der Abendsonne. Maren hörte sich laut und mit überschlagender Stimme Julias Namen formen und nahm verwundert das Echo des Rufes durch Thorstens tiefe Stimme wahr, die genauso überreizt wie die ihre klang.

Er hat Angst wie ich, dachte sie. Was kümmert sich dieser Mann um mein Kind, das er erst so kurz kennt und für das er dennoch zu empfinden scheint, als sei es sein eigenes? Ihre überreizten Nerven trieben sie in eine Art überwachen Zustand, in dem selbst absurde Gedankengänge plötzlich völlig klar und schlüssig schienen. Bevor sie sich jedoch noch weiter hineinsteigern konnte, ertönte plötzlich Julias helle Stimme aus einer ganz unerwarteten Richtung:

»Hallo, hier bin ich doch!« Wie mit einer Bewegung fuhren die beiden Erwachsenen herum und starrten dem Kind entgegen, das mit einer kleinen Fruchtsaftflasche in der Hand um die Ecke des Scheunengebäudes gelaufen kam.

»Wieso bist du nicht hiergeblieben? Ich hatte dir das ausdrücklich gesagt!«, schrie Maren aufgebracht. Sie hatte von ihren finsteren Gedanken auf »Mutteralltagsprogramm« umgeschaltet.
Julia verzog das Gesicht und maulte gedehnt: »Ich hab in meiner Jackentasche noch Wechselgeld von vorhin gefunden. Da konnte ich ja wohl mal noch schnell gehen, um mir was zu trinken zu kaufen. Bin schließlich kein Baby und kann so was auch mal alleine machen.« Maren holte Luft, um noch etwas zu sagen.
Doch Julia nahm längst keine Notiz mehr von ihrer Mutter, sondern sprang jubelnd Thorsten entgegen.
»Da bist du ja endlich! Komm, schleudere mich zehnmal herum, du wirst sehen, mir wird nicht schwindlig!«
Maren ließ die Schultern sinken und schaute nachdenklich zu, wie Thorsten Julia durch die Luft wirbelte. Über die sonnige Leichtigkeit des Nachmittags hatte sich ein Schatten gelegt, dessen Herkunft sich Maren nicht erklären konnte …
Während der Rückfahrt sprachen sie kaum miteinander, sondern gingen nur abwechselnd auf Julias Geplapper ein. Irgendwann hatte auch Julia den Stimmungsumschwung bemerkt und war in Schweigen versunken.
Am Gartentor angekommen, tauchte Julias Hand in Marens geöffnete Handtasche, um den Wohnungsschlüssel zu greifen. Dabei fiel die Tasche zu Boden, und der Inhalt verstreute sich auf dem Gehweg: ein Sammelsurium aus Haarbürste, Trinkpäckchen, Tampons, Müsliriegel, Schlüssel, Portemonnaie, Papiertaschentüchern und einer Taschenlampe. Maren bückte sich, um die Dinge wieder einzusammeln, und hatte sofort Hilfe von Julia und Thorsten.
»Wozu hast du die dabei?«, fragte er, als er ihr die Taschenlampe reichte.

»Ich habe gelesen, dass man damit Angreifern ins Gesicht leuchten soll, um sie handlungsunfähig zu machen.«
Er schüttelte den Kopf und lachte leise auf. »Bis du die Taschenlampe in deinem unbeleuchteten Überlebensbeutel gefunden hast, ist dein Angreifer vor Langeweile verzweifelt«, meinte er.
»Findest du das etwa komisch?«, fragte Maren spitz und wandte sich zum Hauseingang, wo Julia bereits die Tür aufgeschlossen hatte und im Flur verschwunden war. Maren schob die Haustür weiter auf.
»Warte!«, hörte sie Thorsten sagen. Er hielt sie sanft am Oberarm. Maren wollte sich entwinden, doch sein Griff wurde plötzlich hart und schmerzhaft.
»Maren«, sagte er mit bittendem Tonfall. »Es tut mir leid!«
»Es muss dir nicht leidtun«, zischte sie, »mir ist es lieber, du bist ehrlich, als dass du Süßholz raspelst!«
»Es tut mir wirklich leid, und es hat nichts mit dir zu tun«, beschwor er sie von neuem.
»Das habe ich verstanden«, sagte sie bitter. »Mit mir willst du nichts zu tun haben!«
»Du verstehst es falsch«, sagte er, zog sie zu sich heran und beugte sich vor, um sie zu küssen. Sie drehte das Gesicht zur Seite und entwand sich seinem Griff.
»Deine Kinderküsse brauche ich nicht«, fauchte sie und stellte mit Genugtuung fest, dass sie ihn damit vertrieben hatte.
Mit müden Bewegungen schloss Maren die Tür. Sie sah Julias Kleider, die den Weg ins obere Stockwerk säumten. Im Badezimmer lief bereits Wasser in die Wanne. Plötzlich tauchte Julia oben am Geländer auf. Sie beugte sich weit nach vorn und schaute suchend hinunter. Enttäuscht verzog sie die Mundwinkel.
»Ist Thorsten nicht mitgekommen?«

»Nein.«
»Och, wie schade! Hast du ihm nicht gesagt, dass er hier essen soll?«
»Nein!«
»Warum nicht?«
»Weil ich nicht will, und weil er arbeiten muss, hast du doch gehört.«
»Habt ihr Stress miteinander?«
»Nein.«
»Doch! Wegen mir?«
»Nein.«
»Brauchst du auch nicht wegen mir zu haben. Ich möchte dir nämlich sagen, dass ich keins von den Kindern bin, die Terror machen, wenn die Eltern neu heiraten. Du kannst Thorsten ruhig hier wohnen lassen und dir von mir aus auch ein Kind von ihm in den Bauch säen lassen, wie Papa das mit Vanessa gemacht hat. Ich hätte nichts dagegen!«
»Wie gnädig, vielen Dank.«
»Sei nicht so kratzig, du bist ja nur sauer, weil du denkst, Thorsten mag mich lieber als dich.«
»So ein ausgewachsener Unsinn!«
»Gar kein Unsinn. Aber dass du seine Verliebte bist, hat man ja heute gesehen.«
»Julia, das ist jetzt wirklich kein Thema für uns!«
»Und ob. Wenn man einen neuen Verliebten hat, muss man mit seinen Kindern darüber reden und es ihnen erklären, steht alles in der Zeitung, die du immer liest!«
»Ich will nicht, dass du immer alles liest, was dir vor die Flinte kommt! Für meine Zeitschriften bist du wirklich noch ein bisschen zu jung.«
»Wie du siehst, habe ich gut verstanden, was drinstand. Bin ja kein Baby mehr! Ich kann mir sehr wohl eine Meinung bil-

den, und wenn du meinen Rat hören willst, würde ich nicht mehr so lange warten.«
»Womit?«
»Damit, dass du Thorsten fragst, ob er zu uns ziehen will. Heiraten kannst du ihn ja später. Das machen die meisten heute so, hat Oma gesagt, weil Vanessa und Rolf ja auch noch nicht geheiratet haben. Also, frag ihn, bevor er eine andere Verliebte hat!«
»Die hat er wahrscheinlich schon längst«, rutschte es Maren heraus.
»Hat er nicht!«
»Woher willst du das wissen?«
»Antworten bekommt man, wenn man fragt, sagst du selber immer!«
»Was hast du ihn gefragt?«
»Ob er eine Freundin hat, mit der er gerade geht.«
»Julia, wie kannst du nur?«
»Er hat keine im Moment, aber er weiß trotzdem, wie man Frauen Babys in den Bauch sät.«
»Hast du ihn das auch gefragt?«
»Klar.«
»Julia, du bist unmöglich. Du kannst doch Thorsten nicht so etwas fragen!«
»Warum nicht?«, meinte Julia trotzig. »Du hast gesagt, das ist was Natürliches und da soll man ruhig darüber reden. Und Frau Maier-Bode sagt das auch, und in diesem Schuljahr kommt es auch noch in der Schule, und wir sollen bald unsere Aufklärungsbücher mitbringen.«
»Das ist richtig, man soll darüber reden, aber doch nicht mit jedem!«
»Thorsten ist nicht jeder. Oder küsst du dich auch mit jedem? Du brauchst gar nicht zu flunkern, ich habe alles gesehen. Uii,

und die Stöckelschuhfrau hat vielleicht geguckt! Die hat nämlich erst gar nicht mitbekommen, dass du zu Thorsten und mir gehörst!«

»Was hat das jetzt mit dieser Frau zu tun?«

»Aha, siehst du, das hast du gar nicht mitgekriegt, wie die ihn immer angeguckt hat. So Blinker, Blinker, Grins!«

»Was du immer siehst! Die hatte ihren eigenen Mann dabei.«

»Der hatte einen dicken Bauch, fettige Haare und hat sie ständig angemotzt. Viola, wo ist die andere Schnur? Viola, noch einen Karabiner! Viola, halt das Kind fest, bla, bla!«

Maren musste lachen. Sie ließ sich auf das Sofa sinken, verschränkte die Arme und gab sich geschlagen.

»Du bist eine alte Plappertante und bringst uns mit deinem Gerede noch um Kopf und Kragen. Was soll denn Thorsten von uns denken, wenn du gleich solche Themen anschneidest?«

»Er findet es gut, dass ich über alles reden kann, hat er gesagt. Ich wäre ein starkes Mädchen. Und starke Mädchen brauchen vor nichts Angst zu haben. Er will mir noch so ein paar Tricks zeigen, wie man sich wehren kann, wenn einem mal einer blöd kommt, zum Beispiel so ein Grabscher oder so.«

»Was? Welche Tricks?«

»Weiß ich doch nicht, will er mir doch erst noch zeigen.«

»Er hat dir überhaupt keine Tricks zu zeigen, bevor er nicht mit mir geklärt hat, ob ich das überhaupt will und was das soll!«

Männer!, dachte Maren, immer noch wie in der Steinzeit.

»Hat er mir auch gesagt.«

»Was?«

»Dass er mit dir erst noch darüber reden will.«

»Da bin ich ja mal gespannt«, sagte Maren schmunzelnd. »Ab jetzt, ins Wasser!«, rief sie der Kleinen zu.

Später beim Gute-Nacht-Sagen fragte Maren Julia: »Sag mal, wann hast du dich eigentlich mit Thorsten über all das unterhalten?«
»Am Samstagabend, nach der Geschichte. Thorsten sagt, man soll abends mit mehr Antworten als Fragen ins Bett gehen, weil man sonst nicht schlafen kann.«
»Nun, dann haben wir heute ja viel geklärt. Schlaf gut!«
»Sag bitte auch Kleiner Bär zu mir wie Thorsten. Dann kann ich nämlich besser schlafen«, sagte Julia und zog den kleinen Stoffbären in den Arm.
»Also, gute Nacht, Kleiner Bär, schlaf gut!«, sagte Maren und gab Julia einen Kuss.
Dann erhob sie sich und ging die Treppe hinunter. Ich habe noch nicht einmal seine Telefonnummer, um ihn anzurufen, dachte sie und überlegte, ob er sie ihr bewusst vorenthalten hatte.

# Dienstag, der 28. September

Am nächsten Morgen saß Maren im Auto vor ihrem Haus und suchte wie üblich in ihrer Handtasche nach dem Wohnungsschlüssel. Sie hatte Julia zur Schule gefahren und, weil die Kleine so heftig protestierte, sich darauf eingelassen, nicht vor dem Schulgelände zu halten, sondern in der kleinen Gasse vor Frau Hebenstreits Haus. Fröhlich war Julia aus dem Auto gesprungen und hatte sich auf der Hauptstraße einigen Kindern angeschlossen, mit denen sie gemeinsam weitergegangen war. Auf der Rückfahrt hatte Maren Julia noch einmal kurz gesehen. Sie lief inzwischen schon wieder in einigem Abstand hinter der Kindergruppe her. Maren hatte überlegt, ob sie diese Kinder einmal nachmittags einladen, vielleicht sogar ein Kinderfest veranstalten sollte. Ein wenig grauste ihr allerdings davor, wenn sie an das Erlebnis mit Jörg dachte. Auf diese Weise waren ihre Gedanken wieder bei Thorsten gelandet. Seit gestern hatte sie sich das strikt verboten. Doch egal, womit sie sich beschäftigte, sie konnte nicht verhindern, dass sie immer wieder an ihn dachte. Endlich hatte sie den Schlüssel gefunden. Sie stieg aus dem Auto, floh vor der winkenden Frau Levandowski ins Haus, nahm sich aus der Thermoskanne eine Tasse Kaffee und setzte sich wie gewohnt in ihre Couchecke. Die Kaffeetasse balancierte sie auf den Knien.

Sie blickte zur Treppe. Die war Thorsten an jenem Abend, als er Julia ins Bett gebracht hatte, mit schweren Schritten herun-

tergekommen. »Ich habe keine Angst mehr«, hörte sie ihn mit rauher Stimme sagen. Sie spürte seinen schmerzhaften Griff am Oberarm und sah ihn am Tisch sitzen mit der kichernden Julia auf dem Schoß, die er mit Apfelschnitzen fütterte. Sie schaute hinaus auf die vom Herbstwind getriebenen Wolken und ließ den gestrigen Nachmittag noch einmal Revue passieren: Ihre Begegnung auf der Drachenwiese, Thorstens in sich gekehrtes Schweigen nach ihrem Kuss und ihr ablehnendes Verhalten beim Abschied. Irgendetwas stimmt nicht mit ihm, resümierte Maren. Du bist nicht stabil genug, dir auch noch die Probleme anderer aufzuhalsen. Hast genug mit dir zu tun. Geh ihm besser aus dem Weg, mahnte sie sich.
Maren stellte entschlossen die Kaffeetasse auf den Glastisch. Sie dachte an die vielen Kinderzeichnungen, die hier vor kurzem gelegen hatten. Er hatte alle mitgenommen. Würde er sich wieder melden, jetzt, wo er bekommen hatte, was er wollte?
Das Läuten des Telefons riss Maren aus ihren Gedanken.
»Ich bin es«, sagte er, als scheute er sich, seinen Namen zu nennen. Natürlich hatte sie seine Stimme sofort erkannt.
»Hallo«, grüßte sie ihn kurz angebunden.
»Wie geht's?«, erkundigte er sich.
»Gut, danke.«
»Und der Fuß?«
»Besser.«
»Das ist gut. Ich rufe an, weil ... In meinem Auto ist noch Julias Kindersitz, den hatten wir vergessen herauszunehmen.«
»Daran habe ich noch gar nicht gedacht. Es war sowieso der Ersatzsitz aus dem Auto meines Mannes ... Ex-Mannes. Ich habe noch einen Sitz bei mir im Auto.«
»Dann ist es nicht so dringend?«, fragte er. Im Hintergrund

waren plötzlich Stimmen zu hören. Jemand fluchte lautstark. Eine Frauenstimme kreischte.
Maren erschrak. Es klang, als telefoniere er aus einer üblen Absteige.
»Moment«, sagte er, »ich schließe erst einmal die Tür.« Maren hörte, wie die Frauenstimme schrie: »Ihr Scheißwichser, fasst mich nicht an!« Dann waren die Stimmen nur noch von fern zu hören, und Thorsten war wieder am Apparat. »So«, sagte er, »jetzt ist es ruhiger.«
»Was war denn das?«, fragte Maren entsetzt.
»Hat nichts mit mir zu tun«, sagte er müde.
»Bist du in der Redaktion?«, fragte sie und begann an der Seriosität der Zeitung zu zweifeln, für die er offensichtlich gerade arbeitete.
»Wie? Ach so, ja«, antwortete er und wirkte wie abwesend. »Sind wir noch beim Du?«, fragte er vorsichtig.
»Warum nicht?«, fragte sie und versuchte, möglichst belanglos zu klingen.
»Okay, wann brauchst du den Kindersitz?« Die geschäftsmäßige Kühle in seiner Stimme erinnerte sie an Rolf.
»Du wohnst, glaube ich, in Frankfurt, oder?«, fragte sie.
»Ja.«
»Ich bin morgen in der Schule und könnte ihn bei dir abholen.«
»Bemüh dich nicht, ich bin kaum zu Hause. Ich bringe dir den Sitz vorbei, sobald ich wieder in der Nähe bin.«
»Heute noch?«
»Nein, habe gerade viel zu tun und …« Im Hintergrund hörte sie eine tiefe, ruhige Frauenstimme fragen: »Hast du das schon fertig geschrieben?«
»Nein, ich gehe heute Nachmittag noch einmal dran, muss gleich weg«, hörte sie ihn verhalten antworten. Dann wandte

er sich wieder an Maren: »Morgen oder übermorgen«, sagte er.
»Okay«, sagte sie. Er verabschiedete sich kurz. Ihr »Tschüs« hörte er bereits nicht mehr. Maren starrte das Telefon in ihrer Hand an. Sie legte es mit einer heftigen Bewegung beiseite und dachte: Was immer diesen Mann hier in die Gegend treibt, ich bin nicht der Grund!

Das Gute an seinem Beruf war, dass er sich bereits in den späten Vormittagsstunden davonschleichen konnte. Auf diese Weise verlängerte er die süße, menschenleere Mittagszeit für sich und schöpfte Kraft für den Nachmittag, an dem er sich wieder den Augenwesen stellen musste.
Der Schweiß stand ihm auf der Stirn, so hart hatte er gearbeitet. Er schloss die Tür der Scheune, die zum Hof führte. Er fühlte sich wohl an diesem Ort, als sei er ein Teil seiner inneren Welt. Nun betrachtete er sein Werk. Er hatte die Hundehütte zerlegt und das Holz in der Scheune gestapelt. Danach hatte er alle Hindernisse, Steine, Gerätschaften, hochgeschossene Unkräuter aus dem Weg geräumt und den Hof ordentlich gekehrt. Niemand hatte ihn gestört. Der Hof war von außen nicht einsehbar, und in den späten Vormittagsstunden und zur Mittagszeit kamen auch die Leute nicht, die sonst zuweilen hier aus verschiedenen Gründen auftauchten. Das wusste er seit langem. Deshalb hatte er sich um diese Tageszeit so sicher fühlen können, damals.
Er schaute auf den Riegel des Scheunentores und hatte wieder ihr Bild vor Augen, wie sie da stand und mit großer Mühe den Riegel aufzog und das schwere Holztor öffnete. Das Tor zu ihrem Reich, in das sie sich verkrochen hatte vor den Schlägen des Stiefvaters und den stummen Vorwürfen der Mutter. Die Oma hatte ihr dieses Reich überlassen. Geh nur raus spielen,

Kind, und komm rein, wenn du etwas brauchst. Die alte Frau war zu krank, um sich kümmern zu können. Mit ihrem Erscheinen auf dem Hof war kaum zu rechnen gewesen, noch weniger hätte sie den Weg bis zur Scheune bewältigt. Ohne das Kind wäre auch der Hund draußen an der Kette verhungert. Die Kleine kümmerte sich liebevoll um die Bestie, die nur sie in ihre Nähe ließ und jeden anderen mit geiferndem Gekläff und dem Anblick der scharfen Eckzähne in Schach hielt. Das war der Grund, warum die meisten Besucher die Scheune von der Feldseite her betraten. Wollte man dort ungestört sein, verriegelte man das Scheunentor einfach von innen. Es war ein ungeschriebenes Gesetz, dass man als Besucher diese Verriegelung akzeptierte und, fand man die Tür verschlossen, später wieder kam.

Sie hatte ihm Zutritt gewährt zu ihrer Welt, und er hatte es ihr gedankt, indem er ihre Wünsche erfüllte.

»Ein Kaninchen«, hatte sie gesagt. »Ich hätte so gerne ein Kaninchen!«

Er hatte den alten Hasenstall in der Scheune mit neuem Draht versehen und Riegel in das morsche Holz geschraubt. Eines Tages hatte er sie mit einem Kaninchen überrascht, das dort schnüffelnd im frischen Stroh auf sie wartete. Er hatte sie dafür anfassen dürfen. Du bist mein kleines Kaninchen, hatte er gesagt. Sie hatte auch verstanden, dass ihre Begegnungen ein Geheimnis bleiben mussten. Sonst würde vielleicht ihr Vater kommen und ihr das Kaninchen wegnehmen. Die Scheune war zu ihrem Versteck geworden, an dem sie beide Zuflucht fanden vor den Nachstellungen der Augenwesen. »Der liebe Gott sieht alles!«, hatte die Mutter früher oft als letzte Drohung gesagt. Eine Zeitlang hatte er sich daher Gott als das mächtigste und schrecklichste aller Augenwesen vorgestellt. Später hatte er erkannt, dass auch der Einfluss dieses mächtigsten Augenwesens Grenzen hatte. Selbst seine Diener verletzten seine Gebote und taten dies ungestraft. Die Mutter war so stolz auf ihn gewesen, dass er als Messdiener ausgewählt worden war, und hatte es nicht verstehen können, wie er sich von einem auf den anderen Tag geweigert hatte, sein Amt fortzusetzen. Ihre Enttäuschung darüber hatte lange angehalten. Die Worte, mit denen er ihr das Unerklärliche hatte mitteilen wollen, waren ihr unverständlich geblieben. Sie hatten die Glaswand zwischen ihm und ihr nur dicker gemacht, und die Sprache der Augenwesen erreichte ihn nun kaum noch. Melanies Stimme war die einzige, die nach unendlich langer Zeit wieder klar an sein Ohr gedrungen war.

»Ein Kaninchen! Du hast mir wirklich ein Kaninchen geschenkt! Ganz für mich allein!«

Für sie war er ein mächtiger Zauberer, der Wünsche erfüllen konnte. Ihre uneingeschränkte Bewunderung war sein süßer Lohn. Und ihre Gefügigkeit, denn sie schlug ihm als Gegenleistung keinen Wunsch mehr ab. So hätte es bleiben können. Er schloss die Augen und versuchte die Bilder wegzuwischen. Er wollte sich nicht an jenen Tag erinnern, an dem plötzlich alles vorbei war.

Und nun? Was stand ihm mit der Kleinen aus der Stadt bevor?

Er sah sie im hohen Gras am Weidezaun vor sich stehen.

»Gehören die Pferde, mit denen du nachher zur Post reiten willst, zu deinem Bauernhof? Bist du ihre Besitzerin?«, hatte er sein Interesse an ihrem Tun bekundet.

Aus zusammengekniffenen Augen hatte sie ihn misstrauisch angeschaut.

»Ich bin noch zu klein, um einen Bauernhof zu haben. Und reiten kann ich auch nicht. Ich spiel das doch nur!«

»Wünschst du dir ein Pferd?«

Sie schüttelte den Kopf und wollte davonlaufen.
»Bleib doch! Ich kann dir ein Tier schenken, wenn du willst!«
»Du hast doch gar keine!«
»Doch!«
»Wo sollen denn deine Tiere sein, bitte schön?« Sie trat von einem Fuß auf den anderen und musterte ihn skeptisch.
»Sag mir erst einmal, welche Tiere du überhaupt magst. Wünschst du dir vielleicht ein Kaninchen?«
»Kaninchen sind doof. Die sagen nichts.«
»Sie sind aber weich und kuschelig, man kann sie streicheln. Schau, so!« Er wollte sanft nach ihrem Unterarm greifen, doch sie sprang sofort einen Schritt zurück.
»Ich bin kein Kaninchen, und du bist doof!«, hatte sie gesagt und war zu den Pferden gelaufen.
Er hatte ihr wütend nachgeschaut. Kleine Ratte, was bildest du dir eigentlich ein? Glaubst, du kannst mit mir umspringen, wie …
In seinen Gedanken tauchten viele Mädchen- und Frauengesichter auf und vermischten sich zu einem schwindelerregenden Wirbel.
Sie war nicht wie Melanie. Sie hatte schon etwas von einem älteren Augenwesen.
Er hatte ihr eine Weile zugesehen, wie sie über den Weg hüpfte, Gras am Waldrand abriss und die Pferde damit fütterte. Die Mittagssonne ließ ihr blondes Haar leuchten. Die Wangen ihres zarten Puppengesichtes waren rot überhaucht. Er fühlte sich angezogen von ihr und zugleich abgestoßen. Wieder einmal!
Völlig erstaunt war er dann gewesen, als sie plötzlich ihr Spiel unterbrochen hatte und zu ihm gekommen war. Sie hatte ihn angesehen mit einem bittenden Kinderblick, jedes Misstrauen schien verflogen. »Pflückst du mir einen Apfel von da oben?«,

hatte sie gefragt. Er hatte ihr den Apfel gegeben, und sie war wieder davongelaufen, um die Pferde damit zu füttern. Das hatte ihn maßlos gekränkt, doch er hatte es sich nicht anmerken lassen.

Nach einiger Zeit war sie noch einmal zurückgekommen und hatte ihn nach der Uhrzeit gefragt.

»Musst du zu einer bestimmten Zeit zu Hause sein?«, erkundigte er sich.

Sie hatte an ihrer Unterlippe genagt und stumm genickt. Das schlechte Gewissen war deutlich erkennbar gewesen. »Bevor die Mama mich bei Frau Hebenstreit abholt.«

Also hatte er richtig vermutet und sie zur Bestätigung noch gefragt, ob es ihrer Mutter vielleicht nicht recht sei, dass sie so allein zu den Tieren ging? Ein kurzes, gehetztes Nicken war die Antwort gewesen, und er hatte seitdem gewusst, dass er sich gar nicht mehr um ein Geheimnis mit ihr bemühen musste, weil es längst eines gab.

Er hatte ihr versprochen, der Mutter nichts zu verraten, und sie hatte versprochen, niemandem zu erzählen, dass er sie hier mittags regelmäßig an der Weide traf.

»Was für ein Tier möchtest du überhaupt?«, hatte er dann noch einmal gefragt.

»Einen Hund«, hatte sie geantwortet.

»Hunde sind gefährlich!«

»Kalle nicht!« Er war zutiefst erschrocken. Kalle war das große schwarze Untier, das einmal Melanies Oma gehört hatte, das aber nach deren Tod zum Streuner geworden war und sich nur manchmal noch auf dem Grundstück aufhielt. Einen Augenblick hatte er daran gedacht aufzugeben, doch dann war ihm zum Glück eine andere Idee gekommen.

»Gibt es auch etwas, das du dir wünschst, was kein Tier ist und wovon vielleicht deine Mama nichts wissen darf?« Zu seiner Freude hatte sie genickt und ihm ihren tiefsten Herzenswunsch verraten.

»Aber den kannst du mir sowieso nicht erfüllen«, hatte sie resigniert festgestellt.

»Na ja, mal sehen, was sich machen lässt!«, hatte er geantwortet und war dafür mit einem erwartungsvollen Blick belohnt worden.

## Mittwoch, der 29. September

Am späten Vormittag hatte Maren müde ihre Unterlagen in die Tasche gepackt und geduldig gewartet, bis die Schüler sich zur Tür hinausbewegt hatten. Zwischen den Schülern drängte sich plötzlich eine Frau mit kurz geschnittenen, roten Haaren und einer Designerbrille in das Klassenzimmer. Es war Vera Schneck-Walz, die Klassenlehrerin der Schüler des 10. Schuljahres, die Maren gerade unterrichtet hatte.

»Gut, dass ich dich noch sehe«, sagte Vera zu ihr. »Du hast mir noch keine Rückmeldung gegeben, ob du morgen zum Elternabend kommst. Es ist wichtig. Es geht um die Abschlussprüfung, und du hast immerhin Deutsch in meiner Klasse.«

Maren zögerte. »Die Tagesmutter hat mir noch nicht endgültig zugesagt, ob sie morgen Abend zu mir kommen kann zum Babysitting.«

»Wie alt ist denn dein Baby?«

»Sieben.«

»Monate oder Wochen?«

»Jahre.«

»Und da kann das Kind nicht einmal ein paar Stunden alleine zu Hause bleiben?«

»Ein kleines Mädchen vollkommen allein in einem Einfamilienhaus? Das ist nicht dein Ernst!«

»Hast du keine Nachbarn, an die sich deine Tochter wenden könnte, wenn irgendetwas ist?«

Maren dachte an die neugierige Frau Levandowski und sagte: »Nein.«
Vera atmete hörbar. Man merkte ihr deutlich an, dass sie mit Marens Antworten nicht zufrieden war.
»Hat das Kind keinen Vater, der sich kümmern könnte?«, fragte Vera spitz. Aus der Art, wie die Frage gestellt worden war, hörte Maren weitere Fragen heraus: Hast du es nicht regeln können, dass der Vater des Kindes seinen Pflichten nachkommt? Bist du zu schwach, ihn darauf hinzuweisen? Bist du genau das angepasste, unterwürfige Weibchen, für das ich dich halte?
»Er wohnt zu weit weg, das ist zu umständlich für ihn.«
»Wo wohnt er denn, in Honolulu?«
»Er wohnt in Frankfurt.«
Vera lachte verächtlich: »Na ja, du musst selbst wissen, was dir wichtig ist! Aber wenn ich dir mal einen Tipp geben darf, ich an deiner Stelle würde mich hier nicht so rarmachen!«
»Was soll das heißen?«, fragte Maren leicht aufgebracht.
»Sei nicht gleich sauer! Ich meine es nicht böse. Ich sehe ein, dass das keine einfache Situation für dich ist. Als Alleinerziehende so weit vom Schuss zu wohnen, und dann hast du ja auch bloß einen Angestelltenvertrag. Trotzdem musst du ein bisschen weiter denken. Willst du, dass im nächsten Halbjahr dein Vertrag verlängert wird?«
»Wenn es irgendwie geht, schon ...«, sagte Maren und dachte, dass sie auch nichts gegen eine Kündigung hätte. Dann müsste Rolf wieder mehr zahlen. Sofort hörte sie jedoch im Geist Sybilles mahnende Stimme: Auf keinen Fall machst du dich vollkommen von dem Typen abhängig!
Vera fuhr fort: »Es ist wichtig, dass man gut von dir spricht, dass du dich engagierst, dass die Elternbeiräte das mitbekommen und ein gutes Wort für dich einlegen. Im Moment tust du

leider nicht viel in dieser Richtung. Du hast schon einige Konferenzen versäumt oder bist früher gegangen, du arbeitest nicht mit den Kollegen zusammen. Du kommst zwar pünktlich, aber du gehst auch pünktlich. Das macht keinen sonderlich guten Eindruck.«

»Ich habe einen langen Anfahrtsweg, und ich habe große Probleme mit der Kinderbetreuung.«

»Das haben andere auch. Du musst einen Weg finden, das zu lösen. Vielleicht gibt es Möglichkeiten, an die du noch nicht gedacht hast?« Vera klang inzwischen versöhnlicher.

Maren zuckte mit den Schultern. Sie wusste nicht, wie sie diese Vera einordnen sollte. War sie einfach nur distanzlos, oder meinte sie es ernst mit ihrer Hilfsbereitschaft?

»Versuch bitte zum Elternabend in meiner Klasse zu kommen«, schloss Vera das Gespräch ab.

Maren nickte stumm und ging. Sie hatte Frau Hebenstreit letzte Woche mehr oder weniger nebenbei gefragt, ob sie an dem besagten Donnerstagabend auf Julia aufpassen könnte. Frau Hebenstreit hatte sofort zugesagt, und Maren hatte sich schon ausgemalt, wie Julia alle Register ihres Ins-Bett-Geh-Zirkus bei der alten Frau ziehen würde. Am Ende habe ich danach keine Tagesmutter mehr, fürchtete Maren. War ein einziger Elternabend das wert? Sie dachte an das, was Vera gesagt hatte. Im Grunde hatte sie recht. Maren musste engagierter in der Schule auftreten, wenn sie vorhatte, länger dabeizubleiben und nicht nur aushilfsweise. Sie würde eine Lösung finden müssen. Früher hatte Rolf ihr das abgenommen, manchmal schneller als es ihr lieb gewesen war. Letztendlich hatte sie seine Entscheidungen um des lieben Friedens willen akzeptiert. Den hatte sie gehütet wie ihr Baby.

Wenig später saß sie bei Sybille am Küchentisch. Sybille hatte wie sie mittwochs früher Unterrichtsschluss. Heute hatte Julia darum gebeten, länger bei Frau Hebenstreit bleiben zu dürfen. »Hol mich erst um drei ab und keine Minute früher!« Maren war das recht gewesen.
Sybille hantierte im Nebenzimmer. Maren sollte die Tiefkühlpizza im Ofen überwachen. Auf der Fensterbank entdeckte sie das Frankfurter Telefonbuch. Automatisch griff sie danach und blätterte. Es gab über zwanzig Steiners in Frankfurt. Aber keiner hieß Thorsten. Vielleicht in der Umgebung? Sie blätterte weiter. Offenbach. Auch da gab es keinen Thorsten Steiner. Sie legte das Telefonbuch schnell wieder zurück, als sie Sybille kommen hörte.
Sybille teilte die Pizza: »Hier, das größere Stück für dich. Ich muss abnehmen.«
»Mal wieder«, stöhnte Maren. »Dann wird es in nächster Zeit wieder stressig mit dir.«
»Nicht, dass du denkst, es ist wegen Harry. Die Zeiten sind vorbei, dass ich mich für einen Mann zu Tode hungere. Harry mag mich sowieso lieber ein bisschen griffig. Aber ich möchte nach Weihnachten noch in meine Hosen passen, und da will ich jetzt schon Vorarbeit leisten. Wenn der Plätzchenterror erst anfängt, werde ich oft schwach. Apropos schwach werden. Was macht dein Liebesleben, meine Süße?«
»Nichts«, sagte Maren.
»Warst du immer noch nicht wieder Joggen?«
»Nein.«
»O Gott, ich ahne schon, wie sich die Geschichte weiterentwickelt.«
»Wie denn?«
»Marentypisch eben. Bis du dich endlich entschlossen hast, die Initiative zu ergreifen, begegnest du ihm eines Tages mit

einem Rasseweib an der Seite, das er gerade frisch angebaggert hat.«
»Du weißt, dass ich mit meinem Fuß kaum laufen kann«, wiegelte Maren ab.
Doch Sybille blieb beim Thema: »Das hat nichts mit dem Fuß, sondern mit deinem Kopf zu tun!
Du musst ja nicht joggen. Du könntest zum Beispiel auch schlicht und einfach am Waldrand spazieren gehen. Aber du wartest, wartest und wartest! Worauf eigentlich?«
»Können wir das Thema jetzt beenden, bitte?«, fragte Maren mit deutlichem Nachdruck.
Sybille schüttelte den Kopf: »Also ich verstehe dich nicht! Willst du oder willst du nicht?«
Maren gab keine Antwort, sondern sah an Sybille vorbei schweigend zum Fenster hinaus.
Ich will und ich will nicht, dachte sie.

»Überraschung!«, sagte er zu ihr. Sie strahlte ihn an und sah sich suchend um. »Wo denn?«
Als sie zum Weg blickte, der zur Scheune führte, sagte er: »Warm.« Und als sie sich wieder zu ihm umdrehte, sagte er: »Kalt.«
Sie hatte das Spiel schnell begriffen, und nach kurzer Zeit standen sie beide in der Scheune. Sie bemerkte nicht, dass er das Tor verriegelte, nachdem er es geschlossen hatte. Aus ihrem Gesicht war für einen kurzen Moment die kindliche Vorfreude verschwunden. Sie stand in der staubigen Scheune und blickte sich ehrfürchtig um, als befände sie sich in einer Kathedrale. Innerhalb kürzester Zeit schien sie alles in ihrer Umgebung zu erfassen. Und nicht nur das: Ihre bewegten Gesichtszüge verrieten, dass sie sich auch ihren Reim darauf machte.

Ihre Augen ruhten schließlich auf dem verstaubten Puppenwagen, in dem die spinnwebenverhangene Puppe wie eine Mumie schlummerte. »Wer hat hier gespielt?«, fragte sie plötzlich mit einer Stimme, die wenig Kindliches an sich hatte. Das erschreckte ihn.

»Weiß ich nicht«, log er mit der Abwehr des Ertappten.

Sie kann nichts wissen, versuchte er sich zu beruhigen, und gab sich so fröhlich und aufgeräumt wie möglich.

»Glaub bitte nicht, das Puppengerümpel wäre die Überraschung. Mein Geschenk an dich ist funkelnagelneu!«

»Hast du extra für mich etwas Neues gekauft?« In ihren Augen glühte etwas Hintergründiges. Das alarmierte ihn zutiefst. Sie überlegt jetzt, womit sie das verdient hat. Sie fragt sich, was du dafür von ihr verlangen wirst. Nein, so weit denkt sie nicht! Sie ist noch ein Kind. Ist sie das wirklich noch?

Inzwischen hatte sich ihr Blick an einer von Melanies Zeichnungen verfangen. Das aus einem Malblock herausgerissene Blatt war hoch oben an einen Balken gepinnt. Die Ecken des Papiers hingen nach vorne über und verdeckten das Bild teilweise. Sie gaben den Blick auf einen schwarz-weiß gefleckten Tierkörper frei.

»Nein, ich habe nichts Neues gekauft«, log er. »Es war nur eine günstige Gelegenheit. Mein Neffe war zu schnell gewachsen und hat jetzt ein Größeres gebraucht. Da habe ich an dich gedacht.«

Ihre Miene glättete sich wieder, und er atmete auf. Dann lächelte sie zart. In ihren Augen züngelte die Neugier. »Nun sag schon, wo ist es?«

Das Warm-Kalt-Spiel begann von neuem und endete damit, dass sie ein Laken anhob und darunter die Überraschung entdeckte: »Ein Fahrrad!«, schrie sie und hüpfte. »Für mich, wirklich für mich?« Er nickte, und sie fiel ihm um den Hals.

»Dafür habe ich einen Kuss verdient, oder?«, bat er.
Einen kurzen Moment zögerte sie. Dann küsste sie ihn auf die Wange.
»Die Überraschung ist noch nicht zu Ende«, sagte er und öffnete das Scheunentor zur Hofseite. »Hier können wir jetzt immer üben. Die Kurven sind zwar ein bisschen eng. Aber ich kann dich halten.«
Julia strahlte. Man konnte ihr ansehen, dass sie im Geiste bereits auf dem Hof Runden drehte. Plötzlich verschwand jede Freude aus ihrem Gesicht: »Ich kann das Fahrrad nicht mit nach Hause nehmen, die Mama wird mir das nicht erlauben!«
»Wir haben doch gesagt, dass es unser Geheimnis bleibt! Ich habe dir ein Schloss besorgt. Damit schließen wir es in der Scheune an. Du wirst auf deinem Fahrrad hier mit mir fahren lernen, und wenn du es perfekt kannst, überraschst du deine Mama damit. Was denkst du, was die für Augen macht!«
Julia nickte. Das Kinderlachen war in ihr Gesicht zurückgekehrt.

## Donnerstag, der 30. September

Was sind denn das für verrückte Ideen?«, sagte Maren am späten Nachmittag zu Julia. Die hatte ihr gerade den Vorschlag gemacht, sie in Zukunft jeden Tag nach der Schule bis drei Uhr zu Frau Hebenstreit zu schicken.

»Das wäre doch gut, dann hättest du in der Schule nicht so ein' Stress. Ich habe doch gehört, was du vorhin zu Sybille am Telefon gesagt hast.«

»Jeden Tag, das wäre zu viel für die alte Frau! Ich bin schon froh, wenn sie ab und an auch abends kommen kann. Nachher fahre ich sie übrigens abholen. Du weißt ja, dass ich heute zum Elternabend muss.«

Julia nickte.

»Bitte sei nicht so anstrengend und nerve Frau Hebenstreit nicht mit Geschichtenvorlesen und wer weiß noch was.«

»Wann kommt Thorsten eigentlich mal wieder?«

»Weiß ich nicht.«

»Habt ihr doch Stress?«

»Nein. Abendbrot kannst du dir selbst aus dem Kühlschrank holen, und sei bitte so nett und biete Frau Hebenstreit auch etwas an. Hast du gehört?«

Julia nickte abwesend. Sie hatte den Hals gereckt und zum Küchenfenster hinausgesehen.

»Thorsten!«, jubelte sie. Bevor er geläutet hatte, war Julia schon nach draußen gesaust und zog ihn nun an der Hand ins Haus. »Mama muss leider weg«, erklärte sie ihm. »Aber du

kannst bei mir bleiben. Mama, du kannst Frau Hebenstreit absagen, Thorsten ist da.«
Zögernd stand er neben Julia im Wohnzimmer.
»Hallo«, sagte er und lächelte vorsichtig.
»Hallo«, sagte Maren, lächelte ebenso vorsichtig und kam keinen Schritt näher.
»Ich wusste doch, dass ihr Stress habt!«, sagte Julia, und Thorsten sah sie irritiert an.
»Ich habe den Kindersitz im Flur abgestellt. Ist das recht so?«, fragte er.
Maren nickte.
»Gut, also dann geh ich mal wieder«, sagte er.
»Neiiiin!«, schrie Julia und umklammerte mit beiden Händen seinen Unterarm.
»Möchtest du einen Kaffee?«, fragte Maren. Julia lockerte ihren Griff.
»Wenn es dir nichts ausmacht, gern«, sagte er.
Maren schüttelte den Kopf und verschwand in der Küche. Sie hörte, wie Julia ankündigte, Thorsten ihr Matheheft zu zeigen, damit er ihre letzten Supersmileystempel bewundern konnte. Ohne dass Maren es bemerkt hatte, war er in die Küche gekommen und stand hinter ihr. Sie hantierte an der Kaffeemaschine, wandte sich schließlich um und schreckte zusammen.
»Ich dachte, du bist oben bei Julia!«
»Nein«, sagte er. »Und schau mich nicht so an, als wäre ich der böse Wolf!«
»Tu ich ja gar nicht, ich habe mich bloß erschrocken«, sagte sie.
Er fasste sie leicht bei den Schultern. »Was ich dir noch sagen wollte«, begann er.
»Ja?«, fragte sie.

»Es war sehr schön am Montag mit dir auf der Drachenwiese.«
Sie blickte prüfend in sein Gesicht, als wollte sie herausfinden, wie ernst er das meinte.
»Das hast du dir später leider nicht anmerken lassen«, sagte sie. »Ich fand es auch sehr schön, deshalb war ich dann auch ziemlich enttäuscht.«
»Verstehe«, sagte er. »Es tut mir leid.«
»Tut mir auch leid, dass ich dich am Schluss so angefahren habe. Meine Bemerkung von wegen Kinderkuss war ziemlich daneben.«
Er lächelte, zog sie fest in den Arm und küsste sie, als wolle er jeden Zweifel darüber ausräumen.
»Hej, hej«, rief Julia, »macht mal Pause. Frau Hebenstreit ist am Telefon. Sie will dich sprechen, Mama. Komm, Thorsten, schau dir meine Hefte an!«
Er löste sich langsam von Maren und ging dann mit Julia nach nebenan.
Frau Hebenstreit entschuldigte sich, sie habe leider ganz vergessen, dass sie dem Kirchenchor zur außerordentlichen Probe für die Weihnachtsfeier zugesagt habe und dass sie daher leider doch nicht kommen könne. Julia hatte sofort gejubelt und entschieden, dass Thorsten dann auf jeden Fall bleiben müsse. Maren jedoch versuchte, Vera zu erreichen, um ihr abzusagen. »Versteh ich nicht«, schimpfte Julia. »Vorhin am Telefon hast du Sybille noch vorgejammert, wie wichtig es ist, dass du hingehst, weil du sonst bald die Arbeit verlierst!«
Vera war nicht zu erreichen. Thorsten sah in Marens gequältes Gesicht.
»Ich bleibe hier bei Julia«, sagte er. »Dann kannst du zum Elternabend gehen.«
»Das kann ich doch von dir nicht verlangen! Das ist völlig

verrückt! Wir kennen uns kaum, und dann musst du hier schon den Babysitter spielen!«, wehrte Maren ab.
»Es macht mir nichts aus. Ich habe heute Abend sowieso nichts vor, also geh ruhig!«, entgegnete er.
Maren seufzte. »Dann habe ich aber ein schlechtes Gewissen!«
»Prima«, lächelte er, »und ich habe ein paar Punkte gut bei dir!«
»Hurra«, jubelte Julia. Sofort übernahm sie die Programmgestaltung. »Zum Abendessen kochen wir Spaghetti, danach darfst du mich baden!«
»Ich bin begeistert«, sagte er und sah Maren an. »Ich könnte mir kaum etwas Schöneres für heute Abend vorstellen.«
»Ich werde mich beeilen«, sagte Maren sanft. »Dann können wir es uns nachher noch gemütlich machen. Willst du?«
»Ja …«, sagte er und wurde von Julia weggezerrt, bevor er etwas hinzufügen konnte.
Während Maren ihre Unterlagen zusammenpackte, hörte sie, wie Julia und Thorsten durch das Haus polterten. »Fang mich! Du kriegst mich nicht!«, kicherte Julia. Plötzlich schrie sie auf: »Neiin, das war gemein von dir! Zur Strafe kitzle ich dich jetzt durch!«
»Ich wehr mich aber«, drohte er lachend. Julia quiekte. Schließlich tauchte sie wieder vor Maren auf. Atemlos. Mit hochrot erhitztem Gesicht. In ihren Augen funkelte der Schalk.
»Achtung, Mama, ich kenne jetzt einen Trick!« Maren hatte irritiert aufgesehen und Julia angeschaut. Erwartungsvoll blickte ihr die Kleine entgegen.
»Einen Trick?«, fragte Maren stirnrunzelnd und folgte Julias Blick, der auf etwas gerichtet war, das sich offenbar hinter Marens Kopf befand. Maren wandte sich verwundert um. In

dem Moment sprang Julia sie von hinten an und klammerte sich mit Triumphgeheul an sie. »Thorsten!«, schrie sie. »Es hat geklappt, ich hab die Mama ausgetrickst!« Maren löste sich aus Julias Umklammerung. Als Julia vor Maren auf dem Boden stand, meinte sie stolz: »Gut, was? Alter Indianertrick! Damit hat Thorsten mich gerade hereingelegt. Man guckt an dem anderen vorbei hinter ihn, damit der denkt, da wäre jemand. Schon dreht er sich um, und man kann was machen!« Maren schaute über Julia hinweg zu Thorsten, der etwas zerzaust dastand.

»Wer von euch beiden ist eigentlich das Kind, auf das heute Abend aufgepasst werden soll?«, fragte sie lachend.

»Gut, dass du gekommen bist. Es war wirklich wichtig«, sagte Vera zufrieden, als sie nach dem Elternabend mit Maren vor der Schule stand. Maren nickte. Vera fuhr fort: »Einige Eltern wollen noch etwas trinken gehen. Würde bestimmt keinen schlechten Eindruck machen, wenn du mitkämst.«

»Ein andermal gern.«

»Dein Babysitter kann nicht mehr warten?«, fragte Vera.

»Nein«, sagte Maren und dachte, ich auch nicht. Sie verabschiedete sich höflich, stieg ins Auto und schaute wie schon so oft an diesem Abend auf das Display ihres Handys. Sie hatte Thorsten ihre Nummer gegeben. Für alle Fälle. Sie hatte keine Nachricht erhalten. Maren wählte die Nummer ihres Hausanschlusses. Es läutete einige Male, und sie spürte Unruhe in sich aufsteigen. Was soll schon passiert sein, sagte sie sich. Dennoch konnte sie nicht verhindern, dass ihr Kopf ein Schreckensszenario abspulte: Sie hatten Spaghetti kochen wollen. Vor sich sah sie Julias Gesicht, wie sie stolz und voller Eifer den Vierlitertopf mit kochend heißem Wasser über die Spüle hielt, um die Nudeln abzugießen. Ich zeig dir mal, wie die Mama das immer macht. Schnitt. Julia im Krankenhaus mit Verbrühungen dritten Grades. Die Stimme des Arztes: Wir müssen die Nacht abwarten, dann können wir Ihnen sagen, ob sie durchkommt. Rolfs Stimme: »Wie konntest du das Kind einfach jemand Fremdem überlassen!« In Marens Ohren dröhnten dumpfe Herzschläge.

»Bei Wiegand«, meldete er sich endlich.

»Endlich gehst du ran«, sagte sie atemlos. »Ist etwas passiert?«

»Ja, ich bin auf deiner Nobelcouch eingeschlafen, und als ich wach wurde, wusste ich kurzzeitig nicht, wo ich war.«

»Was ist mit Julia?«

»Liegt ordnungsgemäß versorgt in ihrem Bett und schläft.«

»Habt ihr Spaghetti gekocht?«

»Si, Senora, Bolognese, al Pesto und Gorgonzola. Genug für ganzes italienisches Großfamilie!«

»Hast du Julia den Topf mit dem heißen Wasser abgießen lassen?«

Er schwieg einen Augenblick, dann fragte er: »Hätte ich das tun sollen? Sie wollte das gern. Aber das ist doch ein bisschen gefährlich, oder?«

Maren atmete tief durch und lachte befreit auf.

»Wo bist du überhaupt?«, fragte er.

»Sitze schon im Auto und fahre gleich los!«

»Sehr gut«, meinte er. »Ich habe mich nämlich erfolgreich gegen die Mastversuche deiner Tochter gewehrt und möchte mit dir noch etwas essen. Oder haben dir die griesgrämigen Eltern, deren Kinder du mit Diktaten traktierst, den Appetit verdorben?«

»Nein«, lachte sie. »Ich habe richtig Hunger. In einer guten halben Stunde bin ich da!«

»Mach dir keinen Stress«, sagte er.

Maren glitt über die Autobahn. So hätte sie jetzt noch Hunderte von Kilometern fahren können. Die Anspannung des Abends war von ihr gewichen. Sie dachte wieder an Veras Worte. Gut, dass du da warst. Die Eltern hatten sich sehr positiv über Marens Unterricht geäußert. Eigentlich konnte sie ein bisschen stolz auf sich sein. Schmunzelnd ließ sie in Gedanken das Telefongespräch mit Thorsten noch einmal ablaufen. Er ist schwer in Ordnung, dachte sie und spürte eine lang vermisste Leichtigkeit. Sie freute sich auf ihn.

Sie fuhr gerade von der Bundesstraße ab und bog in die Zufahrt zum Neubaugebiet ein, als sich ihr Handy erneut meldete.

»Bin gleich da«, sagte sie munter, ohne auf das Display zu schauen.

»Das wird auch Zeit«, war die Antwort. Maren erstarrte. Es war Rolfs Stimme.

»Ich möchte wissen, was dir einfällt, Julia mit diesem Typen alleine im Haus zu lassen. Das war nicht abgesprochen!«

»Wo bist du?«, fragte sie atemlos.

»Zu Hause«, antwortete er, und sie wusste zunächst nicht, was er damit meinte.

»Und es wird Zeit, dass auch du hier einläufst!«, ergänzte er.

Maren parkte das Auto und betrat mit weichen Knien das Haus. Sie fühlte sich wie damals als Kind, wenn die Eltern gesagt hatten: »Komm du mal nach Hause, dann kannst du was erleben!« Sie tappte vorsichtig durch den Flur. Wie eine Einbrecherin tastete sie sich in das Wohnzimmer vor. Der Glastisch stand schräg. Ein Kissen auf der Couch war zerdrückt, daneben lag aufgeschlagen eine von Rolfs Autozeitschriften, deren Abonnement er immer noch nicht gekündigt hatte. Marens Blick fiel auf den Esstisch. Der war gedeckt für zwei Personen mit Spaghettitellern, Servietten und Harrys toskanischem Wein. Der Schein einer leicht flackernden Kerze spiegelte sich in den sorgfältig polierten Kristallgläsern. Sie hörte, wie in der Küche die Kühlschranktür geschlossen wurde. Dann stand Rolf plötzlich in der Tür; er presste sich ein Kühlkissen gegen seine Wange.

»Wo ist Thorsten?«, flüsterte sie.

Rolf schäumte vor Wut.

»Ich weiß nicht, wie der Kerl hieß, aber wenn du deinen Nahkämpfer aus der Fremdenlegion meinst, den du hier auf der Couch postiert und dem du erlaubt hast, meine Zeitung zu lesen, dann ist er nicht mehr hier.«

»Habt ihr euch etwa geschlagen?«, fragte Maren.

»Ich habe ihn rausgeschmissen«, sagte Rolf. Er warf das Kühlkissen auf den Esstisch. Ein Weinglas fiel auf den danebenstehenden Teller, und aus Marens Augen ergossen sich die mühsam zurückgehaltenen Tränen. Mit Blick auf die Glasscherben schluchzte sie: »Warum eigentlich machst du mir immer alles kaputt?«

Rolf schrie auf: »Glaub nur nicht, dass du mich mit deiner Heulerei kleinkriegst! Überlege dir vorher, was du tust! Dann kriegst du auch keinen Ärger mit mir!«

»Schrei nicht so, Julia wacht sonst auf«, flehte Maren. »Halte sie wenigstens heraus!«

Er fuhr herum. »Ich soll Julia heraushalten? Du hast sie doch hineingezogen in den ganzen Schlamassel hier. Habe ich vielleicht den Typen eingeladen? Ich habe dir schon einmal gesagt, dass du dich fragen musst, was du dem Kind zumutest. Wenn du hier einen Puff aufmachen willst, bitte, aber ohne meine Tochter! So, und jetzt hole ich Julia!« Er drehte ihr den Rücken zu und stapfte entschlossen die ersten Stufen der Treppe hinauf.

»Das wirst du nicht tun!«, schluchzte Maren. Sie lief hinter ihm her und griff nach seinem Unterarm. Er setzte seinen Weg fort und schleifte sie hinter sich die Treppe hinauf. Maren war außer sich. Sie hing schluchzend an seinem Arm und versuchte, ihn mit aller Kraft zurückzuhalten. Oben angekommen, befreite er seinen Arm durch einen heftigen Ruck, so dass Maren kopfüber die Treppe hinunterfiel und am Ende nur noch spürte, wie sich die Geländerstäbe schmerzhaft gegen ihr Ohr pressten und ein heftiger Stich in der Rippengegend ihr den Atem nahm. Sie kam wieder zu sich, als Rolf sie vom Boden aufhob und sie wie eine Schlenkerpuppe zur Couch trug und dort in einer Ecke absetzte. »Wenn du nicht willst, dass Julia das alles mitbekommt, dann lässt du jetzt dein blödes Theater«, zischte er.

Maren war, als hörte sie im oberen Flurbereich schnelle Trippelschritte auf dem Teppichboden, gefolgt vom leisen Klicken eines Türschlosses.

Um Fassung ringend verkündete Rolf: »Ich werde Julia jetzt mitnehmen. Sie bleibt übers Wochenende bei mir und Vanessa. Und wenn noch einmal so etwas vorkommt, werde ich alles daransetzen, dass ich das alleinige Sorgerecht bekomme, weil du deine Aufsichtspflicht vernachlässigst. Es wäre sowieso besser für Julia, wenn sie bei uns in einer richtigen Familie aufwächst!«

Maren war zu keiner Reaktion mehr fähig. Sie saß erstarrt in ihrer Ecke und sah zu, wie Rolf mit Julia und einem gepackten Rucksack auf dem Arm die Treppe herunterkam. Julia umklammerte blinzelnd ihr Bärchen und tat sehr schläfrig. Rolf setzte die Kleine im Sessel ab und zog ihr die Jacke über den Schlafanzug.

»Oh, hallo, Papa«, sagte Julia in gespieltem Erstaunen. »Was machst du hier?«

»Ich wollte dir eigentlich den Anorak vorbeibringen, den du

am letzten Wochenende bei der Oma vergessen hast. Aber jetzt haben Mama und ich beschlossen, dass du auch für dieses Wochenende zu mir kommst.«

Julia war plötzlich hellwach. »Aber heute ist doch erst Donnerstag. Ich muss doch morgen in die Schule!«

»Das regeln wir schon«, sagte er sanft.

Julia strahlte. Ein Tag ohne langweilige Schule schien ihr zu gefallen. Doch dann bat sie zögernd: »Und wenn du mich erst morgen Nachmittag bei Frau Hebenstreit abholst?«

»Nein«, sagte er, und Julia ersparte sich weitere Widerworte.

»Darf ich dann morgen früh wenigstens mit dir in die Bank?«, verhandelte sie weiter.

»Mal sehen«, sagte er, und Julia verzog das Gesicht.

»Tschüs, Mama«, sagte sie, lief schnell zu Maren und hauchte ihr einen Kuss auf die Wange. Dabei flüsterte sie ihr ins Ohr: »Er hat Hausfriedenseinbruch zu Thorsten gesagt.« Dann lief sie zurück zu Rolf, sprang auf seinen Arm und ließ sich hinaustragen. Nachdem er Julia im Auto abgeladen hatte, erschien Rolf noch einmal in der Tür.

»Brauchst du einen Arzt?«, fragte er mit eisiger Stimme.

Maren schüttelte stumm den Kopf.

Das Geräusch der zufallenden Eingangstür setzte den Schlusspunkt. Die plötzliche Stille, die Spuren der vorangegangenen Ereignisse und die stärker werdenden Schmerzen erzeugten in Maren das Gefühl unbeschreiblicher Verlassenheit. Sie atmete mühevoll dagegen an und spürte ein Stechen im Brustkorb. Ihre Ohrmuschel war angeschwollen, und das Blut pochte heftig darin. Vorsichtig tastete sie über ihr Gesicht. Der Wangenknochen schmerzte ebenfalls. In Gedanken sah sie schon Veras fragende Miene morgen in der Schule vor sich. Diese Vorstellung ließ Maren zum Tisch gehen, das Kühlkissen nehmen und sich gegen die Wange halten. Langsam mach-

te sie sich daran, die Spuren des Abends zu beseitigen. Die Rotweinflasche wanderte wie schon einmal zurück auf das Regalbrett in der Küche.
Ihre lethargischen Bewegungen ließen sie an ihr Erlebnis im Lebensmittelladen des Dorfes denken und an die Frau, die voller Resignation Glasscherben vom Boden aufgesammelt hatte. Brauchst du Hilfe? Brauchst du einen Arzt?, hallte es in ihrem Kopf. Nein, sie wollte nichts als ihre Ruhe.
Als das Telefon läutete, dachte sie einen Augenblick daran, sich nicht zu melden, doch dann griff sie nach dem Hörer. Es war Thorsten.
»Kannst du sprechen?«, fragte er als Erstes.
»Ja«, sagte sie mit belegter Stimme.
»Also ist er wieder weg?«
»Ja.«
»Ich konnte nicht bleiben. Er war so außer sich, dass ich es für besser hielt zu gehen. Ich hoffe, du verstehst das?«
»Hast du ihn geschlagen?«
»Ich – ihn? Hat er dir das am Ende erzählt?«
»Nein, aber er war verletzt im Gesicht.«
»Ein Kratzer! Das überlebt er!«, sagte Thorsten kühl.
»Was ist passiert?«, flüsterte sie.
»Als ich den Schlüssel in der Tür hörte, dachte ich, dass *du* kommst. Doch dann stand er plötzlich im Wohnzimmer und machte einen auf Hausherr. Er ließ sich nicht viel erklären, sondern wollte gleich, dass ich gehe. Ich sagte ihm, dass das mit dir anders abgemacht war und ich als Babysitter für Julia da sei. Als er das hörte, ist er total ausgerastet. Schließlich hat er mich am Arm gepackt, um mich rauszuschmeißen. Das war das Letzte, Maren. Ich lass mich nicht von einem durchgeknallten Choleriker anpöbeln. Ich habe ihn auf den Teppich gelegt.«

»Auf den Teppich gelegt?«, fragte Maren verständnislos.
»Ja, ein einfacher Judogriff, nichts Gefährliches. Er ist dabei ein bisschen gegen den Glastisch gekommen.«
Maren erschauderte bei der Vorstellung, dass sich zwei erwachsene Männer in ihrem Wohnzimmer einen Ringkampf geliefert hatten. Dazu erschreckte sie die Art, wie Thorsten damit umging. Er hatte plötzlich in einer ganz anderen Sprache gesprochen und redete, als sei es nichts Besonderes für ihn, Konflikte durch Handgreiflichkeiten zu beenden.
»Warum musste es überhaupt so weit kommen?«, flüsterte Maren resigniert.
Thorsten schien mit ihrer Frage nicht viel anfangen zu können und fragte seinerseits: »Hat er sich dir gegenüber anschließend wenigstens wieder eingekriegt?«
»Es geht«, sagte Maren.
»Was soll das heißen? Maren, ich habe mir wirklich Sorgen gemacht, dass er bei dir ähnlich reagiert.«
Maren schwieg. Die Tränen liefen ihr über das Gesicht.
»Maren?«
»Ja?«
»Soll ich noch einmal kommen?«
»Nein, bitte nicht, ich bin müde«, sagte sie schnell und legte auf.

## Freitag, der 1. Oktober

Es war bereits zwei Uhr Mittag. Heute hätte sie kommen müssen. Sie hatte es am Mittwoch versprochen. Wie hatte sie ihm das antun können? Das war eine Missachtung, die ihn tief verletzte und seine bekannte, unbändige Wut in ihm aufschäumen ließ. »Du Ratte!«, zischte er. »Du hast das alles gar nicht verdient!« Er trat mit voller Wucht gegen das Fahrrad und steigerte sich weiter in seine Wut hinein. Geschirr zerbrach, aus Kissen stoben Federn, die Matratze platzte auf. Er trat gegen den Puppenwagen wie gegen einen Fußball und schleuderte ihn in Richtung Scheunenwand. Der Inhalt flog nach allen Seiten und eine kleine Puppe blieb mit verrenkten Gliedern im Schmutz liegen. Er riss die Zeichnung vom Balken und verstreute die Papierfetzen über den Boden. Dann schnappte er sich die Puppe. Er umfasste ihren Rumpf und starrte in ihre reglose Miene. »Du miese kleine Ratte!«, schluchzte er und schüttelte die Puppe, die ihn ungerührt aus ihren halb geschlossenen Lidern anblickte. Als er sich bewusst wurde, dass seine Wangen nass von Tränen waren, ließ er seine Arme sinken, und die Wut verflog so schnell, wie sie gekommen war.

»Du Ungeheuer! Was hast du da getan?«, ertönte in ihm eine wohlbekannte Stimme, und er betrachtete demütig die Zerstörung, die er angerichtet hatte. »Ich hab das nicht gewollt«, jammerte er. »Ich räume auf. Ich bin wieder lieb!« Dabei wiegte er den Oberkörper vor und zurück und spürte, wie durch diese gleichförmige Bewegung nach einiger Zeit Ruhe in sein Inneres einkehrte. Er leckte hastig die Tränen von den Lippen, wischte seine Nase am Ärmel ab und stand mit unsicheren Bewegungen auf, um zu seinem Auto zu gehen, das er in der Scheune geparkt hatte.

»Ich mach alles wieder gut«, versprach er sich selbst. Er nahm aus dem Kofferraum eine dicke Rolle blauer Müllsäcke, zog einige davon ab und beseitigte alle Spuren seines Wutanfalls. Was zerstört war, störte. Was störte, musste weg.

Später auf dem Weg zur Mülldeponie erschrak er zutiefst, als er in den Rückspiegel blickte. Im hinteren Bereich des Wagens türmten sich wulstige, blaue Gestalten. Sie bewegten sich. Eine von ihnen war in einer leichten Kurve über eine andere hinweggerutscht, war dabei abgeknickt worden, so dass sich die blaue Haut durchsichtig über ihr Inneres spannte. Ein pausbäckiges Kindergesicht mit halb geschlossenen Lidern zeichnete sich deutlich darunter ab und sah tief in ihn hinein, so tief, dass es ihm den Atem nahm und er auf den schotterbefestigten Streifen neben der Straße fahren und anhalten musste. Er verschränkte die Arme über dem Lenkrad, schloss die Augen und versuchte, sich aus der Gewalt der aufsteigenden Bilder zu befreien. Doch vergeblich, ihr Moment war gekommen und sie traten mit aller Schärfe und Klarheit in sein Bewusstsein. Die Flasche war entkorkt und der grausame Dämon freigelassen, der ihn zwang, alles noch einmal zu durchleben: Auf dem Asphaltweg neben der Bundesstraße lag ein Fahrrad. Er verlangsamte das Tempo. Dann entdeckte er sie inmitten eines Meeres dottergelber Blüten. Er lenkte sein Auto auf den Standstreifen und lief durch den süßen Wiesenduft auf sie zu. In ihren strahlenden Augen spiegelte sich der Himmel, als sie zu ihm aufsah. Wie zwei helle Sterne standen sie in ihrem Gesicht.

»Ich sammle Löwenzahn für Schnuffel. Da wird er sich freuen. Wenn ich heute Nachmittag zur Oma fahre, werde ich es ihm bringen.«

»Heute Nachmittag wird alles verwelkt sein«, sagte er und schlug vor, sie gleich zur Scheune und anschließend wieder nach Hause zu fahren. Sie war sofort einverstanden, und er voller Freude, dass sie ihm etwas zu danken hatte und ihm daher keinen Wunsch abschlagen würde.

Er fuhr wie gewohnt mit dem Auto in die Scheune. Sie sprang munter vom Sitz und lief mit der Tüte in der Hand zum Kaninchenstall. »Schnuffel, schau mal, was ich dir Leckeres mitgebracht habe!«, rief sie begeistert. Er war noch damit beschäftigt, das Tor zu verriegeln, als er ihren gellenden Aufschrei hörte, der ihn bis ins Innerste durchbohrte. Ihr lautes Weinen und Schluchzen vermischte sich sofort mit dem wütenden Gebell des Hundes draußen auf dem Hof. Sein Herz donnerte in der Brust. Im Kopf verspürte er einen leichten Schwindel, der drohte, seinen Blick zu verschleiern. Ihm wurde siedend heiß bei dem Gedanken, dass es nicht lange dauern würde, bis Leute kämen, um nachzusehen, was passiert war. Er lief zu ihr und presste ihr die Hand auf den Mund. Mit einem Blick erfasste er die Situation. Kratzspuren am Holz zeigten, an welcher Stelle der Marder angesetzt und schließlich den Maschendraht aus der Verankerung gerissen hatte. Kleine Büschel seines braunmelierten Felles hingen noch an den aufgebogenen Drähten. Er hatte sich durch die Öffnung gezwängt und ein Blutbad im Kaninchenstall angerichtet.

»Der Marder«, flüsterte er. »Das war der Marder!« Er zog langsam die Hand von ihrem Mund und sah sie an. In ihren Augen stand plötzlich ein nie gekannter Ausdruck. Sie waren halb verborgen unter den Lidern und sahen ihm voller Hass entgegen.

»Lüg nicht!«, stieß sie hervor. »Du warst das!«
»Ich war das nicht«, stammelte er. »Ich habe nichts getan!«
An ihren Augen sah er, dass sie ihm nicht glaubte. Blanke Verachtung schlug ihm entgegen: »Ich weiß doch, dass du ein Tierquäler bist!«
»Wer sagt das?«
»Alle sagen das! Die Oma hat gesagt, wie kommt der Tierquäler dazu, dir ein Kaninchen zu schenken? Da musst du aber gut aufpassen, dass er es nicht schlachtet und in Streifen schneidet!« Bei den letzten Worten schluchzte sie auf. Draußen bellte wieder der Hund. Sie war wie verwandelt. Sie schaute ihn jetzt an mit den Augen all derer, die wussten. Immer hatte er geglaubt, dass sein Tun nur ihm und der Mutter bekannt war. Aber da schien es noch andere Mitwisser zu geben. Leute, die ihm scheinbar freundlich gegenübertraten und hinter vorgehaltener Hand über ihn redeten. Melanie war eine von ihnen. Sie war eine Verräterin! Sie hatte ihrer Oma das Kaninchengeheimnis erzählt. Was noch? Wem noch?
»Du hast auch Kalle blindgeschlagen!«, trumpfte sie weiter auf. »Ich werde alles dem Papa sagen, auch was du mit mir gemacht hast, und dann kommt der, und du kriegst Kloppe!«
Das waren die entscheidenden Sätze gewesen.
Er blickte auf das, was er angerichtet hatte, und wusste, dass er eine neue Grenze überschritten hatte: Er hatte ein Menschenleben genommen!
Es entsetzte ihn nicht, sondern tief in einem Winkel seiner selbst verspürte er ein Gefühl von Erhabenheit und lustvoller Erlösung. Speichel lief ihm im Mund zusammen, und ein wohliger Schauder durchströmte seine Glieder. Es war wie damals, als er die Tiere getötet hatte, nur stärker, viel stärker. Er ahnte bereits, dass in ihm die Sehnsucht wachsen würde, sich dieses Erlebnis ein weiteres Mal zu verschaffen. Die nicht

zu unterdrückende Stimme in seinem Innern schrillte: »Was hast du getan? Das darfst du nicht! Niemand hat dir das erlaubt!«
»Ich habe etwas ganz Schlimmes getan«, hörte er sich mit seiner Kinderstimme antworten. »Aber ich erlaube es mir, dann, wenn du fort bist und mich allein lässt in der Dunkelheit der Nacht.«

Neue Erinnerungsbilder stiegen in ihm auf. Er sah seine Hände, die in fliegender Hast die Spuren zu beseitigen versuchten. Sie stopften das blutbesudelte tote Kaninchen in einen Müllsack, dann das tote Kind in einen anderen. Wie eine Puppe, ein Spielzeug, das seinen Zweck erfüllt hatte und überflüssig geworden war. Als er alles im Auto verstaut hatte, stellte er fest, dass sein Hemd mit Kaninchenblut befleckt war.
Wochenlang hatte er sich den Kopf darüber zermartert, wo sein Hemd geblieben war. Immer hatte er sich nur an den Moment der Ankunft zu Hause erinnern können. Daran, dass er seine Jacke ausgezogen und festgestellt hatte, dass er sein Hemd nicht mehr darunter trug.
Plötzlich sah er alles deutlich vor sich. Er stand hinter dem Auto im Dämmerlicht der Scheune, den Blutgeruch in der Nase, und spürte, wie der trockene Staub der Scheune beim Einatmen brannte. Die Heckklappe war geöffnet. Vor ihm im Auto lagen das Fahrrad, darüber der Müllsack mit dem Kaninchen und sie in der blauen Hülle, die sich über ihren Körper spannte. Daneben lehnte ihr Schulranzen. Er wandte sich noch einmal um und sah in die Runde, ob er nichts vergessen hatte. Dabei entdeckte er die helle Kunststofftüte, die randvoll mit Löwenzahn gefüllt war und am Kaninchenstall lehnte. Einen Moment lang überlegte er, ob die Tüte wichtig war. Er schüttete die Pflanzen auf den Boden. Dabei entdeckte er,

dass sich in der Tüte auch die Sportschuhe des Mädchens befanden. Er sah seine Hände die geöffnete Tüte nehmen und zu den Turnschuhen das mit Kaninchenblut besudelte Hemd stopfen. Anschließend öffneten sie den Schulranzen und steckten die Tüte dort zu den Büchern und Heften.
Im Schulranzen also! Fieberhaft hatte er überall nach dem Hemd gesucht, in der Scheune, in allen Winkeln seines Autos. Hatte schließlich angenommen, es mit dem Kaninchen zusammen weggeworfen zu haben. Den Schulranzen hatte er nie mehr geöffnet. Er erinnerte sich, wie er über seine grausame Fracht eine Decke gebreitet hatte und schließlich davongefahren war. Es war eine Odyssee von Müllcontainer zu Müllcontainer. Immer gab es in der Nähe Menschen, von denen er sich beobachtet fühlte. Schließlich gelang es ihm, die Tüte mit dem Kaninchen tief in einer Mülltonne des Nachbarortes zu vergraben. Dann fiel ihm ein, dass er sich schon durch das Herumfahren verdächtig machte. So hatte er zunächst einmal alles in seinen Keller gebracht und später, als die Polizisten abgezogen waren, schließlich an den Ort, den er sorgfältig gewählt hatte.
Nie mehr war er seitdem dorthin zurückgekehrt. Jetzt wusste er, dass sich in dem noch nicht gefundenen Versteck ein Hemd von ihm befand. War es womöglich ausgerechnet eines, in das die Mutter für die Wäscherei ein Schild mit seinen Initialen hatte einnähen lassen? Sollte er riskieren, noch einmal hinzugehen, um das Hemd zu entfernen? Was, wenn er dabei beobachtet wurde? Mit Schrecken dachte er an eine Begebenheit zurück, die inzwischen ein Jahr her war. Er hatte wie oft zur Mittagszeit auf dem Hochstand gesessen, als plötzlich ein Mensch in sein Reich an der Waldlichtung eingedrungen war. Zuerst hatte er ihn wegen der Schirmmütze, die er getragen hatte, nicht erkannt. Als der Mann ihn schließlich auf dem

Hochstand entdeckt und angesprochen hatte, hatte er gewusst, dass Kommissar Stephan noch immer nicht aufgegeben hatte und er weiter vor ihm auf der Hut bleiben musste. In ihrer im Plauderton geführten Unterhaltung war es um die landschaftlichen Besonderheiten dieses Waldgebietes und die Jagdpacht gegangen. Dann war der Polizist abgezogen, und er hatte ihn seitdem nicht wiedergesehen.
Er öffnete das Autofenster und atmete tief durch. Zu beiden Seiten breitete sich dichter Wald aus. Die Luft war angenehm feucht und würzig. Er stieg aus dem Auto aus und verschwand im Wald, um zu pinkeln.
Als er zurückschlenderte, bemerkte er überrascht, dass hinter seinem Auto ein zweites parkte und ein Mann damit beschäftigt war, durch die hinteren Scheiben zu inspizieren, was er geladen hatte. Er brauchte nur wenige Schritte, um zu erkennen, wer der Mann war. Der hatte ihn inzwischen auch entdeckt und sah ihm aufmerksam entgegen. Er wusste, dass ihm wieder einmal eine harte Prüfung bevorstand, und nahm dazu alle Kraft zusammen. Er ging mit aufrechten Schultern dem Polizisten entgegen und sagte freundlich: »Sie hier, Herr Stephan, doch hoffentlich nicht aus beruflichen Gründen?«
»Sie haben sich ja wieder den gleichen Wagentyp wie damals gekauft. Waren Sie so zufrieden damit?«, antwortete Stephan mit einer Gegenfrage.
»Ja, ein gutes Auto, geländetauglich und geräumig, so etwas braucht man hier. Viele haben so eines.«
Stephan nickte. In seinen grauen Augen lag der Lauerblick, vor dem er sich so fürchtete. Nur nichts Falsches sagen jetzt! Der Kerl ist aufmerksam wie ein Luchs, lass dich nicht in die Enge treiben! Er hat nichts gegen dich in der Hand außer einem vagen Verdacht!
Der Kommissar tat, als betrachte er eingehend das Auto. In

Wirklichkeit glitten seine Blicke über die wulstigen Tüten im Innenraum, die aufgrund der getönten Scheiben nicht gut auszumachen waren.
»Kann man die Rücksitze auch herausnehmen, wenn man noch mehr Ladefläche braucht?«, erkundigte er sich.
»Ja, sogar einzeln«, antwortete er.
»Schönes Auto, leider für ein Polizistengehalt kaum erschwinglich.« Der Kommissar sah ihn mit einem jungenhaften Lächeln an. »Was fahren Sie da eigentlich spazieren?«
»Müll. Ich bin auf dem Weg zur Deponie.«
»Darf ich mir den einmal ansehen?«
»Müssen Sie sich jetzt wegen fehlender Erfolge mit Umweltdelikten beschäftigen?«
Stephan grinste ihm frech ins Gesicht. »Ich hatte schon immer ein Herz für die Umwelt. Also, darf ich?«
»Sie wissen genau, dass Sie eigentlich nicht dürfen!«, antwortete er mit einem überlegenen Lächeln. »Oder soll das jetzt eine Verkehrskontrolle sein? Sind Sie wieder bei der Streife?«
Stephans Gesicht wurde schlagartig ernst. »Lassen Sie die Spielchen! Ich will wissen, was Sie da in den Tüten haben, und wenn Sie damit nicht herausrücken wollen, machen wir es anders!« Der Kommissar zog sein Handy aus der Tasche. »Kein Problem für mich, die Kollegen zu rufen! Aber das kostet meine und Ihre Zeit!«
Mit einer lässigen Geste öffnete er die Zentralverriegelung.
»Tun Sie, was Sie nicht lassen können!«, sagte er lächelnd. »Aber machen Sie schnell. Ich möchte heute noch meine Freundin besuchen.«
Stephan warf ihm einen überraschten Blick zu. »Freundin? Das ist neu. Kenne ich sie?«, fragte er.
»Kaum. Zu teuer für ein Polizistengehalt!«, antwortete er geringschätzig.

Stephan holte aus seiner Jackentasche ein Paar dünne Einweghandschuhe und streifte sie sich sorgfältig über, bevor er die Heckklappe öffnete und sich daranmachte, die Mülltüten zu durchsuchen.

»Sind Sie eigentlich Polizist geworden, weil Sie so gern im Dreck anderer Leute wühlen?«

Ohne darauf einzugehen, zerrte Stephan die beiden Müllsäcke aus dem Auto heraus. Mit spitzen Fingern zog er Fetzen für Fetzen die Hasenzeichnung daraus hervor. Dann ein zerbrochenes Puppentässchen, ein aufgerissenes Kissen aus kariertem Stoff, an dem büschelweise schwarze Hundehaare klebten, das Rad eines Puppenwagens. Er griff nach der anderen Tüte und erschrak sichtlich, als er das Puppengesicht entdeckte, das sich durch die blaue Plastikfolie abzeichnete.

Er zog die Puppe hervor und blickte sie lange an.

»Sie waren in der Scheune!«, sagte er mit trauriger Stimme. »Das hier war schon einmal in der Kriminaltechnik. Die Oma hat es dann in der Scheune wieder hergerichtet, nachdem sie die Sachen zurückbekommen hatte. Warum werfen sie das jetzt alles weg, und warum ist es so zerstört? Waren Sie das?«

Er nickte trotzig. »Wir brauchen Platz in der Scheune. Die Sachen stören. Die Oma lebt ja nun auch nicht mehr.«

»Und Melanie, lebt die noch irgendwo?«, fragte der Polizist.

»Woher soll ich das wissen?«

»Ich denke, Sie wissen es«, sagte Lars Stephan, stieg in sein Auto ein und fuhr davon.

Er sah ihm nach und überlegte, ob er das Hemd holen sollte. Dann entschied er sich dagegen. Nach drei Jahren gab es vermutlich keine brauchbaren DNA-Spuren mehr. Außerdem war an dem Hemd nur Kaninchenblut. Selbst wenn sie seine Fingerabdrücke an Melanies Sachen fänden, hätte er eine Erklärung, die sogar stimmte: Ich habe ihr öfter bei den Hausaufgaben geholfen.

Am frühen Morgen dieses Freitags hatte Maren die dunkle Verfärbung über dem Wangenknochen mit reichlich Make-up übertüncht und sich in die Schule gequält. Die Aufrechterhaltung der Fassade hatte sie so viel Kraft gekostet, dass sie sich am Nachmittag in ihr Bett verkrochen hatte. Sie zog den Stecker des Telefons, schaltete ihr Handy ab und nahm einige Tabletten eines starken Schmerzmittels, das ihr der Zahnarzt nach einer Operation an den Weisheitszähnen verschrieben hatte. Dazu zwei Schlaftabletten, die ihr halfen, den Rest dieses trostlosen Tages zu verschlafen.

## Samstag, der 2. Oktober

Am Samstagmorgen wachte Maren wie verkatert auf und blinzelte in das milchige Licht des angebrochenen Tages. Warum war es im Haus so still? Warum war von Julia nichts zu bemerken?, fragte sie sich. Doch dann lichtete sich der Nebel in ihrem Kopf, und die Erinnerung an den Donnerstagabend und seine Folgen stand wieder klar vor ihr und deprimierte sie aufs Neue.

Sieben SMS waren am Vortag von Sybille eingegangen und baten in immer dringlicheren Worten um Rückmeldung. Kaum hatte sie das Telefon angesteckt, läutete es. Es war Thorsten.

»Endlich gehst du ran« , sagte er. »Wo warst du denn gestern? Alle Läden waren geschlossen.«

»Morgens in der Schule und nachmittags … weg«, antwortete Maren müde.

»Ab drei Uhr am Nachmittag stand aber dein Auto vor der Tür!«

»Ja.«

»Nirgendwo warst du zu erreichen. Dein Handy hattest du auch abgeschaltet?«, fuhr er fort.

»Ja.«

»Maren, nach dem Auftritt von deinem Ex am Donnerstagabend habe ich mir solche Sorgen um dich gemacht. Du warst anschließend so merkwürdig am Telefon. Ich bin gestern Mittag sogar in der Gegend herumgefahren und habe dich gesucht. Als ich dein Auto schließlich vor deinem Haus fand, war ich drauf und dran, bei dir einzusteigen.«

»Dann hätte Frau Levandowski die Polizei geholt«, gähnte Maren. Ihr war ein bisschen schwindlig. Das Zimmer begann sich langsam um sie herum zu drehen. Sie ließ sich schnell in einen Sessel fallen. Die verletzte Rippe machte sich schmerzhaft bemerkbar.

»Maren, bist du noch da?«

»Ja.«

»Hör zu«, sagte er, »ich kaufe jetzt Brötchen, und dann komme ich zum Frühstück. Ich glaube, du brauchst einen starken Kaffee, oder hast du etwas dagegen?«

Maren schloss die Augen und ließ das Gehörte langsam in ihr Bewusstsein dringen.

»Woher willst du wissen, was ich brauche?«, fragte sie schläfrig.

Thorsten stöhnte auf. »Maren! Noch einmal: Hast du etwas dagegen, wenn ich zu dir komme?«

»Nein«, sagte sie.

Nachdem Maren ausgiebig geduscht hatte, war sie etwas wacher. Sie wusste nicht, ob sie das als Vorteil ansehen sollte, da sie nun auch die Schmerzen wieder deutlicher spürte. Sie hatte gerade die Verletzung an ihrer Wange erfolgreich übertüncht, als Thorsten mit einer Tüte Brötchen und einem Schokoladennikolaus vor der Tür stand.

»Für Julia«, sagte er. »Das volle Weihnachtsprogramm, einschließlich Lebkuchen, gibt es jetzt schon. Zu Weihnachten gibt es dann bestimmt die ersten Osterhasen.«

Er sah sich suchend um. »Ist Julia nicht da?«

»Du musst heute mit mir vorliebnehmen«, sagte sie, jedes Wort mühsam formend.

»Das ist aber schade«, sagte er und zog sie in den Arm. Maren zuckte vor Schmerzen zusammen und befreite sich schnell.
Sie hatten noch nicht lange am Frühstückstisch gesessen, als es abermals an der Tür läutete.
Sybille kam hereingeschwebt, beladen mit einem Obstkorb für ihr Trennkostfrühstück, zwei neuen Büchern aus dem Bereich der Ratgeberliteratur und einer sorgenvollen Miene, die sich in blankes Staunen wandelte, als sie Thorsten entdeckte.
»Maren, meine Süße, da habe ich mir gestern ganz umsonst Sorgen um dich gemacht. Ich dachte, du hängst in den Seilen und ich muss mich kümmern, oder sind Sie der neue Hausarzt?«
Thorsten verneinte höflich und wurde von Sybille eingehend betrachtet, während sie sich am Frühstückstisch niederließ. Sie befragte Maren nach ihrer Arbeit und erkundigte sich nach Julia. Thorsten schenkte sie hin und wieder einen forschenden Blick.
»Wieso ist Julia bei Rolf? Er ist doch dieses Wochenende nicht dran?«, fragte Sybille.
Maren beantwortete die Frage ausweichend. Sie gab sich keine Mühe, Thorsten in das Gespräch einzubinden. Sie wollte nicht, dass ihr Kennenlernen beim Joggen oder gar der Donnerstagabend thematisiert würden.
Plötzlich meldete sich Sybilles Handy.
»Harryschatz! Hast du mich gesucht? Ja, ich bin bei Maren. Ich wollte mal nach ihr sehen …«
Maren spürte Thorstens musternden Blick und wagte nicht, zu ihm hinzusehen. Sie stand auf und stellte das Geschirr zusammen. Thorsten tat es ihr nach und begleitete sie in die Küche. Er räumte die Spülmaschine ein, während Maren die Essensreste von den Tellern entsorgte. Sie sah ihm dabei zu, wie er Tassen, Teller und Gläser neu sortierte, um Platz für

Nachschub zu schaffen. Die Akribie, mit der er das tat, begann sie zu amüsieren, und sie spürte erleichtert, wie sich ihre Stimmung hob.

»Als Hausfrau und Mutter bist du einfach unschlagbar!«, sagte sie neckend. Er schloss die Spülmaschine und nahm Maren in den Arm. Sie schmiegte sich vorsichtig an ihn.

»Ich hätte da noch ein paar andere Talente, von denen ich dich gerne überzeugen möchte«, flüsterte er ihr ins Ohr, zog sie noch dichter an sich und küsste sie heftig. Er drängte sich gegen sie, und sie spürte, wie die Kante des Küchenbuffets auf die Blutergüsse im Rücken drückte. Sie versuchte, ihm ein wenig seitlich auszuweichen, doch er schien ihr schmerzvolles Aufstöhnen und ihre Drehbewegung als Einladung zu verstehen, seine Hände unter ihr T-Shirt zu schieben. Sie rang nach Atem, und die verletzte Rippe meldete sich mit einem heftigen Stich, der ihr die Tränen in die Augen trieb. Damit er das nicht sehen konnte, vergrub sie ihr Gesicht in seiner Armbeuge. Mit geschlossenen Augen versuchte sie, an nichts zu denken und nur seinem Herzschlag zu lauschen. Er strich ihr übers Haar, griff vorsichtig hinein und schob es hinter ihr Ohr zurück. Zu spät fiel ihr ein, was er dabei entdecken könnte, und sie merkte an seinem plötzlichen Innehalten, dass er den Bluterguss gesehen hatte.

»Was ist das?«, flüsterte er bestürzt.

»Ich bin vorgestern die Treppe hinuntergefallen. Es sieht schlimmer aus, als es ist«, versuchte sie in ruhigem Ton zu erklären.

»Warst du beim Arzt?«

Sie schüttelte den Kopf.

»Hast du dich noch mehr verletzt?«

»Nein«, sagte sie.

Eine Weile blieben sie schweigend aneinandergelehnt stehen.

Schließlich sagte er leise: »Ich weiß nicht, was am Donnerstagabend vorgefallen ist, und ich weiß auch nicht, ob ich will, dass du es mir erzählst. Aber ich finde, dass du deinem Ex den Schlüssel abnehmen solltest. Etwas mehr Distanz und klare Fronten wären, glaube ich, besser für euch.«

»Das geht nicht so einfach, wie du denkst. Vor allem, wenn ein Kind da ist«, sagte Maren.

»Aber so geht es doch auch nicht. Und Julia bekommt den ganzen Streit ständig mit. Ich weiß nicht, was schlimmer ist.«

»Findest du nicht, dass du dich jetzt zu sehr in meine Angelegenheiten einmischst? Eigentlich geht dich das doch nichts an, oder?«

»Nein, eigentlich nicht. Entschuldigung«, sagte er und zog dabei seine Arme schützend um sie.

Die Küchentür wurde aufgestoßen.

»Ach, hier seid ihr! 'tschuldigung, es war so still. Störe ich?«, kicherte Sybille.

»Ja«, sagte Thorsten ruhig und löste seine Arme von Maren. Die tauchte an ihm vorbei, um zu verhindern, dass er ihr verweintes Gesicht sah. Sie begegnete Sybilles forschendem Blick und stahl sich schnell in Richtung Bad davon.

Als sie nach kalter Gesichtsdusche, frisch gepudert und mit nachgetuschten Wimpern die Treppe hinunterkam, stand Thorsten in der Jacke vor der Tür zum Flur und suchte fragend Marens Blick.

»Willst du schon gehen?«, fragte diese ein wenig enttäuscht und war doch froh darüber, weil ihr die Situation mit Sybille und Thorsten nicht gefiel.

Sie begleitete ihn bis zum Gartentor.

»Gehst du jetzt wegen Sybille?«, fragte sie.

»Ich denke, ich störe, und das möchte ich nicht«, sagte er.

»Tust du doch nicht. Ich kann sie auch wegschicken.«
»Nein«, wehrte er ab. »Ich habe sowieso noch zu tun. Wenn es dir recht ist, komme ich später noch einmal vorbei?«
Maren nickte. Er küsste sie auf die Nasenspitze.
»Magst du Sybille nicht?«, fragte sie.
»Willst du eine ehrliche Antwort?«
»Ja.«
»Hoffentlich bist du mir dann nicht böse.«
»Los, sag schon!«
»Sie ist sicherlich eine gute Freundin, aber als Frau ist sie mir etwas zu laut und ... zu blond. Schlimm, wenn ich das sage?«
Maren schüttelte lächelnd den Kopf.
»Gut, bis später«, sagte er, und Maren wusste nicht, ob sie sich darauf freuen oder davor fürchten sollte.
Sie dachte an all die Ausweichmanöver, die sie würde erfinden müssen, damit er keine Gelegenheit bekam, noch mehr ihrer Verletzungen zu sehen. Er wusste schon zu viel von ihrem Leben, ohne dass er etwas von dem seinen preisgegeben hätte.

Wenig später setzte sie sich mit einem Becher Kaffee in der Hand ihrer Freundin gegenüber auf die Couch. Sybille legte los: »Ich fasse es nicht! Gestern denke ich noch, meine arme Maren hängt voll in den schwarzen Seilen der Melancholie, und was erlebe ich heute?«
Maren lächelte sanft.
»War das am Ende der Jogger?«, fragte Sybille
Maren nickte.
»Nicht schlecht!«, sagte Sybille anerkennend. »Kaum zu glauben, dass so was hier in der Gegend frei herumläuft. Da kriegt man richtig Lust auf Bewegung an frischer Luft. Was macht er beruflich?«

»Er schreibt. Für Zeitungen. Als freier Mitarbeiter«, war Marens knappe Erklärung.
»Ein Zeitungsmensch also wie Harry?«, bemerkte Sybille.
»Bestimmt nicht wie Harry«, entgegnete Maren gedehnt.
Sybille zuckte mit den Schultern und sah Maren mit ernster Miene an: »Etwas gefällt mir nicht an deinem Thorsten.«
»Eben warst du noch begeistert«, wunderte sich Maren.
»Äußerlich finde ich ihn wirklich attraktiv, aber ich glaube, mit dem stimmt etwas nicht. Er hat so einen gefrusteten Zug um den Mund. Wie lange kennst du ihn?«
»Seit ungefähr zwei Wochen.«
»So lange schon? Wie ist er im Bett, hoffentlich ein bisschen temperamentvoller?«
Maren zögerte mit ihrer Antwort.
»Also läuft da auch nichts Besonderes«, konstatierte Sybille lapidar. Ihr Ton wurde plötzlich eindringlicher: »Maren, sei bloß vorsichtig! Die meisten Männer unserer Altersklasse, die scheinbar noch frei sind, haben irgendwo eine Leiche im Keller! Wer weiß, was bei dem noch zutage tritt!«
»Wir sind ganz am Anfang«, verteidigte sich Maren. »Und wir hatten auch kaum Gelegenheit, wirklich mal allein zu sein. Schließlich ist da noch Julia.«
»Apropos, wie kommt Julia mit ihm zurecht?«
Über Marens Gesicht huschte ein Lächeln.
»Die beiden verstehen sich wunderbar. Julia liebt ihn heiß und innig, und er geht mit ihr sehr verständnisvoll und zärtlich um. Bringt sie ins Bett. Kocht mit ihr. Es könnte gar nicht besser sein.«
Bei Marens Schilderung hatte Sybille das Gesicht verzogen.
»Und du liebst ihn, weil er dein Kind liebt?«
»Ich weiß noch gar nicht richtig, ob ich ihn liebe.«
»O Gott«, stöhnte Sybille, »bei dir ist mal wieder alles hoch-

kompliziert. Warum hast du vorhin in der Küche eigentlich geheult? Er hat es vermutlich nicht gemerkt, ich schon. Was war denn los?«

»Nichts«, sagte Maren.

Sybille betrachtete sie skeptisch und meinte dann: »Wahrscheinlich hast du längst bemerkt, dass mit ihm etwas nicht stimmt, und willst es bloß nicht wahrhaben, weil er sich so gut mit deinem Kind versteht, du Muttertier! Übrigens habe ich auch nicht den Eindruck, dass er rasend in dich verliebt ist. Am Ende hat er einen anderen Grund, warum er deine Nähe sucht.«

Maren fuhr auf: »Jetzt rede nicht so einen Blödsinn! Nur weil er nicht so pubertär herumbalzt wie dein Harry. Thorsten kann sehr zärtlich sein.«

»Aber manchmal ist er es wohl nicht, und da liegt der Hase im Pfeffer. Ich wäre an deiner Stelle sehr vorsichtig!«

»Sybille, jetzt übertreibst du!«

Sybille schüttelte den Kopf. »Ich mache mir ernsthaft Sorgen um dich. Nach dem Desaster mit Rolf würden weder du noch Julia eine weitere Enttäuschung so leicht verkraften. Ich bleibe dabei: Der Mann hat ein Geheimnis, und ich hoffe für dich, dass es eher harmloser Natur ist!«

Nachdem Sybille gegen Mittag gegangen war, hatte Maren sich noch einmal hingelegt und in zwei Stunden die Reste ihres Betäubungsrausches ausgeschlafen.

Sie fühlte sich danach deutlich frischer und tatkräftiger als am Morgen und stellte nach einem Blick in den Kühlschrank fest, dass es höchste Zeit für einen Einkauf war. Sie verzichtete auf die Einnahme weiterer Schmerzmittel, biss die Zähne zusammen und machte sich daran, die leeren Getränkekisten aus dem Keller in ihr Auto zu laden. Wie aus dem Nichts aufge-

taucht, stand Thorsten neben ihr, hauchte ihr einen Begrüßungskuss auf die Wange und griff mit zu.
»Noch mehr?«, fragte er.
»Wenn du schon einmal da bist: Könntest du gleich alle leeren Kisten aus dem Keller holen?«, bat sie.
Er nickte lächelnd und meinte ironisch: »Ist doch immer wieder erhebend, so richtig gebraucht zu werden!«
Als er die Arbeit erledigt hatte, fragte er: »Und jetzt?«
»Jetzt fahre ich einkaufen. Kommst du mit?«
»Ins Dorf?«
»Nein, andere Richtung, zum Supermarkt.«
»Okay, dann komme ich mit«, sagte er und stieg ein.
Unterwegs fragte Maren: »Das klang eben so, als wärst du ins Dorf nicht mitgekommen. Warum?«
Er sog die Luft tief ein.
»Sag schon«, drängte Maren.
»Es gibt da ein paar Leute, denen ich nicht so gern über den Weg laufen möchte«, erklärte er.
»Das klingt aber nicht gut«, sagte sie mit bedenklicher Miene.
»Ist es auch nicht«, sagte er. Und in Maren tauchte kurz die Erinnerung an die Bemerkung der Kräutersammlerin im Hotel auf: Irgendwoher kenne ich Sie, aber woher?
Bevor sie weiter fragen konnte, meinte er: »Wenn du da vorne links in den kleinen Weg einbiegst, schneidest du die Riesenkurve der Bundesstraße ab.«
Maren nahm seinen Vorschlag an und betrachtete staunend die Gegend.
»Hier war ich noch nie. Wieso kennst du dich so gut aus hier?«
»Ich bin als Junge oft in dieser Gegend mit dem Fahrrad herumgefahren.«

»Bist du hier aufgewachsen?«
»Ja, ein paar Kilometer von hier.«
»Dann bist du im Gegensatz zu mir ein echtes Landei«, kicherte sie.
»Na ja. Da vorne jetzt rechts!«

Er hatte Apfelsinen in eine Tüte gepackt und sah sich suchend um. Maren stand in seiner Nähe und betrachtete kritisch einige Salatköpfe.
»Wo ist denn hier diese Waage und das Gerät mit den Schildchen, die man da draufklebt?«, fragte er.
»Wie viele hundert Jahre warst du nicht mehr in einem Supermarkt? Das wird jetzt alles an der Kasse gewogen«, erklärte sie.
»Ist mir neu«, sagte er und verstaute die Apfelsinen im Einkaufswagen.
Maren sah ihm dabei zu und überlegte, ob es in seinem Leben eine Frau gab, die die Einkäufe für ihn erledigte. Sie wagte es nicht, ihn direkt zu fragen.
»Wo kaufst du denn normalerweise ein?«
»Meistens an der Tankstelle, ich brauch nicht viel«, sagte er, und Maren schüttelte den Kopf.
Während Maren nach und nach den Einkaufswagen mit den nötigen Vorräten füllte, kamen sie auf den vor ihnen liegenden Abend zu sprechen.
Die Idee, Julias Abwesenheit zu nutzen und die Zeit gemeinsam zu verbringen, war verlockend.
»Eine Bitte hätte ich allerdings«, sagte Thorsten. »Dass du die Haustür von innen verriegelst, ich bin nicht scharf auf eine weitere Begegnung mit deinem Ex.«
»Versprochen. Ich hätte allerdings auch eine Bitte.«
»Und die wäre?«

»Dass du zu Donnerstagabend und zu Rolf und zu allem, was damit in Zusammenhang steht, bitte keine Fragen stellst oder Kommentare abgibst.«

»Sehr kompliziert, aber okay, versprochen«, sagte er.

Anschließend zogen sie voller Vorfreude auf den Abend durch die Regalgassen und entwarfen die Speisenfolge für das Abendessen, die aufgrund ihrer gehobenen Stimmung immer ausgefallener wurde.

»Wir haben jetzt schon drei Desserts, wir sollten uns langsam um den Hauptgang kümmern«, resümierte er. »Oder hast du dafür etwas Sinnlicheres vorgesehen, etwas, das man nicht essen kann?« Er umarmte sie dabei, vergrub seine Nase in ihrer Halsbeuge und sog ihren Duft ein.

Maren befreite sich kichernd. »Wie wäre es mit Loup de mer?«

»Was ist das?«

»Ein Fisch.«

»Pfui Teufel.«

»Seeteufel?«

»Ich esse keinen Fisch, tut mir leid!«

»Warum nicht?«

»Ich finde, Fisch stinkt irgendwie nach Leiche.«

»Iiigitt«, fuhr Maren auf. »Woher weißt du, wie eine Leiche riecht?«

Er verzog das Gesicht und gab keine Antwort.

»Also keinen Fisch«, schloss Maren. »Auch keine Krabben?«

Er schüttelte den Kopf, Maren lachte und wandte sich dem Kaffeeregal zu.

Während sie nach einer Kaffeepackung griff, zog er ihre Hand zurück, drehte Maren zu sich um und küsste sie.

Etwas atemlos befreite sie sich nach einiger Zeit. »Meine Güte, so küsst man aber nicht in einem Supermarkt!«

»Nicht?«, tat er erstaunt. »Steht hier irgendwo ein Schild?«
Sie lächelte. »Nein, aber die Leute gucken schon.«
Thorsten folgte Marens Blick. Nicht weit von ihnen standen zwei ältere Damen mit Hut, die ihre Einkaufswagen im Gang geparkt hatten, um sich zu unterhalten. Leichte Entrüstung stand in ihren Gesichtern.
»Guten Tag!«, sagte Thorsten freundlich zu den beiden. Dann zeigte er auf Maren. »Kennen Sie vielleicht diese Dame hier?«
Die beiden Alten deuteten synchron ein leicht irritiertes Kopfschütteln an. »Sie auch nicht?«, meinte Thorsten. »Ich konnte mich eben gar nicht wehren. Sie kam einfach auf mich zu. Offensichtlich ist das jetzt der neue Service vom Kaffeeröster!«
Die beiden Alten öffneten erstaunt die Münder und starrten Maren entsetzt an. Maren schoss die Röte ins Gesicht. Sie blickte nach Luft und Worten ringend Thorsten an, der ihr frech ins Gesicht grinste und zu ihr sagte: »Also, das war wirklich gut eben. Da nehme ich doch gleich ein Pfund Kaffee mit!«
Während er über Maren in das Regal griff, hauchte er ihr einen Kuss auf die Stirn und flüsterte ihr zu: »Dein Gesicht jetzt hätte ich gern als Foto!«
Sie boxte ihn in den Bauch. Er tat schwer getroffen und stöhnte auf. Sie schimpfte: »Du Schuft, du bist schlimmer als die Polizei erlaubt! Vielleicht will ich demnächst noch einmal einigermaßen stressfrei in diesem Laden einkaufen gehen?«
»Der Stress fängt schon an«, grinste er. »Schau mal da!« Dann wandte er sich ab und schob rasch den Einkaufswagen weiter. Vor Maren stand ein unscheinbarer Mann mit einer Packung Kaffee in der Hand, der sie erwartungsvoll ansah. Maren lief davon und versuchte, Thorsten einzuholen. Sie stellte ihn zwei Regalgassen weiter. »Wenn du das noch einmal machst,

hetze ich dir sämtliche schrägen Hausfrauen in diesem Laden auf den Hals!«
»Gibt es außer dir noch mehr von der Sorte?«, konterte er. »Immer her damit!«
Sie schlang ihm die Arme um den Hals. »Was ist mit dir los? So kenne ich dich gar nicht, du bist plötzlich so albern.«
Er fasste sie sanft an den Oberarmen. Sein Gesicht wurde ernst, und seine Augen suchten die ihren: »Ich fühle mich so leicht wie schon lange nicht mehr. Falls ich dir zu affig war, tut es mir leid. Ich wollte dich nicht ärgern.«
Er fuhr mit dem Zeigefinger an ihrem Nasenrücken entlang und folgte dann den Konturen ihrer Augenbrauen. »Mit dir fühlt sich alles besser an.« Er küsste sie. »Ich bin jetzt wieder brav«, versprach er.
»Bloß nicht.«
Sie lächelte ihn sanft an, während sie auf die Kassen zusteuerten. »Komm, wir bringen jetzt erst einmal diesen Einkauf zu Ende. In den Wagen passt sowieso nichts mehr rein. Das wird jetzt ganz schön teuer.«
»Darüber brauchst du dir keine Gedanken zu machen. Ich bezahle das«, sagte er.
»Unsinn, wenn überhaupt, dann lass uns das teilen.«
»Nein«, wehrte er ab. »Ich möchte keinen Krümel von etwas essen, das anteilig dein Ex finanziert hat.«
Maren seufzte. »Jetzt bist du wirklich albern!«
»Dann bin ich es eben«, meinte er und ließ sich von seinem Vorhaben nicht abbringen.
Während Maren die Einkäufe wieder im Wagen verstaute, bezahlte Thorsten mit seiner Scheckkarte. Die Kassiererin verabschiedete ihn höflich. In den Lärm des Supermarktes hinein horchte Maren plötzlich auf und fragte Thorsten: »Wie hat sie dich eben genannt?«

»Wieso?«
»Die Kassiererin. Sie hat eben alles andere als Steiner zu dir gesagt.«
»Habe ich nicht darauf geachtet«, sagte er und verstaute sein Portemonnaie in der Brusttasche.
Thorsten war merkwürdig ruhig geworden, und Maren fürchtete bereits, dass die schöne Stimmung zu bröckeln begann. Dicht neben Maren erklang ein Handyton. Thorsten zog sein Telefon aus der Jackentasche und schaute auf das Display. Maren, die dicht hinter ihm stand, konnte mitlesen: Sabine … Thorsten nahm den Anruf an und entfernte sich einige Meter von Maren. Er war vollkommen konzentriert auf das, was ihm berichtet wurde, und sagte ab und zu leise und für Maren unhörbar etwas dazu.
Die Enttäuschung, die sich in ihr ausbreiten wollte, war kaum noch zurückzuhalten. Gegen Ende des Gespräches klangen seine Worte deutlicher zu ihr herüber. Schließlich hörte sie, was sie befürchtet hatte: »Okay, ich komme. Etwa eine halbe Stunde wird es aber dauern«, sagte er und suchte Marens Blick. Er erfasste sofort ihre gedrückte Stimmung und sah sie mit betretener Miene an: »Ich muss noch einmal weg. Geht nicht anders! Job ist Job.«
Maren kämpfte mit den Tränen. Die Rückfahrt verlief schweigend.
Thorsten schien es sehr eilig zu haben. Er trug ihr noch schnell den Klappkorb mit den Einkäufen ins Haus. Die Getränkekisten ließ er im Auto. »Sei nicht böse, bitte«, sagte er beim Abschied an der Tür. »Vielleicht dauert es nicht so lange und ich komme später noch einmal.«
»Bemüh dich nicht«, sagte sie. »Später bin ich nicht mehr da. Ich fahre jetzt nach Frankfurt, oder glaubst du, ich hocke hier und drehe Däumchen?«

»Nein, natürlich nicht. Glaub mir, ich bin genauso enttäuscht wie du, wir holen das nach, ja?«
»Ich weiß nicht, ob ich das will«, sagte sie.
Er wollte ihr einen Kuss geben. Sie wich aus, ging ins Haus und hörte von dort, wie er mit aufheulendem Motor davonfuhr. Dann machte sie sich mit müden Bewegungen daran, die Einkäufe zu verstauen. Die Rippe schmerzte. Maren hielt inne. Das gleichmäßige Ticken der Küchenuhr hallte durch das leere Haus.

## Sonntag, der 3. Oktober

Der Sonntagmorgen weckte sie mit fernem Kirchengeläut. In der Nacht hatte sie schlecht geschlafen, obwohl der Traum ausgeblieben war. Sie hatte keine schmerzfreie Schlafposition gefunden und dennoch auf Schmerz- oder Schlafmittel verzichtet. Dann weiß ich wenigstens, wie es mir geht, hatte sie gedacht In den Morgenstunden war sie in einen traumlosen, narkotischen Zustand gefallen. Mit bleiernen Gliedern lag sie nun da und atmete flach, um die Stiche im Brustkorb zu mildern. Eigentlich hätte sie liegen bleiben können. Es gab keinen Grund aufzustehen. Irgendwann am Spätnachmittag würde Rolf kommen und Julia bringen. Das war der zentrale Punkt, das Ziel und der unangenehmste Moment dieses Tages. Bis dahin musste die Zeit irgendwie vergehen.
Später stand Maren gegen das Buffet in der Küche gelehnt, bekleidet mit Leggings, und einem weiten Pullover. Die Haare waren noch feucht vom Duschen. Mit beiden Händen umfasste sie den Kaffeebecher und fühlte die laue Wärme, die davon ausging. Sie frühstückte im Stehen. Auf dem Teller hatte sie den trockenen Rest eines der Brötchen von gestern. Genau hier hatte sie mit Thorsten gestanden. In sich spürte sie noch den wohligen Schauder, den seine Erregung und seine sanfte Berührung in ihr erzeugt hatten.
Ich hätte gestern Abend nicht gleich die Beleidigte spielen dürfen. Dann wäre er später wiedergekommen, und wir würden jetzt gemeinsam frühstücken. Es würde mich nicht wun-

dern, wenn er sich nie wieder hier blicken lässt!, dachte Maren resigniert. Sie fragte sich, wo er jetzt war. Sie wusste so wenig von ihm. Sybilles Worte fielen ihr wieder ein: Der Mann hat ein Geheimnis. Dann hat er eben eines, ich will es gar nicht wissen, dachte sie trotzig.

Sie konnte allerdings nicht verhindern, dass sie dennoch nach Erklärungen für sein Verhalten suchte: Sabine war wahrscheinlich seine Frau. Vielleicht kriselte es in der Ehe. Vielleicht aber langweilte er sich nur in seiner festen Beziehung und suchte nach Abwechslung, wenn sich die Gelegenheit bot. Doch was für eine Gelegenheit war Maren? Mutter mit anspruchsvoller Tochter! Da gab es mit Sicherheit bessere Gelegenheiten, unkompliziertere. Junge, hübsche, bindungs- und kinderlose Volontärinnen bei der Zeitung. Mit dir fühlt sich alles besser an, hatte er gesagt. War seine betretene Miene nach dem Anruf wenigstens ein Zeichen der Enttäuschung über den verpassten Abend gewesen? Vielleicht hatte der Anruf doch mit seiner Arbeit zu tun? Doch wenn sie seine dürren Informationen richtig interpretierte, schrieb Thorsten irgendwelche Artikel zu Themen der Zeit. Was konnte da schon so dringend sein? Nein, Sabine war keine Mitarbeiterin. Sabine war seine Frau. Sie hatte angerufen, weil das Kind krank geworden war oder sich bei einem Sturz verletzt hatte. Das war es, und nicht eine wichtige berufliche Verpflichtung. Sein ernstes Gesicht und die Zusage, sofort zu kommen, sprachen Bände! Wahrscheinlich saß er gerade mit seiner Familie am Frühstückstisch, hatte sein krankes Kind auf dem Schoß und goss ihm Kakao ein. Jeden seiner Handgriffe sah sie vor sich. Irgendwo musste er ihn ja herhaben, seinen sicheren Umgang mit Kindern, von wegen Onkelwissen.

Maren fuhr erschreckt aus ihren Gedanken auf, als es an der Tür läutete.

Sie lugte vorsichtig hinter der Küchengardine hervor. Es war Thorsten. Er blickte prüfend auf die Hausfront. Alle Fenster und einige Rollläden waren geschlossen. Sie brauchte nicht zu öffnen. Sollte sie sich still verhalten und abwarten, bis er wieder ging? Sollte er doch denken, dass sie gestern über Nacht in Frankfurt geblieben war! Sie würde den Rest des Vormittags in der Küche bleiben und dem Ticken der Uhr zuhören. Es läutete abermals. Bevor sie es sich versah, hatte sie die Haustür geöffnet.

»Hast du Lust, ein bisschen frische Luft zu schnappen?«, fragte er. »Oder macht das dein Fuß noch nicht mit?« Kein Wort zu gestern Abend. Sollte sie sich darauf einlassen?

»Joggen geht noch nicht«, antwortete sie.

»Ich meinte ja auch nur spazieren, durch den Wald. Das Wetter ist so schön.«

»Ich bin noch nicht fertig. Meine Haare sind noch nass.«

»Willst du oder willst du nicht? Sag es doch einfach!«

Maren zögerte mit ihrer Antwort.

Er war mit einem Satz über das niedrige Gartentor gesprungen und stand jetzt dicht vor ihr. »Mensch, Maren«, stöhnte er. Er versuchte, sie in den Arm zu nehmen. Sie wich ihm aus.

»Du bist sauer wegen gestern Abend. Das verstehe ich. Glaub mir, ich hatte mich auch darauf gefreut, aber es ging nicht anders, wirklich. Komm, lass uns jetzt einen Spaziergang machen, ich möchte dir gern alles erklären. Ich denke, es ist wirklich an der Zeit, dass …«

»Nein!«, fuhr Maren auf und sah ihn an wie ein verletztes Tier. »Ich will nichts hören, keine Erklärungen, bitte!«

»Warum nicht? Willst du denn nicht wissen …?«

»Nein! Ich will nichts wissen. Bitte nicht!«, forderte sie entschlossen. »Ich will nicht wissen, wo du gestern Abend hingefahren bist und wo du heute Morgen gefrühstückt hast.«

Er sah sie irritiert an. »Wo ich gefrühstückt habe? Ist das wichtig?«
In Marens Augen glitzerten Tränen. Sie nickte, und er betrachtete sie völlig verständnislos.
»Ich habe überhaupt noch nicht gefrühstückt«, erklärte er vorsichtig. »Ich war nur kurz zum Duschen und Rasieren zu Hause, denn ich habe die ganze Nacht …«
»Nein!«, unterbrach sie ihn wieder, und er blickte erschrocken in ihre abwehrende Miene. »Ich habe dir doch gesagt, dass ich es nicht wissen will. Hör auf, mir Erklärungen geben zu wollen. Ich brauche sie nicht!«
»Wie soll ich das jetzt verstehen?«, fragte er unschlüssig. »Möchtest du, dass ich wieder gehe?«
Sie sah ihn mit weit aufgerissenen Augen an. »Nein, bitte bleib!«
Er musterte sie verblüfft. »Hier vor der Tür?«, fragte er vorsichtig.
Maren schüttelte den Kopf. Dann lächelte sie nervös. »Nein, natürlich nicht. Komm herein, möchtest du einen Kaffee? Ich ziehe mich inzwischen um. Es dauert nur ein paar Minuten!«
Er folgte ihr und sah ihr stirnrunzelnd nach, wie sie hinkend die Treppe zum ersten Stock erklomm und im Badezimmer verschwand.
Eine gute halbe Stunde später erschien sie wieder. Noch in der Jacke stand er in der Küche, kaute am Rest ihres trockenen Brötchens, trank von dem lauwarmen Kaffee und las in der Sonntagszeitung, die er neben sich auf der Arbeitsplatte ausgebreitet hatte. Als er Maren sah, vergaß er weiterzukauen. Frisch geschminkt stand sie vor ihm, mit duftiger Föhnfrisur, in einem figurbetonenden Rollkragenpullover und engen Jeans. In den Ohrläppchen glitzerten zwei Steine. Die Küche füllte sich mit dem sanften Duft ihres Parfüms.

»So, fertig«, sagte sie.
Er schluckte und sah sie immer noch an, als sei sie von einem anderen Stern gelandet.
»Komm, wir können gehen«, ermunterte sie ihn.
»Wohin?«, fragte er vorsichtig.
»In den Wald. Spazieren. Hast du doch gemeint, vorhin.«
»In den Wald«, wiederholte er. »Ja, also dann.«

Sie hatten die Schranke passiert und ein gutes Stück des Weges schweigend zurückgelegt.
»Warum sagst du jetzt nichts mehr?«, fragte sie.
»Ich bin eigentlich gekommen, um dir etwas zu erklären«, antwortete er. »Aber nachdem du das so vehement abgelehnt hast, fehlt mir irgendwie der Einstieg in ein vernünftiges Gespräch.«
»Willst du mir die Pistole auf die Brust setzen? Entweder Karten auf den Tisch oder gar nichts?«, fragte sie gereizt.
»Nein, natürlich nicht, aber das ist doch keine Basis, für ...«, versuchte er zu erklären.
»Eine Basis wofür?«, unterbrach sie ihn.
»Für uns«, sagte er leise.
»So weit denkst du schon?«, fragte sie.
»Du nicht?«, fragte er zurück.
Sie antwortete nicht, sondern sah eine Weile vor sich auf den Weg. »Muss denn überhaupt etwas erklärt werden?«, fragte sie schließlich lauernd.
Er sog die Luft hörbar ein. Dann begann er, nach Worten suchend: »Also, ich hoffe, dass du das jetzt nicht falsch verstehst. Aber als ich dich gelegentlich oben am Wald traf, hatte ich nicht vor, dich näher kennenzulernen ...«
»Das hatte ich mit dir auch nicht vor«, unterbrach sie ihn sofort.

Er atmete tief ein und begann von neuem: »Nicht, dass du denkst, mir wäre nicht gleich aufgefallen, dass du eine besondere Frau bist. Es lag an mir, eine Beziehung war kein Thema für mich. Aber als dann dein Joggingunfall passierte und ich dich plötzlich aus der Nähe sah …«

»Hör auf!«, rief sie.

»Warum?«

»Weil ich genau weiß, was du mir jetzt sagen willst!«

»Das kannst du gar nicht wissen!«

»Für wie dumm hältst du mich?«

Sie war stehen geblieben und fixierte ihn mit ihrem Blick.

»Ich fürchte, jetzt verstehst du etwas falsch«, sagte er.

»Ich fürchte, ich verstehe etwas sehr richtig! Du bist verheiratet!«, entgegnete sie.

»Das war es nicht, was ich dir eben erklären wollte«, sagte er.

»Das ist es aber, was ich wissen will. Bist du verheiratet?«

»Ja«, sagte er.

»Du Mistkerl«, schluchzte sie auf und stapfte hinkend den Berg hinauf. Nach einigen Metern wandte sie sich mit einer heftigen Bewegung um und sah zu ihm hinunter.

»Genau das ist es«, schluchzte sie auf, »warum ich keine Erklärungen hören wollte! Vor einem Jahr hat mir mein Mann erklärt, dass er seit einem Jahr ein Verhältnis mit einer anderen hat. Und ich dumme Kuh hatte geglaubt, dass du anders bist. Einen Dreck bist du!«

»Maren, du verstehst es falsch«, sagte er und wollte auf sie zugehen.

»Bleib, wo du bist!«, schrie sie sofort. »Ich verstehe das absolut richtig! Du hast doch nicht etwa geglaubt, dass ich mich auf so etwas einlasse? Ich werde nicht die Nebenfrau sein, die du besuchen kannst, wann es dir passt, und zu Hause spielst du den treuen Ehemann, der stets zur Stelle ist, wenn die

Gattin anruft, und den fürsorglichen Vater, der seinem Kind morgens Kakao eingießt …«
»Maren!«, schrie er sie plötzlich an. Sie zuckte zusammen. Ruhiger, aber noch immer sehr laut, bat er sie dann: »Vielleicht kannst du mir mal einen Moment zuhören! Meine Frau lebt seit einem Jahr mit ihrem neuen Freund in Berlin.«
Maren sah ihn verständnislos an. »Deine Frau?!«, flüsterte sie.
»Ja«, sagte er. »Von der reden wir doch gerade, oder?«
Maren ließ die Schultern sinken. Ihr Ärger war mit einem Mal verflogen.
»Das tut mir leid«, sagte sie betreten.
»Das muss dir nicht leidtun«, sagte er und kam nun den Weg hinauf zu ihr.
»Das war eigentlich auch nicht das, was ich dir erklären wollte«, fügte er hinzu.
Er griff nach ihrer Hand. Sie setzten sich gemeinsam bergauf in Bewegung.
»Warum seid ihr nicht geschieden?«, fragte Maren.
»Sie hat noch keine Arbeit. Die Scheidung wäre sehr teuer. Meinerseits gab es keine Veranlassung, darauf zu drängen.«
Maren starrte düster vor sich hin, dann meinte sie: »Und ausgerechnet du hast mir gestern geraten, ich soll zwischen Rolf und mir für klare Verhältnisse sorgen!«
»Manchmal rät man anderen etwas, was für einen selbst ebenso gut wäre. Ist dir das noch nicht passiert?«, fragte er.
Maren nickte stumm.
Sie gingen weiter bergan. Maren bemühte sich, möglichst wenig zu hinken, und verbiss sich die Schmerzen beim Atmen.
»Habt ihr Kinder?«, fragte sie. »Also, ich meine, müsst ihr euch am Ende auch noch um das Sorgerecht streiten?«
Er antwortete nicht sofort, sondern ging schweigend weiter.

Dann löste er seine Hand von der ihren und sagte leise: »Nein, es sind keine Kinder da.«
Maren schaute ihn von der Seite an. Er begegnete ihrem Blick nicht, sondern hob eine Kastanie vom Weg auf, tat einen Schritt auf den Rand des Abhanges zu und warf sie mit einer weit ausholenden Handbewegung ins Tal. In der Waldesstille hörte man, wie sie tief unten aufschlug.
»Und der Freund war der Grund für eure Trennung?«, erkundigte sie sich.
Er wandte sich ihr wieder zu und deutete ein Kopfschütteln an.
»Nein. Wir hatten uns schon vorher aus den Augen verloren. Jeder ging seiner Wege, nachdem …«
Mitten im Satz hörte er auf zu sprechen und sah in ihr fragendes Gesicht. Er fasste sie sanft an den Oberarmen und suchte nach den richtigen Worten: »Wir haben beide, jeder für sich, schon einiges hinter uns, und daher ist es schwierig, sich auf Neues einzulassen. Das ist es doch, oder?«
Sie nickte. »Seit ich mit Julia allein lebe, bin ich nur noch müde und ohne Elan. Oft denke ich, dass mir alles zu viel wird. Meinen Alltag bewältige ich, als wäre ich auf Autopilot geschaltet, und meine Gefühle sind taub. Du bist der erste Mann, bei dem ich überhaupt anfange, etwas zu empfinden und an eine Beziehung zu denken. Irgendwie erinnert mich das an eingeschlafene Gliedmaßen. Wenn das Blut wieder hineinströmt und sie aufwachen, tut es erst einmal fürchterlich weh.«
Er zog sie an sich und vergrub sein Gesicht in ihrem Haar.
Das gab ihr den Mut zu fragen: »Und du? Könntest du sagen, was du für mich empfindest?«
Er schwieg lange, und sie spürte ihre Enttäuschung wie feine Nadelstiche.

»Mir geht es wie dir«, sagte er schließlich leise. »Ich habe gerade erst angefangen, darüber nachzudenken, ob ich eine neue Beziehung will. Eigentlich hatte ich mich ganz gut eingerichtet in meinem Singledasein. Gerade ging es beruflich wieder bergauf, und ich war mehr oder weniger zufrieden damit, wie alles lief. Und dann bin ich dir begegnet, und du hast alles, was ich mir so schön zurechtgelegt hatte, durcheinandergebracht. Mir war sehr schnell klar, dass du keine bist, die sich auf Unverbindlichkeiten einlässt. Und eigentlich war ich auch froh darüber und wusste trotzdem nicht, ob ich das will. Jedes Mal, wenn ich von dir weggefahren bin, hatte ich mir vorgenommen, nicht wiederzukommen. Aber du siehst ja, was aus meinen Vorsätzen geworden ist.«

»Und was heißt das jetzt?«, fragte sie vorsichtig.

»Wahrscheinlich, dass wir Geduld miteinander haben müssen. Auch wegen Julia.«

»Julia? Ist Julia ein Problem für dich?«

»In gewisser Weise schon.«

»Aber du verstehst dich doch wunderbar mit ihr!«

»Eben deshalb.«

Maren schüttelte den Kopf. »Das verstehe ich jetzt ganz und gar nicht.«

»Komm, lass uns zurückgehen«, sagte er, ohne weiter auf ihre Worte einzugehen. Sie folgte kopfschüttelnd. Als sie schon fast an der Schranke angekommen waren, meinte er: »Eigentlich bin ich heute mit der Absicht gekommen, dir etwas zu erklären. Doch jetzt glaube ich, dass du recht hast. Erklärungen sind manchmal alles andere als klärend, und es ist besser, am Anfang nicht gleich alles hervorzuholen. Wer weiß, ob es überhaupt weitergeht mit uns …«

»Ich wünsche mir, dass es weitergeht«, sagte sie plötzlich mit unerwarteter Entschlossenheit. »Wir sollten alles erst einmal so nehmen, wie es kommt. Keine unnötigen Fragen stellen. Den Augenblick genießen, ohne an Vergangenheit und Zukunft zu denken. Das wird uns beiden guttun.«

Er nickte. Doch in seinem Gesicht stand Zweifel.

Als sie die Siedlung erreicht hatten, sagte er plötzlich: »Gib mir mal deinen Autoschlüssel!« Es klang, als wollte er ihr damit zeigen, dass sie wieder im Alltag angekommen waren.

»Warum?«, fragte sie.

»Die Getränkekisten sind noch im Auto, ich möchte sie dir in den Keller tragen«, erklärte er.

»Das lässt du schön sein!«, protestierte sie.

»Jetzt sei nicht albern!«

»Bin ich nicht. Rolf kann das nachher machen, wenn er Julia bringt. Der Saft ist schließlich für seine Tochter.«

Thorsten zögerte, dann sah er auf die Uhr.

»Ich fahr dann mal.«

»Schon? Okay, ich frage dich auch nicht, wohin.«

»Zu meiner Schwester. Sie hat mich zum Mittagessen eingeladen. Sie ist von dem Drang besessen, dafür zu sorgen, dass ich einmal in der Woche etwas Anständiges esse. Also tue ich ihr den Gefallen.«

»Heißt deine Schwester Sabine?«

»Nein, Kirsten«, antwortete er. »Wie kommst du auf Sabine?«

»Nur so. Thorsten, Kirsten, klingt schwedisch oder so«, meinte sie.

»Meine Eltern hatten seinerzeit offensichtlich ein Faible für nordische Namen und haben meinem Bruder, meiner Schwester und mir welche verpasst.«

»Seid ihr Drillinge?«

»Nein, wir kamen immer schön im Abstand von zwei Jahren. Ich bin der Älteste.«

»Kein Wunder, dass du so fürsorglich bist.«
»Bin ich das?«
Sie nickte lächelnd. Dann wurde sie wieder ernst. »Dann sehen wir uns jetzt erst einmal nicht, oder?«
»Ich muss heute noch packen. Ich fahre morgen für drei Tage weg. Mittwochabend bin ich wieder zurück. Das ist vielleicht ganz gut so.«
Maren hatte Mühe, ihre Enttäuschung nicht zu zeigen.
»Ich rufe einmal von unterwegs an, wenn du nichts dagegen hast?«
Sie schüttelte stumm den Kopf.
»Und grüß Julia von mir!«, fügte er mit einem kleinen Lächeln hinzu, nahm sie kurz in den Arm, gab ihr einen flüchtigen Kuss und fuhr davon.
Maren stand auf dem Bürgersteig und sah ihm noch nach, als das Motorengeräusch schon längst von der Sonntagsstille aufgesogen war.
Als wieder Bewegung in Maren kam und sie auf die Gartenpforte zuging, fiel ihr auf, dass alle Bürgersteige vor den Nachbarhäusern ordentlich gefegt waren. Nur vor ihrem Gartenzaun türmten sich buntes Laub und herbeigewehter Abfall. Der Garten um ihr Haus war auch der einzige, in dem noch verwelkte Pflanzenstengel und vertrocknete Grasbüschel an die Sommerbepflanzung erinnerten. Wenig später hockte Maren mit Gartenschürze und dicken Handschuhen ausgerüstet auf dem Plattenweg in ihrem Vorgarten. Mit einer Heckenschere bearbeitete sie einen widerborstigen Zierstrauch und hatte sich vollkommen in ihre Tätigkeit versenkt.
»So eine Arbeit aber auch am helllichten Sonntag«, hörte sie plötzlich vom Gartenzaun her.
Die Nachbarin steckte in einem blauen Sonntagskostüm, über dessen Revers der Kragen einer weißen Rüschenbluse fiel.

»Irgendwann muss es ja mal getan werden«, sagte Maren tonlos und versuchte, der neugierigen Nachbarin möglichst wenige Stichworte zu liefern. Doch die ließ sich nicht beirren und fuhr fort: »Was Sie da machen, ist eigentlich Männerarbeit.«
Maren ging nicht darauf ein. Sie stopfte Zweige in die Komposttonne und machte sich daran, ein zähes Büschel Gras abzuschneiden.
»Ihr neuer Bekannter macht einen guten Eindruck«, fuhr Frau Levandowski fort. »Zuerst hatte ich einen Schrecken gekriegt. Ich dachte schon, er wäre ein Pole, weil er immer so wenig redet.«
Ein finsterer, von wirren Haarsträhnen gesäumter Blick traf die Nachbarin.
»Schöne Augen hat er. Blaue Augen. Himmelsstern. Sagen dir, ich hab dich gern. Diesen Spruch haben wir früher immer gesagt«, kicherte Frau Levandowski und stellte fest, dass sie Maren auch damit nicht aus der Reserve locken konnte.
»Ist er eigentlich der neue Filialleiter von der Sparkasse in Glashütten?«, war Frau Levandowskis nächster Versuch.
Maren blickte die Nachbarin erstaunt an: »Glashütten? Wie kommen Sie denn darauf?«
Endlich kam eine Reaktion von Maren. Frau Levandowskis Miene hellte auf.
»Meinem Mann kam er irgendwie bekannt vor, und ich hatte auch das Gefühl, ihn schon einmal gesehen zu haben. Und weil mein Mann neulich in Glashütten bei der Sparkasse war, fiel mir das ein.«
Maren schüttelte den Kopf. Schon wieder jemand, der glaubte, Thorsten zu kennen. Hatte er einen Doppelgänger?
Die Schere zerquetschte das Gras mehr, als dass sie es durchschnitt. Maren legte das Gerät beiseite und riss mit heftigen Bewegungen die Halme aus dem Wurzelballen. Frau Levan-

dowski besah sich das mit besorgter Miene und seufzte: »Aber er hat wohl auch nicht viel Zeit, um öfter zu kommen und länger zu bleiben. So ist das leider. Die Männer, die was taugen, haben immer auch viel im Beruf zu tun. Was macht er eigentlich, wenn er nicht die Sparkasse leitet?«
Maren stopfte nun auch das ausgerissene Gras in die Tonne und blickte der Nachbarin mit hochrotem Gesicht entgegen. Dann schnaufte sie: »Liebe Frau Levandowski, ich freue mich, dass sie mit ihm einverstanden sind, aber alles Weitere ist ja wohl meine Sache!«
Trotz dieser Abfuhr blieb Frau Levandowski gefasst. »Ist ja gut«, sagte sie sanft wie zu einem aufbegehrenden Kind, »ich wollte Ihnen ja auch nur Mut zusprechen. Wissen Sie, bei meinem Nichtchen, als da die Ehe auseinanderging, hat die junge Frau viel zu lange gewartet, bis sie sich wieder auf etwas Neues eingelassen hat. Aber eine Frau ohne Mann, das ist wirklich kein Zustand.«
»Nein, Frau Levandowski«, stöhnte Maren und ließ den Deckel der Mülltonne laut zuklappen, als wolle sie damit das Schlusssignal setzen.
Frau Levandowski zuckte nur ein wenig zusammen und fuhr dann fort: »Ihr Bekannter ist ein netter Mensch, so etwas merkt man gleich. Also, wie aufmerksam er Ihnen damals mit den Schlüsseln geholfen hat! Das gibt es heutzutage selten. Und das Wichtigste, das hab ich neulich erst zu meinem Mann gesagt, als ich gesehen habe, wie die Kleine ihm draußen um den Hals gefallen ist. Ich habe gesagt, es ist einfach entzückend, wie er mit dem Kind umgeht. Bei meiner Nichte kam der neue Freund mit den Kindern nicht zurecht. Da war es auch bald aus. Also, da haben Sie wirklich Glück! Wo ist die Kleine überhaupt? Sie wissen ja, sie kann jederzeit zu uns herüberkommen, wenn Sie mal Besuch haben.«

Frau Levandowski lächelte abwartend.
»Danke, Frau Levandowski«, sagte Maren artig und beschloss, die Gartenarbeit erst einmal einzustellen, da die Nachbarin anders nicht abzuschütteln war. Bevor Maren sich verabschieden konnte, hatte Frau Levandowski schon wieder das Wort ergriffen: »Wobei man sagen muss, Ihre Kleine, die weiß genau, wie sie einen um den Finger wickelt. Ich hab schon zu meinem Mann gesagt, lass die erst mal älter werden! Meinen Mann kriegt sie glatt von der Sportschau weg. Das schaffe noch nicht einmal ich! Komm, Onkel Levandowski, sagt sie mit ihrem Seelenschmelzer-Blick, wir gehen ins Internet!«
»Ins Internet?«, fuhr Maren auf.
»Nur Harmloses!«, kam es sofort beruhigend. »Man kann alle möglichen Fernsehsendungen, auch Kindersendungen, aufrufen. Die Kleine kennt sich sehr gut aus am Computer. Wussten Sie das denn nicht?«
»Wir haben keinen Computer mehr, seit mein Mann ausgezogen ist«, sagte Maren.
Sie wusste plötzlich, womit Julia die Wochenenden bei ihrem Vater verbrachte. Maren hatte sich immer gewundert, warum die Kleine so selten Spielzeug oder Bücher mitnahm, wenn sie Rolf und Vanessa besuchte. Sie sah dort nicht viel fern, hatte Julia ihr versichert. Vater und Tochter hatten beide vermieden, den Computer auch nur zu erwähnen. Der Geheimbund zwischen beiden hatte sich wieder einmal bewährt, und Maren ärgerte sich maßlos darüber.
»Habe ich da jetzt etwas Falsches gesagt?«, fragte Frau Levandowski lauernd, als sie Marens Verstimmung bemerkte.
»Nein, Frau Levandowski«, antwortete Maren resigniert. »Ich bin ja froh, wenn Sie mir so etwas erzählen. Irgendwie gehen manche Dinge einfach an einem vorbei!«
»Es ist wichtig, dass man im Gespräch bleibt, sag ich immer!«,

bemerkte Frau Levandowski zufrieden. Und Maren gab sich geschlagen.

Später saß sie in ihrer üblichen Haltung in der Couchecke. Ihr gegenüber auf der Sessellehne hing die Gartenschürze. Die erdverschmierten Handschuhe lagen auf dem hellen Polster. Sind ja deine Möbel, Rolf, dachte sie trotzig. Zu ihrem Erstaunen gelang es ihr nicht, Rolf vollständig für ihren Groll verantwortlich zu machen. Mehr und mehr ärgerte sie sich über sich selbst. Warum hatte sie zugesehen, als er den Computer abgebaut hatte und ihm damit auch dieses Feld überlassen? Sie hätte sich nicht mit der Bemerkung abspeisen lassen dürfen, dass sie in ihrer Rolle als Hausfrau und Mutter keinen Computer benötigte. Sie erinnerte sich an einen Sonntag vor ein paar Jahren, als sie Rolf gebeten hatte, ihr die Grundbegriffe im Umgang mit dem Computer zu erklären. Die Herablassung, mit der er das getan hatte, stand ihr noch klar vor Augen. Seine Hände waren routiniert über die Tasten geglitten und hatten in schneller Folge Programme geöffnet. Ununterbrochen hatte er davon gesprochen, wie einfach und logisch Computerprogramme aufgebaut seien, und hatte entsprechend ungehalten auf ihre Nachfragen reagiert. Schließlich war Maren verstummt. Sie hatte für sich beschlossen, dass sie den Computer wirklich nicht brauchte. Seit sie wieder in der Schule arbeitete und sah, wie häufig dort inzwischen Computer eingesetzt wurden, war sie völlig anderer Meinung. Die Kolleginnen und Kollegen tauschten Unterrichtsmaterial per E-Mail aus, und die Schüler ließen ihre Arbeiten auf diesem Weg den Lehrern zukommen. Die Zeugnisse wurden am Computer erstellt, und Maren fürchtete sich schon jetzt vor der peinlichen Situation, wenn sie die Noten eingeben sollte. Inzwischen war ihr bewusst geworden, dass sie in den letzten

Jahren einiges versäumt hatte. Die Welt hatte sich weitergedreht, und sie hatte sich in ihrem Mutter-Kind-Kokon verschlossen und nichts davon bemerkt. Sonst wäre ihr auch Rolfs Entfremdung früher bewusst geworden, vielleicht zu einem Zeitpunkt, an dem sie etwas hätte ändern können.

Maren ließ diese neuen Gedanken Fuß fassen. Wie geht es weiter mit dir? Bleibst du in deinem Glaspalast hocken und wartest artig wie Dornröschen, bis der nächste Prinz kommt, dich wachküsst und alles wieder richtet, damit das schöne Vater-Mutter-Kind-Spiel weiterlaufen kann? Nein, so geht das nicht! Der neue Prinz hat dir auch ganz deutlich gezeigt, dass er kein Dornröschen braucht. Außerdem ist da noch Julia.

Die war zu Recht neugierig auf die Welt. Und Marens Aufgabe war es, sie dafür zu rüsten!

In Marens Kopf war etwas in Bewegung gekommen, und ihre Ideen überschlugen sich. Sie würde einen Computerkurs besuchen, es gab da Angebote speziell für Frauen. Und in der Schule wollte sie sich engagieren. Eine Planstelle wollte sie anstreben, sie wollte sich unabhängig fühlen können. Sie würde aus diesem Taunusdorf wegziehen. Zurück in die Stadt, wo es einfacher war, für Julia eine gute Betreuung zu finden. Vielleicht sogar in eine WG gleichgesinnter Mütter?

Maren straffte sich und betrachtete die Gartenhandschuhe und die Schürze wie Überbleibsel aus einer vergangenen Zeit. Sie fühlte sich frisch wie seit langem nicht mehr. Plötzlich hatte sie einen muffigen Vorhang zur Seite geschoben und konnte nun mit klarem Blick nach draußen schauen. Dort breitete sich bis zum Horizont eine vielfältige, weite Landschaft aus. Das war ein Ausblick, der sie vor kurzem noch geängstigt und zaghaft nach der Hand des Begleiters hätte greifen lassen, jetzt erfüllte er sie mit nie gekanntem Tatendurst.

Sie sprang auf, ignorierte die stechenden Schmerzen in ihrer Seite und lief in die Küche. Dabei wurde ihr bewusst, dass sie mit so viel Elan noch nie ihre Sofaecke verlassen hatte. Sie goss sich ein Glas Wasser ein und betrachtete lächelnd den Brötchenrest auf dem Teller und die Zeitung daneben mit dem aufgeschlagenen Sportteil, den sie selbst noch nie gelesen hatte. Der neue Mann in ihrem Leben hinterließ schon Spuren. Wollte sie das?

Rolf stand im Mantel vor ihr im Wohnzimmer, den Autoschlüssel in der Hand so wie immer. Sie hatten einen heftigen Wortwechsel über Julias Computergebrauch hinter sich und waren erstaunlicherweise zu einer Einigung gekommen, nämlich, dass es in Zukunft dafür zeitliche Beschränkungen geben sollte.

Marens Ankündigung, dass sie sich demnächst einen Computer mit Internetanschluss zulegen würde, hatte Rolf mit herablassendem Lächeln kommentiert und dann gefragt: »Stammt der Vorschlag von deinem neuen Freund?«

»Da bin ich selbst draufgekommen«, hatte sie geantwortet und an seinen Augen gesehen, dass er ihr nicht glaubte. Rolf wandte sich zum Gehen und sah hastig auf die Uhr.

Diesen Moment nutzte sie. »Ich möchte, dass du mir deinen Hausschlüssel gibst«, sagte sie.

»Wieso das?«, fuhr er sie in einem Ton an, der sie bis vor kurzem sofort zum Einlenken bewegt hätte. Doch jetzt blieb sie bei ihrer Forderung.

»Weil ich nicht möchte, dass du hier ungehindert ein und aus gehen kannst, gerade so, wie es dir passt.«

»Du vergisst, dass hier unsere Tochter wohnt!«

»Aber ich wohne hier auch, und ich will es nicht«, entgegnete sie.

»Brauchst du den Schlüssel für deinen neuen Stecher?«
Maren atmete tief durch. Sie sah ihn fest an und merkte, dass in seinen Augen Unsicherheit flackerte.
»Gibst du mir jetzt den Schlüssel oder nicht?«, fragte sie ruhig.
Er zog den Schlüsselbund aus der Manteltasche, nestelte mit heftigen Bewegungen den Schlüssel vom Ring und warf ihn vor ihr auf den Boden.
»Nimm ihn, wenn du ihn für dein lächerliches neues Selbstbewusstsein brauchst«, sagte er verächtlich.
Sie blieb stehen und bückte sich nicht danach.
»Den Briefkastenschlüssel auch«, sagte sie. Und wenig später landete dieser ebenfalls auf dem Boden.
Von der Treppe her hörte man schnelle Schritte. Julia kam angesaust, bewegte sich zielstrebig auf die Schlüssel zu und hob sie auf.
»Sollen wir die jetzt Thorsten geben?«, fragte sie.
Rolf drehte sich auf dem Absatz um und ging.
»Vergiss nicht, deine Autozeitung endlich abzubestellen!«, rief Maren ihm nach. Die Tür fiel ins Schloss.
Julia hatte immer noch die Schlüssel in der Hand und sah Maren fragend an. Maren griff danach und sagte: »Nein, gib sie mir!« Beide lauschten sie auf das Geräusch des davonfahrenden Autos.
»Kommt er jetzt nicht wieder?«, fragte Julia kläglich.
Maren beugte sich hinab und nahm ihre Tochter in den Arm: »Natürlich kommt er wieder. Er ist dein Papa, und das bleibt er auch ein Leben lang. Aber er ist nicht mehr mein Mann, und das ist der Unterschied, verstehst du? Das eine hat mit dem anderen nichts zu tun.«
Julia nickte verzagt.
Maren streichelte ihr über das Haar und drückte sie an sich.

»Bekommen wir wirklich bald einen Computer?«
»Aha, du hast also wieder gelauscht!«, konstatierte Maren. »Computer gehören heutzutage einfach dazu«, erklärte sie zu Julias Verwunderung. »Und daher wird es Zeit, dass wir auch damit anfangen. Vielmehr ich. Du kannst ja schon eine ganze Menge und wirst es mir erklären können.«
»Kann ich«, bestätigte Julia stolz. »Thorsten auch. Er ist auch jeden Tag im Internet.«
»Woher weißt du das?«
»Weil wir uns darüber unterhalten haben. Er braucht das für seine Arbeit.«
»An mir ist wirklich einiges vorübergegangen«, bemerkte Maren nachdenklich.

## Montag, der 4. Oktober

Am Montagmittag musste er nicht lange auf sie warten. Pünktlich schlüpfte sie in die Scheune. Betont freundlich kam er ihr entgegen und verriegelte hinter ihr das Tor. Dieses Mal hatte sie es bemerkt und sah ihn fragend an.

»Damit uns keiner stört und am Ende noch alles deiner Mama petzt.«

Sie nickte, und er sagte zu ihr mit dem gütigsten Lächeln, zu dem er fähig war: »Schade, dass du am Freitag nicht da warst. Aber wie du siehst, habe ich mir auch ohne dich die Zeit vertrieben.«

Sie sah sich mit vorsichtiger Neugier um.

»Du hast aufgeräumt«, stellte sie sachlich fest. »Warum denn?«

»Damit wir beide es hier gemütlicher haben.«

»Wir fahren doch draußen auf dem Hof Fahrrad!«, entgegnete sie.

»Ja, aber wenn es einmal regnet, können wir hier drinnen bleiben.«

»Hier kann man doch gar nicht Fahrrad fahren.«

»Dann machen wir bei Regen eben etwas anderes.«

»Hier ist es dunkel und langweilig.«

Ihr Blick schweifte in der Scheune umher. An einem Holzbalken blieb er hängen.

»Hast du Melanies Bild auch weggeworfen?«, fragte sie.

Eiskalt durchfuhr es ihn, und er musste alle Beherrschung

aufbringen, um gelassen zu bleiben. Sie wusste mehr, als er geahnt hatte. Woher? Was hatte man ihr erzählt? War sie jetzt schon gefährlicher, als er vermutet hatte? In ihren Augen lag ein leiser Vorwurf. Es war besser, nichts von dem Bild zu wissen, damit sie nicht noch weiter darauf einging.

»Welches Bild?«

»Das dort oben hing. Ein Kaninchenbild.«

»Daran kann ich mich nicht erinnern. Vielleicht hat es ein anderer weggenommen, oder es ist von selbst heruntergefallen.«

»Jetzt plötzlich? Wo es doch schon so lange da hing«, sagte sie und bewies ihm damit erneut ihre Gefährlichkeit.

»Komm, lass uns endlich Fahrrad fahren!«, drängte sie.

Er ging mit ihr auf den Hof und ärgerte sich über seine Folgsamkeit. Draußen wollte er ihr beim Aufsteigen helfen und umfasste sanft ihren Leib.

»Flossen weg!«, sagte sie. »Ich kann das alleine!«

Maren fuhr das graue Band der Autobahn entlang. Sie befand sich auf dem Rückweg von der Schule. Seit gestern fühlte sie eine sanfte Ruhe, die sie sich kaum erklären konnte. War es Müdigkeit? Nein, dazu fühlte sie sich zu stark. War es Zufriedenheit? Ein bisschen schon, denn gestern hatte sie einiges für sich geklärt. Doch die positive Stimmung, die sie spürte, war allumfassend. War das Glück?

Bin ich glücklich? Bin ich überhaupt dazu in der Lage, das zu beurteilen? Hat das alles mit Thorsten zu tun oder nicht?, fragte sie sich wieder und wieder.

Für den Nachmittag hatte sie sich einen Arzttermin besorgt, um ihre Verletzungen untersuchen und behandeln zu lassen. Sie hatte beschlossen, von Rolfs Zutun bei ihrem Treppensturz nichts zu erwähnen.

Dieses eine Mal nur noch, Rolf, versicherte sie sich, halte ich dich heraus. Nicht wegen dir, aber wegen Julia. Ich möchte nicht, dass sie erleben muss, wie die Mutter den eigenen Vater anzeigt.

Aber eines war seit gestern sicher: Sie würde für eine klare Distanz zwischen ihnen sorgen. Er würde in Zukunft seine Tochter an der Haustür entgegennehmen und abliefern müssen.

Als Maren mit festen Schritten die Stufen in Frau Hebenstreits engem und muffigem Treppenhaus erklommen hatte, hörte sie plötzlich, wie unten eine Tür zuschlug und schnelle Trappelschritte nach oben kamen. Kurze Zeit später tauchte Julias erhitztes Gesicht auf. Der Schrecken in ihren Augen war unverkennbar, als sie Maren entdeckte.

»Oh, Mama, du bist schon da?«

»Wo warst du denn eben, ich dachte, du bist hier?«, fragte Maren.

Julia prüfte eingehend Marens Mimik und Redeton, um Rückschlüsse auf ihre Stimmung zu ziehen. Die Mutter schien ruhig und ausgeglichen, weniger gehetzt als sonst, weshalb sich Julia für die Wahrheit in wohldosierter Form entschied:

»Ich war draußen spielen.«

»Warst du weit weg?«

»Nicht weit. Ungefähr mein Schulweg.«

»Allein?« Marens alarmierter Ton provozierte die passende Antwort.

»Nein, natürlich nicht allein, sondern mit einem Freund.«

»Einem Freund? Kenne ich den?«, fragte Maren.

Julia nickte mit bravem Gesicht.

Maren jedoch runzelte die Stirn: »Doch nicht etwa mit Jörg?«

»Nein«, wehrte Julia entschieden ab. »Nicht mit Jörg!«

Maren schien beruhigt. In dem Moment öffnete Frau Hebenstreit die Tür: »Na, habe ich doch richtig gehört …«, sagte sie.
Später zu Hause hatte Julia noch eine heikle Situation zu meistern und passte dazu einen günstigen Moment ab. Sie war erleichtert, als sie hörte, wie Maren sich eine Tasse Kaffee zubereitete und dabei leise vor sich hin summte.
»Möchtest du auch ein Stück Kuchen, Schatz? Ich backe von unserem tiefgefrorenen Apfelkuchen auf?«, fragte Maren.
»Ja, Mama, gerne«, rief Julia betont fröhlich zurück.
Am Kaffeetisch legte sie Maren ihr Mitteilungsheft vor, in dem die Lehrerin dringend um ein Gespräch mit den Eltern bat.
»Morgen früh um acht? Habt ihr keinen Unterricht?«
»Doch, wir haben Sport bei Herrn Urban, und Frau Maier-Bode fängt erst später an. Deshalb kommt sie für euch extra früher.«
»Für uns? Will sie allen Ernstes, dass Rolf mitkommt?«
Julia nickte. »Eltern hat sie gesagt. Und hier steht ja auch: Sehr geehrte Eltern. Also musst du Rolf anrufen, ob er kann.«
Maren verzog das Gesicht. »Hast du eine Ahnung, worum es in dem Gespräch gehen soll? Hast du etwas ausgefressen? Sag es lieber vorher, damit ich weiß, was auf mich zukommt«, forschte sie.
Julia nagte an ihrer Unterlippe.
»Ich glaube, es geht um meine Antworten im Unterricht.«
Maren telefonierte mit Rolf. Er sagte den Termin bei der Lehrerin zu.
»Ich gehe nachher zum Arzt«, teilte Maren ihm anschließend mit.
Nach einem kurzen Schweigen fragte er: »Warum sagst du mir das?«

»Es ist wegen der Verletzungen bei meinem Treppensturz.«
Er schwieg abermals. Dann fuhr er heftig auf: »Du erwartest doch hoffentlich nicht, dass ich mich bei dir entschuldige. Schließlich bist du wie eine Furie auf mich losgegangen! Wegen deiner Fingernagelspuren am Arm bin ich auch nicht zum Arzt gegangen.«
Maren atmete tief durch. »Vielleicht gibt's da doch einen Unterschied?«
»Willst du jetzt am Telefon deswegen auch noch Streit anfangen? Ich habe gleich eine Besprechung und weiß Gott keinen Nerv für so etwas. Was machst du mit Julia, wenn du zum Arzt gehst?«
»Sie besucht die Levandowskis nebenan.«
»Also dann, bis morgen«, sagte er und legte schnell auf.
Maren blieb einen Moment mit dem Telefon in der Hand stehen.
»Warum streitet ihr euch eigentlich immer?«, ertönte Julias helle Stimme neben ihr.
Maren begegnete Julias fragendem Blick.
»Weil wir uns nicht mehr verstehen«, antwortete sie.
»Wenn man einen anderen nicht versteht, muss man versuchen, sich in ihn hineinzudenken, hat Frau Maier-Bode gesagt.«
»Als wenn das immer so einfach wäre.«
»Frau Maier-Bode sagt, das kann man üben, und seitdem übe ich.«
»Aha, und was übst du?«
»Mich in dich hineinzudenken. Ich denke dann, ich wäre eine Mutter und hätte ein Kind, und das würde mich fragen, ob es alleine draußen Fahrrad fahren darf.«
»Und dann antwortest du, nein, mein Kind, das halte ich in deinem Alter für gefährlich?«

Julia zog eine Schnute.
»Nein, ich hätte es meinem Kind erlaubt. Ich hätte ihm gesagt: Wenn so ein Hosenpisser wie der Jörg das darf, darfst du das auch!«
Maren grinste.
»Rolf will dir doch zu Weihnachten ein Fahrrad schenken. Dann werden wir zusammen üben, bis du es so sicher kannst, dass du hier in der Nähe herumfahren kannst.«
»Und wenn Thorsten mit mir üben würde, wäre dir das auch recht?«
»Klar, warum nicht. Hast du das am Ende mit ihm schon besprochen?«
Julia nickte.
»Ich habe ihm gesagt, dass ein Fahrrad mein größter Wunsch ist, und er hat versprochen, mit mir zu üben.«
Maren schüttelte lächelnd den Kopf. »Ich habe den Eindruck, du schaffst es besser als ich, deine Angelegenheiten zu regeln!«
»Man muss halt wissen, was man will«, meinte Julia ruhig.

Am Abend hatte Maren sich, gleich nachdem Julia eingeschlafen war, ins Schlafzimmer zurückgezogen. Sie blickte sich um, und zum ersten Mal fiel ihr auf, dass die Einrichtung, die riesigen Schwebetürschränke und das Doppelbett, überflüssig geworden war. Sie würde demnächst darüber nachdenken, welche Möbel sie brauchte. Am besten waren eine Bettcouch, auf der man tagsüber sitzen konnte, ein Schreibtisch mit Computerarbeitsplatz und Bücherregale. Endlich wieder ein eigenes Zimmer. Das würde sie auf jeden Fall verwirklichen entweder hier im Haus oder in einer neuen Wohnung. Sie befand sich noch immer in der gehobenen Stimmung, die sie durch den gesamten Tag begleitet hatte und deren Ursache sie sich nach wie vor nicht vollständig erklären konnte. Sie legte sich gemütlich auf das Bett, und nach einiger Zeit lagen rundherum die aufgeschlagenen Seiten der Tageszeitung. Lange war sie nicht mehr dazu gekommen, sich so ausführlich mit den aktuellen Ereignissen zu beschäftigen. Am Ende hatte sie sich sogar im Sportteil über das Schicksal der Fußballmannschaft von Eintracht Frankfurt und deren Aufstiegschancen informiert. Sie erinnerte sich daran, wie Thorsten am Samstag im Auto das Radio lauter gestellt hatte, als die Ergebnisse der Fußballspiele bekanntgegeben worden waren. Maren faltete die Zeitung zusammen, griff nach einem Buch auf der Ablage neben dem Bett und betrachtete den Einband. Es war ein Kriminalroman, den sie schon lange hatte lesen wollen. Genau erinnerte sie sich daran, wie sie vor den Regalen im Buchladen gestanden, geschmökert und sich schließlich für den Roman entschieden hatte. Wann war das gewesen? Sie verspürte plötzlich dieselbe Lust wie damals, das Buch zu lesen. Sie schlug es an der Stelle auf, an der als Lesezeichen ein vergilbtes Stück Zeitung herauslugte. Am oberen Rand des Ausrisses war ein Datum aus dem Sommer des letzten Jahres zu erkennen. Letztes Jahr, nach den Strapazen des Umzuges waren sie und Rolf eine Woche in den Urlaub gefahren. Zum ersten Mal seit langer Zeit ohne Julia, die bei Rolfs Mutter geblieben war. Maren erinnerte sich an einen Strand und viele Stunden der Muße im Schatten. Rolfs lachendes Gesicht. Ihr heftiges Atmen in der zerwühlten blütenweißen Hotelbettwäsche. Der unsinnige ewige Streit wegen hunderterlei Alltagskleinigkeiten. Wieso muss der Laptop auch im Urlaub mit dabei sein? In dem Kleid siehst du dick aus. Warum hast du meine Spezialzahnpasta vergessen? Ich möchte heute nicht essen gehen, sondern auf dem Balkon sitzen bleiben und lesen. Maren hatte an jenem Abend das Buch ausgepackt, das sie eigens für den

Urlaub gekauft und mitgenommen hatte und es sich im Liegestuhl bequem gemacht. Sie erinnerte sich an Rolfs beleidigtes Gesicht, seinen Rückzug an den Pool des Hotels. Sie hatte oben vom Balkon aus beobachtet, wie er konzentriert die Tastatur seines Handys bearbeitete. Damals hatte sie überlegt, ob er sich Langeweile demonstrierend einem sinnlosen Handyspiel hingab oder eine SMS schrieb. An wen? Er hatte Vanessa damals schon längst gekannt.

Warum habe ich das nicht gemerkt?, dachte Maren. Liegt das daran, dass es Männern grundsätzlich perfekter als Frauen gelingt, Nebelkerzen zu werfen und ein Doppelleben zu führen? Sind Frauen zu gutgläubig, zu naiv? Wollen wir immer nur das wahrnehmen, was unseren Idealvorstellungen entspricht und blenden automatisch alles andere aus? Sind die meisten Frauen so oder nur ich?

Maren strich die Buchseiten glatt und begann zu lesen. Sie war so in ihre Lektüre vertieft, dass sie, als das Telefon klingelte, vollkommen mechanisch zum Hörer griff und diesen ans Ohr hielt.

»Hoffentlich habe ich dich nicht geweckt?«, fragte er.

Marens Blick fiel auf die Uhr. Es war bald Mitternacht.

»Nein«, sagte sie. »Es ist gerade so spannend.«

»Schaust du einen Film an? Störe ich dich dabei?«

»Du störst überhaupt nicht. Ich lese einen Krimi, den ich vor langer Zeit begonnen habe.«

»Kein Wunder, dass du nachts nicht schlafen kannst.«

»Heute kann ich bestimmt schlafen. Den ganzen Tag fühle ich mich schon irgendwie gut. Wie geht es dir?«

»Ich hatte einen anstrengenden Tag. Und jetzt liege ich hier und denke an dich.«

»Ich freue mich, dass du angerufen hast.«

»Wie geht es Julia?«

»Gut. Sie hat heute mindestens zehnmal nach dir gefragt.«

»Tatsächlich? Meinst du, sie mag mich wirklich, oder bin ich für sie nur der Pausenclown?«

»Ich denke, dass sie dich sehr gern hat, weil du zu den wenigen Menschen gehörst, die ihr nicht deutlich zeigen, dass sie nervt.«

»Ich bin auch nicht der Meinung, dass sie nervt.«

»Was selbst ich kaum verstehen kann.«

»Sie ist klug und neugierig. Sie ist voller Energie und Tatendrang. Das ist doch etwas sehr Schönes.«

»Nicht für jeden. Die meisten Leute stört Julias Art sehr, und ich vollziehe täglich eine erzieherische Gratwanderung, indem ich Julia einerseits ein wenig bremse und sie andererseits ermutige, offen auf alles zuzugehen.«

»Die meisten Leute können sich offensichtlich nicht mehr an ihre eigene Kindheit erinnern und denken, sie seien fix und fertig auf die Welt gekommen.«

»Und du? Kannst du dich noch erinnern?«

»An manche Dinge sehr deutlich. Du doch auch, wie du neulich erzählt hast.«

»Ja«, sagte sie.

»Dabei kann man von Kindern so viel lernen. Sie haben eine so geradlinige, vorurteilslose Art, die Dinge und die Menschen zu nehmen, wie sie sind. Sie leben ihren Tag in einer Selbstverständlichkeit, die richtig neidisch machen kann«, fuhr er fort.

»Und? Bist du darauf neidisch?«, fragte sie.

»Neidisch ist vielleicht das falsche Wort. Sagen wir mal, ich genieße es, wenn Julia mich einfach bei der Hand nimmt und mir erlaubt, Anteil an ihrem Alltag zu haben, als sei es das Normalste von der Welt. Sie hat so ein ansteckendes, lebendiges Lachen, das tut gut«, erklärte er.

»Jetzt werde ich neidisch«, meinte sie.
»Du? Warum?«
»Weil das eben eine sehr schöne Liebeserklärung von dir an meine Tochter war. So etwas würde ich auch gern hören.«
»Wenn ich dir jetzt sagte, dass ich dich liebe, würdest du es mir nicht glauben.«
»Nein, du hast dich gestern in dieser Hinsicht sehr bedeckt gehalten.«
»Ja. Gestern. Heute habe ich ständig an dich gedacht und mir bestimmt hundertmal die Frage gestellt, ob es richtig ist, dich heute Abend anzurufen oder ob Bedenkzeit bedeutet, dass man sich eine Weile aus dem Weg gehen sollte.«
»Ich habe dir bereits gesagt, dass ich mir wünsche, dass es mit uns weitergeht.«
»Ja«, sagte er. »Ich wünsche mir das auch.«
»Also, was hindert uns?«, fragte sie aufmunternd.
»Eigentlich nichts, außer … Maren, wir müssen reden. Was wir da am Sonntag vereinbart haben, so von wegen möglichst keine Erklärungen, das ist wirklich keine Basis.«
»Ich möchte keine Lebensbeichte, das verkrafte ich im Moment nicht«, erklärte sie sofort.
»Verstehe. Dennoch, wenn es mit uns weitergehen soll, brauchen wir auch ein bisschen mehr Klarheit. Am Mittwoch bin ich wieder zurück. Kann ich am Abend zu dir kommen?«
»Natürlich kannst du das. Wo bist du überhaupt?«
»Nicht jetzt am Telefon. Ich erkläre dir alles am Mittwoch.«
»Gut, dann bis Mittwoch. Ich freue mich auf dich«, sagte sie zärtlich.
»Ja, ich freue mich auch, schlaf gut«, sagte er in ebenso zärtlichem Ton.

## Dienstag, der 5. Oktober

Nach einem morgendlichen Schauer glänzte das Kopfsteinpflaster vor Nässe und war entsprechend glatt, als Maren kurz vor acht Uhr auf den Marktplatz einbog und vor der Schule nach einer Parkmöglichkeit suchte. Rolfs silberfarbene Limousine hatte sie bereits gesehen. Sie stand in einer Parkbucht direkt vor der Schule und wirkte zwischen den Kleinwagen der Lehrer wie ein Fremdkörper.

»Papa ist schon da!«, jubelte Julia auf dem Rücksitz und öffnete den Sicherheitsgurt. Maren lenkte den Wagen auf die gegenüberliegende Seite des Marktplatzes, wo sie vor dem Metzgerladen noch einen freien Parkplatz erspäht hatte. Sofort nach dem Anhalten stieß Julia die Tür auf und rannte auf ihren Vater zu. Noch bevor Maren Julia zurückhalten konnte, hörte sie das Schleifgeräusch bremsender Reifen, die über das Straßenpflaster schlitterten. Von Entsetzen gepackt, sprang Maren aus dem Auto. Vor sich sah sie einen Wagen, der schräg zur Fahrbahn stand. Auf dem gegenüberliegenden Bordstein stand Julia, die mit schreckgeweiteten Augen auf das Auto blickte. Aus diesem stieg der Sohn des Metzgers. Ihm stand ebenfalls der Schrecken ins Gesicht geschrieben. »Das war knapp«, sagte er zu Julia. Die nickte stumm und sah schuldbewusst zu Maren hinüber. Inzwischen war auch Rolf herangetreten. Er nahm Julia auf den Arm, entschuldigte sich bei dem Metzger und lobte dessen Reaktionsfähigkeit.

In Maren löste sich die Verkrampfung. Ihre Knie bebten. In

ihren Augen standen Tränen. Rolf kam mit Julia auf dem Arm auf sie zu.
»Wie kommst du nur dazu, sie einfach loslaufen zu lassen?« Die Blässe in seinem Gesicht zeigte, dass er wie sie zutiefst erschrocken war.
»Ich habe sie nicht … Sie ist einfach …«, stammelte Maren mit zitternden Lippen und spürte, wie sich die Tränen lösten.
»Auf dich kann man sich wirklich nicht verlassen«, sagte Rolf verbittert. »Ich weiß schon genau, warum ich mir täglich Gedanken darüber machen muss, ob Julia bei dir richtig aufgehoben ist.«
Maren senkte den Kopf wie ein zurechtgewiesenes Kind. Am liebsten hätte sie sich jetzt in Luft aufgelöst oder wäre irgendwo zwischen den Ritzen der Pflastersteine verschwunden, um die nächsten Minuten und das vor ihr liegende Gespräch nicht in dieser Verfassung bestehen zu müssen.
»Da haben wir eben großes Glück gehabt, Spatz!«, sagte Rolf betont munter zu Julia. »Versprich mir, dass du in Zukunft immer vorher richtig guckst, bevor du über die Straße läufst!«
Julia nickte eifrig. Sie fühlte sich in Sicherheit auf Rolfs Arm.
»Du musst jetzt aber in die Schule«, erinnerte Rolf sie sanft. Er setzte Julia behutsam ab, nahm sie an der Hand und führte sie vor Maren über die Straße.
Maren schlich hinter den beiden her und bemühte sich, ihre Fassung wiederzugewinnen. Das herablassende Grinsen in den Gesichtern der Mitschüler, die über den Marktplatz der Schule zustrebten, bemerkte Rolf nicht. Maren hingegen registrierte es und hörte auch die Bemerkung eines kleinen Mädchens, das vermutlich eine Erstklässlerin war: »Guck mal, das Baby geht noch an der Hand!«
Später standen sie im Flur vor dem Lehrerzimmer. Die Sekre-

tärin hatte ihnen gerade ausgerichtet, Frau Maier-Bode habe von unterwegs angerufen. Sie könne leider wegen eines Staus nicht pünktlich sein. Rolf sah daraufhin gehetzt auf die Uhr. »Ich kann deshalb nicht alle Vormittagstermine absagen. Hast du dich wenigstens im Vorfeld informiert, worum es überhaupt geht und wieso ich unbedingt dabei sein muss?«

Maren antwortete nicht sofort. Ihr saß der Schreck noch immer in den Gliedern.

»Was soll das?«, fuhr Rolf sie an. »Warum kannst du mir keine vernünftige Antwort geben?«

Maren antwortete mit belegter Stimme: »Es ist wegen Julias Antworten im Unterricht. Ich könnte mir vorstellen, dass sie etwas frech und vorlaut ist und dass sich die Lehrerin darüber beschweren wird.«

Rolf nickte finster. »Genau das ist meiner Mutter auch schon aufgefallen. Julia lässt Erwachsene nicht ausreden und weiß alles besser. Du musst ihr klarmachen, dass das so nicht geht! Wenn du das nicht in den Griff bekommst, tanzt sie dir bald nur noch auf der Nase herum!«

»Hat das auch deine Mutter gesagt?«, fragte Maren, eine Spur schärfer als beabsichtigt.

»Aha, da haben wir es wieder«, entgegnete Rolf aufgebracht. »Eben warst du noch am Boden zerstört, aber wenn es gegen meine Mutter geht, bist du sofort wieder fit!«

Maren entgegnete nichts, sondern sah zum Flurfenster hinaus über den Marktplatz. Drüben im Metzgerladen sah man die Frau Sonst-Noch-Was hinter der Theke wuseln. Zwei Häuser weiter vor dem Lebensmittelladen war eine Frau damit beschäftigt, ihr Fahrrad anzuschließen. An den trägen Bewegungen, mit denen sie das tat, erkannte Maren Frau Schwarz. Ein knallgrüner Kleinwagen kam etwas abrupt vor dem Schuleingang zum Stehen und versperrte die Feuerwehreinfahrt. Heraus sprang Frau Maier-Bode und hastete ins Schulgebäude. Atemlos tauchte sie im Flur auf, lächelte nervös und stauchte etwas verlegen ihr zu einer akkuraten Pagenfrisur geschnittenes Blondhaar. Eine süßliche Parfümwolke vor sich herschiebend, kam sie auf Maren und Rolf zu. Maren erschien die sorgfältig zurechtgemachte ältliche Lehrerin in ihrem zu eng sitzenden bronzefarbenen Kostüm wie ein gefährliches Insekt, und sie ging instinktiv hinter Rolf in Deckung. Rolf sah der Lehrerin mit routinierter Freundlichkeit entgegen. Eine leichte Verbeugung andeutend ging er einen Schritt auf sie zu und hatte damit bereits ihre Sympathie gewonnen, bevor noch ein Wort gewechselt worden war. Sie streckte Rolf die Hand zur Begrüßung entgegen, wobei sie ausführlich die morgendliche Verkehrslage kommentierte. »Ich finde es wunderbar, dass auch Sie es einrichten konnten, Herr Doktor Wiegand!«, lobte sie und musterte wohlwollend Rolfs stattliche Erscheinung im teuren Markenanzug. Erst dann reichte sie auch Maren die Hand.

»Wir sehen uns ja nur selten, Frau Wiegand, zum Glück, denn eigentlich gibt uns Julia kaum Anlass, nicht wahr?« Das mechanische Lächeln, mit dem die Lehrerin sie bedachte, erinnerte Maren an die gnädige Aufmunterung, die Pädagogen ihren schlechten Schülern zukommen ließen.

Aufgrund der Ereignisse dieses Morgens brauchte es nicht viel, und Maren fühlte sich im anschließenden Gespräch selbst wie die gemaßregelte Schülerin. Frau Maier-Bode schilderte zunächst in aller Ausführlichkeit Julias hervorragende Schulleistungen, die weit über die eines durchschnittlichen Kindes im zweiten Schuljahr hinausgingen. Marens etwas zaghaft geäußerte Idee, Julia ein Schuljahr überspringen zu lassen, schmetterte die Lehrerin sofort ab. Sie brauche in ihrer Klasse auch Kinder, die richtige Antworten parat hätten, sonst würde sie im Unterricht gar nicht vorankommen. Auch sei es wegen Julias momentan unsicherer Familiensituation nicht zu empfehlen, sie von schulischer Seite mit zusätzlichen Veränderungen zu konfrontieren. Rolf nickte zustimmend und bedeutete Maren mit einem beschwörenden Blick, ruhig zu sein. Frau Maier-Bode ließ sich anschließend ausführlich über die schwachen Lernleistungen der Klasse aus, besonders über die von Jörg, den sie bald für eine Aufnahme in die Sonderschule testen lassen wollte. Als Maren sich nicht zurückhalten konnte, die Lehrerin darauf hinzuweisen, dass sie gegenüber ihr und Rolf aus Gründen des Datenschutzes nicht über andere Kinder berichten dürfe, warf diese Maren einen beleidigten Blick zu. Rolf jedoch versicherte ihr: »Das bleibt selbstverständlich unter uns, Frau Maier-Bode. Aber das alles war bestimmt nicht der Anlass, warum Sie uns herbestellt haben?« Rolf erntete ein dankbares Lächeln. Nun endlich war die Lehrerin bereit, das Gespräch vorsichtig auf das zu lenken, was sie den Eltern mitteilen wollte. Sie sprach Julias Sozialverhalten an, das ihr erhebliche Sorge bereite. Keines der Kinder in der Klasse wolle mit Julia befreundet sein. »Zum großen Teil liegt das an Julia selbst«, erklärte Frau Maier-Bode. »Julia geht einerseits sehr herablassend mit Kindern um, die aus dem gleichen sozialen Milieu wie sie kommen. Andererseits hat sie einen merkwürdigen Hang dazu, sich ausgerechnet mit Kindern problematischer sozialer Herkunft anzufreunden und deren Sprache und Umgangsformen zu übernehmen. Dazu kommt noch, dass sie zu allem das letzte Wort haben muss. Sie meint sogar, mich zurechtweisen zu dürfen, und sie glaubt, ihr eigenes Gerechtigkeitsempfinden auch mir aufzwingen zu müssen. So sagte sie zum Beispiel neulich: Frau Maier-Bode, der Jörg ist gar nicht so dumm, wie du immer sagst, der traut sich bloß nicht! Sie meldete sich später im

Unterricht und meinte, das, was sie jetzt sage, habe Jörg ihr gerade zugeflüstert, und ich solle es für ihn als gute Antwort verbuchen.«

»Ich verstehe nicht, warum Sie dieses Verhalten als negatives Sozialverhalten werten. Es ist doch sehr lobenswert, dass meine Tochter sich für andere einsetzt«, meinte Rolf ruhig.

»Selbstverständlich«, lenkte Frau Maier-Bode sofort ein. »Aber es geht ja mehr um die Art, wie sie das tut. Ihr provozierendes Zurechtweisen und die Besserwisserei mir gegenüber, das kann ich nicht akzeptieren. Was sollen die anderen Schüler von mir denken und die Eltern, wenn die Kinder es zu Hause erzählen? Ich bin schon mehrfach darauf angesprochen worden. Gestern gab es dann einen Vorfall, der mich veranlasst hat, Sie sofort zum Gespräch zu bitten.«

Aha, dachte Maren, jetzt kommen wir endlich zur Sache.

»Nun ja«, begann die Lehrerin. »Sie wissen ja, dass wir uns im Sachkundeunterricht zur Zeit mit dem Thema Sexualität beschäftigen. Darüber hatte ich auf dem letzten Elternabend, auf dem Sie leider nicht anwesend waren, ausführlich informiert. Ich empfand den jetzigen Zeitpunkt für dieses Thema als günstig, weil in einigen Elternhäusern Geschwisterkinder unterwegs sind, bei Ihnen ja auch, wie Julia mir erzählte.«

Sie sah von Maren zu Rolf, und beide nickten vorsichtig.

»Im zweiten Schuljahr geht es in diesem Zusammenhang hauptsächlich um Schwangerschaft und Geburt, also nicht um Sexualverhalten, Geschlechtsverkehr und Verhütung. Später werden wir höchstens noch das Thema Kindesmissbrauch ansprechen.«

»Also Schwangerschaft und Kindesmissbrauch«, wiederholte Maren wie eine gewissenhafte Schülerin und erntete dafür einen irritierten Blick der Lehrerin, die sofort nachfragte:

»Finden Sie nicht, dass dies die wichtigsten Schwerpunkte für dieses Alter sind?«

Maren schwieg und sah zu Rolf hinüber, der die Lehrerin kritisch musterte.

Frau Maier-Bode lächelte nervös und fuhr fort: »Julia war gestern dann die Erste, die sich nicht damit zufriedengab zu erfahren, wie sich das Kind im Mutterleib entwickelt. Sie blieb beharrlich bei der Frage, wie es da hineingekommen sei, und steckte mit dieser Fragerei andere Kinder in der Klasse an, so dass mir nichts anderes übrigblieb, als den Kindern in altersgemäßer Weise den Geschlechtsverkehr zu erklären.«

»Ich verstehe noch immer nicht, worin Sie das Problem sehen. Die meisten Kinder sind sicher von zu Hause her aufgeklärt. Insofern hat Julia doch nur das angesprochen, was ohnehin alle wussten«, kommentierte Rolf.

»Nun, die Elternhäuser sind da sehr unterschiedlich. Auf dem Elternabend wurde deshalb vereinbart, dass ich auf das Sexualverhalten nur andeutungsweise eingehe.«

Maren betrachtete das geringschätzige Zucken um Rolfs Mundwinkel und das amüsierte Glitzern in seinen Augen, während er der Lehrerin zuhörte. Jetzt stellt er sie sich im Bett vor und überlegt, ob sie überhaupt weiß, wovon sie redet, dachte sie. Frau Maier-Bode hielt Rolfs Blick stand, doch ihr Hals war von roten Flecken übersät.

Ein wenig betreten erklärte die Lehrerin weiter: »Es ist manchen Eltern peinlich, wenn ihre Kinder angeregt werden, sich ihre Eltern beim Geschlechtsverkehr vorzustellen. Wir haben auch Eltern in der Klasse, die vorhatten, ihre Kinder vom Sexualkundeunterricht zu befreien, was nun einmal gesetzlich nicht möglich ist.«

Rolf sah auf die Uhr und sagte mit Chefstimme: »Gut, wo ist jetzt das Problem, Frau Maier-Bode?«

»Das Problem ist, dass Julia plötzlich sagte: ›Frau Maier-Bode, du hast nicht alles erzählt. Es gibt auch Kinder, die werden durch den Mund in den Bauch gesät.‹« Das Gesicht der Lehrerin hatte sich bei diesen Worten dunkelrot verfärbt. Sie erwartete von den vor ihr sitzenden Eltern eine Reaktion und schien zutiefst verwundert über deren Gelassenheit. Verunsichert fuhr sie fort: »Julia ließ sich davon in keiner Weise abbringen. Sie schien genau zu wissen, wovon sie redete. Sie kam nach vorne zu unserem Torsomodell, zeigte auf Speiseröhre und Magen und fragte anschließend, ob solche Kinder dann im Magen heranwachsen. Darauf rief ein anderes Kind: ›Ja, und bei der Geburt kotzt die Mutter es dann heraus.‹ Sie können sich nicht vorstellen, was anschließend in der Klasse los war. Ich musste den Unterricht unterbrechen und Rechtschreibübungen machen. Ich weiß gar nicht, wie ich den Sexualkundeunterricht fortsetzen soll. Wer weiß, womit Julia das nächste Mal den Rahmen sprengt?« Sie schaute Maren an, die zu ihrem eigenen Ärger spürte, wie ihr selbst die Röte ins Gesicht schoss. Rolf musterte die beiden Frauen finster. Er schien sich noch immer zu fragen, was er hier sollte.

»Warum haben Sie es ihr nicht einfach erklärt?«, fragte er schließlich die Lehrerin, die ihn irritiert ansah. »Sie hätten ihr doch einfach sagen können, dass im Magen wegen der Magensäure kein Kind heranwachsen kann. Das ist doch auch Siebenjährigen plausibel zu machen, oder?«

Die Lehrerin nickte beklommen. »Darum geht es nicht, Herr Doktor Wiegand, sondern darum, über welche Kenntnisse ihre Tochter in diesem Alter bereits verfügt.«

»Sie wird es irgendwo aufgeschnappt haben«, antwortete Rolf ungehalten und sah wieder auf die Uhr.

Frau Maier-Bode sog die Luft hörbar ein: »Das ist sehr ungewöhnlich in diesem Alter! Gestern sprach ich noch mit einer

Kollegin darüber, und sie wies mich darauf hin, dass ein nicht altersgemäßer Wissensvorsprung im Bereich der Sexualität ein Hinweis auf Missbrauch sein könnte.«
»Wie bitte?«, fragten Rolf und Maren gleichzeitig und starrten die Lehrerin entsetzt an.
»Ich spreche im Konjunktiv und mit aller Vorsicht«, lenkte Frau Maier-Bode ein. »Aber ich denke, es ist meine Pflicht, Sie darauf aufmerksam zu machen.«
»So ein Unsinn!«, wehrte Rolf ab. »Einen nicht altersgemäßen Wissensvorsprung haben Sie bei Julia doch vorhin bereits auch auf anderen Gebieten festgestellt. Sie wird das irgendwo gehört haben. Wissen Sie, was sich die Kinder auf dem Schulhof alles erzählen? Das fängt doch immer früher an, je mehr sie an die entsprechenden Medien herankommen!«

Nach dem Termin mit Julias Lehrerin saßen Maren und Rolf in dessen Auto. Auf das Dach trommelte der Regen. Rolf hatte in einem kurzen Anruf bei seiner Sekretärin den anstehenden Geschäftstermin an einen Mitarbeiter delegiert. Dann setzte er das begonnene Gespräch mit Maren fort: »Wenn von dem, was diese Pädagogin vermutet, auch nur ein bisschen wahr ist, dann breche ich dem Typen jeden Knochen einzeln, das kannst du mir glauben, Maren!«
Maren atmete hörbar aus. »Ihre Vermutung kann einfach nicht stimmen. Du hast es ja selbst gesagt, Julia wird das irgendwo aufgeschnappt haben, um es dann, gewürzt mit ihrer eigenen Phantasie, sofort unter die Leute zu bringen. Du kennst sie doch. Ich kann es mir nur so erklären.«
»Aber irgendwoher muss sie es schließlich haben.«
»Vielleicht hat sie bei dir und Vanessa etwas mitbekommen? Julia ist raffiniert. Sie stellt sich schlafend, dann versteckt sie sich und lauscht.«

»Glaube ich nicht«, sagte Rolf. »Wenn Julia bei uns ist, findet zwischen Vanessa und mir nicht viel statt. Vanessa fühlt sich durch Julia immer irgendwie gestört.«
»Die Anwesenheit eines Kindes stört sie? Und wie wird das dann, wenn euer Kind auf der Welt ist?«
»Welches Kind?«
»Ich denke, Vanessa ist schwanger und ihr heiratet bald?«
»Wer sagt das?«
»Julia.«
»Dann wüsste sie mehr als ich.«
Maren sah Rolf erstaunt an.
Rolf blickte nachdenklich vor sich hin und fragte dann: »Und was ist mit deinem neuen Freund? Kannst du ihm vertrauen?«
»Wie meinst du das jetzt?«
»Ich meine, bist du dir sicher, dass er in Ordnung ist und nicht eine Gelegenheit genutzt hat, um sich an Julia heranzumachen?«
»Auf keinen Fall«, wehrte Maren entsetzt ab.
Einen Moment hingen beide ihren Gedanken nach.
»Hör zu, Rolf«, sagte Maren schließlich. »Ich werde das herausfinden! Ich werde mit Julia sprechen, und sie wird mir erzählen, wo sie das her hat.«
»Glaubst du?«, fragte er kritisch. »Kann sein, dass sie dir stattdessen alles Mögliche auftischt.«
»Das würde ich merken.«
»Das mit Vanessas Schwangerschaft und der Hochzeit hast du auch geglaubt.«
Maren starrte kopfschüttelnd vor sich hin. »Warum tut sie das? Warum erzählt sie mir solche Märchen?«
»Vermutlich nicht nur dir«, sagte Rolf. »Vanessa hat sie nämlich auch erzählt, dass du schwanger bist, ihr bald heiratet und

sie bei eurer Hochzeit Blumenmädchen sein darf. Das stimmt ja wohl auch nicht, oder?«
»Kein Wort davon ist wahr!«, flüsterte Maren.
»Und dass du vorhast, aus dem Haus auszuziehen, hat sie das auch erfunden?«, fragte er.
»Nein, das stimmt. Aber das kann sie eigentlich noch nicht wissen. Es sei denn, sie hat gehört, wie ich es Sybille am Telefon erzählt habe.«
»Und du ziehst zu Thorsten auf sein Gestüt?«
»Gestüt?«
»So hat Julia es erzählt. Er besitzt ein Gestüt auf einem alten Hofgut und schenkt Julia ein Pferd zum Einzug.«
Maren lachte auf: »Das gibt es einfach nicht! Wie kommt sie dazu? Thorsten ist Journalist. Keine Spur von Pferden!«
»Journalist? Das kann ich allerdings auch kaum glauben.«
»Wieso nicht?«
»Bei dem Griff, den er hat, kann ich mir eher vorstellen, dass er Heuballen stemmt, als dass er eine Tastatur bedient.«
Maren sah Rolf von der Seite an. »Was willst du damit sagen?«
»Dass du inzwischen bei Männern wohl mehr Wert auf die Muskel- als auf die Hirnmasse legst.«
Maren schüttelte den Kopf. »Rolf, was soll der Blödsinn? Baut es dich auf, wenn du abfällig von ihm sprichst?«
Er sah sie an: »Bedeutet er dir so viel?«
Maren schaute den Wasserströmen zu, die sich über die Frontscheibe des Wagens ergossen, untermalt vom Klopfgeräusch des Regens auf dem Dach. Sie spürte in sich wieder die gleiche, unbeirrbare Ruhe wie am Vortag. Distanziert musterte sie Rolf von der Seite. Er bemerkte das gar nicht, sondern starrte nachdenklich in die Ferne. Er sah wie immer perfekt aus, gepflegte Erscheinung, modischer und zugleich korrek-

ter Haarschnitt. Passend zu seinem Äußeren machte er mit seinem Auftreten unmissverständlich klar, dass er derjenige war, der die Richtung vorgab. Kein Wunder, dass so eine junge Frau wie Vanessa sich zu ihm hingezogen fühlte und auch die Grundschullehrerin seine Autorität sofort akzeptierte. Und sie selbst? Wie sah sie Rolf inzwischen? Seine Stimme riss sie aus ihren Gedanken.

»Und was machen wir jetzt?«, fragte Rolf in die tropfende Stille hinein.

»Das, was ich vorgeschlagen habe«, antwortete Maren. »Ich rede mit Julia. Sobald ich Klarheit habe, rufe ich dich an.«

Er nickte. »Wir sollten einander öfter berichten, was sie uns erzählt. Sie konnte uns diese Geschichten nur auftischen, weil sie sich sicher war, dass wir nicht miteinander darüber sprechen würden.«

»Vermutlich hast du recht«, bestätigte Maren. »Sie hat ihre Welt aufgeteilt in eine Mama- und eine Papawelt und es verstanden, alles schön säuberlich voneinander zu trennen. Ich denke allerdings auch, dass sie das mit Hochzeit und Schwangerschaft erzählt hat, um unsere jeweilige Reaktion darauf zu testen.«

»Sie hat unsere Trennung wahrscheinlich doch nicht so gut verkraftet, wie wir gedacht haben«, sagte Rolf.

Maren nickte stumm und wunderte sich darüber, dass es bei ihm so etwas wie Selbstzweifel zu geben schien.

Einige Minuten starrten sie nachdenklich und ein wenig verlegen nach draußen in das trübe Wetter.

Schließlich fragte Rolf: »Was ist gestern bei deinem Arztbesuch herausgekommen?«

»Prellungen, nichts gebrochen«, antwortete sie.

»Glück gehabt«, sagte er, und sie wusste nicht, auf wen von ihnen beiden er das bezog.

Maren fuhr langsam die Abkürzung über den asphaltierten Feldweg in Richtung Neubaugebiet und dachte mit Beklemmung an die Stille, die sie zu Hause erwartete. Als sie später im Wohnzimmer stand und durch die große Scheibe nach draußen in den nassen Garten blickte, auf dessen Rasenfläche als einziger Farbfleck ein vergessener bunter Ball lag, musste sie plötzlich daran denken, wie es Eltern gehen mochte, die eines Tages erfuhren, dass ihr Kind nie wiederkommen würde. Ihr wurde bewusst, wie viel Glück sie heute gehabt hatten. Julia, Rolf und sie. Wie war das, wenn man täglich mit der Stille der leeren Wohnung und mit den Spuren des letzten Spiels konfrontiert war? Jeder Tag wäre ein kaum zu bewältigender Schmerz. Heilte die Zeit tatsächlich alle Wunden? Nein, diese heilten nie! Man musste damit leben, irgendwie. Maren dachte an Frau Schwarz. An ihr starres Gesicht und die Bewegungen ihres Körpers wie unter einer schweren Last. Maren kannte diese Frau nur so. Die Frau ohne Alter. Und der Mann? Er war nicht der leibliche Vater Melanies. Was ging in ihm vor? Als Mann musste er sich Schmerz und Trauer verbeißen. Prügelte der Mann die Frau, weil er keine andere Art kannte, Gefühle zu zeigen?

Und zwischen all dem unverarbeiteten Schmerz im Schatten der verlorenen Schwester wuchs der kleine Jörg heran. Was würde aus ihm werden? Maren machte sich plötzlich Vorwürfe, dass sie Jörg gegenüber so verständnislos und abwehrend reagiert hatte. Sie hätte sich ein Beispiel an Julia nehmen müssen. Die hatte ihrem Freund dessen Ausreißer längst verziehen und musste nun mit ihrem schlechten Gewissen zurechtkommen, dass Maren ihr den Umgang mit ihm verboten hatte.

Maren atmete schwer. Sie sah über die Rasenfläche hinweg zu dem kugelig geschnittenen Buchsbaum am Zaun. Sie haben

noch nicht einmal ein Grab. Haben ihr Kind eines Morgens wie üblich verabschiedet und es dann nie wiedergesehen. Hört man dann nie auf zu hoffen?
Oder sehnt man sich nach Gewissheit, weil man nur dadurch eines Tages Ruhe finden kann?

Wie verabredet stand Maren mittags in der Seitengasse und sah im Rückspiegel, wie Julia mit schlingerndem Schulranzen auf dem Rücken angelaufen kam. Der kleine Jörg neben ihr hatte Mühe, Schritt zu halten. Julia riss die Beifahrertür auf und platzte sofort los: »Mama! Jörgs Mutter liegt seit gestern im Krankenhaus. Heute ist die Operation, und sein Vater muss die ganze Zeit auf dem Gang sitzen und warten, bis die Ärzte ihm sagen, dass alles gutgegangen ist. Darf Jörg ausnahmsweise heute Nachmittag zu mir kommen? Bitte, bitte! Weil, er ist doch sonst ganz allein, und du fändest es doch auch nicht gut, wenn ich ganz alleine zu Hause wäre, wenn du im Krankenhaus bist!«
In Jörgs erwartungsvollem Gesicht konnte Maren erkennen, wie wichtig ihm ihre Reaktion war.
»Julia, wenn du dich mit Jörg wieder verträgst und er verspricht, nicht wieder so viel kaputt zu machen, darf er gerne kommen.«
Jörg nickte sofort, und seine Augen begannen zu strahlen.
»Von mir aus kann er auch gleich mitfahren und mit uns essen.«
»Juhuuu«, jubelte Julia, und Jörg tat es ihr nach. Er kopierte jede Regung von ihr, warf wie sie den Schulranzen in den rückwärtigen Teil des Wagens, nahm wie sie auf dem Rücksitz Platz und ließ sich von ihr den zweiten Kindersitz unterschieben.
»Wir fahren aber vorher noch im Lebensmittelladen vorbei

und sagen Frau Schwarz Bescheid, damit sie weiß, wo Jörg ist, und sich keine Sorgen macht.«

Aus Julias Gesicht wich mit einem Schlag das Lachen. In ängstlicher Erwartung schaute sie Maren an.

»Es wäre nicht nötig gewesen, diese Geschichte mit dem Krankenhaus zu erfinden. Du hättest mich einfach nur zu fragen brauchen, ob Jörg zu uns darf«, erklärte Maren, und Julia nickte erleichtert.

Maren trug die Kaffeekanne zum Esstisch, und Harry bediente sich am aufgebackenen Apfelkuchen. Vom ersten Stock drangen die Kinderstimmen herunter. Noch klang alles friedlich. Sybille wirkte etwas nervös. Sie beobachtete jeden Handgriff Marens und schien zu überlegen, wie sie ihre Rede eröffnen sollte. Was haben die beiden bloß, dachte Maren, die ahnte, dass es Neuigkeiten gab, die ihr in aller Form mitgeteilt werden sollten. Es musste etwas Wichtiges sein, anders war der unverhoffte Besuch an einem Nachmittag mitten in der Woche nicht zu erklären. War Sybille schwanger? Wollten die beiden bald heiraten? Irgendetwas lag in der Luft.

»Harry und ich haben noch einmal alles durchgesprochen. Ich werde zu ihm ziehen, und du kannst meine Eigentumswohnung mieten. Über den Preis werden wir uns schon irgendwie einig.«

»Danke dir«, sagte Maren. Sie hatte das Gefühl, dass Sybille die eigentliche Mitteilung noch zurückhielt.

»Kennst du irgendwen hier auf dem Land, der Harrys verfressenen Kater nehmen würde?«

»Leider nicht«, antwortete Maren und fragte sich, weshalb Harry so betreten vor sich hin guckte.

»Vielleicht können wir ihn ja auch erst einmal behalten«, schlug er vor.

»Auf keinen Fall«, sagte Sybille. »Ich halte das nicht aus, jeden Morgen im Bad mit nackten Füßen auf die Steinchen aus dem Katzenklo zu treten. Und die Haare auf meiner Couch! Und die Fäden, die er mit seinen Krallen zieht!« An Maren gerichtet fuhr sie fort: »Welches Datum schwebt dir als Umzugstermin vor?«

»So genau habe ich mir das noch nicht überlegt. Ich muss das noch mit Rolf besprechen.«

»Mit Rolf, dem Banker? Der wird dich über den Tisch ziehen!«

»Nein, ich denke, wir werden uns einigen«, sagte Maren ruhig in Sybilles erstauntes Gesicht.

»Einigen? Das sind ja ganz neue Töne! Ich habe mich darauf eingerichtet, dass du es eilig hast, von hier wegzukommen, und an die Herbstferien gedacht.«

»Keine schlechte Idee«, antwortete Maren. »Dann könnte ich die Zeit nutzen, wenn Julia mit Rolf und Vanessa in Urlaub ist.«

»Das ist wenigstens etwas, worauf du dich freuen kannst«, sagte Sybille zu Maren, und Maren ergänzte in Gedanken: Und jetzt wirst du leider etwas erfahren, worüber du dich nicht freuen kannst.

Sybille begann: »Hast du deinen Thorsten Steiner nach Samstag noch einmal gesehen?«

»Warum fragst du?«, forschte Maren und spürte, wie sich plötzlich knisternde Spannung im Raum ausbreitete.

Harry versuchte nervös, Marens fragenden Blicken auszuweichen.

»Ich habe Harry am Sonntag erzählt, dass dein Thorsten Journalist sei. Gestern hat Harry interessehalber einmal recherchiert.«

»Was soll das?«, fragte Maren scharf.

In Sybilles Augen stand Mitleid.
»Maren, es tut mir wirklich leid für dich. Aber es gibt weit und breit keinen Journalisten, der so heißt. Er hat dich angelogen!«
Maren schluckte. In ihrem Kopf wirbelten Satzfetzen. Sabine, ich komme. Heuballen, Tastatur. Für welche Zeitung arbeiten Sie? Ich arbeite für keine Zeitung.
»Er ist freier Mitarbeiter, sagte ich doch«, entgegnete Maren mit leichtem Aufbegehren.
»Auch freie Mitarbeiter sind registriert. Von ihm gibt es keine Artikel. Nirgendwo«, war Sybilles Antwort.
»Dann ist er eben kein Journalist. Das ist nicht wichtig!«, sagte Maren. Sie starrte auf die Glasplatte des Tisches. Sie dachte an Melanies Kinderzeichnungen. Wozu in aller Welt hatte er die Bilder haben wollen? Das würde er ihr erklären müssen.
»Ich werde ihn fragen, warum er mir etwas vorgemacht hat«, sagte Maren.
»Nein, besser nicht!«, entgegnete Sybille heftig. »Das könnte ihn vielleicht warnen!«
Maren blickte Sybille verständnislos an. Die wandte sich an Harry: »Harry, erzähl ihr bitte, worauf wir gekommen sind!«
»Also«, begann Harry.
»Es ist nämlich so«, setzte Sybille fort. »Ich hatte ihm erzählt, dass dein Thorsten auf mich irgendwie merkwürdig wirkt, so verschlossen und emotionslos, und dass er eigentlich nur auftaut, wenn er von Julia spricht, und du mir auch gesagt hast, wie gut er sich mit ihr versteht. Besser als mit dir, hast du selbst gesagt.«
Maren blickte Sybille entsetzt an. »Hör auf!«, rief sie. »Ich verbiete dir weiterzureden!«
Vor ihren Augen verschwamm Sybilles Gesicht mit dem von Frau Maier-Bode.

»Harry, zeig ihr einmal das Foto«, hörte Maren von fern her Sybilles Stimme.

Eine Schwarzweißfotografie wurde ihr in die Hand gedrückt, und sie erschrak, als sie die Ähnlichkeit mit ihrer Tochter bemerkte. Das gleiche lange, helle Haar. Wie Julia. Eine Haarklemme seitlich über der Stirn. Ein Erinnerungsblitz fuhr ihr durch den Kopf: Der Gegenstand, der sich damals in Thorstens Auto schmerzhaft unter ihren Fingernagel gebohrt hatte! Der Schmerz zog sich jetzt kriechend den Arm hinauf bis zu ihrer Brust und nahm ihr den Atem. »Ist das Melanie Schwarz?«, flüsterte Maren.

»Ja«, bestätigte Sybille. »Und sie sieht Julia ähnlich. Findest du nicht auch?«

»Das ist Zufall!«, sagte Maren tonlos. Sie erinnerte sich, dass Thorsten die Ähnlichkeit zwischen Jörg und seiner Schwester kommentiert hatte. Warum hatte er nichts zu deren Ähnlichkeit mit Julia gesagt? Die musste er bemerkt haben!

»Bestimmt ist es Zufall. Du hast recht«, sagte Sybille. »Aber erzähl ihr mal, Harry, worauf wir gestern gekommen sind!«

Harry begann zu erklären: »Also, es ist so. Von ähnlichen Fällen weiß man, dass Sexualstraftäter sich häufig Opfer des gleichen Typs aussuchen. Das hat der Kommissar bei der Pressekonferenz damals auch gesagt. Also, dass es auch so etwas wie Opferprofile gibt und man anhand deren auch schon an Täter herangekommen ist. Oder man kann einem Täter, den man gefasst hat, nachweisen, dass ungeklärte Fälle aus der Vergangenheit auch auf sein Konto gehen. Letzte Woche habe ich übrigens mit dem Kommissar telefoniert und ihn gefragt, ob sie neue Erkenntnisse haben. Er hat nein gesagt, aber dass sie davon ausgehen, dass Melanie tot ist, weil es keinerlei andere Hinweise gibt. Ich habe ihm auch erzählt, dass ich eine Bekannte hätte mit gutem Kontakt zu Melanies Mutter, weil die Kinder in eine Klasse gingen. Und dass du mit mir kooperieren würdest und wir es ihm selbstverständlich mitteilen, falls wir auf neue Anhaltspunkte kämen.«

»Harry, wie kannst du nur!«, fuhr Maren auf. »Ich weiß gar nichts! Willst du mir die Polizei ins Haus schicken? Mir reicht so schon, was über uns geredet wird!«

»Maren«, begann Sybille beschwörend. »Wenn sich herausstellt, dass dieser Thorsten etwas damit zu tun hat, musst du dich an die Polizei wenden. Julia ist in Gefahr!«

Sybilles letzter Satz hatte das Fass zum Überlaufen gebracht. Mit Marens mühsam aufrechterhaltener Beherrschung war es endgültig vorbei.

»Was ihr da behauptet, ist völlig absurd!«, schrie sie Harry und Sybille an.

»Man kann in keinen Menschen hineinsehen und erkennen, welche Abgründe sich in ihm auftun. Gerade, wenn man ihn erst so kurze Zeit kennt!«, belehrte Sybille mit der Miene einer Krankenschwester, die eine niederschmetternde Diagnose verkündet. »Harry hat noch viele Fotos von damals, auch von den Leuten, die bei den Polizeiaktionen zugeschaut haben. Solche Fotos macht die Polizei übrigens auch. Manchmal gibt es Täter, die sich unter das Publikum mischen. Ich habe mir die Bilder gestern alle angeschaut. Ich habe ihn nicht entdecken können. Viele der Bilder sind etwas unscharf, und die Leute sind halb verdeckt. Du würdest ihn sicher eher erkennen als ich. Harry, komm, zeig ihr die Bilder mit den Schaulustigen!«

Vor Maren auf dem Tisch wurden Fotos ausgebreitet.

Man sah Polizisten, Hunde, ein Absperrband. Auf der anderen Seite des Bandes die Zuschauer. Bekannte Gesichter. Frau Levandowski, Herr Levandowski. Frau Hebenstreit. Die Metzgerfamilie. Die Kassiererin aus dem Lebensmittelladen.

Herr Wahlich, der Nachbar mit dem Koikarpfenteich. Die Kräutersammlerin. Maren erstarrte. Und Rolf. Rolf stand dort mit dem Architekten. Rolf hatte ihr das Verschwinden des Mädchens verheimlicht. Nie wäre sie sonst hierhergezogen. Damals musste er das Grundstück gerade erworben haben. Von einem entfernten Verwandten. Deshalb war es preisgünstig gewesen.

Sie schob die Bilder mit stummem Kopfschütteln zusammen und wollte sie gerade Harry reichen, als sie ihn am Rand eines Fotos erblickte. Er war nur von hinten zu sehen, hatte den Kopf aber ein wenig zur Seite gedreht. Etwas abseits stehend, schien er eine kleine Gruppe von Zuschauern zu beobachten. Sybille hätte ihn nicht erkannt. Aber Maren war sich ganz sicher. Da stand Thorsten in seiner typischen Körperhaltung, die Hände in die Gesäßtaschen seiner Jeans vergraben. Maren erkannte seinen Lederblouson, das Metallarmband seiner Uhr, seinen Haaransatz, seine kantige Gesichtspartie unter dem Ohr. Kein Zweifel. Oder doch ein Zweifel? Viele Männer trugen Jeans, Lederjacken und solche Uhren. Das Foto war schwarz-weiß. Die Haarfarbe war nicht deutlich erkennbar, wirkte dunkler als Thorstens. Also war er es doch nicht? Sie hörte Frau Levandowski und die Kräutersammlerin sagen: »Irgendwoher kenne ich Sie!«

»Hast du etwas entdeckt?«, fragte Sybille.

Maren schüttelte stumm den Kopf.

»Schade«, sagte Sybille. »Da hätte der Kommissar nicht schlecht gestaunt, wenn Harry ihm den Täter gebracht hätte. Und Harry hätte die ganze Geschichte exklusiv!«

Maren saß starr wie eine Statue. Ihr Gesicht war marmorweiß. Harrys mitfühlender Blick glitt über sie. Sie bemerkte es nicht.

»Auf jeden Fall solltest du uns jetzt seine Adresse und seine

Telefonnummer geben, am besten die Handynummer, damit wir herausfinden können, wer er wirklich ist.«

Maren drehte den Kopf zu Sybille. Sie schien durch die Freundin hindurchzublicken.

»Maren!«, rief Sybille, als wollte sie die Freundin aufwecken. »Adresse und Handynummer von deinem Thorsten oder wie immer er heißt!«

»Die hab ich nicht«, flüsterte Maren.

»Das ist ja wohl nicht wahr!«, stöhnte Sybille. »Willst du damit sagen, dass du ihn überhaupt nicht erreichen kannst?«

Maren schüttelte den Kopf. »Er ist immer gekommen oder hat angerufen.«

»Und damit hast du dich zufriedengegeben?«

»Es war mir für den Anfang ganz recht so«, sagte Maren, und Sybille schüttelte verständnislos den Kopf.

»Was machen wir jetzt?«, fragte sie in Harrys Richtung. Der zuckte mit den Schultern.

Sybille überlegte stirnrunzelnd. »Wie findet man den Namen von jemandem heraus, den man nur von Angesicht kennt? Wenn er schon etwas auf dem Kerbholz hat, ist er sicher in der Verbrecherkartei. Harry, am besten, du rufst deinen Kommissar an und schilderst ihm das Ganze! Jedenfalls ist das hochverdächtig. Maren, hast du vielleicht irgendwo einen Kamm, mit dem er sich gekämmt hat, oder etwas anderes mit DNA-Spuren?«

Maren hatte Sybilles Rede mit entsetzter Miene verfolgt. Beim letzten Stichwort hielt sie nicht mehr an sich.

»Welches Spiel spielst du hier eigentlich, Sybille, und was bezweckst du damit? Für mich tust du es mit Sicherheit nicht! Mir hilfst du damit keinen Millimeter weiter, im Gegenteil. Oder gefällt es dir, wenn du mich am Boden siehst?«, schluchzte Maren auf.

Sybille betrachtete sie kopfschüttelnd. »Ich verstehe ja, dass du das nicht wahrhaben willst«, sagte sie sanft. »Und dass du jetzt aufgebracht bist gegen mich. Aber denk einmal darüber nach, und du wirst feststellen, dass Harry und ich vermutlich gar nicht so falschliegen mit unserem Verdacht. Hat dein Thorsten dir gesagt, wann er vorhat, wieder hierherzukommen?«

Maren wischte sich mit einem Taschentuch die Tränen aus den Augen und schneuzte sich die Nase. Sybille beobachtete sie abwartend.

»Warum fragst du das? Damit ihr ihm mit eurem Polizisten auflauern könnt?«, fragte Maren ungehalten.

Sybille antwortete nicht und sah zu Harry hinüber, der Maren schuldbewusst musterte.

»Ihr seid nicht auf dem neuesten Stand«, sagte Maren mit bemüht fester Stimme. »Er und ich haben uns längst getrennt. Ich weiß nicht, wo er ist, und er wird auch nicht wiederkommen. Und jetzt möchte ich, dass ihr geht.«

Sybille runzelte die Stirn. »Du bist hoffentlich jetzt nicht sauer auf uns!«

Maren wehrte müde ab. »Ich muss jetzt erst einmal in Ruhe nachdenken!«

»So geht es den Boten der schlechten Nachricht«, sagte Sybille und erhob sich. »Sei vorsichtig, falls er wieder hier auftauchen sollte! Vor allen Dingen warne ihn nicht durch verräterische Fragen! Und lass Julia nicht mehr allein mit ihm!«

Spät am Abend saß Maren in ihrer Couchecke. Sie hatte den kleinen Jörg nach dem Abendessen nach Hause gefahren und an der Haustür seiner Mutter übergeben. Frau Schwarz hatte sich tonlos bedankt und sich erkundigt, ob Jörg sich gut benommen habe. Maren hatte bestätigt, dass Jörg brav gewesen sei und gerne jederzeit wiederkommen dürfe. Anschließend hatte sie mit Julia das Zimmer aufgeräumt. Diesmal waren in der Tat weniger Dinge zu Bruch gegangen. Dennoch hatte Jörg Spuren seiner plötzlich ausbrechenden Zerstörungswut hinterlassen.

»Jörg sagt, er hat A-De-Ha-Es, was ist das, Mama?«, hatte Julia gefragt, und Maren hatte Erklärungsversuche unternommen.

Während all dessen waren ihre Gedanken um die Ereignisse des Tages gekreist und vor allem um Thorsten.

Jetzt saß sie in ihrer Ecke und hatte eine Lösung gefunden. Sie hatte eine vernünftige Entscheidung getroffen, die sie dennoch zutiefst bedrückte. Die Möglichkeit, Thorsten zur Rede zu stellen, hatte sie nach mehrfachem Abwägen endgültig verworfen. Wenn er nichts damit zu tun hatte, würde er ihr alle Ungereimtheiten erklären können. Das Gleiche galt aber auch für den Fall, dass er damit zu tun hatte. Er war ihr gegenüber mit einer anderen Identität aufgetreten. Hatte sich bewusst unerreichbar gemacht, keine Adresse, keine Telefonnummer hinterlassen. War sein Interesse an ihr nur ein Vorwand gewesen, weil er ganz andere Absichten hegte? Absichten gegenüber Julia? Marens Herz klopfte wie wild. Das durfte einfach nicht wahr sein. Sie konnte sich das nicht vorstellen. Hatte ihre Menschenkenntnis versagt? Hatte ihr Blick im milden Licht der ersten Verliebtheit seine Tiefenschärfe verloren? Was immer es war, Thorsten verbarg etwas vor ihr, das nicht nur mit dem Vorhandensein einer anderen Frau zu erklären war. Wie war sein Interesse an Melanies Zeichnungen einzuordnen, wenn er kein Journalist war? Hatte er sie verschwinden lassen wollen? Sie würde ihn das nicht einfach fragen können. Andererseits hatte er mehrfach Versuche unternommen, ihr etwas zu erklären, und sie hatte davon nichts hören wollen. Jetzt war es zu spät. Es gab keine Möglichkeit mehr, Wahrheit und Lüge zu unterscheiden. Es gab nur eine Lösung: Den klaren Schnitt. Julia war jetzt wichtiger. Maren musste mit Julia reden, musste ihr Vertrauen gewinnen und hoffte, dass sich ihre schlimmsten Befürchtungen nicht bestätigen würden.

Das Telefon klingelte mehrfach. Maren zog den Stecker. Sie musste danach eingeschlafen sein, denn plötzlich schreckte sie auf, weil ihr Handy durchdringend läutete. Bis sie das Gerät aus ihrer Handtasche hervorgeholt hatte, war es verstummt. Maren kontrollierte die Anzeige und runzelte verwundert die Stirn. Ihr Display zeigte drei entgangene Anrufe von Lars Stephan an. Sie brauchte einen Moment, bis sie sich in Erinnerung gerufen hatte, wie sie die Handynummer des Kommissars von Harrys Notizzettel eingegeben hatte. Und jetzt rief dieser Polizist sie an! Auf ihrem Handy. Jemand hatte ihm ihre Handynummer gegeben. Harry! Er musste sie sich von Sybille besorgt haben. Das ging eindeutig zu weit! Doch Sybille war jetzt unwichtig. Morgen war Mittwoch. Morgen Abend würde Thorsten vielleicht kommen. Darauf musste sie sich mit aller Kraft vorbereiten.

## Mittwoch,
## der 6. Oktober

Maren hatte den Tag über wie ferngesteuert die Dinge erledigt, die nun einmal getan werden mussten. Sie hatte ihren Unterricht abgehalten, die Schüler gelobt, Hausaufgaben kontrolliert und erteilt. Pausenstreit geschlichtet und ein weinendes Kind getröstet, das sich von den anderen nicht verstanden fühlte. Am Mittag hatte sie Julia abgeholt, mit ihr gekocht und Rechenaufgaben erledigt.
Sie hatte diese Maren, die das alles tat, wie durch eine Scheibe hindurch beobachtet. Die Alltagsgeräusche waren nur gedämpft zu ihr gedrungen. Zu ihr, die seit den schlaflosen Stunden in der Nacht damit beschäftigt war, das Aufsagen eines Textes zu üben, den sie immer wieder in ein Schattengesicht sprach, dessen Reaktion sie sich nicht vorstellen wollte. In Abständen waren unvermittelt sein Mund oder seine Augen vor ihr aufgetaucht. In diesen Momenten wünschte sie sich, er wäre da, nähme sie in den Arm und versicherte ihr, dass alles in Ordnung sei. Als es in den späten Nachmittagsstunden draußen langsam dämmrig wurde, hatte sie das Gefühl, gut vorbereitet zu sein. Julia hatte Marens Stimmung längst bemerkt und sich im Haus verkrümelt. Als das Telefon läutete, tauchte sie plötzlich wieder auf. Maren hörte, wie Julia munter eine Pizzabestellung in den Hörer sprach und das Telefonat mit den Worten beendete: »Für die Mama kannst du dir was aussuchen, die isst alle Sorten.«
Maren blickte auf. »Wer war das?«, fuhr sie Julia heftig an.

Die schreckte zusammen und antwortete zaghaft: »Thorsten. Er kommt gleich und bringt Pizza mit!«
»Was fällt dir ein, einfach bei ihm Pizza zu bestellen, ohne mich zu fragen?«
»Ich wusste nicht, dass du Thorsten auch böse bist. Ich dachte, du wärst nur auf mich sauer, weil die Frau Maier-Bode gestern über mich gemeckert hat.«
Maren schüttelte den Kopf. »Ich möchte nicht, dass du noch einmal mit Thorsten telefonierst, hörst du?«
»Aber *er* hat doch angerufen.«
»Wenn er wieder anruft, gibst du mir sofort den Hörer, hast du verstanden?«
Julia nickte gehorsam.
Als es an der Tür läutete und Julia aufsprang, um zu öffnen, genügte ein Blick von Maren, um sie die Treppe hinaufzuscheuchen.
Er stand am Gartentor. Auf der einen Hand balancierte er Pizzakartons, in der anderen trug er eine Tasche. »Senora, Sie haben Pizza bestellt?«, rief er ihr gut gelaunt entgegen. Maren lehnte die Haustür an und ging mit schnellen Schritten zum Gartentor.
»Hallo«, sagte er aufgeräumt. Doch sein Lächeln gefror, als er Marens Blick begegnete.
»Ist etwas passiert?«, fragte er erschrocken.
»Du musst doch am besten wissen, was passiert ist«, antwortete sie.
»Nein«, sagte er und schaute sie ratlos an.
Das war der Zeitpunkt, an dem Maren die Worte hervorholte, die sie sich zurechtgelegt hatte und die sie nun, immer schneller werdend, herunterspulte: »Ich möchte, dass du jetzt gehst, Thorsten. Dass du aus meinem und Julias Leben verschwindest und dich nie wieder blicken lässt!«

»Warum auf einmal?«, fragte er und sah sie entsetzt an.
»Weil du mich nur angelogen hast und ich nicht mehr weiß, was ich dir noch glauben kann!«
»Ich habe dir nur in einem Punkt nicht die Wahrheit gesagt, Maren, und das können wir sofort aufklären, dann wirst du verstehen, warum. Andere Dinge habe ich dir verschwiegen, das stimmt. Du weißt selbst, dass wir letzten Sonntag beide diese Vereinbarung getroffen hatten. Inzwischen weiß ich auch, dass man das nicht durchhalten kann. Für heute Abend hatte ich mir fest vorgenommen, dir alles zu erklären. Bitte, komm, lass mich herein!«
Maren starrte ihn an und verschränkte die Arme vor der Brust. Sie spürte, dass ihr bei den Vorbereitungen auf diesen Moment ein schwerwiegender Fehler unterlaufen war. Auf die Wirkung seiner Stimme und seiner Nähe und darauf, dass er ihr widersprach, hatte sie sich nicht eingestellt. Nur mit äußerster Anstrengung gelang es ihr, ein Bollwerk von Härte und Abwehr aufrechtzuerhalten. Die andere Maren in ihr rief: Bitte, erklär mir endlich alles, ich will wissen, was los ist! Warum hast du dieses Versteckspiel mit mir getrieben?
»Nein«, sagte sie entschieden. »Woher soll ich wissen, dass du mir nicht die nächsten Geschichten auftischst?«
»Hör mir doch erst einmal zu! Gib uns eine Chance, bitte!«
»Nein, der Preis ist zu hoch«, sagte sie mit zitternden Lippen. Sie spürte, dass ihre Kräfte nachließen, wandte sich schnell um und lief zur Haustür. Dort angekommen, hatte sie wieder etwas mehr Mut. Sie schaute zurück. Er stand immer noch reglos hinter dem Tor.
»Und komm nicht auf die Idee anzurufen! Und lass Julia in Ruhe!«, schrie sie ihm schluchzend entgegen. Dann verschwand sie schnell im Haus und warf die Tür ins Schloss. Sie lehnte sich erschöpft mit dem Rücken dagegen und versuchte,

ihren bebenden Atem zu kontrollieren. Ängstlich wartete sie darauf, dass er abermals an der Tür läuten oder gar über das Gartentor springen und hier oder an der Terrassentür anklopfen würde. Sie zwang sich, zur Fensterfront im Wohnzimmer zu laufen, und betätigte den Schaltknopf für die Rollläden. Drüben in einem der schwach beleuchteten Fenster des Nachbarhauses sah sie schemenhaft Frau Levandowskis Umrisse hinter der Gardine. Maren flüchtete in ihre Ecke auf der Wohnzimmercouch, griff nach einem Kissen und versteckte ihr Gesicht in dem rauhen Stoff.

Julia hatte mit klammem Herzen im Dunkeln vor dem hohen Treppenhausfenster im ersten Stock gekniet und beobachtet, wie Maren ins Haus geflohen war. Die Körperhaltung ihrer Mutter, die eng verschränkten Arme vor der Brust und die hochgezogenen Schultern waren der Tochter aus alten Streitsituationen mit Rolf oder mit ihr wohlbekannt. Sie bedeutete: Jetzt ist Schluss! Ich lasse mich auf nichts mehr ein! Dass es mit Thorsten nach so kurzer Zeit auch so weit kommen würde, hätte Julia nie geglaubt. Thorsten gehörte doch nicht zu den Schreimenschen, mit denen es schnell Streit gab. Sie beobachtete, wie der Mann eine Weile vor dem verschlossenen Gartentor stehen blieb und zur Haustür blickte, als erwarte er, dass von dort noch eine Regung käme. Am liebsten wäre Julia hinuntergelaufen, hätte ihn ins Haus gezogen und zu beiden Erwachsenen gesagt: Bitte vertragt euch wieder! Gebt euch die Hand! Entschuldigt euch! So wie sie es nach einem Streit tun sollte. Die Großen hielten sich nicht an die Regeln, die sie selbst aufstellten.
Julia tat das, was sich schon bei den Auseinandersetzungen ihrer Eltern bewährt hatte: Sie machte sich unsichtbar. Sie blieb im Dunkeln sitzen und sah zu, wie Thorsten sich lang-

sam umdrehte, die Pizzapackungen auf der Betonsäule neben dem Tor liegen ließ, zum Auto ging, die Heckklappe öffnete, seine Tasche dort abstellte und zwei kleine, mit Schleifen verzierte Päckchen daraus hervorholte.

Geschenke! Einen Augenblick überlegte Julia, ob sie zu Maren hinunterlaufen und ihr das erzählen sollte. Doch sie verwarf den Gedanken. Maren war mit Geschenken nicht zu erweichen.

Thorsten war mit den Päckchen in der Hand zum Haus zurückgekehrt und versuchte, sie in den Briefkasten zu stecken, doch der Briefschlitz war offensichtlich zu schmal. Daraufhin legte er die Geschenke oben auf die Pizzapackungen und betrachtete unschlüssig das merkwürdige Arrangement. Schließlich nahm er die Päckchen wieder an sich und setzte sich ins Auto. Julia beobachtete enttäuscht, wie das Licht im Innenraum verlosch. Sie stellte sich vor, wie schön es heute Abend hätte sein können. Thorsten war endlich zurückgekommen. Seit letztem Donnerstag hatte sie ihn nicht gesehen. Er hätte sie in der Luft herumgewirbelt und ihr ein Geschenk gegeben. Sie hätte das Päckchen geöffnet und gejubelt, egal was es gewesen wäre. Er hätte mit ihr gerauft und sie durchgekitzelt, bis sie vor Lachen nur noch hätte japsen können. Er hätte ihr wieder eine Geschichte erzählt, und sie hätte ihm so viel aus den letzten Tagen zu berichten gehabt. Von Vanessa, die ein Baby bekam und Julia versprochen hatte, dass sie bei der Hochzeit Blumenmädchen sein durfte, von Frau Maier-Bode, von Jörg, von der Pferdewiese, von Kalle. Vielleicht sogar von ihrem größten Geheimnis. Thorsten würde sie nicht schimpfen deswegen, und er hätte ihr vielleicht helfen können, es Maren vorsichtig beizubringen. Wenn Thorsten in der Nähe war, war Maren deutlich sanfter zu ihr. Das alles war nun vorbei.

Thorstens Auto stand noch am selben Platz. Im fahlen Licht der Straßenlaterne konnte sie seine Umrisse hinter dem Lenkrad erkennen. Gleich würde er davonfahren. Dann würde er nicht wiederkommen oder höchstens ab und zu mit einem fremden Besuchergesicht. »Hallo, Kleine, bist du aber gewachsen! Wie läuft es denn in der Schule?«, würde er beiläufig fragen. Maren war schuld an allem. Sie hatte ihr Rolf genommen und jetzt auch noch Thorsten. Es war besser, mit Menschen befreundet zu sein, die nichts mit Maren zu tun hatten. Sollte doch einer Maren mal so wegjagen. Julia stellte sich vor, wie sie ihre Mutter mit einem Besen aus dem Haus trieb, so wie es die Levandowski immer mit Frau Wahlichs Kater tat. Julia musste weinen bei der Vorstellung. Dann hätte sie keine Mama mehr. Sie wäre ein Waisenkind. Sie lief schnell in ihr Zimmer und holte Heinz Hase und Thorstens Bärchen, das hatte Maren ihr wenigstens gelassen. Mit den Stofftieren im Arm setzte sie sich erneut an ihren Fensterplatz. In Thorstens Auto war jetzt Licht. Er saß da und schrieb etwas. Es dauerte eine ganze Weile, bis er seine Arbeit beendet hatte. Dann riss er das Blatt von einem Block ab, faltete es zusammen und warf es in ihren Briefkasten. Anschließend stieg er wieder ins Auto und fuhr endgültig davon.

Julia blieb zunächst reglos sitzen. Im Haus war es grausam still. Das Ticken der Küchenuhr war bis zu ihr hinauf zu hören. War Maren am Ende auch verschwunden und hatte sie hier allein gelassen? Julias Herz klopfte vor Angst. Sie schlich sich zum Treppengeländer und entdeckte ihre Mutter unten im Wohnzimmer auf der Couch in ihrer bekannten Körperhaltung. Julia setzte ihre Stofftiere auf den Treppenabsatz, dann schlich sie schnell die Stufen hinab in den Eingangsbereich. Vorsichtig griff sie nach dem Briefkastenschlüssel. Als Maren in ihrer Versunkenheit keine Regung zeigte, schlüpfte sie nach draußen. Beim Hereinkommen entglitt ihr die Haustür und fiel laut ins Schloss. Schon stand Maren in der Tür zum Wohnzimmer.

»Wo warst du?«

»Draußen. Ich habe die Pizza hereingeholt. Thorsten hat sie liegen gelassen.« Und zum Beweis hielt sie ihr die Kartons entgegen, die sie auf einer Hand aufgestapelt trug.

»Hast du mit ihm gesprochen, obwohl ich es dir verboten hatte?«, kam es mit eindringlicher Schärfe von Maren.

»Nein, ich bin erst raus, nachdem er schon weg war!«

Maren kontrollierte Julias Aussage mit einem forschenden Blick durch das Türfenster.

»Kein Wort mehr zu ihm, verstanden?«

Julia nickte und schluchzte gleichzeitig: »Warum denn bloß?«

»Weil es sein muss!«, sagte Maren unwirsch. »Und die Pizza kommt in den Müll!«

Maren nahm Julia die Packungen ab und ging, sich vorsichtig nach allen Seiten umsehend, nach draußen zur Mülltonne. Julia nutzte diese Gelegenheit, um den Briefkastenschlüssel wieder an seinen Platz am Schlüsselbrett zu hängen.

Nachdem Maren die Haustür geschlossen hatte, hockte sie sich vor Julia und legte ihr den Arm um die Taille.

»Es tut mir leid, dass alles so kommen musste. Du kannst mir glauben, ich habe mir das auch ganz anders gewünscht!«

»Bist du sauer, weil er bei Melanies Mutter war?«

»Wie bitte?«, fragte Maren.

»Weil er bei ihr war und mit ihr Jörgs Zimmer aufgeräumt hat.«

»Wer sagt das?«

»Jörg! Er hat gesagt, der Freund von deiner Mutter ist auch der Freund von meiner Mutter. Er war bei uns und hat mit ihr auch das Kinderzimmer aufgeräumt. Das hatte ich Jörg nämlich erzählt, dass du mit Thorsten mein Zimmer heil gemacht hast.«

Maren schüttelte abwehrend den Kopf: »Bestimmt hat Jörg dir das nur erzählt, um dich neidisch zu machen.«

Julia nickte. »Bestimmt hat er mich angekokelt! Also musst du überhaupt nicht sauer auf Thorsten sein, er ist bestimmt nicht der Freund von Melanies Mutter!«

»Darum geht es auch gar nicht. Er soll nicht mehr zu uns kommen.«

»Das hast du ihm draußen an der Tür gesagt?«

»Ja.«

»Aber mit mir hat er doch keinen Streit. Zu mir kann er doch noch kommen!«

»Auf keinen Fall, Julia! Ich verbiete es dir!«, rief Maren.

Julia senkte den Kopf, Tränen liefen über ihr Gesicht. Maren zog sie in den Arm.

»Das verstehst du jetzt noch nicht, Maus, später vielleicht einmal. Wir beide, wir machen uns jetzt einen gemütlichen Abend, und du darfst dir wünschen, was ich uns zu essen mache, ja?«

Julia betrachtete Maren mit kritischem Blick. Sie fiel auf die Maskerade nicht herein. Der scheinbar muntere Ton konnte die Trauer in Marens Augen nicht überdecken.

»Pizza«, sagte Julia herausfordernd, und Maren ging mit schleppendem Schritt in die Küche, um den Teig vorzubereiten.

»Das dauert jetzt aber eine ganze Weile«, rief Maren ihr von dort aus zu.

»Macht nichts, ich habe nicht so viel Hunger«, antwortete Julia und lief die Treppe hinauf in ihr Zimmer. In der Hosentasche knisterte Thorstens Brief.

Julia saß mit Bärchen im Arm auf ihrem Bett und hatte den Brief vor sich liegen. Sie las ihn nun zum zweiten Mal. Es war nicht einfach, alle Worte zu entziffern.

*Liebe Maren, ich verstehe nichts mehr!*
*Was ist bloß passiert in den letzten zwei Tagen? Am Montag im Telefongespräch klangst Du völlig anders, und in dieser Stimmung bin ich heute Abend gekommen. Bitte, lass uns reden! Ich denke, wir brauchen jetzt vor allem Zeit miteinander. Zeit ohne Julia. Heute Abend wollte ich Dir als Überraschung die Buchung für einen Urlaub in der ersten Woche der Herbstferien mitbringen, wenn Julia mit ihrem Vater auf Fuerteventura ist. Meinst Du nicht, dass das eine gute Gelegenheit für uns beide wäre, herauszufinden, ob es mit uns etwas werden könnte? Ich wünsche es mir inzwischen sehr. Wenn Du nur annähernd so denkst wie ich, bitte ich Dich, mich anzurufen, wenn nicht, verspreche ich Dir, Dich nicht weiter zu belästigen. Unter der folgenden Handynummer kannst Du mich jederzeit erreichen.*

Julia las den Brief noch ein weiteres Mal. Eine Handvoll Worte flammte ihr aus dem Text entgegen und brannte sich schmerzhaft in sie ein: *Zeit miteinander, Zeit ohne Julia.*
So also dachte Thorsten! Er wollte sie nicht. Er wollte Maren und nahm sie nur in Kauf. Wie Vanessa, deren falsche Freundlichkeit Julia längst durchschaut hatte. Vor kurzem, als sie geglaubt hatte, Julia könnte es nicht hören, hatte sie zu Rolf gesagt: »Völlig übertrieben, dass du diese Nervensäge noch mit in Urlaub nimmst, ohne Not. Sie ist bei ihrem Muttertier doch bestens aufgehoben!«
Julia schob die Unterlippe vor. Ihre Augen schwammen in

Tränen. Sie begann, den Brief in Streifen zu reißen. Und dann in immer kleinere Stücke. Das war die Strafe. Für ihn und für sie. Sollte er doch auf ihren Anruf warten, bis er verschimmelt war.

Nach einem schweigsamen Essen mit Maren schlüpfte Julia unter die Bettdecke und drückte das Bärchen an sich. Der Blick, mit dem Maren das Stofftier betrachtete, alarmierte sie.

»Das darfst du nicht wegnehmen, es gehört mir!«, protestierte sie heftig.

»Du brauchst keine Angst zu haben. Ich nehme es dir nicht weg«, sagte Maren mit erschöpfter Stimme. Sie las von Julias Bettdecke kleine Papierfetzen ab.

»Was hast du denn hier wieder veranstaltet?«, fragte sie und gab gleich die Richtung für die Antwort vor, indem sie weiterfragte: »Das war hoffentlich keine Mitteilung von Frau Maier-Bode, die du zerfetzt hast?«

»Nein, war es nicht!«

»Ehrlich?«

»Ganz ehrlich!«

Maren gab sich zufrieden. Sie deckte Julia zu und sagte: »Wir müssen morgen ein bisschen ausführlicher über das Gespräch reden, das Papa und ich mit Frau Maier-Bode hatten.«

»Was gibt es da schon zu reden? Ich kann mir denken, was sie euch erzählt hat. Zu uns hat sie gesagt, wir dürfen alle Fragen stellen. Dann habe ich eine Frage gestellt, das hat ihr aber nicht gefallen. Und dass die Mira sagt, die Kinder würden rausgekotzt, dafür kann ich doch nichts! Mira hat sie nicht angemeckert. Dabei würde ich nie ›kotzen‹ sagen, in der Schule jedenfalls nicht!«

»Wie bist du überhaupt auf diese Frage gekommen?«

Julia hatte sich im Bett aufgesetzt und starrte mit vorgeschobener Unterlippe vor sich hin.

»Sag ich nicht!«
»Warum nicht?«
»Weil es ein Geheimnis ist, und ich habe versprochen, es nicht zu verraten!«
Maren fragte alarmiert: »Ein Geheimnis mit Thorsten?«
Julias Erstaunen war echt. »Mit Thorsten? Nein!«
»Mit wem denn? Das kannst du doch wenigstens sagen. Dadurch verrätst du doch das Geheimnis nicht.«
»Nur, wenn du ihn nicht schimpfst und ihm auch nicht sagst, dass du es weißt!«
»Versprochen.«
»Mit Jörg.«
Maren atmete erleichtert auf. Obwohl sie sich völlig ausgelaugt und ratlos fühlte, entschied sie sich dafür, Julia jetzt die Fragen zu stellen, die sie seit gestern in ihrem Kopf wälzte.
»Als Thorsten dich ins Bett gebracht hat, hat er dann auch so wie ich hier bei dir auf der Bettkante gesessen?«
»Warum fragst du das?«
»Er hatte erzählt, dass er eingeschlafen ist, und ich denke gerade darüber nach, ob er dann hier neben dir gelegen hat.«
»Wie soll denn das gehen? Der große Thorsten und Heinz Hase hier bei mir im Bett, dann ist ja gar kein Platz mehr für mich! Er saß da drüben im Sessel. Als er einschlief, lag das Buch auf seinem Bauch. Ich bin aufgestanden, habe den Hocker hingeschoben und seine Füße draufgelegt, so wie du es immer bei Papa gemacht hast. Dann habe ich mir das Buch genommen und selbst weitergelesen.«
»Hattest du irgendwann den Eindruck, dass Thorsten dich anfasst, wo es dir unangenehm war?« Maren stockte und betrachtete Julias verständnislosen Gesichtsausdruck.
Wie sagte man so etwas? Konnte Julia wenigstens ansatzweise verstehen, was sie meinte?

»Ich meine zum Beispiel zwischen den Beinen«, sagte Maren beklommen.
Julia runzelte die Stirn und erwiderte heftig: »Du meinst doch nicht etwa, dass Thorsten ein Kindergrabscher ist?«
Maren erschrak. Sie war sich sicher, dass sie diesen Ausdruck gegenüber Julia nie benutzt hatte. Sie hatte mit ihr über fremde Männer geredet, die so taten, als seien sie nette Onkels. Sie sprachen die Kinder auf der Straße an, baten um Hilfe und lockten die Kinder dann weg, um ihnen sehr weh zu tun. Sie hatte seinerzeit Julia das Versprechen abgenommen, dass sie nie mit einem Fremden mitgehen würde. Maren wusste inzwischen, dass diese Abmachung wenig hilfreich war. Kinder betrachteten einen Erwachsenen schon nach wenigen Minuten eines unverbindlichen Gespräches nicht mehr als fremd.
»Kindergrabscher? Wo hast du das Wort her?«
»Von Mira. Sie hat erzählt, dass Frau Maier-Bode auf dem Elternabend gesagt hat, dass wir das Thema noch im Unterricht behandeln.«
»Frau Maier-Bode hat bestimmt nicht von Kindergrabschern geredet!«
»Nein, aber Miras große Schwester, die war auf dem Elternabend, weil die Eltern nicht konnten.«
»Und am Tag nach dem Elternabend habt ihr euch dann alle auf dem Schulhof über das neue Thema unterhalten?«
»Klar und wie, du glaubst gar nicht, was manche Eltern ihren Kindern alles von dem Elternabend erzählt haben. Du warst ja nicht einmal da! Da habe ich es mir von denen aus meiner Klasse berichten lassen.«
Maren nickte nachdenklich. Ob Frau Maier-Bode ahnte, wie viele Informationen aus Elterngesprächen und Elternabenden auf dem Schulhof aus dem Zusammenhang gerissen und mit phantastischen Ausschmückungen angereichert die Runde

machten, obwohl man sich in Gesprächen und auf den Elternabenden zum Schweigen gegenüber den Kindern verpflichtet hatte? Und Julia mit ihrer ständigen Empfangsbereitschaft und ihrem Mundwerk war mittendrin. Eigentlich musste man sich über ihr Verhalten nicht wundern. Hätte Maren, wie andere Eltern, ihrem Kind das Gefühl gegeben, Sexualität sei etwas Unanständiges, Verbotenes, über das man nicht öffentlich sprechen dürfe, hätte sie Julia davor bewahrt, ihr Wissen im Unterricht so freimütig preiszugeben. Damit hätte sie ihr den Ärger mit der Lehrerin erspart und sie nicht dem Gespött der Mitschüler und deren Eltern ausgesetzt. Die anderen Schüler hielten sich im Unterricht zurück und brachten ihr unverdautes Wissen nur in Schulhofgesprächen hinter vorgehaltener Hand an. Dann aber ungebremst und rücksichtslos.

»Ich habe Thorsten das mit den Kindergrabschern erzählt«, sagte Julia plötzlich, und Maren sah sie erstaunt an.

»Wie bist du dazu gekommen, mit ihm über so etwas zu reden?«

»Thorsten hatte mich gefragt, wie gut ich Jörg kenne und worüber wir uns unterhalten. Da habe ich ihm gesagt, dass wir Freunde sind und auch Geheimnisse zusammen haben. Er hat mich dann noch gefragt, ob Jörg manchmal etwas von seiner verschwundenen Schwester erzählt, und da habe ich Thorsten das Geheimnis erzählt, das Jörg mit seiner Schwester hatte.«

»Und was war das?«, fragte Maren atemlos.

»Das sage ich nicht, weil es ja dann kein Geheimnis mehr ist!«

»Bitte sag es mir! Du hast es Thorsten doch auch erzählt!«, drängte Maren.

»Nur, wenn du wie er mir dein Ehrenwort gibst, dass du es nie, nie niemandem erzählst!«

»Mache ich!«
»Und du schimpfst dann auch den Jörg nicht aus?«
»Versprochen.«
Julia verzog das Gesicht. So ganz vertrauenswürdig erschien Maren ihr nicht. Sie betrachtete Marens bittende Miene und kostete das Gefühl momentaner Überlegenheit aus, doch schließlich siegte ihr Mitteilungsbedürfnis: »Na gut«, sagte sie gnädig. »Also, der Jörg hat mir erzählt, dass seine Schwester mit einem richtigen Mann schon das gemacht hat, was die Erwachsenen tun, wenn sie ein Kind in den Bauch säen.«
Julia sah vorsichtig in Marens bleiches Gesicht.
»Ich habe dem Jörg aber gesagt, dass seine Schwester ihm das bestimmt nur erzählt hat, um anzugeben, denn sonst hätte sie ja auch ein Baby bekommen!«
»Hat Melanie ihrem Bruder auch erzählt, wer der Mann war?«, flüsterte Maren.
»Das hat Thorsten auch gefragt«, antwortete Julia. »Sie hat es nicht gesagt. Konnte sie ja auch gar nicht, weil es gelogen war.«
Maren deutete ein Nicken an. Julia redete weiter.
»Die Schwester von dem Jörg muss oft so Geschichten erzählt haben. Auch um ihm Angst zu machen. Er hat heute noch Angst vor Sachen, die sie ihm gesagt hat.«
»Wovor denn?«
»Vor Melanies richtigem Papa. Der Herr Solzer ist doch nur der Papa von Jörg, und Melanies Papa ist schon im Himmel. Melanie hat gesagt, dass er dort sitzt und auf sie aufpasst, und wenn Jörg von ihr etwas weggenommen oder kaputt gemacht hat, sieht ihr Papa das und wird Jörg mit Blitzen aus dem Himmel verbrennen. Deshalb versteckt er sich bei Gewitter immer im Keller.«
»Der Arme«, sagte Maren.

»Finde ich auch, und jetzt hat er noch doppelte Angst.«
»Warum?«
»Weil Melanies Mutter gesagt hat, dass die Melanie bestimmt im Himmel bei ihrem Papa ist.«

Marens Beine hingen frei hinab in die Schwärze eines unendlichen Steilhanges. Ihre Finger krallten sich mit letzter Kraft in die bröckelnde Abbruchkante. Sie konnte über den Rand hinweg durch ein dichtes Geäst wilder Hecken blicken. Nicht weit von ihr auf dem freien Weg stand Rolf. Aus ihrer Perspektive wirkte er übermächtig wie ein dunkler Geist. Er stand mit dem Rücken zu ihr. Sie rief mit letzter Kraft seinen Namen. Doch aus ihr drang keine Stimme. Stattdessen war ein nervenzerreißendes Schleifgeräusch zu hören. Neben Rolf stand plötzlich die Kräutersammlerin. Sie deutete auf etwas in der Ferne und sagte zu Rolf: »Das könnte Julia gewesen sein. Ich rede nur im Konjunktiv. Woher kenne ich Sie nur?«
Über Maren tauchte überlebensgroß ein Gesicht auf. Sybille. Sie sagte mit einer Stimme, die von allen Seiten widerhallte: Es tut mir so leid für dich, dein Papa ist im Himmel, und du musst jetzt zu ihm. Dann griff Sybille nach Marens Hand und öffnete langsam Finger für Finger. In wilder Panik spürte Maren, dass sie den Halt verlor und der Fall in die Tiefe nicht mehr zu verhindern war. Sie ergab sich ihrem Schicksal. Dann stand sie wieder auf dem Boden und schaute in Thorstens regloses Gesicht. In ihrem Oberarm spürte sie einen heftigen Schmerz. Ich wollte dir nicht weh tun, sagte seine Stimme von irgendwoher. Ihr tut mir aber alle so weh, schluchzte es aus ihr. Merkt ihr das denn nicht?, schrie sie laut und war erleichtert, dass sie wieder eine Stimme hatte. Du merkst ja auch nicht, was du anderen antust, sprach es aus Thorstens Gesicht, ohne dass sich die Lippen bewegten. Dann glitt seine

Gestalt plötzlich in einem eiskalten Luftzug davon, als rinne sie ihr durch die Hände. Sie starrte entsetzt auf ihre Handflächen, die voller Blut waren. Das Blut war schwarz geronnen und roch nach Fisch.

Vor ihren Augen blähte sich die Schlafzimmergardine wie ein weißer Schleier. Durch das gekippte Fenster fuhr der nächtliche Herbststurm. Die Bettdecke war hinabgerutscht und lag auf dem Boden neben dem Bett. Sie lag seitlich auf ihrem schmerzenden Arm und zitterte, nicht nur vor Kälte.

## Donnerstag, der 7. Oktober

Während Julia in der Schule war, hatte Maren sich die Zeit mit allerlei Aufräum- und Putzarbeiten vertrieben. Durch das Herstellen der äußeren Ordnung versuchte sie zugleich, innerlich Klarheit zu schaffen. Immer wieder drängten sich Bruchstücke des Gespräches mit Sybille und Harry in ihre Gedanken. Inzwischen hatte die Unterhaltung mit Julia einiges aufgeklärt. Hätte sie besser erst mit Julia reden sollen, bevor sie sich so hart gegen Thorsten entschieden hatte? Noch immer war vieles unklar, und sie würde heute Nachmittag erneut versuchen, Julia möglichst unauffällig zu befragen. Einfach würde es nicht werden, brauchbare Informationen aus Julias mit phantastischen Details ausgeschmückten Erzählungen herauszufiltern. Sie hatte nicht den Eindruck, dass Julia bewusst log. Stattdessen verwob sie Phantasie und Realität derart miteinander, dass sie an ihr Gebilde selbst glaubte und beim Erzählen entsprechend überzeugend wirkte. Warum tat Julia das überhaupt?, fragte sich Maren. Um die Kanten der Realität zu glätten und sie auf diese Weise erträglicher zu machen? Oder war dieser Umgang mit der Wirklichkeit in Julias Alter normal? In einem Punkt war Maren beruhigt. Sybilles und Harrys Verdacht gegenüber Thorsten hatte sich bezüglich Julia nicht bestätigt. Hätte sie sich auf ein Gespräch mit Thorsten einlassen sollen? Er war kein Journalist, verfügte allerdings über viele Informationen über Melanies Verschwinden. Das an sich war alarmierend. War es

Täterwissen? Weshalb sonst hatte er die Zeichnungen an sich genommen? Nach Sybilles und Harrys Theorie war er der Täter von einst, der mühsam darauf bedacht war, alte Spuren zu verwischen und die nächste Tat vorzubereiten. War sein liebevoller Umgang mit Julia nichts anderes gewesen, als der Versuch, sich ihr Vertrauen zu erschleichen? Sein Verhalten gegenüber Maren nichts weiter als eine geschickte Tarnung? Mit dir fühlt sich alles besser an – eine spontane Liebeserklärung oder eine gut verpackte Lüge? Wenn sie das herausfinden wollte, musste sie selbst nach Antworten suchen. Tief in sich spürte sie den Wunsch nach einer Erklärung, die Thorsten ganz und gar entlastete. Erst jetzt war ihr bewusst, dass sie ihn unwiederbringlich davongejagt hatte. Es gab keine Chance auf ein Wiedersehen, auf eine versöhnliche Aussprache. Es sei denn, er verstieße gegen ihr Verbot, sich wieder zu melden. In ihr keimte bereits die Hoffnung, dass er das tun würde. Wenn er es ernst mit ihr gemeint und ein reines Gewissen hatte, würde er doch nicht so schnell aufgeben, oder? Sie lauerte auf das Läuten des Telefons, hatte schon zweimal den Briefkasten kontrolliert, den Anrufbeantworter abgehört, das Display des Handys im Auge.
Sie versuchte in ihrer Erinnerung alle Begegnungen mit ihm unter einem neuen Blickwinkel zu betrachten, scheinbaren Nebensächlichkeiten ein anderes Gewicht zu verleihen. Was bedeuteten die voneinander unabhängigen Behauptungen von Frau Levandowski und der Kräutersammlerin, dass Thorsten ihnen bekannt vorkäme? War das damit zu erklären, dass sie sich an sein Gesicht damals unter den Schaulustigen erinnerten? War er so häufig dort gewesen, dass er ihnen aufgefallen war? Er hatte gesagt, dass er wenige Kilometer von hier in einem der Nachbarorte aufgewachsen war. Kannten sie ihn von früher und erinnerten sich nicht genau, weil er lange Zeit

fort gewesen war? Die Kräutersammlerin hatte Julia für Thorstens Tochter gehalten. Mit viel Phantasie gab es eine entfernte Ähnlichkeit, hauptsächlich aufgrund der Haarfarbe. Julia hatte jedoch dunkelbraune Augen wie Maren.
Die hellen Augen!, schoss es Maren plötzlich durch den Kopf. Melanie hatte seine Augen! Plötzlich spulte sich in Marens Gedanken eine Geschichte ab: Thorsten war der leibliche Vater Melanies. Er war auf der Suche nach seinem verlorenen Kind. Vielleicht trieb ihn das schlechte Gewissen, da er sich in den Jahren davor nicht genug gekümmert hatte. Vielleicht gab es noch einen Rest Liebe oder zumindest Verantwortung der Mutter gegenüber. So hatte er sich aufgemacht, ihnen wenigstens diesen letzten Dienst zu erweisen und für Gewissheit zu sorgen. Dazu passte auch Thorstens Aussage, dass Julia ein Problem für ihn sei, worüber Maren sich seinerzeit gewundert hatte. Julia weckte in ihm schmerzvolle Erinnerungen an die eigene Tochter. Sein plötzlicher Stimmungswandel auf der Drachenwiese. Vielleicht war er mit Melanie dort gewesen und hatte es dann nicht mehr ausgehalten, als die Bilder der Vergangenheit in ihm aufgestiegen waren? Seine Sicherheit im Umgang mit Kindern. Er hatte aus einem reichen Schatz eigener Erfahrungen geschöpft und gleichzeitig daran gelitten. Sie erinnerte sich an sein kontrolliertes Verhalten an dem ersten Abend, an dem er Julia ins Bett gebracht hatte. Es war für ihn ein innerer Kraftakt gewesen, die aufkommenden Gedanken und Gefühle niederzukämpfen. Jedes Mal, wenn er sich von ihr und Julia verabschiedet hatte, musste er vor der Frage gestanden haben, ob er sich das weiter zumuten konnte. Und er war doch immer wiedergekommen. Warum? Hatte er es für Maren getan? Maren starrte entsetzt vor sich hin. Tränen waren in ihr aufgestiegen. Sie dachte an ihren Traum in der letzten Nacht. Was habe ich dir angetan?, flüsterte sie. Den-

noch war sie beinahe erleichtert, eine Erklärung gefunden zu haben.
Dann fiel ihr ein, dass einiges nicht passte. Wie war Melanie darauf gekommen, ihr Vater sei im Himmel? Hatte die Mutter ihr diese Lüge erzählt, nachdem er sie verlassen hatte? Wann mochte das gewesen sein? Jörg, das leibliche Kind des neuen Lebensgefährten, war nur drei Jahre jünger als seine Halbschwester. Also konnte Thorsten höchstens drei Lebensjahre mit seiner Tochter verbracht haben. Oder hatte er sie weiterhin heimlich getroffen, ohne Wissen des Stiefvaters? Und Mutter und Tochter hatten die Geschichte vom angeblich verstorbenen Vater gemeinsam in die Welt gesetzt, um jeden Verdacht einer fortbestehenden Beziehung im Keim zu ersticken? Das alles erschien Maren nicht plausibel. Sie musste versuchen, sich mehr Informationen zu beschaffen, und hatte dadurch vielleicht eine Chance, Thorsten ausfindig zu machen und seine wahre Identität zu erfahren. Das Bärchen fiel ihr ein. Wenn Thorsten Melanies Vater war, dann handelte es sich sehr wahrscheinlich um das Spielzeug seiner Tochter, das er aufbewahrt hatte. Maren erinnerte sich an seinen Gesichtsausdruck damals, als er es Julia gegeben hatte. Wie schwer musste ihm das gefallen sein! Vermutlich hatte er gar nicht vorgehabt, Julia das Bärchen zu schenken, sondern sich spontan dazu entschieden, um sie nach dem Erlebnis mit Jörg aufzumuntern. Vielleicht hatte er sich aber auch von dem Bärchen getrennt, um für sich selbst ein Zeichen zu setzen, ein erster Schritt des Abschieds von der Vergangenheit?
Thorsten, wo bist du jetzt?, dachte Maren. Warum hast du mir das alles nicht längst erzählt? Niemand hätte dich besser verstanden als ich. Sie dachte an ihre eigenen Worte bei dem Waldspaziergang, als sie ihnen beiden ein Gespräch über die Vergangenheit verboten hatte. Wie hatte ihr das als Ausgangs-

punkt für eine aufkeimende Beziehung erscheinen können? Thorsten hatte von einer Basis gesprochen, die er mit dem klärenden Gespräch schaffen wollte. Damals. Das war erst wenige Tage her, und doch erschien es Maren, als seien seitdem Jahre vergangen.

Am Mittag hatte Maren Julia wie üblich von der Schule abgeholt. Julia stürmte zur Haustür und trommelte dagegen. »Mach auf! Ich muss aufs Klo und habe Hunger, dass ich einen Dinosaurier aufessen könnte!«

Maren war noch mit dem Inspizieren des Briefkastens beschäftigt. Er war leer. Die übliche Post hatte sie schon am späten Vormittag entnommen. Kaum hatte Maren aufgeschlossen, drängelte sich Julia durch den Türspalt. Das Telefon läutete im selben Augenblick. Maren ließ die Einkäufe fallen und versuchte Julia einzuholen. »Lass mich, es könnte Thorsten sein!« Julia nahm den Hörer ab. Sie hielt ihn Maren entgegen und sagte: »Das ist bestimmt nicht Thorsten. Er wird dich nicht mehr belästigen!«

Maren wunderte sich über die Sicherheit, mit der Julia das sagte, und ihre erwachsen klingende Wortwahl. Am anderen Ende meldete sich Sybille. Sie erkundigte sich nach Marens Befinden und teilte ihr mit, dass Harry damit beschäftigt sei, sämtliche Thorsten Steiners in der Bundesrepublik zu überprüfen. Leider seien seine Möglichkeiten nicht so gut wie die der Polizei, und Maren solle sich doch dort einmal melden und Fahndungsfotos der einschlägig bekannten Täter anschauen.

»Die Polizei hat sich schon bei mir gemeldet!«, sagte Maren bissig. »Du kannst Harry ausrichten, dass es eine Unverschämtheit ist, einfach meine Handynummer weiterzugeben!«

»Hat er das getan? Davon weiß ich nichts. Aber er hat recht damit. Du bist völlig verblendet, Maren. Sag mir einen anderen Grund, warum dieser Thorsten dir sonst solche Märchen auftischen sollte. Auch dass er nirgendwo für dich erreichbar ist, zeigt doch, dass er etwas zu verbergen hat und sich die Hintertür zur Flucht offenhalten will! Das stinkt doch alles zum Himmel! Wach auf, Maren! Es spricht so vieles gegen ihn!«

»Vor allen Dingen du«, fauchte Maren. »Thorsten hat mit euren schmutzigen Phantasien nichts zu tun!« Sie drückte die Taste und beendete das Gespräch. Sie machte sich Vorhaltungen, Sybille zu viel über Thorsten erzählt zu haben.

## Freitag, der 8. Oktober

In der ersten Schulpause hatte Maren erfahren, dass die Klasse, die sie in der letzten Stunde hätte unterrichten müssen, am heutigen Freitag unterwegs war. Diese geschenkte Stunde wollte sie nutzen. In Windeseile warf sie nach dem Unterricht ihre Materialien in die Tasche und fuhr in zügigem Tempo nach Hause. Dort angekommen, kontrollierte sie rasch Briefkasten und Anrufbeantworter. Dann nahm sie ihren Einkaufskorb, setzte Julias Bärchen hinein und erreichte um Viertel vor eins, kurz vor dem mittäglichen Ladenschluss, das Lebensmittelgeschäft. Eigentlich hatte sie nichts einzukaufen. Sie war immer noch damit beschäftigt, die Lebensmittel aufzubrauchen, die von dem üppigen Einkauf mit Thorsten stammten. Um nicht aufzufallen, griff sie nach einem Töpfchen mit Herbstastern. Schön verpackt würde sie diese morgen der Schwiegermutter geben können. Julia sollte das Wochenende bei der Oma verbringen, denn Maren und Rolf hatten vor, am Samstagabend in Frankfurt essen zu gehen, um Verschiedenes zu besprechen. So hatten sie es gestern Abend spät am Telefon vereinbart, als Maren ihm kurz Rückmeldung über das gegeben hatte, was sie inzwischen über Julias Informationsquellen wusste. Den ganzen Tag über war Rolf gestern nicht erreichbar gewesen, und auch Vanessa hatte nicht gewusst, wo er sich aufhielt. Maren konnte sich gut an ähnliche Situationen erinnern. Rolf war irgendwo unterwegs, einsame Entscheidungen umsetzend, über die sie später beiläufig oder auch gar nicht unterrichtet wurde. Irgendwo in diesem Nebel war es ihm damals gelungen, sein Doppelleben mit Vanessa zu führen. Wenn Sybille sie nicht zufällig dabei entdeckt hätte, wäre das vermutlich heute noch so. Und jetzt ging es Vanessa wohl ähnlich. Geht mich nichts mehr an, dachte Maren. Und Thorsten? War das, was er getan hatte, so viel anders?

Maren ging suchend durch die Regalgassen und wollte sich schon enttäuscht der Kasse zuwenden, als sie Melanies Mutter schließlich doch noch entdeckte. Frau Schwarz war mit einem kleinen Rollwagen aus dem Lagerraum gekommen und machte sich daran, ein Regal aufzufüllen. Nachdem Maren sich versichert hatte, dass niemand ihr Gespräch mithören konnte, nahm sie allen Mut zusammen und sprach die Frau, die vor ihr auf dem Boden hockte, an: »Guten Tag, Frau Schwarz, wie geht es Ihnen?«

Frau Schwarz sah kurz auf. Ihr Gesicht war wie immer eingefallen und müde. Sie sandte Maren einen geringschätzigen Blick zu und beschäftigte sich wieder mit ihrer Arbeit.

»Warum wollen Sie das wissen?«, sagte sie zum Regal gewandt und stapelte darin Dosen aufeinander.

Maren bemühte sich um einen möglichst sanften und freundlichen Tonfall: »Ich wollte Sie bitten, mir eine Frage zu beantworten, die mir persönlich sehr wichtig ist.«

Zu Marens Erstaunen richtete sich Frau Schwarz sofort auf. Sie stand ihr voller Abwehr gegenüber, die noch stärker zu sein schien als in früheren Zeiten.

Maren konnte sich das nicht erklären. Hatte etwa Harry die Frau bereits mit unnötigen Fragen belästigt und seine Bekanntschaft ihr gegenüber angedeutet? Zuzutrauen wäre es ihm.

»Was wollen Sie?«, kam kurz angebunden ihre Frage.

Maren zog das Bärchen hervor und hielt es Melanies Mutter hin. Ihre Hände zitterten dabei, weil sie das Gefühl hatte, etwas ganz und gar Unmenschliches zu tun. Mit verzagter Stimme sagte sie in die verbitterten Gesichtszüge der Frau hinein: »Ich weiß, dass das jetzt vielleicht sehr schmerzhaft für Sie ist. Aber ich möchte wissen, ob dieses Spielzeug vielleicht ihrer verschwundenen Tochter gehört hat?«
Die Frau sah über das Stofftier hinweg.
»Nein!«, sagte sie sofort und hockte sich wieder vor das Regal. Maren stand unschlüssig mit dem Bärchen in der Hand da und wollte sich noch nicht zufriedengeben.
»Könnten Sie es sich nicht noch einmal genauer ansehen?«
Frau Schwarz sah mit leerem Blick zu ihr auf. Eine dunkle Haarsträhne teilte ihr Gesicht in zwei Hälften, als sei es zerbrochen.
»Könnt ihr mich nicht endlich in Ruhe lassen?«, stieß sie hervor. »Melanie hat nicht mit Stofftieren oder anderen Tieren gespielt! Ich weiß auch nichts von einem Kaninchen! Diese Fragerei hilft niemandem! Gehen Sie jetzt endlich! Ich weiß doch, dass der Polizist Sie schickt!«
»Nein!«, wehrte Maren erschreckt ab. »Ich frage aus privatem Interesse! Es tut mir sehr leid, wenn Sie sich durch mich belästigt fühlen!«
»Wer's glaubt«, sagte Frau Schwarz mit einem bitteren Auflachen. Sie hatte sich wieder erhoben und zerlegte mit heftigen Bewegungen den Karton. Maren verzog sich zur Ladenkasse und wusste, dass sie dieser Frau die Frage nach Melanies angeblich verstorbenem Vater nie würde stellen können.

Es war kurz vor eins. Aus der gegenüberliegenden Grundschule strömten bereits die ersten Schüler. Maren beschloss, Julia zu überraschen und sie heute von der Schule abzuholen, obwohl es eigentlich ein Hebenstreit-Mittag war. Sie blieb auf der anderen Straßenseite stehen und sah schon bald, wie Julia das Schulgelände verließ. Sie schlug allerdings nicht den Weg zur Tagesmutter ein, sondern strebte dem Wiesenweg zu, der hinter den Häusern hinauf zum Waldrand führte. Machte die Kleine noch einen Abstecher zur Pferdeweide? Maren folgte Julia und entdeckte sie sofort auf dem unteren Teil des Weges in Höhe eines alten Scheunentores. Vor ihr saß ihr gemeinsamer Bekannter, der große schwarze Hund, der artig mit der Pfote bettelte und sich von Julia mit ihren Schulbroten aus der Dose füttern ließ.

Julia blickte erschrocken auf, als sie Maren entdeckte.

»Jetzt weiß ich endlich, warum du bei den Mengen an Schulbroten, die du jeden Morgen mitnimmst, nicht dicker wirst!«, sagte Maren.

Ihr Lächeln gab Julia Sicherheit und sie sagte: »Das ist Kalle.«

»Ich kenne ihn«, sagte Maren. »Von mir hat er bisher allerdings nur ein Hustenbonbon bekommen.«

Julia lächelte erleichtert, streichelte über den Kopf des Hundes und berichtete: »Frau Hebenstreit hat mir erzählt, dass sein Frauchen vor zwei Jahren gestorben ist. Jetzt frisst er sich überall durch. Viele Leute sind aber auch böse und schlagen ihn. Siehst du, ein Auge ist blind. Das war ein böser Mann.«

»Und woher weißt du das?«

»Alle wissen das. Kalle mag seitdem keine Männer mehr. Er haut immer ab, wenn welche auftauchen. Frau Hebenstreit hat gesagt, das ist ein Hund, den nur die Frauen und Mädchen im Dorf kennen. Lustig, was?«

Maren nickte.

Julia kraulte den Hund an beiden Ohren. Er ließ sich das mit wohligem Grunzen gefallen und drängte sich gegen das Mädchen. Dabei hatte er Maren vorsichtig im Blick und schien jede ihrer Regungen aufmerksam zu registrieren.

»Hoffentlich ist er immer so friedlich wie jetzt«, meinte Maren argwöhnisch.

»Ist er, weil ich seine Freundin bin«, sagte Julia sicher. »Frau Hebenstreit hat mir erzählt, dass er Melanie richtig bewacht hat, wenn sie zu ihm ›pass auf!‹ gesagt hat. Dann hat er sich vor sie gestellt und die Zähne gezeigt und keinen an sie herangelassen.«

»Melanie?«, fragte Maren atemlos.

»Ja, weißt du doch. Jörgs Schwester. Der Hund hat ihrer Oma gehört, und Melanie hat ihn jeden Tag nach der Schule besucht und ihm sein Fressen gegeben. Frau Hebenstreit hat gesagt, dass es ein Jammer war, dass Kalle an dem Tag, an dem Melanie weggekommen ist, an der Kette gelegen hat. Er hätte sie bestimmt gesucht und den Mörder weggejagt.«

»Mörder? Wer redet denn hier von Mörder?«

»Frau Hebenstreit. Sie sagt, ein Kindermörder ist mit seinem großen Auto aus Russenmaffia gekommen und hat Melanie gekidnappt. Und ihr armer Papa hat da oben im Himmel gesessen und alles mit angesehen und nichts tun können.«

»Wo hast du diese fürchterlichen Geschichten her?«, fragte Maren entsetzt.

»Von Frau Hebenstreit«, sagte Julia ungerührt. »Es sind keine Geschichten. Sie weiß das, weil sie mit ihm gesprochen haben.«

»Wer hat mit wem gesprochen?«

»Frau Hebenstreit und die Oma Geiß vom Hainerhof haben mit Melanies Papa geredet.«

»Ich denke, der ist tot?«

»Aber die Oma Geiß kann mit Toten reden, wusstest du das nicht? Man setzt sich an einen Tisch. Der fängt dann von ganz alleine an, sich zu bewegen. Die Frau Hebenstreit geht öfter zur Oma Geiß. Sie fragen dann die Toten, ob sie kommen und reden wollen. Manchmal kommen sie und manchmal nicht und auch nicht zu jedem. Aber zur Oma Geiß. Viele gehen zur Oma Geiß, wenn sie mal was mit ihren Toten zu besprechen haben, kannst du auch mal machen, wenn du zum Beispiel den Opa noch was fragen willst«, erklärte Julia mit altklugem Gesichtsausdruck.

Maren schüttelte entsetzt den Kopf. Julia ließ sich nicht beirren und berichtete weiter.

»Einmal war Frau Hebenstreit bei Oma Geiß und hat ein Bild von Melanie aus der Zeitung mitgebracht, weil sie mit ihr reden und hören wollten, was passiert ist. Sie ist nicht gekommen. Aber ihr Papa. Er ist gekommen und hat gesagt, dass es einen Mörder gibt, der sie totgemacht hat, und dass er alles gesehen hat und dass er aber einen schicken wird, der kommt und ihn fängt. Das haben die Frau Hebenstreit und die Oma Geiß dann überall herumerzählt, damit der Mörder es vielleicht hört und Angst kriegt vor Melanies Vater. Genau wie der Jörg, der hat ja auch totalen Schiss vor ihm!«

Maren atmete tief durch. Sie würde mit Frau Hebenstreit sprechen müssen, dass sie Julia nicht mit solchen Geschichten beunruhigte, obwohl Julia nicht den Eindruck machte, davon sonderlich belastet zu sein. Ähnlich wie die alten Frauen legte Julia gegenüber diesen Dingen eine beeindruckende Gelassenheit an den Tag. Und Frau Hebenstreit? Sie machte doch eigentlich einen klugen und gebildeten Eindruck. Glaubte sie wirklich an diesen Geisterzauber? Oder steckte etwas anderes dahinter? Wussten die alten Frauen mehr als sie zugaben oder hatten sie zumindest einen Verdacht und wollten mit solchen Aktionen das Wild aufschrecken und in die Fänge der Jäger treiben? Die Macht des Geredes war in der dörflichen Lebensgemeinschaft nicht zu unterschätzen und konnte eine scharfe Waffe sein. Maren hatte das selbst erfahren. Ein wenig begann sie die abwehrende Haltung von Frau Schwarz zu verstehen. Obwohl schon drei Jahre vergangen waren, war das Verschwinden Melanies noch immer Tagesgespräch im Dorf, und Frau Schwarz, ihr Mann und Jörg waren dem ständig ausgesetzt. Die Frau musste sich so verhalten, um sich und ihre Familie zu schützen. Erst recht, wenn eine fremde Frau wie Maren sich plötzlich einmischte. In Maren stieg eine Ahnung von dem auf, was sich damals abgespielt haben musste. Etwas Schreckliches, das man nur von draußen aus der fremden Welt kannte, hatte sich inmitten der friedlichen Beschaulichkeit dieses Taunusdörfchens zugetragen. Fremde Menschen waren herbeigeströmt. Berichterstatter der Medien, Polizisten. Der Name des Dorfes tauchte in den Abendnachrichten auf. Orte und Menschen, die den Dorfbewohnern bekannt waren, begegneten ihnen plötzlich in den Medien, die für das Übel der Welt zuständig waren. Das musste die Leute hier tief erschüttert haben. So tief, dass sie sich erst recht zusammengeschlossen hatten. Niemals hätten sie vor Fremden eingeräumt, dass der Täter gar aus den eigenen Reihen stammen könnte. Maren konnte sich vorstellen, dass die Polizisten wenig brauchbare Informationen erhalten hatten. Es war wohl kein Zufall, dass die einzige Zeugin, die Kräutersammlerin, von außerhalb stammte. Und Thorsten? Welche Rolle spielte er dabei? Gehörte er mit dazu? Maren erinnerte sich, dass er sich davor gescheut hatte, im Dorf gesehen zu werden. Warum? Gab es Menschen, mit denen er alte Rechnungen offen hatte? Noch etwas beunruhigte sie zutiefst. Auf einer der Zeichnungen Melanies war ein Mensch vor einem schwarzen Hund davongelaufen. Ein Mensch mit kurzen, blonden Haaren. Wie Thorsten.

Maren saß in Frau Hebenstreits Wohnzimmer an der blankpolierten Platte eines dunklen Ungetüms von Esstisch mit klobigen Beinen, die in geschnitzten Löwenpranken endeten. Auf dem Weg hierher war sie so sehr in Gedanken gewesen, dass sie allen Vorschlägen Julias zugestimmt hatte, ohne genau zu verstehen, worauf sie sich eigentlich einließ. Julia hatte erklärt, dass Maren nicht einfach den geplanten Tagesablauf umwerfen könne. Frau Hebenstreit warte schließlich mit dem Essen auf sie. Als Maren mit Julia zu der Tagesmutter gegangen war, um die Angelegenheit zu klären, war sie von der alten Dame sofort zum Mittagessen eingeladen worden. Allerdings war Frau Hebenstreit der Ansicht gewesen, dass die Bratwürste nicht ausreichten. Es war kein Problem, Julia während der heiligen Mittagspause zum Hintereingang des Metzgerladens zu schicken. Sie war stolz mit zwei weiteren Würsten zurückgekommen. Genau denen, die am Ende übrig geblieben waren.
Frau Hebenstreit klapperte in der Küche. Sie hatte jede Hilfe Marens abgelehnt und ihr noch Kaffee angeboten. Maren solle doch einfach noch ein Weilchen bleiben und dann um die übliche Zeit gegen drei mit Julia zurückfahren. Dann könne Julia wie jeden Mittag zu den Pferden gehen. Julia hatte begeistert zugestimmt, und Maren hatte sich gefügt. Offensichtlich freute sich Frau Hebenstreit über die Aussicht auf Unterhaltung.
Auf einer Anrichte gab es Fotos von Männern in Uniform und Frauen in strengen Kostümen, und Maren fragte sich, ob das die Toten waren, mit denen sich Frau Hebenstreit bei Oma Geiß unterhielt. Maren konnte sich jetzt erklären, warum ihrer Tochter Worte wie Fliegeralarm, Kinderlandverschickung und Schwarzmarkt geläufig waren. Frau Hebenstreit betrat mit einem Tablett das Zimmer, stellte die Tassen auf

den Tisch und goss Kaffee ein. Sie begann zu erzählen. Da ihre Schilderungen von früher und heute nahtlos ineinander übergingen, war es für Maren nicht so einfach, alle Zusammenhänge zu verstehen. Eigentlich wollte sie das auch nicht. Sie wollte nicht wirklich wissen, was der alte Metzgermeister in seiner Jagdhütte mit den Lehrmädchen trieb und dass die verfallene Scheune neben den Weiden ein Sündenbabel war, wie Frau Hebenstreit es ausdrückte. Im Krieg seien da sogar einmal Juden versteckt gewesen. Die Familie Schwarz, der die Scheune gehörte, hätte mit dem, was sie tat, immer etwas außerhalb des Gesetzes gestanden. »Immer die Nase so hoch!«, schilderte Frau Hebenstreit mit der entsprechenden Geste. »Der Alte hat seinen Lohn versoffen. Trotzdem hat sie gemeint, die Tochter auf das Gymnasium schicken zu müssen! Da ging es dann bald bergab. Wie immer bei den Schwarzens. Man will es ja keinem wünschen. Aber Leute, die sich so verhalten, die ziehen das Unglück an.« Maren verstand plötzlich, dass Frau Hebenstreit von Melanies Mutter sprach. Es bedurfte nur weniger Stichworte, um die alte Frau dazu zu bewegen, das Unglück von Mutter und Tochter Schwarz zu schildern, dem hübschen Mädchen, hinter dem alle jungen Männer des Dorfes her gewesen waren. Aber nein, es hatte ja einer aus dem Nachbarort sein müssen, der ihr scheinbar mehr zu bieten hatte. Anführer einer Motorradgang soll er gewesen sein. Ein Rocker in schwarzem Leder!

Maren hörte in Gedanken das Knistern von Thorstens Jacke, und der Geruch des Leders gemischt mit dem seines Rasierwassers stieg in ihr lebendig auf. Irgendwo zwischen Magengegend und Brustkorb spürte sie feine Nadelstiche, die ihren Atem aus dem Takt brachten.

Frau Hebenstreit fuhr fort: »Ich kann mich noch gut erinnern, wie das war, wenn er sie abends abholte. Einen Höllenlärm hat die Maschine gemacht, und sie ist hinten draufgeklettert. Ein Heidengeld hat sie für die Lederkleidung ausgegeben. Keiner weiß so richtig, wo sie das nach der abgebrochenen Schulzeit verdient hat. Wochenlang war sie manchmal weg. Manchmal mit ihm. Manchmal ohne ihn. Drei Lehren soll er abgebrochen haben. Mit Drogen soll da auch etwas gewesen sein. Sie lebten von der Hand in den Mund. Zwei, drei Jahre ging das so mit den beiden, und die alte Frau Schwarz ist in der Zeit immer kränker geworden. Die Sabine hatte ja nichts zum Abgeben daheim!«

Maren fuhr blitzartig auf: »Sabine? Frau Schwarz heißt Sabine?«

»Ja. Was ist daran so besonders?«, fragte Frau Hebenstreit.

»Nichts«, flüsterte Maren. Dann atmete sie tief ein, um die Frage zu stellen, die ihr auf den Lippen lag.

»Und dieser Motorradrocker war vermutlich Melanies Vater?«

Frau Hebenstreit lachte kurz auf. »Wenn man das so genau wüsste. Sabine hat keine Angaben zur Vaterschaft gemacht. Während sie schwanger war, muss es schon aus mit den beiden gewesen sein. Jedenfalls wurde erzählt, dass man ihn immer häufiger mit einer anderen hinten auf seinem Motorrad gesehen hat. Sabine konnte ja nicht mehr mit ihrem dicken Bauch. Männer! Aber es kann ebenso auch ein anderer der Vater gewesen sein. Wer weiß. Bei dem Lebenswandel! Allerdings, wenn Sie mich fragen, je älter die Kleine wurde, desto ähnlicher sah sie ihm. Sein Gesicht habe ich noch gut in Erinnerung.«

Maren starrte vor sich hin und dachte: Sein Gesicht oder das, welches du dir bei der Seance mit Oma Geiß vorgestellt hast. Mir erzählst du lieber nichts davon. Du weißt genau, was ich dazu sagen würde, und hast Angst, ich schicke dir mein Kind nicht mehr.

Maren betrachtete die dunkle Maserung der Tischplatte und rührte gedankenverloren in der Kaffeetasse. Frau Hebenstreit beobachtete sie dabei. Sie war ein bisschen verunsichert. Maren sah plötzlich auf und stellte in das überraschte Gesicht der alten Frau die Frage: »Wissen Sie, wie der Rocker hieß?«
Frau Hebenstreit runzelte nachdenklich die Stirn. »Wie er hieß? Ach, du lieber Gott, das ist ja nun auch schon mehr als zehn Jahre her. Er hatte wie viele in dem Alter so einen neumodischen Namen. Die alten deutschen Namen, die sterben ja langsam aus. Er hieß ... Wie hieß er nur? Mit den Namen ist es im Alter wirklich ein Problem. Sein Gesicht, das habe ich ganz klar vor mir, aber der Name?«
»Thorsten?«, lauerte Maren.
»Genau!«, sagte Frau Hebenstreit sofort. »Thorsten. Gleich habe ich auch den Nachnamen. Kurz und zweisilbig. Wie Urban oder so.«
»Steiner?«, fragte Maren zaghaft.
»Stei...ner?«, wiederholte Frau Hebenstreit. »Nein«, sagte sie dann entschieden. »Er hieß anders. Aber wie, das fällt mir beim besten Willen nicht mehr ein. Wenn er von hier gewesen wäre, wüsste ich es noch. Aber weiter draußen, da kenne ich mich nicht so aus.« Maren beobachtete die alte Frau forschend. Wenn die Alte sich nicht mehr an den Nachnamen erinnern konnte, konnte sie sich nicht so sicher sein, dass es nicht doch der Name Steiner gewesen war. Wahrscheinlich war alles so, wie Maren es sich gedacht hatte. Thorsten war Melanies Vater. Er hatte Sabine Schwarz verlassen, war in eine andere Stadt, vielleicht nach Frankfurt, gegangen, und sie hatte ihrer Tochter später erzählt, der Vater sei tot. Trotz allem fiel es Maren schwer, sich den ruhigen und beherrschten Mann als wilden Rocker vorzustellen. Hatte er im Laufe seines Lebens Läuterung erfahren? Vielleicht war er inzwischen

im Gefängnis gewesen? Ein gewisser Hang zum Milieu schien noch zu bestehen, das bezeugten die Hintergrundgeräusche neulich beim Telefongespräch. Von wegen Redaktion! Der Totgeglaubte war reumütig zurückgekehrt, um Wiedergutmachung zu leisten! Sabine, ich komme! Der Vater von Jörg hatte Sabine wieder geprügelt am Samstagabend. Sie hatte Thorsten um Hilfe gerufen. Er war zu ihr gefahren. Von wegen Job ist Job, Thorsten! Vielleicht hatte der Alte in der Wohnung randaliert und Jörgs Schilderung, dass Thorsten beim Aufräumen geholfen hatte, war gar nicht gelogen. Maren versuchte, sich daran zu erinnern, wie Jörg damals in Marens Haus auf Thorstens Anwesenheit reagiert hatte. Es war schwer, aus dem eingeschüchterten Verhalten des kleinen Jungen Schlüsse zu ziehen. Am Ende war Thorsten auch noch Jörgs Vater, weil er mit Frau Schwarz über Jahre hinweg ein heimliches Verhältnis aufrechterhalten hatte? Warum? Das gab alles keinen Sinn! Maren biss sich auf die Unterlippe und schüttelte den Kopf, um das Gedankenkarussell, das sich dort immer wilder bewegte, zum Stillstand zu bringen.

Frau Hebenstreit hatte ihr gerade noch ein Stück des selbstgebackenen Kuchens angeboten, dessen Spezialrezept sie nebenbei ausführlich schilderte.

»Nicht mehr? Schade«, deutete Frau Hebenstreit Marens Kopfschütteln und fragte dann unvermittelt: »Warum wollen Sie das alles wissen?«

Maren fiel so schnell keine plausible Ausrede ein, deshalb sagte sie es, wie es war: »Ich glaube, Thorsten zu kennen.«

»Gekannt zu haben«, verbesserte Frau Hebenstreit.

Maren blickte ihr fragend entgegen. Und die alte Frau ergänzte: »Wissen Sie denn nicht, dass er sich totgefahren hat? Das war noch vor der Geburt der Kleinen. Oben in der großen Kurve der Bundesstraße. Wenn Sie ihn früher gekannt haben,

können Sie ja einmal zu der Stelle hingehen. Da steckt ein Holzkreuz im Straßengraben. Neulich bin ich im Bus dort vorbeigefahren. Jemand legt immer noch frische Blumen hin. Sein Grab, das wird irgendwo auf einem Friedhof in der Umgebung sein. Nur der Nachname fällt mir immer noch nicht ein. Aber wenn sie ihn gekannt haben, müssten sie den Nachnamen doch selbst noch wissen.«
»Steiner«, wiederholte Maren.
»Nein, so hieß er nicht«, sagte Frau Hebenstreit hartnäckig und murmelte vor sich hin: »Ur-ban, Hegmann, Stegmann, so etwas in der Art.«

Julia war mit heißen Wangen und strahlenden Augen von ihrem mittäglichen Ausflug zurückgekehrt, hatte sehr zur Freude von Frau Hebenstreit noch zwei große Stücke Kuchen verzehrt und sich die Bratwürste einpacken lassen, von denen Maren ahnte, wer sie letztendlich bekommen würde.
Als Maren die Heckklappe ihres Wagens öffnete, um Julias Schulranzen einzuladen, fiel deren Blick auf den Einkaufskorb. Sie schnappte sich sofort das Bärchen und drückte es fest an sich.
»Warum hast du Bärchen mitgenommen, ohne mich zu fragen?«, kam es vorwurfsvoll.
Maren probierte es mit der Wahrheit in wohldosierter Form: »Man sieht dem Bärchen doch an, dass es vorher jemandem gehört hat, und ich dachte, ein anderes Kind würde es vielleicht vermissen. Das wolltest du doch auch nicht, dass du ein Bärchen besitzt, das eigentlich jemand anderem gehört.«
»Du weißt doch, dass es Thorsten gehört hat«, sagte Julia trotzig.
»Thorsten ist ein erwachsener Mann. Sicher hat es vorher einem Kind gehört.«

»Du glaubst doch nicht, dass Thorsten einem Kind das Bärchen geklaut hat!«, entgegnete Julia aus tiefster Überzeugung.
»Vielleicht hat er es gefunden? Es könnte ja sein, dass es irgendwo lag und er es mitgenommen hat.«
»Und was hast du dann heute mit dem Bärchen gemacht? Hast du überall herumgefragt, wem es gehört?«, erkundigte sich Julia.
»So ungefähr«, antwortete Maren.
»Alle Kinder, die einen Namen haben, der wie Julia mit J anfängt?«, fragte sie weiter.
»Wie kommst du auf diesen Anfangsbuchstaben?«
»Weil es hinten auf Bärchens Schild steht, guck hier!«, sagte Julia und hielt Maren das Stofftier hin. Auf der Rückseite des kleinen Pappschildes, das als Markenzeichen an der Brust des Bärchens angenäht war, hatte jemand mit Kugelschreiber ein verschlungenes J geschrieben. Keine Kinderschrift. Thorstens Schrift?
»Hast du Thorsten gefragt, was das heißt?«, erkundigte Maren sich hoffnungsvoll.
»Das steht jetzt für Julia hat er gesagt. Und es ist und bleibt mein Bärchen. Merk dir das endlich mal!«, schimpfte Julia.
Maren war verzweifelt. Es gab so viele Informationen, doch sobald man versuchte, sie zu ordnen, passte nichts mehr zusammen. Wer war Thorsten, wenn er nicht von den Toten auferstanden war, und warum hatte Melanie seine Augen? Und wer war J?

## Samstag, der 9. Oktober

Maren hatte sich mit der U-Bahn auf den Weg zu dem Lokal gemacht, in dem sie mit Rolf verabredet war. Einen Augenblick stand sie unschlüssig vor der Rolltreppe und überlegte, ob ihre dünnen Absätze möglicherweise in den Metallrillen stecken bleiben würden. Ein weiterer Treppensturz hätte ihr gerade noch gefehlt. Sie beschloss, die Steintreppe zu nehmen, und spürte immer deutlicher, dass sie sich in der Kleidung, die sie für diesen Abend gewählt hatte, unwohl fühlte. Aus der hintersten Ecke ihres Schrankes hatte sie ein hautenges cremefarbenes Seidenkostüm hervorgeholt, das sie einstmals für ein Geschäftsessen mit Rolfs Vorstandskollegen in einer exklusiven Boutique erstanden hatte. Ihre Haare hatte sie zu einer komplizierten Steckfrisur aufgetürmt, und sie hatte eine Weile gebraucht, bis sie zwischen ihren kostbarsten Schmuckstücken Ohrringe gefunden hatte, die ihr nicht von Rolf geschenkt worden waren. Als sie sich nun in ihrem teuren Outfit und mit dem Ledermantel in einer Vitrine musterte, konnte sie nicht beurteilen, ob sie tatsächlich gut aussah. Zu fremd erschien ihr die Frau, die ihr da gegenüberstand. Eines jedoch stellte sie zufrieden fest: Sie wirkte gepflegt und elegant, und genau das hatte sie beabsichtigt. Es war ihr wichtig, neben Rolf nicht wie ein unscheinbares Aschenbrödel zu erscheinen. Wenig später stand sie vor dem italienischen Restaurant, in das Rolf sie gebeten hatte. Ein Blick auf die Speisekarte in dem kleinen Glaskasten neben dem Eingang machte deutlich, dass die Preise bei weitem das übertrafen, was sie erwartet hatte, und sie rechnete schnell durch, ob die hundert Euro, die sie eingesteckt hatte, für drei Gänge und Getränke ausreichen würden. Ihr wurde heiß und kalt dabei. Einladen lassen wollte sie sich von Rolf auf keinen Fall! Sie schaute vorsichtig von außen durch die blankgeputzten Scheiben in den sehr geschmackvoll gestalteten Gastraum. Zum dunklen Holz der Möbel bildeten die reinweißen Tischdecken mit den exakt aufgebügelten Serviettentüten einen schönen Kontrast. Der Raum war dezent beleuchtet. Auf den besetzten Tischen flackerten Kerzen. In einer Nische entdeckte sie Rolf. Er trug eine Jeans und ein weißes Hemd ohne Schlips. Das Jackett hing locker über der Stuhllehne. Bingo, dachte sie selbstironisch und fühlte sich in ihrem Aufzug noch unwohler als vorher.

»Da bist du ja endlich«, sagte er und musterte sie leicht amüsiert. »Ich habe gerade angefangen nachzurechnen, wie viel meiner Lebenszeit ich damit verbracht habe, auf dich zu warten!«

Marens Laune sank unter null. Sie überlegte, ob ein guter Abgang jetzt nicht besser wäre, als den Abend mit ihm durchzustehen. Er war aufgestanden, hatte ihr den Mantel abgenommen und dem herbeigeeilten Kellner übergeben. Rolf rückte ihr den Stuhl zurecht. Nach kurzem Zögern setzte sie sich.

»Warum hast du dieses Lokal ausgesucht?«, fragte sie.

»Weil du gerne italienisch isst?«, kam prompt die Antwort.

»Der Kellner scheint dich zu kennen, nach der Anzahl seiner Bücklinge zu urteilen«, stellte sie fest.

»Ich bin hier öfter.«

»Vermutlich im maßgeschneiderten Anzug, um deine Geschäftspartner zu beeindrucken.«

»Je nachdem«, sagte er.

»Und für den Besuch vom Land hast du dich taktvollerweise leger gekleidet?«
»Warum bist du so kratzig? Ich hatte eigentlich nicht vor, heute Abend mit dir zu streiten. Das Kostüm steht dir übrigens sehr gut. Ist es neu?«
Maren runzelte die Stirn. »Eigentlich müsstest du es kennen!«
»Gut«, antwortete er. »Bevor ich weitere Fettnäpfchen ansteuere, sollten wir besser bestellen. Sie haben heute eine vorzügliche Fischplatte auf der Karte.«
»Bitte keinen Fisch«, sagte sie schnell, und er registrierte das mit Erstaunen.

Trotz der anfänglichen Misstöne gelang es ihnen im Laufe des Abends, ein Gespräch über die Themen in Gang zu bringen, die der Anlass für ihr Treffen gewesen waren. Sie würden das Haus verkaufen, die Hypothek tilgen und den Restbetrag dritteln: Ein Teil für Julia, eines für Maren und eines für ihn. Maren war erstaunt über Rolfs Großzügigkeit und erklärte sich dies mit der entspannten Stimmung, die Julias Abwesenheit und der neutrale Ort begünstigten.
»Ich habe in den letzten beiden Tagen bewusst das Gespräch mit Julia gesucht und glaube, dass ich weiß, woher Julias Frage im Sexualkundeunterricht kam«, begann sie.
Rolf sah von seinem Vorspeisenteller auf. »Prima, was war es denn?«
»Das meiste kommt von ihrem Freund Jörg. Er ist übrigens der Bruder des Mädchens, das vor drei Jahren verschwunden ist.«
Rolf zeigte keine Regung, und Maren dachte an das Foto, auf dem er hinter der Polizeiabsperrung zu sehen war. Sie fuhr jedoch fort, ohne etwas dazu anzumerken: »Jörg ist häufig allein zu Hause und hat im Werkzeugkeller seines Vaters eine

Kiste mit Pornoheftchen entdeckt. Frau Maier-Bode hatte die Kinder gebeten, von zu Hause ihre Aufklärungsbücher zur Einstimmung auf das neue Thema mitzubringen. Jörg besaß so etwas nicht, wollte aber auch einmal einer von denen sein, die etwas mitbringen. Als er die Kinderbücher der anderen sah, wurde ihm klar, dass das, was er in seiner Tasche hatte, der Lehrerin nicht gefallen würde. Nach der Schule hat er sich mit Julia in eine Ecke verkrümelt, ein Geheimversteck, das Julia mir noch nicht verraten hat, und hat sich mit ihr die Heftchen angeschaut. Die beiden haben jedes Bild genau betrachtet und sich ihren eigenen Reim darauf gemacht. Schließlich kamen sie dabei auf die Frage, die Julia dann am nächsten Tag im Unterricht gestellt hat. Jörg hat die Heftchen wieder zurückgelegt, und Julia und Jörg haben einander ihr Ehrenwort gegeben, dass sie das Geheimnis niemandem verraten, damit Jörg keinen Ärger bekommt. Er hat nämlich eine Höllenangst vor seinem Vater. Ich musste Julia meinerseits mein Ehrenwort geben, es für mich zu behalten.«

»Dein Ehrenwort hast du aber jetzt gebrochen, indem du es mir erzählt hast«, sagte Rolf.

»So denkst du. Ich bin inzwischen auch schlauer geworden und habe Julia ausdrücklich darum gebeten, es dir erzählen zu dürfen. Sie hat es erlaubt. Selbstverständlich nur, wenn du mir ebenfalls dein Ehrenwort gibst, niemandem etwas davon zu erzählen, auch nicht Vanessa.«

»Okay, versprochen«, sagte er. »Meinst du, die Bilder haben ihr geschadet?«

Maren zuckte mit den Schultern. »Ich glaube nicht. So wie Julia es mir geschildert hat, haben die beiden sich köstlich über die Nackedeis und deren Verrenkungen amüsiert. Die Bilder, das waren wohl Softpornos. Keine Gewalt, nichts Perverses.«

In Rolfs Gesicht stand Erleichterung. Dennoch blickten seine Augen ernst. Er hatte aus seinem Salat gedankenlos eine Sternfrucht heraussortiert und hätte sie fast wie früher auf Marens Teller geschoben. Sie sah, wie er die Frucht über einen kleinen Umweg auf seinem Tellerrand plazierte. Von dort nahm Maren sie sich mit der Gabel und sagte: »Ich darf doch, oder? Ich esse sie nach wie vor gern!« Er nickte und lächelte etwas gequält. Irgendetwas hat er, dachte Maren, ich kenne ihn doch!

Er räusperte sich und meinte vorsichtig: »Man müsste dennoch mit Julia reden, damit sie versteht, dass sie sich ein bisschen mehr zurücknehmen muss. Wenn man es ihr erklärt, wird sie bestimmt einsehen, dass es in anderen Familien anders zugeht und man nicht einfach mit allem so herausplatzen kann.«

»Das habe ich inzwischen getan. Oder wärst du gerne dabei gewesen?«

Rolf schob kopfschüttelnd seinen Teller weg. Er tupfte sich die Lippen ab und sah Maren über die Serviette hinweg an.

»Du kannst das besser«, sagte er.

Maren lachte bitter auf: »Mit den Worten hast du mir jahrelang alle Aufgaben zugeschoben, die dir unangenehm waren!«

Er ging nicht darauf ein und meinte: »Dann sieht es wohl so aus, als habe dein Freund damit nichts zu tun. Hast du Julia auch darauf angesprochen?«

Maren nickte. »Ich habe mit Julia in den vergangenen drei Tagen mehr geredet als in den letzten drei Wochen. Ich meine, in dem Sinn, dass ich auf sie zugekommen bin. Sonst ist es ja immer so, dass Julia mich zutextet und ich verzweifelt nach Gelegenheiten suche, sie abzuwehren. Seitdem du nicht mehr da bist, hat sie ja nur noch mich, und das ist manchmal ganz schön anstrengend.«

»Das widerspricht aber deiner früheren Theorie, ich hätte mich nie um Julia gekümmert«, sagte er.
»Du hast dich anders gekümmert, bist auf ihre Hirngespinste eingegangen und hattest andere Themen mit ihr. Die männliche Seite fehlt ihr. Das lässt sich nicht verleugnen.«
Sie aßen eine Weile schweigend weiter. Schließlich fragte er: »Und dir, fehlt dir die männliche Seite auch?«
Maren blickte ihn misstrauisch an, um zu prüfen, was er mit dieser Frage bezweckte. Sein Gesicht blieb ernst.
»Ja«, sagte sie. »Was glaubst du denn?«
Er musterte sie einige Sekunden lang nachdenklich und antwortete dann: »Ich hatte in den letzten Jahren manchmal den Eindruck, du brauchst keinen Mann. Einen Geldverdiener, einen Kindermacher, einen Häuserbauer, einen Begleitservice an deiner Seite, ja. Aber einen Mann als Partner in deinem Leben, den brauchtest du, glaube ich, nicht. Der schien dich eher zu stören oder zu verschrecken, je nachdem.«
Maren spürte, wie die Wut in ihr aufschäumte und ihr Gesicht mit Röte übergoss.
»Ist das deine Rechtfertigung, damit du kein schlechtes Gewissen zu haben brauchst? Maren braucht ja keinen Mann wie mich, ich bin ja austauschbar, also kann ich mir ruhig eine Freundin anlachen! Bis heute scheinst du nicht begriffen zu haben, wie sehr du mich damit verletzt hast. Wie sehr du mein Vertrauen in andere Menschen und auch in mich selbst erschüttert hast!«
»Ich denke, dass ich das besser weiß, als du ahnst!«, sagte er leise.
»Du? Du weißt über mich nichts, gar nichts, Rolf! Warum? Weil du eine Ich-AG bist. Du bist das Zentrum deines Denkens. Andere Menschen in deinem Leben sind nur schmückendes oder nützliches Beiwerk. Wer sich mit deinem

Denken und Handeln nicht identifiziert und zu selbständig agiert, wird ausgetauscht! Mich hast du ausgetauscht, weil es dir mit mir zu kompliziert wurde. Ich hatte Ansprüche, das war lästig! Jetzt hast du Vanessa, die dir deine Wünsche von den Lippen abliest. Vermutlich tut sie es aus Liebe zu dir, weil sie so blöd ist, wie ich es einmal war! Und du? Was machst du? Du delegierst an sie garantiert alles, was du nicht übernehmen möchtest. Du kannst das besser, Schatz! Na, super! Du bist der Chef nicht nur in deiner Bank, sondern auch zu Hause. Du bist perfekt im Delegieren und redest dich damit heraus, dass du den wichtigsten Part übernimmst, weil du die Verantwortung trägst. Ich habe nächtelang unser fieberndes Baby auf dem Arm durch die Wohnung geschleppt. Maren trägt das Kind. Rolf die Verantwortung. Wo dabei die Liebe geblieben ist, habe ich mich manchmal gefragt. Inzwischen kann ich es klar beantworten. Du hast sie auch delegiert. An mich! Und wer war schuld, wenn es in Liebesdingen nicht funktionierte? Natürlich auch ich. Und ich meine dabei nicht nur Sex, nicht, dass du das jetzt gleich wieder verwechselst!«

»Könntest du vielleicht etwas leiser reden?«, fragte Rolf.

Maren blickte erhitzt in die Runde und begegnete einigen Gesichtern, die sich sofort diskret abwendeten. Maren beugte sich über den Tisch und fauchte bissig: »Entschuldige bitte, falls ich dich an diesem heiligen Ort so blamiert haben sollte, dass du mit deinen Bankern nicht mehr herkommen kannst. Andere sind nicht so dumm wie du, die halten ihre Ex-Frauen von der edelsten ihrer Futterraufen fern. Da zeigt man sich höchstens mit einer Ehefrau, die pariert, oder einer attraktiven Freundin. Mit Vanessa warst du sicher auch schon hier, oder?«

»Ja«, sagte er und schaute Maren an wie eine gerade entsicherte Handgranate.

»Dachte ich es mir doch! Wahrscheinlich gleich an eurem ersten Abend, während ich im Hintertaunus brav unser Kind gehütet habe. Wolltest der Dame etwas bieten, bevor du sie in die Kiste lockst. Wo habt ihr es eigentlich gemacht das erste Mal? Im Auto? Im Hotel? Irgendwo hinter einem Busch im Park? In welche Niederungen bist du hinabgestiegen, du, der du zu Hause die Krise bekamst, wenn Maren das Bett nicht frisch bezogen hatte?«

»Darauf willst du hoffentlich nicht wirklich eine Antwort?«, fragte er.

»Verschon mich, bitte!«, zischte sie und schob ihren Teller zur Seite. Der Kellner kam sofort und räumte ab.

»Möchtest du jetzt den Hauptgang, oder soll ich besser zahlen?«, fragte er höflich.

»Erstens zahle ich selbst, und zweitens später. Ich halte durch bis zum Dessert. Für eine Mutter vom Dorf mit Babysitterproblemen ist ein Abend in einem Frankfurter Nobelrestaurant das absolute Highlight, selbst wenn es nur mit dir ist! Ich hätte jetzt gerne Champagner!«

»Du wolltest damals unbedingt aus Frankfurt weg«, sagte er und winkte den Kellner herbei. »Sie können weiter servieren! Für die Dame ein Glas Champagner und für mich ein Wasser.«

Der scheinbar neutrale Blick des Kellners glitt über Marens erhitztes Gesicht. »Sehr wohl, Signore«, sagte er mit diskretem Lächeln zu Rolf.

»Du bist nicht allein, Rolf! Der Kellner ist voll auf deiner Seite! Ist schließlich auch ein Mann!«, zischte sie.

»Bin ich jetzt daran schuld, dass du im Begriff bist, dich zur Männerhasserin zu entwickeln?«, fragte er.

Maren leerte das Glas Champagner in einem Zug und genoss Rolfs leichtes Entsetzen darüber.

»Nenne mir einen Mann, der kein feiger Lügner ist!«
»Kommt jetzt der große Rundumschlag? Was ist mit deinem neuen Freund?«
Maren lachte bitter auf.
Rolf sah vor sich hin auf das Tischtuch und drehte gedankenverloren sein Wasserglas. Etwas an seinem Ausdruck dabei erinnerte Maren an Thorsten, und sie erschrak.
Rolf sagte leise: »Für dich bin ich der gemeine Ehebrecher, und damit hast du dein Urteil über mich ein für alle Mal gefällt. An allem gibst du mir im Nachhinein die Schuld und bist nicht bereit, dein Verhalten wenigstens ein bisschen in Frage zu stellen. Das ist nicht fair, Maren!«
»Rede du jetzt bitte nicht von Fairness!«, funkelte Maren ihn an.
Er ließ sich davon nicht beeindrucken und fuhr fort: »Du sprichst vom Gefühle-Delegieren und machst es dir damit ein bisschen einfach. Erinnere dich doch bitte mal daran, wie du dich verhalten hast, nachdem du Mutter geworden warst? Du hattest dich selbst zur Ressortleiterin ernannt und mir in puncto Kinderbetreuung jede Kompetenz abgesprochen. Indem du die gesamte Verantwortung an dich gerissen hast, hast du dich auch vollkommen überfrachtet. Da war kein Platz, keine Zeit mehr für einen Gedanken an mich, wie es mir gerade gehen mochte. Nur deine Stimmung zählte, die wiederum stark von Julias Befinden abhing, das gebe ich zu. Letztendlich hast du vorgegeben, was gerade gefühlt werden sollte. Wenn du deine Kerzchen angezündet und dein Duftöl versprüht hattest, war Romantik angesagt. Wenn du Lust auf Gesellschaft hattest, hast du Leute eingeladen. Wenn du mit mir alleine sein wolltest, war plötzlich ein Babysitter da. Ansonsten war immer die nicht vorhandene Kinderaufsicht schuld, dass wir nichts mehr miteinander unternehmen konn-

ten. Wenn du keine Lust zum Kochen hattest, hast du mich angerufen, Rolf, bring heute etwas aus der Stadt mit. Hattest du Lust dazu, gab es das Mehrgänge-Menü und vielleicht noch ein Après im Bett. Wenn nicht, hattest du Kopfschmerzen oder andere Gründe, die ich zu akzeptieren hatte. Männer können schließlich immer, also müssen sie artig warten, bis sie dürfen. Ich habe nicht delegiert, Maren, sondern resigniert und dir einfach die Programmverantwortung überlassen.«
»Ist ja interessant, was man hinterher alles erfährt. So also wird es ausgelegt, wenn ich mich bemüht habe, dir ein schönes Zuhause zu gestalten, damit du dich nach der Arbeit entspannen konntest. Du hattest die Möglichkeit zu sagen, was dir nicht passte!«
Rolf machte eine bittere Miene: »Nein, Maren, diese Möglichkeit gab es nicht. Das habe ich im Laufe der Jahre gelernt. Du hast nicht geschimpft, hast dich nicht aufgelehnt, wenn man dich kritisierte, sondern du hast dich beleidigt in deine Ecke zurückgezogen und die nächste Eiszeit anbrechen lassen. Das war am Schluss immer häufiger der Fall, weil es mir schlicht und einfach nicht mehr gelang, alles kommentarlos hinzunehmen. Das hatte auch viel mit Julia zu tun, denn es gab einige Dinge in der Erziehung, bei denen ich anderer Ansicht war als du. Gerade hier wollte ich nicht, dass alles nur nach deinen Vorstellungen abläuft, und musste mir von dir sagen lassen, ich hätte keine Ahnung und auch keinen Einfluss, weil ich viel zu wenig Zeit mit unserer Tochter verbringen würde. Erstaunlicherweise hat Julia das nicht so gesehen. Das bisschen Zeit, das wir hatten, haben wir immer in besonderer Weise genutzt, weil es so kostbar war.«
»Ich verstehe nicht, warum du mir das jetzt erzählst. Ich wollte nicht die Scheidung, weil du ein schlechter Vater warst! Du magst recht haben damit, wenn du mir vorwirfst, ich sei zu

empfindlich und zu schnell beleidigt. Doch oft habe ich mich zurückgezogen, um dich nicht noch mehr in Rage zu bringen. Julia hat ohnehin schon genug von den ewigen Streitereien mitbekommen.«

»Jetzt übertreibe nicht, in ihrem Beisein habe ich mich immer zurückgenommen!«, sagte er, und Maren war erstaunt über den ungewohnt ruhigen Ton, in dem er sprach.

Sie gab zu bedenken: »Julia ist klug und sensibel. Sie hat mit Sicherheit mehr mitbekommen, als wir beide ahnen, und wir haben sie damit völlig alleingelassen.« Auch ihr gelang es wieder, etwas sachlicher zu argumentieren.

»Hast du mit ihr darüber auch geredet?«, fragte er.

»Nein, dazu war ich nicht in der Lage bisher, weil ich selbst viel zu aufgebracht und auch zu hilflos war. Wie erklärt man zum Beispiel einem Kind, dem man vermitteln will, dass Gewalt keine Lösung ist, dass der Papa die Mama die Treppe hinuntergeworfen hat?«

Rolfs Gesicht wurde eine Spur blasser. »Du meinst, sie hat auch das mitbekommen?«

»Ich denke, ja. Und bedenklich ist, dass sie uns nicht darauf anspricht, denn es zeigt, wie sehr sie sich zurückzieht. Man glaubt es kaum, dass ein so extrovertiertes Kind wie sie so etwas tut. Und ich frage mich manchmal, was sie noch alles vor uns verbirgt und wie das weitergeht, wenn sie älter wird.«

»Der Vater ein brutaler Schläger und die Mutter eine hysterisch schreiende Furie. Meinst du, dass sie so ein Bild von uns hat?«, fragte er.

»Ich hoffe nicht«, flüsterte Maren. Rolf sah sie mit ernstem Gesicht an. Etwas an ihm war anders als sonst. Seine Schultern hoben und senkten sich unter den tiefen Atemzügen. Schließlich sagte er: »Ich wollte dich nicht verletzen. Was ich getan habe, war falsch, das weiß ich auch. Doch ich war so furchtbar aufgebracht, als ich unvorbereitet auf diese Situation stieß: Dein sogenannter Thorsten gemütlich auf der Couch, meine Zeitung lesend, meine Tochter hütend, der gedeckte Tisch für euch.«

Marens Blicke fixierten ihn verwundert. »Was heißt hier *sogenannter Thorsten?*«

Rolf ging nicht auf ihre Frage ein und fuhr fort: »Ich hatte Angst, völlig ausgebootet zu sein.«

»Was meinst du damit?«, fragte sie.

Er schaute ihr ruhig in die Augen. »Ich weiß, dass es müßig ist, das jetzt zu diskutieren. Es gibt auch keine Entschuldigung für mein Verhalten an jenem Donnerstagabend, aber eine Erklärung möchte ich dir wenigstens geben: Ich habe die Kontrolle verloren, weil nun dieser Mann gekommen war und sich gemütlich in das von mir gemachte Nest setzte, dass er für Julia wichtiger würde als ich, ganz einfach, weil er mit euch den Alltag teilt, und ich deshalb eines Tages für meine Tochter keine Rolle mehr spielen würde.«

»Ich weiß, wie sehr Julia an dir hängt«, erklärte Maren.

»Trotzdem verstehst du es sehr gut, deine Interessen mit emotionalen Mitteln durchzusetzen. Ist dir noch nicht aufgefallen, wie kompromisslos du dabei bist? Besonders, wenn du dich von anderen beleidigt oder verletzt fühlst. So war das letztes Jahr auch. Ich war der Ehebrecher, und du wolltest die Scheidung, und zwar so schnell wie möglich. Keine Chance mehr! Aus. Und die Botschaft an mich: Wenn du nicht mitspielst, verlierst du auch noch das Kind. Ganz natürlich, dass es bei der Mutter bleibt! Nicht eine Sekunde hast du daran gedacht, was diese Trennung von Julia für mich bedeutet hat. Wahrscheinlich empfindest du das noch heute als gerechte Strafe für mich. Ich weiß, dass ich dir damals sehr weh getan habe, aber deine Reaktion darauf war Rache pur und der Versuch der Vernichtung. Ist dir wirklich nicht bewusst, dass du als Gewinnerin aus unserer Scheidung hervorgegangen bist? Du hast das Haus, das Kind und mehr Geld im Monat, als dir zusteht, weil ich mit meinem schlechten Gewissen wenigstens sichern will, dass es euch gutgeht.«

Maren hatte ihm mit unbewegter Miene zugehört, obwohl es in ihr tobte. Sie fühlte sich einerseits tief verletzt dadurch, dass er sie so schonungslos charakterisiert hatte, andererseits jedoch regte sich in ihr eine neue Einsicht, dass er vielleicht recht hatte. Sie wusste von sich, dass sie nicht in der Lage war, Konflikte durchzustehen, in denen man gemeinsam um Lösungen rang, austeilen, aber auch einstecken musste. Bisher hatte sie nur zwei Möglichkeiten gekannt: Flucht oder Angriff mit dem Ziel der Vernichtung des Gegners. Flucht hatte für sie oft bedeutet, dass sie sich hinter den breiten Schultern ihres Partners versteckt hatte, statt neben ihm zu stehen und gemeinsam aufzutreten. Nie hatte sie sich dabei Gedanken über die Situation der anderen gemacht. Sie sah Rolf in die Augen. Er wartete geduldig auf eine Reaktion von ihr. Sie ließ sich Zeit, weil sie sich keine Blöße geben wollte. Ihre Gedanken flohen zu Thorsten und ihrem Auftritt am Mittwochabend.

Sie biss sich auf die Unterlippe und sagte schließlich zu Rolf: »Du schätzt Thorsten falsch ein. Er braucht dein Nest nicht. Er isst noch nicht einmal etwas, was von deinem Geld bezahlt wurde.«

Über Rolfs Miene huschte ein bitteres Lächeln, und sie benötigte alle Kraft, um seinem sezierenden Blick standzuhalten. »Ich weiß das inzwischen auch. Er ist ganz in Ordnung. Ich finde es außerdem fair von dir, dass du ihm gegenüber nichts von meiner Rolle beim Treppensturz gesagt hast.«

»Woher weißt du das?«
»Von ihm. Hat er dir nicht erzählt, dass wir gestern ein Bier trinken waren?«
Maren erstarrte und sah Rolf völlig verblüfft an.
Er erklärte: »Dann wird er es sicher bei Gelegenheit tun. Wir trafen uns zufällig an der Hauptwache auf dem Weg zur U-Bahn. Er sprach mich an, erkundigte sich, wie es mir geht und entschuldigte sich für seine Überreaktion. Ich sagte ihm, dass es völlig falsch von mir war, ihn einfach am Arm zu packen, und habe ihm erklärt, warum ich so ausgerastet bin. Er hat ein gewisses Verständnis gezeigt. Es fing an zu regnen, und wir sind in ein Lokal in der Nähe gegangen.«
»Habt ihr über mich gesprochen?«, fragte Maren.
»Eher weniger. Nur als wir noch beim Thema Donnerstagabend waren, sagte er, er hoffe, dass deine Verletzungen wirklich nur von einem Unfall stammten. Das klang wie eine Drohung. Konnte ich auch verstehen. Ich habe nichts dazu gesagt und nur registriert, dass du ihm nichts erzählt hattest. Es wird nicht wieder vorkommen, Maren! Nie wieder wird es zu einer solchen Szene kommen. Das verspreche ich dir!«
»Ja«, sagte sie kurz und in Gedanken.
»Worüber habt ihr noch geredet?«, fragte sie.
»Belangloses. Ob die Eintracht den Aufstieg schafft. Über die Drogenszene.«
»Drogenszene?«, fragte Maren alarmiert und zu laut, denn vom Nachbartisch kamen erneut neugierige Blicke.
»Nicht, was du denkst«, besänftigte Rolf. »Beim Anblick eines Bettlers, der in der Nähe auf dem Pflaster saß, meinte ich, es sei in letzter Zeit besser geworden, man sähe nicht mehr so viele Fixer in der Nähe der Konstabler- und der Hauptwache. Er meinte, die seien jetzt nur woanders und durch die Dezentralisierung nicht mehr so gut zu kontrollieren. Unverbind-

liches Gerede, keine Sorge, ich habe mich bei ihm nicht über dich ausgeweint.«

Oder er sich bei dir, dachte Maren. Warum sage ich ihm nicht, dass es aus ist mit Thorsten?

»Ist es dir eigentlich ernst mit ihm?«, fragte Rolf.

»Mir ist es immer ernst. Das ist ja mein Problem«, sagte Maren und fragte zurück: »Und was ist mit dir und Vanessa?«

Rolf zuckte mit den Schultern. Er sah eine Weile nachdenklich in sein Glas. Dann meinte er: »Ein Wort von dir damals, dass es für uns noch eine Zukunft gibt, und ich hätte mit ihr Schluss gemacht.«

Maren sah ihn verblüfft an.

»Aber das ist jetzt nicht mehr wichtig«, sagte er und winkte den Kellner heran.

Sie standen vor dem renovierten Altbau in der Wittelsbacher Allee, in dem sich Sybilles Eigentumswohnung befand. Rolf hatte das Auto schräg in der Einfahrt geparkt.

»Wann willst du hier einziehen?«

»Vielleicht schon in den Herbstferien. Mit der Konrektorin der Grundschule habe ich bereits gesprochen. Julia kann dort möglicherweise gleich in das dritte Schuljahr eingeschult werden.«

Rolf nickte, sah an der Hausfront hinauf und blickte sich kritisch um. Auf der Allee brauste selbst um diese späte Zeit noch der Verkehr. In der Mitte zwischen den Fahrbahnen waren Schienen für die Straßenbahn verlegt, dort, wo einstmals Grünflächen gewesen sein mochten. Riesige Alleebäume, an deren Zweigen sich teilweise vertrocknetes Laub kräuselte, zwängten sich in den schmalen Erdstreifen zwischen Straße und Schienenstrang.

»Nicht gerade viel Auslauf für ein Kind«, meinte Rolf.

»Weiter drinnen im Viertel ist es besser. Dort gibt es sogar eine Spielstraße. Und im Hof könnte sie auch spielen«, erklärte Maren.
»Bis die Nachbarn meckern«, sagte Rolf. »Du solltest dir das mit dem Umzug wirklich noch einmal überlegen!«
»Ich habe mich entschieden«, sagte Maren.
»Du – dich«, konstatierte Rolf. »Und Julia? Willst du hier hinziehen, weil dein Thorsten in der Nähe wohnt?«
»Wie kommst du darauf?«, war ihre erstaunte Gegenfrage.
»Er ist mit mir in der U 7 Richtung Enkheim gefahren und an der Eissporthalle ausgestiegen. Daher dachte ich, dass er im Ostend wohnt. Stimmt das nicht?«
»Doch, doch«, sagte sie schnell.
»Nicht, dass du jetzt meinst, ich hätte etwas dagegen«, fuhr er fort. »Dass Julia nach dem Umzug öfter zu deinem Freund kann, finde ich inzwischen gut, denn sie wird mich bald nicht mehr so viel sehen.«
»Und wieso das?«, fragte Maren erstaunt.
»Weil ich mich beruflich verändern werde und nach London gehe.«
Maren sah ihm in die Augen. Das also hatte er den ganzen Abend mit sich herumgetragen! Typisch Rolf, mit den entscheidenden Dingen immer am Schluss zu kommen und sie dann mehr oder weniger beiläufig zu erwähnen.
»Das sagst du erst jetzt?«, flüsterte Maren. »Du weißt hoffentlich, was das für Julia bedeutet?«
»Ich habe lange darüber nachgedacht und mich dann so entschieden. Vorgestern war ich dort und habe unterschrieben.«
»Und Vanessa?«
»Weiß es noch nicht. Sie soll selbst entscheiden, ob sie mitwill oder lieber hierbleibt.«
Maren starrte kopfschüttelnd vor sich hin.

»Und jetzt?«, fragte sie. »Soll ich dir viel Glück wünschen bei der Umsetzung deiner einsamen Entscheidung?«
»Brauchst du nicht. Ich musste das tun. Nicht aus Karrieregründen, wie du vielleicht denkst. Da hätte ich hier genug Möglichkeiten, es ist wegen uns.«
»Warum sagst du das? ›Uns‹ gibt es nicht mehr! Es geht um Julia und dich. Ich bin längst raus aus dem Spiel«, sagte sie betont entschlossen.
»Für dich vielleicht, aber nicht für mich«, sagte er leise.
»Das verstehe ich nicht!«, brauste sie auf.
»Musst du auch nicht«, sagte er, stieg ein und fuhr davon.
Maren starrte ihm nach.

In Sybilles Wohnung bewegte sie sich im Slalom um einige halb gepackte Umzugskartons, zog die Klemmen aus dem Haar, schälte sich aus dem Kostüm und ließ sich rücklings auf das Bett fallen. Über die Zimmerdecke glitten die Lichter der Autoscheinwerfer, begleitet von Motorengebrumm. Schon das dritte Mal heute hörte sie ein Martinshorn. Geräusche, die es an ihrem Wohnort im Taunus äußerst selten gab. Dort war die Nacht viel dunkler und fühlte sich samtig und frisch an. Maren dachte an ein kleines Mädchen, das jetzt in einem viel zu großen Bett neben seiner Oma schlief, abgefüllt mit Gummibärchen, Hähnchenkeulen, Pommes und Limo und allem, was der Oma sonst noch eingefallen war als Wiedergutmachung dafür, dass ihr einziger Sohn durch sein Fehlverhalten das Zerbrechen seiner kleinen Familie verursacht hatte. Und das, obwohl sie ihn so gut erzogen hatte. Im Arm des kleinen Mädchens lag ein Stofftier, das einmal jemandem gehört hatte, dessen Name mit J begann und der vielleicht im Leben jenes Mannes, der das Bärchen verschenkt hatte, eine große Rolle spielte. Für das kleine Mädchen war das nicht wichtig, wichtig war nur, dass er es ihr gegeben hatte. Sie mochte ihn sehr, weil er sie ernst genommen und ihr seine Zeit geschenkt hatte. Doch auch ihn gab es jetzt nicht mehr, weil die Mutter ihn weggejagt hatte. Bald würde das Mädchen mit dem Bären im Arm auf einem Flughafen stehen und seinem Vater nachwinken, der es nun zum zweiten Mal verließ. Er würde weit fort sein und sie so selten sehen, dass sie einander zunehmend als Fremde begegnen würden. Bald würde das Mädchen zum letzten Mal in seinem Kinderzimmer stehen und seinem kleinen Freund die klebrige Hand drücken. Es würde die Erfahrung als Neue in einer fremden Schulklasse machen, die zudem noch ein Jahr weiter war.

Maren atmete bebend ein. Alles, was sich in Julias Umfeld in der letzten Zeit verändert hatte, war nicht von ihr selbst bestimmt worden. Kein Wunder, dass sie sich in Welten flüchtete, die nach ihren Vorstellungen funktionierten. Kein Wunder, dass sie diese Welten durch ein Gestrüpp von Halbwahrheiten, Lügen und Geheimnissen zu schützen suchte. Maren erhob sich und trat ans Fenster. Sie rieb sich fröstelnd die nackten Oberarme. Es war bald Mitternacht, und draußen auf der Allee war es etwas ruhiger geworden. Das gelbliche Licht der Straßenbeleuchtung erzeugte eine Atmosphäre wie in einem alten Kinofilm. Das Stück Großstadthimmel, das man erkennen konnte, war ohne Sterne. Maren wusste plötzlich, dass sie nicht ohne Julias Zustimmung zurück nach Frankfurt ziehen würde. Sie würde ihr die Umgebung, die Schule und die Wohnung zeigen. Dann würden sie gemeinsam entscheiden.

Sie glitt zurück ins Bett und zog die Decke fest um die Schultern. Mit angezogenen Beinen lag sie auf der Seite, und plötzlich musste sie an ein anderes Kind denken, ein winziges, ungeborenes im Bauch einer jungen, hübschen Frau, die noch ganz am Anfang stand und voller Träume war.

Julia hatte viele Lügengeschichten erzählt in der letzten Zeit, doch die eine schien keine gewesen zu sein. Die Art, wie sie es Maren später noch einmal geschildert hatte, wies darauf hin.
»Du kannst doch nicht solche Geschichten erzählen, auch noch in der Schule. Frau Maier-Bode glaubt jetzt wirklich, dass Vanessa und ich ein Kind bekommen. Bald weiß es das ganze Dorf«, hatte Maren gesagt.
»Das mit dir habe ich Vanessa nur erzählt, damit sie nicht denkt, sie ist die Einzige.«
»Wie bitte?«
»Sie hat ihrer Freundin am Telefon erzählt, dass sie ein Kind bekommt und dass Rolf sie dann heiraten wird.«
»Du meinst, sie bekommt wirklich ein Kind und Rolf weiß es nicht?«
»Natürlich weiß er es. Er muss doch gemerkt haben, dass er es eingesät hat!«
»Und er hat dir dann versprochen, dass du bei der Hochzeit Blumenmädchen sein darfst?«
»Nein, das hat mir Vanessa versprochen. Sie war sauer auf mich, dass ich sie beim Telefonieren belauscht habe. Sie hat gesagt, ich darf bei der Hochzeit nur Blumenmädchen sein, wenn ich Rolf nicht erzähle, was sie ihrer Freundin gesagt hat.«
»Und du hast Rolf nichts erzählt?«
»Nein, natürlich nicht. Bloß Vanessa, die Blöde, hat ihm dann gesagt, dass ich ihr gesagt hätte, dass du ein Kind bekommst und ich bei euch Blumenmädchen sein darf.«
Ein Mann, der ins Ausland ging und seiner Lebensgefährtin nichts davon sagte. Eine Frau, die ihre Schwangerschaft erst der Freundin mitteilte, bevor der Vater des Kindes es erfuhr. Maren konnte sich Rolfs Gesicht gut vorstellen, wenn Vanessa ihm die Neuigkeit mitteilte. Ihre Freude und Hoffnung

würden auf einen Eispanzer prallen. Arme Vanessa, dachte sie. Bei Julia hatte er sich wenigstens gefreut. Sie sah Rolf vor sich, wie er mit tränennassem Gesicht Julia als runzliges Neugeborenes im Arm hielt, und dachte an die vielen langen Tage und Nächte danach, in denen sie das Baby rund um die Uhr beschäftigt hatte. Alles schien sich nur noch nach dem Rhythmus des kleinen Bündels zu richten. Irgendwo in diesem Alltag hatten sie einander aus den Augen verloren. Sie rieb ihre eiskalten Füße gegeneinander und dachte daran, wie sie sie früher in den Nächten zwischen Rolfs Beine gesteckt hatte, um sich zu wärmen, und wie er jedes Mal im Tiefschlaf schaudernd zusammengefahren war.

## Montag, der 11. Oktober

Maren hatte Julia an diesem Morgen sehr früh zu Frau Hebenstreit gebracht, damit sie von dort aus zur Schule gehen konnte. Exakt fünf Kilometer waren es bis zum Nachbarort, wenn man dem Hinweisschild glauben durfte. Für manche Leute aus dem Dorf schienen es fünf Lichtjahre zu sein. Maren hatte sich vorgenommen, heute auf diesem Umweg Richtung Autobahn zu fahren. Sie zögerte einen Augenblick, als sie an dem Feldweg vorbeikam, den Thorsten ihr neulich als Abkürzung zum Supermarkt gezeigt hatte. Hatte er noch einen anderen Grund, die Kurve der Bundesstraße zu meiden?

Wenig später stand Maren mit klammem Herzen auf dem grauen Asphalt und sah über einen kleinen Straßengraben hinweg zu einem Holzkreuz, das schief in dem Hang steckte. Die Kurve war in der Tat so eng und unübersichtlich, dass sie es nicht gewagt hatte, ihr Auto hier abzustellen. Stattdessen hatte sie es etwas weiter vorne in einem Feldweg geparkt und war dann zurückgelaufen. Der dichte Morgennebel gab Maren das Gefühl, in dem kleinen Ausschnitt der Welt allein mit diesem Kreuz zu sein. Das Holz war stark verwittert, dennoch konnte man deutlich den darauf eingebrannten Namenszug lesen: *Thorsten.* Darunter stand kein Nachname, sondern ein Datum, das sich am letzten Wochenende zum elften Mal gejährt hatte. Unter das Holzkreuz hatte jemand ein Töpfchen mit frischen Blumen gestellt. Es waren die gleichen lilafarbe-

nen Astern, die Maren am Freitag im Lebensmittelgeschäft des Dorfes gekauft hatte. War es Zufall oder ein Hinweis darauf, dass die Blumen von Sabine Schwarz stammten?
Frau Hebenstreit hatte Maren den Unfallhergang geschildert, soweit sie ihn noch in Erinnerung hatte. Demnach war der junge Mann mit seinem Motorrad in der Kurve gestürzt, auf die Gegenfahrbahn geschleudert und dort von einem Auto, das nicht mehr hatte bremsen können, überrollt worden.
Maren betrachtete gedankenverloren die feuchte Straße, an deren Rändern Rauhreif schimmerte. Über den Asphalt zogen sich breite Traktorspuren, Erdreste hatten das Reifenprofil nachgeformt. Sabine Schwarz war zu der Zeit hochschwanger gewesen. Melanie wurde wenige Wochen nach dem tödlichen Unfall geboren. Ihr Name trug Düsternis und Trauer in sich. Hatte die Mutter ihn deshalb gewählt?
Thorsten, wer immer du warst, es tut mir leid, dass dir so etwas geschehen musste, dachte Maren. Wahrscheinlich war dieser Mann der Vater von Melanie. Aber mit Thorsten Steiner schien er nichts zu tun zu haben. War die gleiche Augenfarbe also doch nur eine zufällige Übereinstimmung?

# Dienstag, der 12. Oktober

Wehmütig blickte Maren den Hang hinab und dachte an den Sonntag, an dem sie hier mit Thorsten unter dem lichtdurchfluteten Blätterdach Hand in Hand entlanggegangen war. Für die fortgeschrittene Herbstzeit waren die Temperaturen noch außergewöhnlich mild. Dem welken Laub auf dem Boden entstieg ein würziger, anregender Duft. Es fehlte noch der modrige Hauch, der sich nach dem nächsten Regen unweigerlich einstellen würde. An diesem Morgen waberten dicke Nebeldämpfe zwischen den nassen Stämmen der Bäume. Der Waldweg, der hinter der Schranke in großem Bogen um den Berg herum zum Nachbarort führte, war von frisch gefallenem Laub bedeckt, das in der Einsamkeit des Waldes von keiner Fuß- oder Fahrspur berührt war. »Vorbei«, schienen die Bäume rundherum zu wispern und entließen bei jedem Windhauch goldene Laubgirlanden, die lautlos und gemächlich nach unten sanken, als schwebten sie durch ein unsichtbares Gewässer.

Die Zeit schien stillzustehen. Maren war berührt von der fragilen Schönheit der herbstlichen Umgebung und dem sich ebenso sanft wie unerbittlich vollziehenden Wandel in der Natur.

Sie hatte es trotz des schlechten Wetters nicht ausgehalten im Haus. Zum ersten Mal seit ihrem Sturz hatte sie wieder ihre Sportkleidung angezogen und sich auf den Weg in den Wald gemacht. Vor der Schranke hatte kein Auto gestanden. Daher

war es wenig wahrscheinlich, dass sie Thorsten im Wald begegnen würde. Sie war darüber erleichtert und enttäuscht zugleich gewesen. Morgen würde es eine Woche her sein, dass sie ihn zuletzt gesehen hatte. Erst eine Woche? Jahre waren seitdem vergangen.
Thorsten, wo bist du? Warum meldest du dich nicht?, rief sie ihn in Gedanken. Muss ich dein Schweigen als Schuldeingeständnis werten? Sybille und Harry sehen das so. Ich möchte, dass alles anders ist. Nur gehen mir langsam die Erklärungen aus.
Joggen war wegen des Fußes noch immer nicht möglich. Doch einen zügigen Fußmarsch hielt der Knöchel schon gut aus. Maren war beinahe stolz auf sich. Sie hatte den Berg zur Hälfte umrundet und einige Höhenmeter überwunden. Bald würde sie das rot-weiße Streifenmuster der Schranke zwischen den Stämmen sehen. Sie schaute auf die Uhr. Es war kurz nach zwölf und noch keine Sonne in Sicht. Das Milchsuppenwetter würde wohl den ganzen Tag anhalten. Das war typisch für diese von Wald- und Feuchtgebieten durchzogene Gegend.
Maren folgte dem sanft abfallenden Hang mit den Augen. Weiter unten war er von dichtem Gestrüpp und einem kleinen Fichtenwäldchen überwuchert, was den Blick auf den am Fuß des Hanges gelegenen Moorsee versperrte.
Plötzlich wurde die Stille durch das vom Nebel gedämpfte Geräusch eines nahenden Autos unterbrochen. Der Motor verstummte. Dumpf schlug eine Wagentür zu. Jemand musste da unten am Waldrand geparkt haben und dann ausgestiegen sein. Thorsten? Ihr Herz klopfte. Zumindest muss ein Mann in dem Auto gesessen haben, konstatierte Maren jetzt mit einem leichten Schmunzeln, denn von der Schranke her kam Kalle geflitzt, als sei der leibhaftige Teufel hinter ihm her. Als

er Maren entdeckte, stoppte er in sicherer Entfernung und hob witternd die schwarze Nase.

»Na, mein Guter«, sagte sie lächelnd, »mal wieder auf der Flucht vor Männern? Komm her, wir sind Gleichgesinnte!«

Der Hund wedelte leicht mit der Schwanzspitze, senkte den Kopf und kam auf sie zu. Kaum hatte er das Knistern des Bonbonpapiers vernommen, setzte er sich hin und hob die Pfote. Nachdem er seine Belohnung kassiert hatte, setzte er sich schnurstracks wieder in Bewegung. Maren sah ihm nach, wie er im Dickicht der Senke verschwand und ohne Zögern durch den Schlamm lief. Für ihn gab es da unten offensichtlich einen Weg vorbei am Moorsee. Auf der anderen Seite setzte er dann seinen Weg in Richtung Dorf fort. Offenbar war der Steilhang für ihn kein Hindernis. Ich bin dir auf die Schliche gekommen, du Strolch, dachte Maren. Vom Waldrand aus geht's über den Wiesenweg ins Dorf und von da in die Scheune. Pünktlich zum Klingeln nach Schulschluss tauchst du dann auf, um von Julia Leberwurstbrote in Empfang zu nehmen. Maren sah auf die Uhr.

Oje, dachte sie, ich muss mich beeilen, damit ich genauso pünktlich bin wie du.

Sie setzte sich in Bewegung. An der Schranke stand tatsächlich ein Auto, allerdings keines, das sie kannte. Es war ein relativ neuer dunkelblauer Kombi mit Wiesbadener Kennzeichen. Neugierig näherte sie sich dem Fahrzeug. Auf dem Rücksitz lag halb ausgebreitet eine Wanderkarte der Gegend, auf der verschiedene Segmente mit Schrägstrichen schraffiert waren. Ein akribischer Wanderer, der genau einzeichnete, welche Gebiete er schon erkundet hatte? Maren runzelte die Stirn. Ein Gegenstand auf dem Boden vor dem Beifahrersitz erregte ihre Aufmerksamkeit, weil von ihm ein spiraliger schwarzer Draht abging, der sich über den Sitz ringelte. Eine verdrahtete Flasche? Blaues Glas. Nein, ganz anders! Plötzlich verstand sie, dass es ein aufsetzbares Blaulicht für Einsatzfahrzeuge war. Dergleichen hatte sie schon gesehen, eher im Film als in Wirklichkeit. Kriminalpolizei hier im Wald? Aber warum?

Harry, du Mistkerl, dachte sie plötzlich. Erst gibst du dem Polizisten meine Handynummer, und dann schickst du ihn mir auch noch auf den Hals! Im Geiste sah sie den Kommissar bereits am Gartenzaun stehen. Den Kragen seines Trenchcoats hochgeschlagen wie Derrick, vertieft in ein angeregtes Gespräch mit Frau Levandowski. Der Inhalt dieses Gesprächs würde ihr demnächst von jeder Ladentheke entgegenschallen, begleitet von vielsagenden Blicken. Im Geiste hörte sie Julia fragen: Mama, stimmt es, was die anderen sagen, dass die Polizei bei uns war?

Vor ihrem Haus hielt sich niemand auf. Frau Levandowski, die anscheinend schon seit geraumer Zeit mit dem Kehren der Straße beschäftigt war und sich gerade ein paar einzelnen Blättchen widmete, hatte niemanden gesehen.

»Einen Mann, sagen Sie? Sie meinen Ihren neuen Bekannten?«

»Nein, den nicht.«

Frau Levandowski richtete sich abrupt auf. »So, einen anderen meinen Sie?« Ihr Blick glitt forschend über Maren. »Ich habe erst gestern zu meinem Mann gesagt, der Nette drüben, wo wir gemeint haben von der Sparkasse, ist schon lange nicht mehr da gewesen. Schade drum. Aber ein anderer war auch nicht da. So sind sie halt, die Männer.«

Maren ließ die Bemerkung der Nachbarin unkommentiert und verschwand im Haus, um sich schnell umzuziehen, damit sie Julia rechtzeitig abholen könnte.

Er hatte das Auto wie üblich in der Scheune geparkt und verriegelte das Tor zum Feld. Niemand war ihm in dieser stillen Mittagsstunde unterwegs begegnet. Der dichte Nebel schützte gut vor Einblicken. Einen Augenblick lehnte er sich gegen das rissige Holz des alten Tores und sog den staubigen Modergeruch ein, der überall in der Scheune gegenwärtig war und in ihm das gute Gefühl entstehen ließ, an einem sicheren Zufluchtsort angekommen zu sein. Dann öffnete er die Heckklappe seines Autos und kramte zwei Decken und zwei Kissen hervor, die er gestern Abend in einem Kaufhaus erstanden hatte. Sorgfältig entfernte er die Preisschilder. Anschließend breitete er die Decken über einem kleinen Heulager aus, das sich in einer Ecke der Scheune befand, warf die Kissen darauf und ließ sich rücklings darauf nieder. Er schaute hinauf zum Dach des alten Gebäudes und stellte missmutig fest, dass es einige kleine Öffnungen gab, durch die sich das milchige Tageslicht vorsichtig hindurchtastete.

Das Dach müsste bald repariert werden. Wenigstens war es direkt über seinem Lager noch heil und würde seine Zwecke noch eine Weile erfüllen. Er griff neben sich, fasste ein Bündel Heu, hielt es sich über das Gesicht und ließ einige Halme hinunterrieseln. Sie kitzelten seine Nase und legten sich klebrig über seine feuchten Lippen. Er sah Julias erhitztes Gesicht vor sich. Gestern hatte es genieselt. Fahrradfahren war nur für kurze Zeit möglich gewesen. Sie war dennoch nicht gleich zu ihrer Tagesmutter gegangen, sondern hatte seinen Vorschlag, in der Scheune eine Heuschlacht zu veranstalten, gerne angenommen. Sie hatte sich dabei dermaßen in Stimmung gebracht, dass er schon befürchten musste, jemand könnte ihr lautes Gekicher und wohliges Jauchzen draußen hören. Niemand war gekommen, weil alle das ungeschriebene Gesetz der Scheune achteten. Deshalb würden auch die Decken und

Kissen kein Problem sein. Man würde sie zur Kenntnis nehmen, vielleicht sogar benutzen. Aber man würde sich keine Gedanken über ihre Herkunft und den beabsichtigten Zweck machen.
Ein plötzliches Knarren im Gebälk irritierte ihn. Er richtete sich auf und sah fassungslos zum Zwischenboden der Scheune, der seinem Lager gegenüber eingezogen war. Dort saß in halber Höhe auf der nach oben führenden Leiter Lars Stephan und sah ihm direkt ins Gesicht.
»Hallo«, sagte der Polizist. »Mit mir haben Sie hier wohl genauso wenig gerechnet wie ich mit Ihnen?«
Die Stimme des Mannes dort oben auf der Leiter, die er unter Tausenden erkannt hätte, bewies ihm, dass es sich nicht um ein Zerrbild seiner aufgewühlten Phantasie handelte. Er war nirgends mehr sicher, nicht einmal hier! Was trieb diesen Mann hierher? War es wirklich noch Zufall, dass sie einander innerhalb kürzester Zeit an Orten begegneten, an denen eigentlich keiner von beiden den anderen erwartet hätte? Oder war doch etwas dran an dem Gerede der alten Weiber? Er erinnerte sich an die Begegnung mit der Oma Geiß. Auf dem Marktplatz hatte sie gestanden. Krumm über ihren Stock gebeugt wie eine alte Hexe hatte sie es den Frauen lauthals erzählt, die dort auf der Bank saßen: »Der Sophie Hebenstreit und mir ist er erschienen. Er wird eine Menschenseele schicken, hat er gesagt, um den Mörder seiner Tochter zu holen. Und dann gnade ihm Gott! Besser, er würde sich selbst der Gerechtigkeit stellen!«
Dabei konnte er sich des Eindrucks nicht erwehren, dass die Alte zu ihm herübergeschielt hatte.
War der Kommissar die Menschenseele, die geschickt worden war? Unsinn! Wer glaubte schon an die Hirngespinste der alten Weiber? Dass der Kommissar ihm in letzter Zeit wieder

häufiger begegnete, musste andere Gründe haben! Gab es vielleicht, wie es die Polizei formulierte, neue Erkenntnisse? Wenn ja, musste er die möglichst schnell in Erfahrung bringen, um darauf reagieren zu können. Das bedeutete, er musste sich auf das einlassen, wovor er sich am meisten fürchtete: ein Gespräch mit Lars Stephan.
»Ich bin wirklich überrascht, Herr Kommissar! Was treibt Sie hierher?«
Er war selbst erstaunt, über die Leichtigkeit, mit der ihm diese Frage über die Lippen gekommen war. Das erfüllte ihn mit Zuversicht, die Situation bestehen zu können. Er gab seinem Gesicht einen entspannten Ausdruck und blickte Lars Stephan erwartungsvoll in die Augen. Gleichzeitig nutzte er diesen Moment, um sein Gegenüber zu studieren. Anders als neulich auf der Landstraße wirkte der Kommissar übernächtigt und erschöpft. Oder war es nur das Dämmerlicht der Scheune, das die Schatten unter den Augen deutlicher nachzeichnete?
»Ich komme nicht von dem Gedanken los«, begann der Kommissar, »dass es der gleiche Anlass ist, der Sie und mich hierhertreibt. Wir könnten probieren, es gemeinsam herauszufinden!«
Er atmete tief durch und wusste, dass er sich auf das Spiel des Kommissars einlassen musste, wenn er selbst etwas erfahren wollte. Es war ein schmaler Steg, über den er zum rettenden Ufer balancieren musste. Ein Fehltritt bedeutete den Absturz. Wann würde Lars Stephan endlich aufgeben? Wie es aussah, war er der einzige der Verfolger, der übrig geblieben war. Musste er ihn vielleicht sogar töten, um endlich Ruhe zu haben?
»Also, fangen wir einfach damit an, dass Sie mir sagen, warum Sie hier sind und was Sie hier tun. Dann sage ich Ihnen, warum ich hier sitze«, eröffnete Stephan.

Nun war er am Zug. »Ich habe in der Sonntagszeitung gelesen, dass ein kurzer Mittagsschlaf auf einem Heulager gut für die Gesundheit ist. Das wollte ich jetzt ausprobieren. Leider haben Sie mich dabei gestört.«

Lars Stephan kommentierte die Antwort mit einem verächtlichen Zucken der Mundwinkel, sah sich eine Weile schweigend um, als müsse er nach Worten suchen, und sagte schließlich: »Ich bin hier, um nachzudenken. Für mich geht das am besten an den Orten, die mit dem, worüber ich nachdenke, in einem engen Zusammenhang stehen.«

»Es muss sehr entmutigend sein, immer über dieselben Dinge nachzudenken, ohne zu einem Ergebnis zu kommen.«

»Das ist richtig«, sagte der Kommissar. »Man braucht dazu eine gewisse Hartnäckigkeit und eine starke Motivation.«

»Und die haben Sie?«

Der Kommissar nickte. Er wirkte jetzt noch erschöpfter. Oder waren das die ersten Spuren der Resignation in diesem ernsten, verschlossenen Gesicht? Es dauerte eine Weile, bis er wieder sprach.

»Ich bin einfach ein schlechter Verlierer«, sagte er. Dabei klang seine Stimme so brüchig wie nie zuvor.

Der starke Lars Stephan, auch nur einer auf der Verliererstraße so wie ich?, dachte er und warnte sich gleichzeitig: Vorsicht! Es könnte ein Trick sein! Er steigt in deine Niederungen hinab und reicht dir die Hand, um dich packen zu können.

»Es sind zwar dieselben Dinge, über die man nachdenkt, aber es sind doch immer wieder neue Blickwinkel, unter denen man sie betrachtet«, redete Stephan weiter mit deutlich festerer Stimme.

Er schafft es gut, sich immer wieder in den Griff zu bekommen. Er hat das geübt, genauso wie ich, dachte er und ahnte, dass in der Ähnlichkeit zwischen ihm und dem Kommissar die eigentliche Gefahr lag.

»Ich habe mir erlaubt, aus Ihren Müllbeuteln, die Sie neulich im Auto transportierten, eine Handvoll Papierschnitzel mitgehen zu lassen. Zu Hause habe ich sie dann zusammengesetzt und fragmentarisch eine Zeichnung rekonstruiert. Ein Kaninchen könnte darauf dargestellt sein, ein schwarz-weiß geflecktes Kaninchen. Seinerzeit hatte ich dem keine Bedeutung beigemessen. Inzwischen denke ich, dass das Kaninchen ein wichtiger Schlüssel ist. Was die Spurensicherung in der Scheune damals mehr oder weniger nebenbei ergab, war das Vorhandensein relativ frischen Kaninchenblutes, ein offener Käfig und Marderfell. Als Benutzer der Scheune müssten Sie das Kaninchen doch eigentlich hier gesehen haben?«

Er begegnete dem fragenden Blick des Kommissars mit einem überlegenen Grinsen: »Natürlich habe ich das Kaninchen gesehen. Aber es ist nichts Besonderes, wenn in einer Scheune in einem Käfig ein Stallhase sitzt.«

»Wussten Sie, wem es gehörte?«

»Nein.«

»War es schwarz-weiß?«

»Ja«, antwortete er nach kurzem Zögern, das Stephan aufmerksam registrierte.

»Vor kurzem war ich noch einmal bei Melanies Familie. Melanies Mutter und der Stiefvater hatten der Tochter keine Haustiere erlaubt. Die Mutter wusste überhaupt nichts von dem Kaninchen in der Scheune. Ihr Mann, der sein Motorrad in der Scheune den Winter über abstellte, wusste zwar, dass es dort ein Kaninchen gab, glaubte aber, dass es irgendeinem anderen Scheunenbenutzer gehörte. Ich habe die Eltern gebeten, sich noch einmal nach dem Besitzer des Kaninchens zu erkundigen. Bisher gab es keine Hinweise. Das ist doch merkwürdig, oder?«

Er sandte dem Kommissar einen scheinbar verständnislosen Blick zu. »Was soll das? Ermitteln Sie jetzt im Mordfall Kaninchen? Der Mörder ist bekannt. Er heißt Marder. Das hatten Sie selbst doch schon herausgefunden!«, sagte er mit einem verächtlichen Grinsen, das ihm guttat.

Lars Stephan sah ihm ruhig in die Augen. »Ich bin selbst auf dem Land groß geworden. Ich weiß, wie es aussieht, wenn die Marder dem Kaninchenstall oder dem Taubenschlag einen Besuch abstatten. Sie richten ein Blutbad an. Sie töten alles, was sie erhaschen können. Noch nie jedoch habe ich erlebt, dass ein Marder sein Beutetier mitgenommen hat. Schon gar nicht, wenn es größer war als die Öffnung, durch die er sich selbst gezwängt hatte.«

»Was wollen Sie damit sagen?«

»Dass zeitnah zum Verschwinden des Mädchens auch ein totes oder verletztes Kaninchen verschwunden ist, das anscheinend niemandem gehörte. Dennoch hat es jemanden gegeben, der sich die Mühe machte, es zu entsorgen.«

»Jemand wird es gefunden und in die nächste Tonne geworfen oder seinem Köter zum Fressen gegeben haben.«

»Möglich«, sagte der Kommissar. »Damals habe ich den Fehler gemacht, nicht darüber nachzudenken. Man müsste jetzt noch einmal die Leute im Dorf befragen. Ich bin mir sicher, dass es jemanden gibt, der sagen kann oder doch zumindest ahnt, wer das Kaninchen dort in den Stall gesetzt hat.«

»Und warum ist das plötzlich so wichtig?«, fragte er und erschrak, da seine Stimme lauter klang als beabsichtigt. Sein Herz klopfte heftig.

»Es ist wichtig, weil ich inzwischen glaube, dass es jemanden gibt, der Melanie dieses Kaninchen ohne Wissen ihrer Eltern geschenkt hat. Ein Geheimkaninchen sozusagen. Es gab jemanden, dem das Kind seinen Wunsch anvertraut hatte und der ihm diesen Wunsch erfüllt hat.«

»Vermutlich die Oma«, sagte er.

»Die Großmutter war krank. Sie hat selten das Haus verlassen und wurde von den Nachbarn versorgt. Möglich allerdings, dass die Kleine ihrer Oma erzählt hat, von wem sie das Kaninchen bekommen hatte, möglich auch, dass diese es jemandem weitererzählt hat. Das könnte man vielleicht durch gezieltes Nachfragen noch herausfinden.«

Aus dem belanglosen Nichts war eine Würgeschlange hervorgekommen, hatte sich geschmeidig um seinen Hals gelegt und nahm ihm nun den Atem.

Nichts anmerken lassen!, befahl er sich. Stephan hat nichts in der Hand! Er tappt verzweifelt im Dunkeln. Halte das aus, und er wird bald unverrichteter Dinge wieder abziehen!

Es war eine gespenstische Situation, in der er sich hier mit Lars Stephan befand. Der Polizist, da oben auf der Leiter, er unten im Heu, zu ihm aufsehend. Eine Szene wie in einem Theaterstück, das auf der Bretterbühne des Saales in der Krone gegeben wurde. Stephan war wie ein bedrohlicher Geist, der im Geäst der Bäume thronte und den Menschenkindern am Boden mit Donnergrollen ins Gewissen redete.

Lars Stephan fuhr fort: »Leider waren die Aussagen der Mutter damals, als Melanie verschwand, nicht sehr genau. Sie war sehr aufgeregt und misstrauisch gegenüber der Polizei. Erst als ich jetzt noch einmal gezielt nachfragte, sagte sie zu mir, dass Melanie am Tag ihres Verschwindens eine große Kunststofftüte mit ihrem Sportzeug bei sich trug. Ich habe daraufhin noch einmal nachgelesen in der Aussage einer Frau, die das Einladen eines Fahrrades in einen Geländewagen beobachtet haben will. Sie berichtete, dass eine helle Kunststoff-

tüte eingeladen wurde. Die Aussage dieser Frau hatte ich nie für besonders brauchbar gehalten. Das Wichtigste daran war damals für mich die Tatsache, dass sie ein Fahrrad gesehen hatte. Daraufhin überprüften wir alle möglichen Fahrzeuge, in die man auf die geschilderte Weise Fahrräder der bekannten Größe verladen konnte. Auch Ihr Auto zählte dazu, war aber leider spurentechnisch nicht mehr erfassbar. Zufall oder Absicht? Die Frage ist bis heute offen.«
Stephan schwieg einen Moment, in dem sie einander in die Augen sahen. Jeder wollte dem anderen beweisen, dass er es aushielt.
Der Kommissar fuhr schließlich fort: »Dabei hatte ich es versäumt auf ein weiteres, viel wichtigeres Detail zu achten, nämlich, dass die Frau diese Tüte als prall gefüllt beschrieb. Wenn man ein wenig über mögliche Zusammenhänge nachdenkt, dann ergibt auch eine andere Erinnerung Sinn. Auf dem Boden vor dem Stall lagen viele verwelkte Pflanzenblätter und Blüten. Löwenzahn, denke ich. Kaninchenfutter eben. Nichts davon war in dem Stall des Tieres. Ich hatte alldem damals nicht die genügende Beachtung geschenkt, weil ich das Kaninchen nicht in Zusammenhang mit dem Kind gebracht hatte. Die Zeichnung hing damals noch nicht hier in der Scheune. Auch in dem Zimmer des Kindes gab es diese Bilder nicht. Inzwischen ist mir klar, dass das Kaninchen ein Geheimnis war, welches das Kind mit einer anderen Person, vielleicht sogar seinem Mörder, teilte.«
»Wieso sprechen Sie von einem Mörder, wenn Sie noch gar nichts gefunden haben?«, unterbrach er Stephan.
Der Kommissar sog hörbar die Luft ein und beobachtete ihn aufmerksam. »Da braucht man sich nichts vorzumachen. Kinder, die so lange spurlos verschwunden bleiben, sind in der Regel tot. Und noch etwas lehrt die Erfahrung. Der Täter

ist in ähnlichen Fällen häufig eine Person aus dem Umfeld des Kindes, die sich sein Vertrauen erschleicht, indem sie ein gemeinsames Geheimnis haben. Die Kinder beginnen, um sich herum ein Minenfeld von Lügen anzulegen, und schützen dadurch den Täter. Inzwischen verfüge ich über Informationen aus Melanies Umfeld, die nahelegen, dass Melanie ein Verhältnis zu einem erwachsenen Mann hatte, von dem sie missbraucht wurde. Ein Mann, mit dem sie Vereinbarungen der gegenseitigen Geheimhaltung getroffen hatte und dem sie regelmäßig begegnet ist. Vermutlich hier in der Scheune. Beinahe perfekt hat Melanie es verstanden, ihr Geheimnis vor ihren Eltern zu verbergen. Ich vermute allerdings, dass Melanie eines Tages ihre Oma einweihte, zumindest was das Kaninchen betraf. Offensichtlich schenkte das Kind ihr eine Kaninchenzeichnung. Auf der Rückseite der Schnipsel konnte ich so eine Art Widmung entziffern. Für Oma, von Mela. Ich habe gestern noch einmal mit der Kollegin gesprochen, die damals bei der Großmutter war, um ihr die Sachen von der Spurensicherung zurückzubringen. Die alte Frau ging auf ihren Krücken mit ihr in die Scheune und bat sie, alles wieder so aufzubauen, wie es vorher gewesen war. Dann zog sie ein zusammengefaltetes Blatt aus der Schürzentasche und bat meine Kollegin, diese Kaninchenzeichnung dort über dem Stall an einem Balken zu befestigen. Die Kollegin glaubte, dass die Großmutter das alles so wollte, um die Erinnerung an das Kind wachzuhalten und ihren Glauben, dass es eines Tages zurückkäme. Ich denke inzwischen anders darüber. Die alte Frau war ja kaum noch in der Lage, die Scheune aufzusuchen. Für sich selbst hat sie diesen Platz der Erinnerung nicht geschaffen, sondern um den potenziellen Mörder zur Konfrontation zu zwingen. Sollte er einer der üblichen Benutzer der Scheune gewesen sein, so musste er es aushalten, diesen Dingen wieder und wieder zu begegnen. Er konnte es sich nicht leisten, sie wegzuschaffen, denn damit hätte er sich möglicherweise verdächtig gemacht. Zumindest wäre er Fragen ausgesetzt gewesen. Ich vermute, dass die Großmutter sogar einen Verdacht hatte. Sie hat geahnt, wer der Mensch war, der mit dem Kind das Kaninchengeheimnis teilte, und durch das Aufhängen des Bildes hat sie dem möglichen Täter dies mitteilen wollen.«

Die Würgeschlange hatte eine weitere Schlinge gelegt und zog sich so eng und schwer um seinen Oberkörper, dass jeder Atemzug zu einem verzweifelten Auflehnen gegen das Unvermeidliche wurde. Es war ein Überlebenskampf gegen die unheimliche Macht der Worte, die längst Vergrabenes aus der Erinnerung hervorzerrten wie wilde Hunde die Eingeweide aus der gejagten Beute. Als wehrlose Beute der Augenwesen hatte er sich sein Leben lang gefühlt. Er musste kämpfen und sich bewaffnen, um sich das zu sichern, was für die Augenwesen selbstverständlich war: ein ruhiges, friedliches Leben. Inzwischen war ihm klar, dass seine größte Bedrohung dieser Polizist war. Wieso gab er keine Ruhe?

Musste er wirklich zu stärkeren Waffen greifen, um ihn endgültig zum Schweigen zu bringen? Seine Pistole lag im Handschuhfach des Autos. O ja, er würde ihn treffen. Das ganze Magazin würde er ihm schenken. Er hätte wie damals gute Chancen davonzukommen. Schüsse waren jetzt in der Jagdsaison nichts Besonderes. Niemand hatte ihn heute beim Aufsuchen der Scheune beobachtet, und wenn doch, würde keiner es der Polizei mitteilen. Beinahe hätte er sich wirklich erhoben, um seinen Plan in die Tat umzusetzen, doch ein Blick auf den gespannten Körper Stephans und dessen aufmerksame Gesichtszüge verriet ihm, dass der Polizist sehr wohl auf einen möglichen Angriff vorbereitet war. Die Jacke war

geöffnet, die rechte Hand befand sich wie zufällig in Brusthöhe. Jetzt wurde ihm mit einem Mal deutlich, warum Stephan diese Position da oben eingenommen hatte.
»Das war doch psychologisch perfekt eingefädelt von der alten Frau und hat ihr vermutlich das Gefühl beschert, nicht völlig ausgeliefert zu sein, finden Sie nicht auch?«
»Das ist unlogisch. Wenn die Oma den Mörder gekannt hätte, hätte sie ihn angezeigt.«
»Wenn es nur eine Vermutung war, hätte sie es nicht getan. Sie hat in den Gesprächen sehr oft die Wendung gebraucht: Das macht meine kleine Mela auch nicht mehr lebendig. Die alte Frau hatte keine Rente. Sie war darauf angewiesen, dass die Leute rundherum sie versorgten. Aus den umliegenden Läden hat man sie mit Lebensmitteln und Haushaltsgütern beschenkt. Vielleicht ahnte sie, dass sie von dem Mörder ihrer Enkelin direkt oder indirekt abhängig war?«
»Sie haben eine wilde Phantasie, Herr Kommissar.«
»Die Phantasie zeichnet manchmal den Schattenwurf der Wahrheit.«
»Sie spinnen ja!«, fuhr er auf und sah in das gelassene Gesicht Lars Stephans.
Dieser spann seine Gedanken unbeeindruckt weiter: »Da hat vielleicht ein kleines Mädchen für sein Kaninchen Futter gesammelt und kam nicht mehr dazu, es zu verfüttern, weil das Kaninchen nicht mehr lebte. Und wenn das so ist, dann verliert sich Melanies Spur nicht draußen an der Bundesstraße, sondern hier an diesem Ort. Jemand, der von dem Kaninchen wusste, hat sie zu der Fütterung begleitet. Und dann? Vermutlich hat Melanie die Scheune nicht lebend wieder verlassen. Vielleicht wurde sie in einem Auto versteckt, das diese Person hier drinnen parkte, damit man es von außen nicht sehen konnte? So, wie Sie Ihres da abgestellt haben, um die

Decken auszuladen? Wollten Sie nicht, dass die jemand sieht? Warum nicht? Sind doch nur harmlose Decken.«

»Für nichts von dem, was Sie da herumphantasieren, haben Sie Beweise!«, zischte er und wusste sofort, dass ihn die Heftigkeit verdächtig machte.

»Die Tüte mit dem Kaninchenfutter könnte ein Beweis sein. Daran müssten sich die Fingerabdrücke des Mörders befinden.«

»Seine Fingerabdrücke würden nur beweisen, dass er mitgeholfen hat, ein Kaninchen zu füttern.«

»Und dass er der letzte Mensch war, der Melanie vor ihrem Verschwinden begegnet ist. Warum hat er sich nicht gemeldet und davon erzählt, wenn es so harmlos war?«

»Was fragen Sie mich das?«

»Warum nicht? Wir denken doch hier gemeinsam darüber nach, wie es damals gewesen sein könnte.«

»Ich habe aber keine Lust, mit Ihnen über Ihre Hirngespinste nachzudenken. Ich vermute, dass Sie sich das alles ausdenken, weil Sie keinen Erfolg bei der Fahndung vorweisen konnten. Ein armes, kleines Licht sind Sie und glauben, mich beeindrucken zu können mit Ihrem Gelaber. Sie machen mir keine Angst, wirklich nicht!«

Ein tiefer Atemzug gab ihm die Luft zum Sprechen. Ein leichter Schwindel entstand in seinem Kopf und sorgte für das entlastende Gefühl, selbst gar nicht mehr in diesem Menschen anwesend zu sein, der da gerade von Stephans scharfen Worten gequält worden war. Von irgendwoher hörte er seine eigene Stimme, die ihm merkwürdig fremd war: »Das sind doch alles nur vage Vermutungen! Sie sollten sich wie Ihre Kollegen langsam damit abfinden, dass Sie das alles nicht mehr aufklären können, und damit aufhören, andere Leute mit Ihrer Fragerei zu belästigen. Nicht einmal die armen Eltern des

Kindes haben Sie verschont! Lassen Sie die Leute doch endlich in Ruhe! Was Sie da machen, das hilft doch keinem mehr!«

»Hören Sie auf!«, fuhr Stephan ihn unerwartet heftig an. »Was wissen Sie denn schon, wie es Eltern nach dem Tod eines Kindes geht? Nichts wissen Sie! Da gibt es kein Vergessen! Das Leben zerfällt in zwei Hälften. Es gibt nur noch die Zeit davor und die danach. Man wird ein völlig anderer Mensch und kann sich kaum noch daran erinnern, wie das scheinbar normale Leben in der Zeit davor war. Es gibt nichts Selbstverständliches mehr. Jede Alltagshandlung wird zum Kraftaufwand. Schauen Sie doch Melanies Mutter an! Sie ist dreißig Jahre alt und bewegt sich wie eine Greisin. Und das Schlimme ist: Sie hat noch nicht einmal ein Grab, zu dem sie gehen kann. Wenn ich ihr schon ihr Kind nicht wiederbringen kann, dann will ich ihr eines Tages wenigstens Gewissheit über sein Schicksal geben. Darum suche ich weiter!«

»Das ist der Grund, warum Sie hier herumstreichen? Sie wollen das Kind finden und nicht mehr den Täter?«

Er konnte beobachten, wie Stephan sich bemühte, ruhig zu atmen. In Wirklichkeit ist er nicht so beherrscht, wie er tut, der Kommissar.

Stephan antwortete mit fester Stimme: »Selbstverständlich will ich den Täter. Aber nicht, weil es, wie Sie vielleicht denken, mir Genugtuung bereitet, sondern weil ich verhindern will, dass ein weiteres Kind sein Opfer wird. Denn das ist leider wahrscheinlich, meinen unsere Polizeipsychologen, und ich denke, sie haben recht. Ein Mensch, der so etwas tut, der nicht einmal einem Kind gegenüber eine Tötungshemmung hat, ist psychisch schwer gestört, wenn nicht gar krank. Alleine und ohne Therapie kommt er da nicht heraus. Er weiß im Augenblick der Tat zwar, dass er etwas sehr Schlimmes tut, aber gerade diese Gewissheit bereitet ihm einen rauschhaften Kick, den er eines Tages wieder suchen wird. So in der Art jedenfalls ist es mir erklärt worden, und ich habe verstanden, wie gefährlich dieser Mensch ist, für andere und für sich selbst.«

Er hörte sich trocken auflachen. Was wussten denn dieser Kommissar und seine Psychologen von ihm? Sie waren Eindringlinge, Augenwesen wie alle anderen auch. Ihr Ziel war, ihn zu vernichten.

»Warum reden Sie drum herum? Glauben Sie, ich hätte nicht längst gemerkt, dass Sie mich verdächtigen?«

Stephan sah ihn lange an. Mit diesen Augen, die ihm so oft in den Nachtgesichtern erschienen waren. Jetzt lag in diesem Blick ein zerstörter, hoffnungsloser Ausdruck, den er in dieser Weise noch nie an dem Kommissar bemerkt hatte und von dem er nicht wusste, wem von ihnen beiden er galt.

»Ja, ich gebe es zu. Für mich sind Sie der Täter!«, sagte Stephan mit trotziger Festigkeit.

Endlich war es heraus. Die Erkenntnis war beinahe eine Erleichterung, und entsprechend gelassen entgegnete er: »Aber Sie haben keinerlei Beweise gegen mich!«

»Nein, die habe ich nicht. Und die zu erhalten wird immer schwerer, je mehr Zeit vergeht.«

Die Botschaft war vielversprechend. Der Kommissar hatte gerade seine Bankrotterklärung abgegeben. Er lehnte sich entspannt zurück und hörte Lars Stephan weiter zu.

»Ich habe keine Beweise und werde sie vermutlich auch nicht mehr finden. Sie hatten inzwischen alle Zeit der Welt, das zu entsorgen, was Sie belasten könnte. Dennoch werde ich die Hoffnung nicht aufgeben, weil ich denke, dass Sie Ihr Versteck nicht in der Ferne gesucht haben. Hier in der Gegend kennen Sie sich aus. Sie sind häufig im Wald. Dort sind wir uns ja auch schon begegnet. Ich habe während der vergangenen drei Jahre systematisch weitergesucht. Nach und nach habe ich alle Gebiete durchkämmt, die man mit einem Pkw ansteuern kann. Inzwischen gehe ich davon aus, dass Sie seinerzeit einen schwer zugänglichen Ort gewählt und diesen zu Fuß aufgesucht haben. Sie sind ein kräftiger Mann. Sie können eine schwere Last auch über weite Strecken tragen. Also wird es mein nächstes Vorhaben sein, die Dickichte und Sümpfe abzusuchen, die man nur zu Fuß erreichen kann.«

Stephan war ihm gefährlich nahe gekommen. Es war ein Heiß-Kalt-Spiel der besonderen Art. Jetzt war es unbedingt erforderlich, ihm mit aller Entschiedenheit entgegenzutreten. Kein unsicheres Flackern in den Augen, kein Zucken um die Mundwinkel, durfte ihn verraten.

»Für wie dumm halten Sie mich eigentlich? Sie glauben, ich bin der Täter, und wollen mich mit dem, was Sie mir da erzählen, aufscheuchen, damit ich Sie an den Ort führe, den Sie suchen? Vergessen Sie es! Ich bin nicht der, für den Sie mich halten! Sie sind doch längst nicht mehr zuständig! Noch nicht einmal Ihre eigenen Leute glauben Ihre fixen Ideen. Sie wollen mir einreden, ich wäre ein geisteskranker Täter? Sie sind doch selbst wahnsinnig!«

Er spürte erleichtert, dass die Schlange ihren Griff zunehmend gelockert hatte. Gleich würde sie von ihm abfallen.

Das Gesicht des Kommissars war blass und regungslos, als sei es nicht von dieser Welt.

»Wahnsinnig?«, flüsterte Stephan. »Dass ein Kind stirbt, ist Wahnsinn! Ich weiß nicht, ob Sie das verstehen können.«

Der Kommissar schaute ihn durchdringend an. Vorsicht! Diese Augen versuchen in deine Seele zu kriechen! Wehr dich, bevor es zu spät ist!, mahnte er sich.

»Sie sind ja krank im Kopf, Herr Kommissar, kränker als Ihr

Mörder!«, schleuderte er ihm entgegen. »Sie sollten selbst schleunigst eine Therapie machen! Sie verkraften es nicht, dass Sie verloren haben! Sie sind ein Besessener!«

Befriedigt stellte er fest, dass seine Worte gewirkt und den Kommissar zum Schweigen gebracht hatten. Endlich senkte er den Blick! Lars Stephan erhob sich und stieg mit langsamen Bewegungen die Leitersprossen herab.

Jetzt hätte er aufspringen und ihn erschlagen können. Aber das war nicht mehr nötig. Der Polizist war ja schon geschlagen. Er kam mit müden Schritten um das Auto herumgelaufen und blieb vor ihm stehen. Er selbst saß noch immer im Heu und gab sich eine entspannte Körperhaltung, um zu zeigen, dass er nicht vorhatte, sich stehend von ihm zu verabschieden.

Stephan schenkte dem jedoch keine Beachtung, sondern sah ihn nur an und meinte eindringlich: »Denken Sie noch einmal über alles nach! Vielleicht gibt es doch etwas, das Sie mir mitteilen möchten. Ich lasse Ihnen meine Visitenkarte da. Sie können mich jederzeit anrufen.«

»Warum sollte ich das?«

Stephan sah sich wie zum Abschied noch einmal in der Scheune um.

»Wem gehört eigentlich das Kinderfahrrad dort unter der Plane?«, fragte er unvermittelt und mit mehr Lebendigkeit in der Stimme.

»Ich weiß es nicht.«

»Warum haben Sie hier überhaupt plötzlich aufgeräumt?«

»Warum nicht?«

»Schlechte Antwort.«

»Ich bin Ihnen, Herr Kommissar, überhaupt keine Antwort schuldig! Vielleicht sollte ich Ihrer Dienststelle mitteilen, was Sie hier treiben in Ihrer Freizeit oder am Ende sogar während Ihrer Arbeitszeit?«

»Wollen Sie mir drohen? Machen Sie sich nicht lächerlich! Entweder Sie geben mir jetzt eine vernünftige Antwort, warum Sie Melanies Sachen entsorgt haben, oder ich schicke Ihnen die Leute auf den Hals, die für Sie zuständig sind!«
Der Ton zeigte ihm deutlich, dass er wieder den Lars Stephan vor sich hatte, den er kannte. Dem zu begegnen gelang ihm noch besser, denn das war bekanntes Terrain.
»Gut, wenn es Ihnen hilft. Ich habe hier aufgeräumt, weil das Anwesen zum Verkauf steht und ich es vielleicht erwerben will.«
»Warum wollen Sie das tun?«
»Vielleicht allein deshalb, um verrückte Polizisten davon abzuhalten, hier ohne Erlaubnis einzudringen!«
Lars Stephan sagte nichts mehr. Er entriegelte das Tor zum Feld und verschwand nach draußen.
Kaum war der Polizist gegangen, sprang er auf und lief zum Tor. Er wollte sehen, welchen Weg der Kommissar nahm. Irgendwo musste er sein Auto geparkt haben. Wenn man ihn im Dorf sah, würde es Gerede geben. Es gab sicher einige, die sich an ihn erinnerten. Er stand im kurzen Gras des Feldweges und schaute in Richtung Dorf. Dort war niemand zu sehen. Er wandte sich um und blickte zum Waldrand. Dort oben im Nebel konnte er die Gestalt Stephans gerade noch ausmachen, bis sie sich nach wenigen Schritten ganz verlor. Er atmete bebend ein und aus. Trotz seines abschließenden Triumphes hatte ihn die Begegnung zutiefst beunruhigt.
Verletzte Raubtiere, dachte er, sind besonders gefährlich.

Als er später in der Scheune stand und das Kinderfahrrad betrachtete, überlegte er fieberhaft, was zu tun war. Die Gefahr, dass der Kommissar ihn hier mit Julia entdeckte, war zu groß. Er war für Lars Stephan der Hauptverdächtige, und dieser

Mensch würde nicht aufgeben, bis er ihm die Tat nachgewiesen hätte. Die Tat, zu der es momentan weder Opfer noch Spuren gab. Aber wie lange noch? Er würde ein neues Versteck wählen müssen und würde dabei Gefahr laufen, von Stephan überrascht zu werden. Er fühlte sich in die Enge getrieben wie lange nicht mehr.

## Mittwoch, der 13. Oktober

Julias dunkle Sternaugen blickten leer und schwammen in Tränen. Ihren Kopf hatte sie leicht nach vorne geneigt, ihre Unterlippe ein wenig vorgeschoben. Er hatte ihr gerade gesagt, dass sie einander nicht mehr treffen könnten. Schluss, aus.

»Schluss, aus«, wiederholte Julia leise. Hinter ihrer Stirn schien sie verzweifelt nach Auswegen zu suchen.

»Noch ein Mal! Noch ein einziges Mal!«, bettelte sie.

Auf diese Bitte hatte er gehofft. Dieses eine letzte Mal wollte er selbst. So lange hatte er alles vorbereitet. So lange hatte er sich alles Mögliche einfallen lassen, hatte gewartet, sich geduldet. Hatte Lars Stephan ertragen. Ein erschreckender Gedanke fuhr ihm durch den Kopf. Hatte der Kommissar in seiner Besessenheit am Ende alle blonden Mädchen in ihrem Alter befragt und vorgewarnt?

»Kennst du einen, der Lars Stephan heißt?«

»Nein!«

»Und Polizisten? Waren in letzter Zeit Polizisten bei euch?«

»Nein, bestimmt nicht! Mama will keine Polizei im Haus haben. Das hat sie Sybille am Telefon gesagt, weil Sybille denen Mamas Handynummer gegeben hat.«

»Gut«, sagte er.

»Gut?« In ihren Augen begann ein kleines Sternchen Hoffnung zu glimmen.

»Ich weiß gar nicht, wie wir das anstellen sollen«, meinte er.

»Morgen holt dich deine Mutter von der Schule ab, und übermorgen sind schon Ferien. Da fliegst du gleich weg, hast du gesagt!«
Julia nickte stumm und starrte enttäuscht vor sich hin. Doch plötzlich entspannten sich ihre Züge.
»Ich habe etwas im Mitteilungsheft stehen! Morgen haben wir eine Stunde früher aus, weil Frau Maier-Bode in einer anderen Klasse Vertretung machen muss! Ich zeige das einfach der Mama nicht. Und ich könnte sie außerdem noch bitten, dass ich morgen Mittag zu Frau Hebenstreit darf. Die meckert nicht gleich, wenn ich ein bisschen später von der Schule komme. Und ihr sage ich auch nichts von dem früheren Schulschluss! Dann kommst du morgen einfach schon um Viertel nach zwölf hierher, und wir hätten Zeit! Geht das?«
Ein wenig spannte er sie noch auf die Folter, indem er sich nachdenklich gab. Er genoss es, ihren erwartungsvollen Blick zu spüren.
»Bitte!«, flehte sie leise.
»Gut!«, sagte er.
»Hurra!«, jubelte sie und schlang ihm die Arme fest um den Hals. Allerdings nur kurz. Dann hüpfte sie in der Scheune umher und warf dabei Heu in die Luft.

# Donnerstag, der 14. Oktober

Maren saß fröstelnd auf einem gefällten Baumstamm neben dem Waldweg hinter der Schranke. Es war kurz vor zwölf, und sie wartete. In der Nacht zuvor hatte es fast ununterbrochen geregnet. Von den Blättern tropfte es noch, doch die morgendlichen Dunstschleier hatten sich verzogen und die herbstliche Mittagssonne strahlte mild. Jeder Sonnenstrahl spiegelte sich tausendfach an den tropfenbehangenen Zweigen, die ihr Licht bis hinab zum Waldboden sendeten. Außer den Tropfgeräuschen im Laub rundherum war der Wald mittagsstill.

Heute Morgen, als Julia sie beim Frühstück darum gebeten hatte, nach der Schule noch einmal zu Frau Hebenstreit gehen zu dürfen, damit sie sich vor dem Urlaub von den Pferden verabschieden konnte, hatte sich Maren spontan entschlossen, eine Idee zu verwirklichen, die ihr gestern gekommen war. Ein zufälliges Kollegengespräch im Lehrerzimmer war der Auslöser gewesen. Der Biologielehrer hatte etwas über das Verhalten von Hunden erzählt, und Maren hatte erfahren, dass streunende Hunde nicht einfach planlos in der Gegend herumliefen, sondern feste Routen hatten und bei ihren Touren sogar einen bestimmten Zeitplan einhielten. Maren hatte dies mit Kalle als Beispiel bestätigen können und sich erkundigt, nach welchen Kriterien diese Routen entstünden. Der Kollege hatte erklärt, der Hund steuere Orte an, die entweder etwas Fressbares böten oder mit Sozialkontakten in Verbindung stünden, die der Hund auf diese Weise pflegte. Hunde hätten in dieser Hinsicht ein erstaunlich gutes Gedächtnis und suchten selbst nach Jahren noch Plätze auf, die sie mit etwas Positivem in Verbindung brachten.

Das Rascheln im Laub kündigte Kalles pünktliches Erscheinen an. Kurze Zeit später war Maren aufgesprungen und versuchte, mit dem davonstürmenden Hund Schritt zu halten. Er war wie üblich von der Schranke kommend aufgetaucht, hatte sich sein Hustenbonbon abgeholt und war dann den sanften Hang zur Senke hinabgelaufen. Gleich würde er im Dickicht verschwunden sein, und Maren hätte dann wenig Chancen, ihm zu folgen.

Plötzlich jedoch hielt der Hund inne und blieb starr auf dem Pfad stehen, der sich zwischen hohem Farnkraut dahinzog. Er hob eine Vorderpfote und prüfte schnüffelnd den Wind. Dann setzte er sich steifbeinig in Bewegung. Inmitten der Farne war nur noch sein schwarzer Rücken zu sehen. Er schien etwas, was sich dort auf dem Boden befand, intensiv zu beriechen. Inzwischen war Maren herangekommen. Der Hund wich vor ihr zur Seite, und ihr Blick fiel auf etwas, das sie im ersten Augenblick nicht zu deuten wusste und dem ein lähmender, widerlicher Geruch entstieg. Übelkeit würgte sie. Im Laub waren schemenhaft Umrisse eines Kadavers zu erkennen, die merkwürdig flimmerten wie ein Fernsehbildschirm bei Sendestörung. Bei näherem Hinsehen erkannte sie, dass die sich bewegenden Punkte nichts anderes waren als Tausende winziger Fliegenlarven, die den Kadaver fast vollständig bedeckten. An den geöffneten Fängen und den Resten rötlichen Felles glaubte Maren einen toten Fuchs zu erkennen. Noch nie hatte sie dergleichen gesehen. Noch nie hatte sie sich Gedanken darüber gemacht, was mit dem Körper eines Lebewesens geschah, das nach seinem Tod in freier Natur liegen blieb. Sie fixierte das Gewimmel, atmete den Gestank ein und fühlte sich in einer Art Schreckstarre, die sie am Weglaufen hinderte. Der Hund hatte sich längst von dem Fuchskadaver abgewandt und war in Richtung Moorsenke weitergelaufen.

Was mute ich mir hier eigentlich zu?, dachte sie. Wer weiß, was ich noch alles finde.

Kalle hatte sich geschüttelt, an einem Erlenstämmchen sein Bein gehoben und lief nun durch den Morast auf ein dichtes Gestrüpp junger Bäumchen zu, die von Brombeerranken überwuchert waren. Der Schlamm gurgelte unter Marens Füßen, und ihre Stiefel wurden immer schwerer. Der Hund mit seinem geringeren Körpergewicht, das zudem noch auf vier Beine verteilt war, kam deutlich besser voran. Maren staunte ohnehin, dass es durch das Pflanzengewirr einen Pfad gab. Der Boden wurde immer weicher. Jeder Abdruck von Marens Stiefeln füllte sich sofort mit schwarzer, modriger Brühe.

Der Geruch nach Fäulnis verdichtete sich und erschwerte das Atmen. Er zog herüber von einer Wasserfläche, die zum größten Teil von hohen, herbstlich verfärbten Schilfgräsern bestanden war. Sollte sie sich bis dahin wagen, oder war das zu gefährlich?

Wenn ich hier im Moor versinke, findet mich niemand mehr. Sie musste daran denken, dass dieser verborgene Ort ein ideales Versteck war für etwas, das man verschwinden lassen wollte. Unsinn, dachte sie dann. Die Polizei hat damals mit Sicherheit hier gesucht. Hier würde sie nichts mehr finden.

War ihr Gedanke, dass der Hund auf seiner Route die verstorbene Menschenfreundin besuchte, doch zu abwegig? Warum aber wählte er dann diesen beschwerlichen Weg durch die Senke?

Maren war unschlüssig stehen geblieben und sah über den

von Wasseradern durchzogenen Morast hinüber zu dem Hund. Er stand neben dem See unterhalb einer großen Weide. Maren arbeitete sich mit vorsichtigen Schritten bis zu dem Hund vor und stellte erleichtert fest, dass der Untergrund neben der Weide zwar abschüssig und glitschig, aber deutlich fester war. Sie schaute auf den kleinen See. Dann fiel ihr Blick wieder auf Kalle. Er blickte zum gegenüberliegenden Ufer, wo der Hang mit einem kleinen Nadelwald bewachsen war, und prüfte den Wind.

»Kalle, erzähl mir, woran du jetzt denkst!«, sagte Maren. Der Hund blickte flüchtig zu ihr auf und wedelte leicht mit der Schwanzspitze. Maren ließ die Schultern sinken und schalt sich dafür, diesen verlassenen Ort aufgesucht zu haben. Kalle war bis zur Uferböschung getreten, duckte sich und trank schlabbernd von dem Teichwasser. Scharen von Wasserläufern glitten flüchtend davon. Sie blickte voller Ekel auf die ölige Oberfläche des Faulwassers. Zwei Enten brachten sich schwimmend vor dem Hund in Sicherheit, dann flogen sie auf, wobei es kurz so aussah, als liefen sie über die Wasserfläche. Ein Kunststück auf diesem winzigen Teich. Kleine Wellen bildeten sich, breiteten sich in alle Richtungen aus und ließen sogar die Schilfhalme am gegenüberliegenden Ufer leicht wanken. Die Sonne, die sich glatt und rund im Wasser gespiegelt hatte, verzerrte sich im Spiel der Wellen wie ein davonhuschender Feuergeist. Überall funkelten kleine Lichtblitze.

Maren kniff die Augen zusammen. Drüben auf der anderen Seite im Schilf hatte etwas plötzlich ihre Aufmerksamkeit erregt. Wieder war es zu sehen. Ein gelbes Glitzerlicht, das im Rhythmus der Wasserbewegungen kurz aufblinkte und wieder verschwand. Für den Bruchteil einer Sekunde verblüffte Maren diese Erscheinung, bis ihr in erschreckender Gewissheit klarwurde, woher sie Lichter dieser Art kannte: von den Rücken der Schulkinder! Es waren die Katzenaugen auf den Verschlüssen ihrer Tornister! Dort drüben im Schilf lag ein Schulranzen! Jetzt konnte Maren auch deutlich dessen Umrisse ausmachen. Die Wasserfläche kam langsam wieder zur Ruhe. Maren stand starr und atemlos. Noch etwas erkannte sie dort im seichten Wasser. Es ragte krumm daraus hervor wie ein verfaultes Aststück. Was seitlich davon abzweigte, deutete Maren im Zusammenhang allerdings als die Handbremse eines Fahrrades, und das rundliche Gebilde daneben war die Klingel. Die beiden Sommer nach Melanies Verschwinden waren trocken und heiß gewesen. Vermutlich hatte sich der Wasserspiegel des Sees erheblich gesenkt und allmählich etwas freigegeben, das er vorher bedeckt hatte.

»Oh, nein«, flüsterte Maren und blickte voller Angst, noch mehr zu entdecken, über das schwarze Wasser. Der strahlend blaue Himmel, der sich in der Wasseroberfläche spiegelte, war nun von Wölkchen durchzogen. Krähen umringten einander in taumelndem Flug und entließen schnarrende Rufe in die stille Welt. Das alles hatte für Maren plötzlich etwas Unwirkliches. Sie bebte und umklammerte das Seidentuch, das sie sich um den Hals geschlungen hatte. Mit einem Mal wurde ihr bewusst, wie sehr sie diese Szene an die Schrecken ihres Traumes erinnerte. Nur der Schrei des Kindes war nicht zu hören. Nicht mehr. Marens Herzschläge pochten wie wild in ihrem Kopf, dennoch fror sie entsetzlich.

»Kind, wo bist du?«, flüsterte sie, worauf sich der Hund ihr näherte. Er drängte sich gegen ihr Bein und schnüffelte an ihrer Jackentasche. Maren streichelte abwesend den breiten, warmen Schädel des Tieres und spürte, dass Kalles Anwesenheit sie beruhigte und wieder klare Gedanken fassen ließ. Langsam zog sie ihr Handy aus der Jackentasche und zögerte

noch in der Bewegung. Sie musste die Polizei rufen. Sie überlegte, was sie sagen sollte.
*Ich habe Melanie gefunden.*
Nein, das stimmte gar nicht.
*Ich habe ein Fahrrad und einen Schulranzen in einem Moorteich gefunden.*
Das würde keiner sonderlich ernst nehmen.
*Ich vermute, dass dies die Sachen des verschwundenen Mädchens sind.*
Und wenn sie lediglich eine wilde Mülldeponie entdeckt hatte? Aber das war unwahrscheinlich. Wer würde sich so viel Mühe mit der Entsorgung seines Mülls machen und einen dermaßen beschwerlichen Weg dafür zurücklegen? Eigentlich gab es nur einen, der ihre Nachricht verstehen und ihren Fund ernst nehmen würde. Sie hatte seine Telefonnummer in ihrem Handy gespeichert. Sie drückte die Tasten. Der Name erschien im Display.
Sie zögerte. Sein Display würde ihm melden, wer ihn anrief. Er würde kommen und Fragen stellen. Was hat Sie auf den Gedanken gebracht, gerade hier zu suchen? Maren sah zuckende Blaulichter rund um ihr Haus. Die Nachbarn. Harrys Blitzlichtgewitter. Schlagzeilen.
Grausame Entdeckung im Moor. Mutterherz findet verlorenes Kind.
Julia wäre alldem ausgesetzt. Ist deine Mutter nicht die, die … Nein, das war unzumutbar. Also wieder gehen und alles so belassen, wie es war? Vielleicht wäre das den Eltern sogar lieber. Maren sah das hoffnungslose Gesicht von Frau Schwarz vor sich. Dann dachte sie an die Astern am Holzkreuz.

Julia trat kräftig in die Pedale. Nur wenige Meter lang war die gerade Strecke auf dem engen Hof. Dann zog sie die Lenk-

stange herum und fuhr sicher in die enge Kurve. Er lobte sie Beifall klatschend.
»Ich würde gerne mal länger an einem Stück geradeaus flitzen. Bald darf ich das bestimmt auf der Straße vor unserem Haus«, rief sie begeistert.
»Wer weiß, ob deine Mutter davon so erfreut wäre«, wandte er ein. Julia hielt an und nickte stumm. Diese Gelegenheit nutzte er, ihr den Vorschlag zu unterbreiten, den er sich nach der letzten Begegnung mit Lars Stephan ausgedacht hatte.
»Ich habe eine gute Idee. Wir fahren mit dem Auto zu einem Waldparkplatz, den ich kenne. In der Woche sind da keine Autos. Dort kannst du richtig große Runden fahren. Niemand sieht uns.«
»Wegfahren geht nicht. Das darf ich nicht«, sagte Julia entschieden.
»Merkt doch keiner. Wir sind pünktlich um eins wieder zurück, und du kannst zu Frau Hebenstreit gehen, als wäre nichts gewesen.«
»Ist es denn weit?«
»Gar nicht weit. Ein paar Minuten mit dem Auto. Aber wenn du nicht willst, lassen wir es eben. Schade!«
»Nein, ich will, komm schnell, damit wir pünktlich zurück sind«, rief sie und schob das Rad in Richtung Scheune. Er war ihr gefolgt und hatte hastig ihren Schulranzen auf den Rücksitz des Autos geworfen. Den Turnbeutel hinterher. Sein Herz raste. Erregung durchströmte ihn. Jetzt würde nichts mehr dazwischenkommen. Die Lawine hatte sich in Bewegung gesetzt. Nichts würde sie aufhalten können. Auch er selbst nicht.
Er öffnete mit Schwung die beiden Torflügel der Scheune und stellte mit einem Blick in die Runde zufrieden fest, dass niemand in der Nähe war. Julia stand mit dem Fahrradlenker in

der Hand hinter seinem Wagen und registrierte aufmerksam seine überhasteten Bewegungen und seine euphorische Miene. Er öffnete die Heckklappe und griff nach dem Fahrrad.
»Los, steig schon ein!«, drängte er.
Julia rührte sich nicht. Sie sah ihm zu, wie er das Fahrrad mit Schwung im Heck des Autos verschwinden ließ. Dazu musste er den Lenker in eine bizarre Position drehen. Das Fahrrad lag wie nach einem Sturz. Julia schreckte zusammen, als er die Heckklappe zuwarf. Er sah sie an und vermisste jede Freude in ihren Augen. Das kindliche Strahlen war daraus gewichen. Eine grausame Ahnung stieg in ihm auf, dass sie ihm gleich alles verderben würde.
»Was ist?«, fragte er scharf.
»Ich will doch nicht!«, sagte sie.
Diese Worte trafen ihn wie Dolche. Alles umsonst! Hinterhältig hatte sie ihn ausgenutzt. Sie war auch nicht besser als die anderen.
»Was du willst, ist Schiss«, sagte er drohend. »Steig ein, los!« Wut schäumte in ihm.
In Julias Augen begann die Angst zu flackern. Das tat ihm gut. Das hatte sie davon! Er sah, wie sie langsam zurückwich. Sie hatte also vor, durch das Tor zum Hof zu fliehen. Sollte sie doch! Spätestens beim Öffnen des schweren Hoftores würde er sie erwischen! Der bessere Fluchtweg war nach vorne, zum geöffneten Feldtor hinaus. Doch dieser Raum wurde zum größten Teil von seinem Auto eingenommen, und in der engen Gasse zwischen Fahrzeug und Toröffnung stand er. Er sah an ihren Blicken, dass sie den Fluchtweg über den Hof bereits selbst verworfen hatte. Sie musste an ihm vorbei. Sollte sie doch losrennen! Er würde sie packen.
»Du entkommst mir nicht, kleines Biest«, sagte er und bewegte sich langsam auf sie zu.

Maren stand auf dem kleinen Marktplatz. Sie hatte ihren Plan geändert und beschlossen, Julia doch von der Schule abzuholen. Wer weiß, was nachher hier los sein würde, wenn sie ihren Anruf gemacht hatte. Von der Möglichkeit, abgewimmelt zu werden bis hin zu suchenden Hundertschaften mit Hubschraubern und schwerem Gerät hatte sie sich in Gedanken alles ausgemalt. Die Kirchturmuhr schlug Viertel vor eins. In einer Viertelstunde würde Julia aus der Schule kommen. Ein wenig erstaunt war Maren, dass von Kalle weit und breit nichts zu sehen war. Sie lief kurz zum unteren Ende des Wiesenweges, der sich leer und friedlich an den geöffneten Toren der Scheune vorbei zum Waldrand hinaufschlängelte, und musterte stirnrunzelnd das Bild, das sich ihr bot. Längst hätte der Hund hier sein müssen. Er hatte sie unten im Tal verlassen und war schnurstracks Richtung des Dorfes gelaufen, während sie sich noch einmal nach Hause begeben hatte, um sich eine saubere Hose und andere Schuhe anzuziehen. Für einen Augenblick war ihr, als hörte sie vom Waldrand her ein Motorengeräusch. Ein Auto konnte sie da oben nicht erkennen. Es schien schon hinter der Biegung verschwunden zu sein. Maren zuckte mit den Schultern, lief zurück zu dem kleinen Marktplatz und suchte die Telefonzelle auf, die sich neben einer Holzbank und einer kleinen Bepflanzung in der Mitte des gepflasterten Rundes befand. Vorsichtig schaute sie sich um. Niemand beachtete sie. Schnell trat sie an das Gerät heran, schlang ihr Halstuch um die Sprechmuschel und wählte mit spitzen Fingern die Nummer. Gleich würde sie den Text sprechen, den sie sich genau überlegt hatte.
Nach kurzer Zeit meldete eine mechanische Frauenstimme, dass sie die Mailbox von Lars Stephan erreicht hatte. Ein Piepton signalisierte ihr, dass sie nun ihre Nachricht hinterlassen konnte.

Maren räusperte sich nervös. Als Erstes nannte sie langsam und deutlich den Ortsnamen und die Postleitzahl. Ihre eigentliche Nachricht kam hastig: »Der Schulranzen und das Fahrrad von Melanie Schwarz liegen im Moorteich.«
Dann hängte sie den Hörer wieder ein.
Das musste genügen. Sie hatte damit ihre Pflicht getan.
Beiläufig schaute sie zum Lebensmittelladen. Aus dem Hoftor neben dem Gebäude kam ein kleiner Junge, schlenderte zu den Fahrradständern und setzte sich dort neben eines der Räder. Jörg!
Wenige Sekunden später stand Maren neben ihm. Er schaute sie erschrocken an und schien weglaufen zu wollen.
»Warum bist du schon hier? Ihr habt doch erst in ein paar Minuten Schule aus?«
Jörg gab keine Antwort. Er zuckte mit den Schultern und starrte vor sich auf das Pflaster.
»Wussten Sie nicht, dass die Kinder heute eine Stunde früher aushatten?«, hörte Maren die Stimme von Frau Schwarz, die gerade aus dem Laden gekommen war.
»Nein«, sagte Maren und wusste selbst nicht, warum ihr Herz plötzlich in wilder Panik pochte.
Frau Schwarz packte einige Lebensmittel in den Korb am Lenker ihres Rades. Dann fuhr sie davon. Jörg saß mit baumelnden Beinen auf dem Gepäckträger. Die Verschlüsse seines Schulranzens blinkten in der Sonne. Die Lichter verschwammen vor Marens Augen zu flimmernden Kreisen. In ihrem Kopf dröhnte es.
So stand sie kurze Zeit später vor der erstaunten Frau Hebenstreit.
»Julia kann doch noch gar nicht da sein. Sie hat doch erst um ein Uhr Schule aus.«
»Hat sie nicht!«, schrie Maren. »Wo ist sie?«

»Sie kommt sicher gleich«, versuchte Frau Hebenstreit zu beruhigen.
»Nein«, schluchzte Maren auf. »Oh, nein, hoffentlich ist es nicht zu spät!« Sie rannte die Treppe hinunter. Auf dem Absatz wandte sie sich noch einmal zu Frau Hebenstreit um, die unschlüssig in der Wohnungstür stand.
»Sie müssen sofort die Polizei rufen! Ich werde Julia suchen!«
»Die Polizei?«, flüsterte Frau Hebenstreit verwirrt. »Aber warum denn? Julia kommt sicher gleich. Sie ist bestimmt noch einmal kurz zu den Pferden.«
»Ist sie nicht! Es ist etwas passiert. Ich spüre das! Mein Handy ist im Auto! Rufen Sie an!«
»Aber die Polizei würde auch sagen, dass man erst einmal abwarten soll. Sie würden …«, stammelte die alte Frau.
»Nicht abwarten!«, schrie Maren. Frau Hebenstreit zuckte zusammen.
»Rufen Sie die Polizei an, lassen Sie sich nicht abwimmeln! Sagen Sie, man soll Kommissar Stephan Bescheid sagen. Haben Sie das verstanden?«
Frau Hebenstreit stand still und musterte die bebende Frau vor sich mit sorgenvoller Miene. Maren schrie wieder: »Ich habe keine Zeit jetzt. Ich muss Julia suchen. Rufen Sie an! Lassen Sie sich verbinden. Versprechen Sie mir das! Stephan. Lars Stephan heißt der Kommissar.«
»Lars Stephan«, wiederholte Frau Hebenstreit. Maren wartete ungeduldig, bis sie sich sicher sein konnte, dass die alte Frau ihren Auftrag verstanden hatte.
»Stephan«, wiederholte Frau Hebenstreit noch einmal mit nachdenklichem Gesicht. »Genau, so hieß er!«
»Was soll das jetzt?«, schrie Maren auf.
»Der Thorsten, der Motorradfreund von der Sabine. Melanies

Vater. Neulich ist mir doch der Nachname nicht eingefallen. Thorsten Stephan, ja, so hieß er!«

»Das tut doch jetzt überhaupt nichts zur Sache!«, schrie Maren. »Rufen Sie an und verlangen Sie Lars Stephan. Und ihm sagen Sie alles, haben Sie verstanden? Von woher Sie anrufen und dass Julia weg ist und dass ich sie suche!«

Frau Hebenstreit deutete eine Mischung aus Nicken und Kopfschütteln an. Das schien Maren als Bestätigung zu genügen. Sie rannte, so schnell sie konnte, zu den Viehweiden und schaute sich voller Unruhe um. Julia war nirgends zu entdecken. Die Tiere standen friedlich grasend in der Mittagssonne.

Maren lief zu den weit geöffneten Torflügeln der alten Scheune. Kurze Zeit später stand sie in dem windschiefen Gebäude und wartete ungeduldig, bis sich ihre Augen an das Dämmerlicht gewöhnt hatten. Erstaunt nahm sie das vor ihr liegende neue Kinderfahrrad wahr, das achtlos hingeworfen inmitten von Kissen und Decken im alten Heu lag. Drehte sich das Vorderrad noch, oder gaukelte ihre Aufregung ihr das vor?

»Julia?«, rief sie. »Julia? Bist du hier? Sag etwas! Ich bin dir auch nicht böse, dass du mich mit dem Schulschluss angekohlt hast. Komm heraus, wenn du dich versteckt hast!«

Nichts rührte sich. Die Stille war grausam. Irgendwo summte eine Fliege.

Maren kletterte die Leiter zum Zwischenboden hinauf. Dort lag eine zusammengerollte Zeitung. Das Datum war von vorgestern. Maren durchwühlte planlos das Heu und kletterte hastig die Leiter wieder hinunter. Sie entdeckte den Zugang zum Hof. Wunderte sich über dessen gepflegtes Aussehen. Drückte die Klinke zum verschlossenen Wohnhaus. Nichts.

»Julia!«, schrie sie laut. Nichts rührte sich. Niemand reagierte auf ihren Ruf. Sie rüttelte an dem alten Hoftor. Es knirschte in den verrosteten Angeln. Mit einem heftigen Ruck ließ es sich einen Spalt öffnen, durch den Maren das Grundstück nach vorne hinaus verließ.

Maren stand allein auf dem menschenleeren Marktplatz. Vom Rennen flatterte ihr das Herz. Sie versuchte, sich zur Ruhe zu zwingen. Sie erinnerte sich an einen Nachmittag vor einigen Jahren. Sie waren im Schuhgeschäft. Von einer Sekunde auf die andere war das Kind weg gewesen. Alle hatten mitgeholfen, sie zu suchen. Draußen vor dem Geschäft verlief die vielbefahrene Straße. Jeden Moment hatte sie das Geräusch quietschender Reifen und einen dumpfen Aufschlag erwartet. Maren hörte sich jetzt noch schreien: »Julia!« Sie war dem Zusammenbruch nahe gewesen. Dann hatte jemand die Kleine plötzlich entdeckt. Nicht weit von Maren hatte sie in einer Regalgasse des Ladens auf dem Boden gesessen und Schuhe anprobiert. Sie war so in ihre Beschäftigung versunken gewesen, dass sie nichts gehört hatte. Damals war alles gutgegangen. Wahrscheinlich steckte Julia irgendwo, hatte die Zeit vergessen und dachte sich nichts dabei. Maren musste zur Vernunft kommen und in aller Ruhe weitersuchen. Es war ihr nun peinlich, dass sie Frau Hebenstreit genötigt hatte, die Polizei anzurufen. Maren lief zu ihrem Auto, das sie vor der Metzgerei geparkt hatte. Sie setzte sich hinter das Steuer, nahm ihr Handy aus dem Handschuhfach und rief Frau Hebenstreit an.

»Haben Sie schon die Polizei verständigt?«, fragte Maren.

»Noch nicht«, kam es zögerlich. »Aber ich wollte es gleich tun!«

»Lassen Sie es«, sagte Maren. »Es war wohl ein bisschen vorschnell von mir. Ich werde sie suchen. Bestimmt hat sie sich irgendwo verbummelt. Ich fahre jetzt mit dem Auto den Weg oben am Waldrand ab.«

»Ja, das ist vernünftiger«, sagte Frau Hebenstreit beruhigt. »Der Lars ist übrigens sein älterer Bruder. Jetzt weiß ich es wieder.«
»Bruder?«, fragte Maren, die andere Gedanken im Kopf hatte.
»Von Thorsten«, half Frau Hebenstreit nach. »Das muss man sich mal vorstellen! Der eine handelt mit Drogen, und der andere ist bei der Polizei. Die Eltern hatten es auch nicht leicht. Immer Angst um die Söhne. Das hat sie auf den Friedhof gebracht. Die Mutter ist ja erst nach dem Thorsten gestorben. Schlimm, wie es in manchen Familien zugeht. Abgründe tun sich da auf.«
»Ja«, sagte Maren kurz angebunden. »Ich fahre jetzt los!«
Als sie den Wiesenweg hinauf an dem geöffneten Tor der Scheune vorbeifuhr, spürte sie die Unruhe wieder in sich aufsteigen. Die finstere Öffnung wirkte wie ein bedrohlicher Schlund. Bleib ruhig!, ermahnte sie sich. Das offene Tor irritiert dich nur, weil es ungewohnt ist. Sie fuhr den holprigen Weg am Waldrand entlang. Die Furchen waren tief. Vor ihr im Schlamm zeichneten sich frische Reifenspuren ab.
Etwas war kurzzeitig in ihrem Blickfeld aufgetaucht. Maren bremste und fuhr ein Stück zurück. Der Wagen setzte knirschend auf. Doch das registrierte sie schon nicht mehr. Sie schaute gebannt auf einen Gegenstand, der sich am Ast eines Baumes verfangen hatte und über dem Abgrund zur Moorsenke baumelte. Ein Schulranzen. Julias Schulranzen! Maren verließ in fliegender Eile das Auto. Sie stand am bröckelnden Rand des Hanges und rief: »Julia!«
Im Wald hallte es von Baum zu Baum. Einige Vögel flatterten auf. Dann kehrte die Stille zurück. Der Ranzen hing so hoch, dass Maren ihn nicht erreichen konnte. Tief unten zwischen den Bäumen blinkte es. Maren achtete jetzt auf nichts mehr.

Sie tat einen Schritt nach vorne und geriet sofort ins Rutschen. Sie griff nach dem nächsten Gestrüpp, um sich festzuhalten. Die Stacheln der Brombeerranken, die ihre Handfläche zerkratzten, spürte sie nicht. Mit dem nächsten Schritt verlor sie jeglichen Halt. Gemeinsam mit einer Ladung Erde, Laub und Zweigen rutschte sie hinab, fiel auf die Seite, konnte nichts mehr fassen. Sie rutschte, ohne ein Gefühl für oben und unten zu haben. Im Mund schmeckte sie modriges Laub und Blut. Sand knirschte zwischen ihren Zähnen. Als sie sich endlich aufrichtete, fand sie sich am Stamm eines riesigen Baumes in der Nähe des Wasserspiegels wieder, der sie gebremst hatte. Sie zwang sich aufzustehen und bewegte sich in Taumelschritten auf das schwarze Wasser zu. Sie wusste nicht, ob ihre Stimme es flüsterte oder ob es ihr im Kopf hämmerte, weil für andere Gedanken dort kein Platz mehr war: Julia. Julia. Nein. Bitte nicht! Julia!

Dann stand sie neben der Weide und starrte ins Wasser. Die Sonne war weitergewandert, strahlte schräg durch die gelichteten Bäume und erlaubte einen Blick in die Tiefe des Faulwassers. Dort trieb etwas wabernd und weiß. Maren schluchzte auf. War das ein weißes Hemdchen und die Fäden daneben Wassergräser, oder war es schwebendes, langes Haar an einem leblosen Körper? Maren lief in das Wasser und versank sofort knietief im Schlamm. Das Weiße war nicht mehr zu sehen, weil das Wasser sich eingetrübt hatte. Maren griff verzweifelt nach einem langen Ast, der sich im Schilf neben ihr verfangen hatte. Sie stocherte damit an der Stelle im Wasser, an der die Erscheinung verschwunden war. Der Ast wurde sofort schwerer. Er hatte sich an etwas verhakt. An seinem Ende wurde eine weiße Kunststofftüte sichtbar. Maren schleuderte die Tüte ans Ufer. Mit Hilfe des Astes, den sie als Stütze benutzte, erreichte sie selbst den festen Boden. Die nassen Kleider spürte sie nicht, sie nahm den Gestank des Moderschlammes nicht wahr, registrierte nur das dröhnende Hämmern im Kopf und die würgende Übelkeit, die sie mit aller Kraft zu unterdrücken versuchte. Feurige Kreise wirbelten vor ihren Augen. Sie konzentrierte sich verzweifelt auf den Gegenstand, der neben der geöffneten Tüte im Uferschlick lag. Es war ein grauer, schimmliger Kinderturnschuh. Nicht Julias Turnschuh! Sie griff danach und hielt ihn vor ihr Gesicht. Die Moorbrühe brannte in ihren verletzten Händen. Im rauhen Kunstleder war ein mit Kugelschreiber angebrachter Schriftzug zu erkennen. Die Buchstaben tanzten vor Marens Augen, bis das Zitterbild zur Ruhe kam. Mela Sch., lautierte Maren flüsternd wie ein Kind, das gerade lesen lernte. Danach ließ sie den Arm sinken. Eine merkwürdige Ernüchterung breitete sich in ihr aus. Entschlossen griff sie in die Tüte und zog ein triefnasses Männerhemd hervor, das einmal blau gewesen sein mochte. Maren schloss die Augen. Melanies Zeichnung eines Mannes in einem blauen Hemd mit kurzen, blonden Haaren kam ihr in den Sinn. Maren starrte auf das Hemd in ihren Händen. Mit zitternden Fingern faltete sie den Stoff auseinander. Rostbraune Flecken kamen zum Vorschein. Blut? Ekel schüttelte sie. Gerade wollte sie das Hemd zurück in die Tüte stopfen, als sie das winzige Schild im Kragen bemerkte. Es war ein Stoffschild mit eingestickten Initialen: Th. S.

Maren erbebte. Sie hörte Sybilles Stimme, wie von weit her: Niemand kann in einen anderen Menschen hineinsehen!

Frau Hebenstreits Worte gesellten sich dazu: Abgründe tun sich da auf. Abgründe!

Das ist nicht wahr, flüsterte Maren. Das darf einfach nicht wahr sein! Mit fliegenden Händen stopfte sie die Gegenstände in die Tüte zurück und quetschte das Bündel zwischen die Wurzeln der Weide. Ein rasender Schwindel tobte in ihrem

Kopf, die Übelkeit legte sich würgend um ihren Hals. Sie fühlte sich nicht in der Lage, sich aufzurichten, und kauerte mit geschlossenen Augen am Stamm der Weide. Tränen der Verzweiflung drängten sich unter ihren Lidern hervor. Julia, wo bist du? Was geht hier eigentlich vor?

Zunächst registrierte sie nur wie nebenbei, dass in ihrer Nähe ein Ast laut knackend zerbrach.

Dann horchte sie auf. Etwas bewegte sich durch den Wald. Es waren Schritte, die sich ihr im trockenen Laub näherten. Menschenschritte. Die Schritte verstummten. War es doch nur ein Tier? Oder stand der Mensch jetzt still? Gleich darauf hörte Maren ihn reden.

»Nein«, sagte er. »Ich mache heute ein bisschen länger Mittag. Schätze, dass ich so gegen drei spätestens zurück bin. Okay, über das Handy kannst du mich auf jeden Fall erreichen. Bis dann.«

Maren hätte diese Stimme unter Tausenden erkannt. Sie schluckte. Ein Strudel wilder Gedanken wirbelte durch ihren Kopf. Keinen davon konnte sie in irgendeine Ordnung bringen. Sie schaute ihrer Hand zu, wie diese vorsichtig den Ast vom Boden aufnahm und mit sicherem Griff umschloss. Langsam richtete sie sich im Schutz der Weide auf. Vor ihren Augen verschwammen die Bilder. Noch immer hatte sie den Blutgeschmack im Mund. Dann lugte sie vorsichtig am Stamm der Weide vorbei in die Richtung, aus der sie seine Stimme gehört hatte. Sie hatte sich nicht getäuscht. Wie sie ihn kannte in seiner schwarzen Lederjacke und den Jeans. Er hatte eine ähnliche Haltung eingenommen wie auf Harrys Foto und schaute prüfend auf den Moorteich. Dennoch war etwas anders an ihm. Sein Gesicht wirkte hagerer. Vielleicht lag es am Bartschatten auf seinen Wangen. Das machte ihn fremd. Zum ersten Mal wurde es für Maren vorstellbar, dass Thorsten ganz und gar nicht der Mensch war, für den sie ihn gehalten hatte.

Nachdem er sein Handy in der Jackentasche verstaut hatte, setzte er sich in Bewegung, stieg über die Pfützen und versuchte über Pflanzeninselchen, die etwas mehr Festigkeit versprachen, zum Wasser zu gelangen. Er kam zügig näher und hatte als Ziel offensichtlich den festen Boden neben der Weide vor Augen. Maren schmiegte sich enger an den Stamm, konnte jedoch wegen des dichten Gestrüppes am Boden nicht gänzlich hinter dem Baum verschwinden. Für eine Flucht war es längst zu spät. Thorsten war mit einem großen Schritt in den Uferbereich neben der Weide getreten. Dort stand er nun zum Greifen nahe, den Rücken ihr zugewandt. Es war nur noch eine Frage der Zeit, wann er sie bemerken würde. Sie umklammerte mit beiden Händen den schweren Ast. Thorstens konzentrierte Aufmerksamkeit schien dem See zu gelten. Er schaute hinüber zu der Stelle im Schilf, wo Maren den Ranzen entdeckt hatte. Sie bemerkte eine leichte Erstarrung in seiner Haltung. Er beugte sich ein wenig nach vorne, um den Blickwinkel zu verändern. Kein Zweifel! Jetzt hatte auch er die Gegenstände dort drüben im Wasser entdeckt.

Plötzlich war die Luft mit einem seltsamen glucksenden Geräusch erfüllt. Thorsten schaute zum Himmel. Eine Schar großer Zugvögel durchquerte in exakter Pfeilformation das klare Blau des Himmels und erzeugte das ungewöhnliche Geräusch. Thorsten folgte den Vögeln mit den Blicken und drehte seinen Körper langsam mit. Plötzlich hatte er Maren entdeckt.

Er fuhr blitzschnell herum und stand leicht geduckt mit erhobenen Händen vor ihr. Das bewegte Maren ihrerseits dazu, den Ast bis über die Schulter anzuheben. Zum Schlag bereit stand sie vor ihm. Als er sie erkannte, sanken seine Hände sofort nach unten, und er richtete sich auf. Dabei glitten seine Blicke über ihr verschmutztes Gesicht und den blutigen Mund.

»Maren? Du? Was machst du hier?«

Er wollte einen Schritt auf sie zugehen.

»Bleib stehen!«, schrie sie verzweifelt auf.

»Was ist passiert? Bist du verletzt?«, fragte er und wollte mit der Hand nach ihrem Gesicht greifen.

Sie wich ein Stück zurück. »Lass mich!«, schrie sie, holte aus und schlug mit ihrem Knüppel nach ihm.

»Hör auf!«, rief er und fing ihren schlagenden Arm ab. Sie spürte seinen festen Griff. Schmerz und Verzweiflung ließen sie aufschluchzen.

»Wo hast du Julia?«

Sein Griff wurde sofort lockerer, und sie riss sich mit einer heftigen Drehbewegung los. »Julia?«, keuchte er. »Was ist mit ihr?«

Den Namen ihres Kindes aus seinem Mund zu hören verlieh ihr Bärenkräfte.

»Du hast sie!«, rief sie wütend. »Was hast du mit ihr gemacht? Du Bestie!« Dabei schlug sie unkontrolliert mit dem Knüppel nach ihm.

»Maren, hör auf mit dem Blödsinn!«, rief er und wich, mit erhobenen Unterarmen ihre Schläge abfangend, vor ihr zurück. Dabei musste er der Uferböschung des Teiches zu nahe gekommen sein, denn plötzlich glitt er nach hinten aus. In seine Fallbewegung hinein ließ Maren ihren Knüppel mit voller Wucht beidhändig auf ihn niedersausen. Das Holz brach. Thorsten lag reglos vor ihr auf dem Boden.

Maren ließ den Arm langsam sinken, mit der Hand umklammerte sie noch das Endstück des Knüppels. Mit leerem Blick beobachtete sie den dicken Strom dunklen Blutes, der

aus einer Kopfwunde oberhalb der Stirn des Mannes quoll, an der Nase hinabrann und von dort in den Schlamm tropfte.
Allmählich kam sie zur Besinnung.
Tot. Ich habe ihn totgeschlagen, rauschte es ihr durch den Kopf. So also tötet man einen Menschen. So einfach geht das.
Jetzt spürte sie, wie ihr Arm mit dem Knüppel entsetzlich zu zittern begann. Sie warf das Holz in hohem Bogen von sich und hörte seinen dumpfen Aufschlag irgendwo im Laub. Mit strauchelnden Bewegungen stieg sie über den Körper des leblosen Mannes und begann zu laufen. Taumelnd stolperte sie vorwärts, fiel in den Schlamm, richtete sich mühsam wieder auf. Bloß nicht umdrehen! Bloß weg! Zu Julia. Julia befreien. Aber wo war sie? Ein eiskalter Schrecken übergoss Maren und ernüchterte sie. Inzwischen war sie im trockenen Laub des Hanges angekommen. Wie sollte sie jetzt herausfinden, wo Julia war? Sie hatte den einzigen Menschen umgebracht, der wusste, wo sie sich befand. War sie irgendwo hier im Sumpfgebiet? In Gedanken sah Maren sie in einem tiefen Erdloch, in dem der Wasserspiegel unaufhörlich stieg. Sie brauchte Hilfe! Man musste das Waldgebiet sofort absuchen. Die Polizei konnte das.
Wo war der Kommissar? Hatte er seine Mailbox noch nicht abgehört? Wenn es jemanden gab, der den Ernst der Lage erfassen konnte, dann war er es. Sie wählte mit zitternden Fingern seine Nummer aus dem Adressbuch ihres Handys.
Bitte sei da! Bitte geh dran! Bitte versteh mich sofort! Bitte finde Julia! Bevor es zu spät ist!
Jedem Signalton, den sie hörte, schickte Maren eine Bitte nach. Bloß keine Mailbox jetzt!
Ihr Herzschlag dröhnte in ihren Ohren. Sie hörte deutlich die Fieptöne, die ihr zeigten, dass der Ruf ankam.

Im selben Rhythmus dieser Töne drang jetzt ein weiteres Geräusch an ihr Ohr. Es kam von außen. Irgendwoher von den Bäumen. Nein, es war hinter ihr. Sie drehte sich langsam um, das Handy immer noch am Ohr. Dort am See lag die zusammengekrümmte Gestalt des Mannes im Schlick wie ein hingeworfener Mantel. Aus der Richtung dieses dunklen Bündels klingelte eindringlich ein Handy. Maren ließ die Hand langsam sinken und betrachtete ungläubig das Handy in ihrer Hand. Sie drückte auf die rote Taste. Sofort schwieg das Handy in den Kleidern des Mannes. Nein, flüsterte sie. Wie in Trance beobachtete sie ihren Daumen, der erneut die Nummer des Kommissars aus dem Adressbuch anwählte. Sofort war wieder das Handy des Mannes zu hören. »Das ist einfach nicht wahr«, flüsterte Maren verzweifelt. Sie drückte die Taste, und damit verstummte auch das Handy des Mannes wieder. Sie überlegte fieberhaft: Was jetzt? Weglaufen? Wohin? Wer würde jetzt nach Julia suchen? Die Polizei? Einen von euch habe ich leider gerade umgebracht! Es war eine Verwechslung! Verwechslung? War Thorsten in Wirklichkeit Lars Stephan? Oder hatte Thorsten sich Lars Stephans Handy angeeignet? Maren rief sich zur Ordnung: Sei vorsichtig! Du darfst jetzt nicht noch einen Fehler begehen! Lass dich nicht von Panik überfluten! Nimm deine Kräfte zusammen und bezwing deine Angst, Woge für Woge. Nur eins ist wichtig, dass Julia gerettet wird.

Vielleicht lag der Polizist schwer verletzt oder tot im Wald, weil Thorsten ihn überwältigt hatte. In ihrem Kopf dröhnte Rolfs aufgebrachte Stimme: Der Typ ist gefährlich. Das ist ein ausgebildeter Nahkämpfer! Maren bebte vor Angst. Trotz allem: Sie musste sich Gewissheit verschaffen, wer der Tote wirklich war. Irgendeinen Hinweis auf seine Identität musste er dabeihaben. Polizisten haben Dienstausweise.

Maren zwang sich, Schritt für Schritt auf den leblosen Körper zuzugehen. Sie kniete sich neben ihm hin. Das Handy fand sie in der Außentasche seiner Jacke. Erneut wählte sie es an, und der kleine Apparat erwachte zum Leben. Mehr noch: Das Display meldete, Maren ruft an. Etwas verschnürte ihren Hals und trieb ihr die Tränen in die Augen. Mit zitternden Fingern öffnete sie den Reißverschluss von Thorstens Jacke und erschrak, als sie das Schulterhalfter mit der Waffe entdeckte. Von irgendwoher erklang Julias kichernde Stimme: »Hosenträger«.

Eigentlich hätte es keines weiteren Beweises bedurft, dennoch tastete sie nach seiner Brusttasche. Sie fand die Kunststoffhülle eines Ausweises. Als sie ihn herauszog, fielen einige Visitenkarten heraus. Ein Stern war aufgedruckt, der das Wappen mit dem hessischen Löwen umschloss. Lars Stephan, Kriminalhauptkommissar, stand darauf und einige Telefonnummern. Der Ausweis ließ keinen Zweifel daran: Der Mann, den sie als Thorsten Steiner kennengelernt hatte, hieß in Wirklichkeit Lars Stephan. Seine Handynummer hatte sie die ganze Zeit mit sich herumgetragen, ohne dass einer von beiden es geahnt hätte.

Wie in einem wilden Zeitraffer fuhren die Ereignisse des letzten Monats durch ihren Kopf. Und wie Herbstblätter, die sanft zu Boden schwebten, nachdem ein heftiger Windstoß sie durcheinandergewirbelt hatte, ordneten sich ihre Gedanken. Übrig blieben am Schluss nur ein kleiner, abgegriffener Teddybär und eine metallene Haarklemme.

Maren hatte das Gefühl, eine Bleiweste zu tragen, unter der ihr das Atmen immer schwerer wurde. Sie starrte auf ihre Hand, die noch immer seinen Jackenaufschlag hielt. Die Wärme seines Körpers schlug ihr entgegen.

»Sei bitte nicht tot«, wünschte sie sich, und ihre Stimme überschlug sich schluchzend. »Julia, wo bist du, wie finde ich dich bloß?«

Beinahe panisch war er in sein Auto gestiegen und hatte die Flucht ergriffen. Er fuhr hinauf in Richtung Waldrand, wo er um diese Zeit niemandem begegnen würde. Durch die Unebenheiten des Weges wurde er an ihren Schulranzen erinnert, der hinter ihm auf dem Rücksitz einen wilden Tanz veranstaltete.
Er hatte sich zum Anhalten zwingen müssen. Hatte den Ranzen geschnappt und ihn im hohen Bogen hinab in die Senke werfen wollen. Doch ein schräg stehender Ast hatte den Ranzen abgefangen. Er hatte sich nicht darum gekümmert und war weiter bis zur Schranke an dem kleinen Waldparkplatz gefahren. Erleichtert hatte er festgestellt, dass dort kein anderes Auto stand. Er hatte die Rolle mit den blauen Müllsäcken, die er für heute vorgesehen hatte, in die geräumige Innentasche seines Anoraks gesteckt und sich auf den Weg gemacht. Es würde ein Wettlauf mit der Zeit werden. Er musste so schnell wie möglich alle alten Spuren beseitigen, damit die neuesten Ereignisse damit nicht in Zusammenhang gebracht werden konnten. Plötzlich hatte er einen entsetzlichen Schrei gehört und sich erschrocken hinter einem großen Esskastanienbaum versteckt. Dort hatte er eine Weile abgewartet und schließlich vom Waldparkplatz her Motorengeräusche vernommen. Zu seinem Schrecken hatte er feststellen müssen, dass Lars Stephan auf dem Weg zum Moor war. So schnell hatte er nicht mit ihm gerechnet. Vorsichtig war er ihm gefolgt. Der Kommissar bewegte sich forsch, so als rechnete er nicht damit, dass ihm jemand hier gefährlich werden konnte. Jetzt stand er nicht weit von Maren hinter einem Baum, hatte in grenzenlosem Staunen die Szene am Moorsee beobachtet

und konnte nicht begreifen, wie es für ihn zu einer derart glücklichen Wendung hatte kommen können.
Wo ist diese Frau denn auf einmal hergekommen? Sie hat ihn erschlagen! Sie hat ihn beseitigt und mit ihm alles ausgelöscht, was er wusste.
Und er hatte alles mit ansehen können! Was störte, musste weg. Stephan war endlich weg und würde ihm nie mehr zu nahe kommen!
Warum die Frau ihn ermordet hatte, war ihm allerdings unverständlich. Vieles war unverständlich. Sein anfänglicher Triumph schlug bald in Ernüchterung um. Was tat sie da mit dem Handy, wen rief sie an? Die Polizei?
Bevor die hier wären, müsste er unbedingt die Spuren beseitigen, und auch sie müsste er beseitigen. Diese Tat brauchte er nicht zu planen. Der Plan lag schon lange bereit. Nur das Opfer hatte noch nicht festgestanden. Sie also sollte es sein, sie würde vor ihm knien, gefesselt mit den Kabelbindern, die er für heute in seiner Jackentasche verstaut hatte, und ihn um ihr Leben anflehen. Er würde sie mit der Dienstwaffe des Polizisten erschießen. Wenn der seine Waffe nicht dabeihatte, würde er das Messer nehmen. Zunächst beobachtete er mit wachsendem Erstaunen, was sie als Nächstes tat: Jetzt stand sie da mit ihrem Handy am Ohr. Aber sie sprach nicht. Hatte sie erkannt, dass es dumm wäre, die Polizei zu rufen? Schließlich war sie eine Mörderin. Wollte sie sich auf Notwehr berufen? Damit würde sie wenig Glück haben.
Polizisten hielten zusammen. Da hatte sie schlechte Karten. Welches Handy hatte eben geläutet? Was tat sie da? Sie ging zu ihm, fasste die Leiche an. Sie durchsuchte seine Jacke. Was nahm sie dort aus der Jacke? Sein Handy. Seine Papiere. Sie ging planvoll vor. Versuchte, Spuren zu beseitigen. Der unfehlbare Lars Stephan hatte einen Fehler gemacht. Hatte

gegen die Vorschriften verstoßen. War allein gekommen. Auf eigene Faust. Das hieß, dass niemand seiner Kollegen wusste, wo er war. Sie konnte ihn hier im Morast verschwinden lassen. Wildschweine waren hungrig, die fraßen alles.
Er tastete in der Tasche nach seinem Messer und ließ es aus dem Schaft springen. Die Klinge war lang und scharf. Liebevoll glitt er mit der Daumenkuppe darüber, um ihre Schärfe zu spüren. Wie ein warmer Strom breitete sich das wunderbare Gefühl von Macht und Stärke in ihm aus, als flösse es wie ein Elixier aus dem glatten Stahl direkt in seine Adern. Er straffte die Schultern und machte sich mit leisem Schritt auf den Weg.

Maren konnte ihre Tränen nicht mehr halten, sie strömten über ihr Gesicht und mischten sich mit dem Blutgeschmack ihrer aufgeplatzten Lippen. Mit zitternden Fingern schob sie Karten und Ausweis zusammen und steckte sie wieder in die Brusttasche des Mannes. Etwas ließ sie plötzlich aufmerken. Sie drückte die Handfläche gegen seinen Oberkörper. Er wirkte gespannt. Das war nicht die Reglosigkeit des Todes. Da waren Atembewegungen! Unendliche Erleichterung durchströmte sie.
Mechanisch griff sie unter seinen Kopf und drückte auf der unverletzten Seite zwei Finger fest gegen die Stelle in der Halsbeuge, an der die Schlagader verlief. Ihre Hände waren so fahrig, dass sie sich anstrengen musste, um in den Fingerspitzen etwas anderes als das eigene Zittern zu spüren. Dennoch bestand kein Zweifel: Sie spürte ein regelmäßiges Pulsieren an ihrer Hand. Sie rieb seine Wange und sah, dass seine Lider zuckten und die Lippen sich bewegten.
Das Knacken eines Zweiges ließ sie aufsehen. Drei Meter vor ihr stand er. Sein Gesichtsausdruck und das Messer in seiner

Hand sprachen eine deutliche Sprache. Maren richtete sich langsam auf. Ihr Körper spannte sich an. Sie schaute ihn fest an und erschrak über die kalte, zu allem entschlossene Härte, die ihr aus seinen Augen entgegenschlug. Er bewegte die Hand mit dem Messer langsam in ihre Richtung, wie ein Roboter, der nach einem festen Programm funktionierte, das nicht mehr aufzuhalten war.

»Nein!«, schrie Maren. Sie bückte sich schnell, zog dabei den Rest ihres Knüppels unter Lars Stephans Kopf hervor und stellte sich schützend vor den Mann am Boden.

»Sie also!«, zischte sie entsetzt und sah ihm in die Augen. Die hatten jetzt einen anderen Ausdruck, als hinter der Theke im Metzgerladen. Sie waren kalt und voller Hass.

»Was habe ich Ihnen getan? Nehmen Sie das Messer weg!«, schrie Maren ihn an, als könnte sie ihn damit aus seiner Erstarrung lösen. Er antwortete nicht, sondern setzte seine roboterhafte Bewegung fort. Jede Sekunde musste Maren damit rechnen, dass er mit dem gezückten Messer auf sie zustürzte. Würde sie rechtzeitig ausweichen und sich mit ihrem Ast in der Hand verteidigen können?

In die Stille dieses Moments mischte sich ein kleines, metallenes Geräusch. Dann hörte sie eine Stimme hinter sich, die mühsam die Worte formte.

»Geh zur Seite, Maren, schnell!«

Sie tat es mechanisch, ohne zu begreifen, was geschah. Die Verwirrung in den Augen ihres Gegenübers zeigte, dass auch er die Lage nicht übersehen hatte. Erst als Maren zur Seite getreten war, konnte er Lars Stephan sehen.

»Seipp, ich warne Sie! Rühren Sie sich nicht von der Stelle, sonst schieße ich!«, hörte Maren die Stimme hinter sich. Sie spürte, wie ihr Körper zu beben begann. Die Knie wurden weich.

»Maren, komm langsam nach hinten, aber dreh dich nicht um, sieh ihn an«, hörte sie es hinter sich beschwörend sagen, und sie begann mit vorsichtig tastenden Schritten rückwärtszugehen.
»Keine Bewegung, Seipp!«, kam es noch einmal drohend.
Der Sohn der Metzgerin stand still wie eine skurrile Statue. Das Messer in der Hand, schaute er ungläubig auf das, was sich vor ihm abspielte. Auf die Frau, die sich langsam von ihm entfernte, und auf den Mann, der die Waffe auf ihn gerichtet hielt und der ihn mit einem Blick lähmte, der sagte: Du warst es! Ich weiß es doch.
Maren schaute angstvoll in Theo Seipps Gesicht. Dicke Schweißperlen standen auf seiner Stirn, und um die Mundwinkel zuckte es. Er schloss seine Augen, um den Blick aus den Augen des anderen nicht mehr ertragen zu müssen.
Maren war hinter Lars Stephan angekommen. Er kniete auf dem Waldboden. In der rechten Hand hielt er seine Waffe auf Theo Seipp gerichtet, mit der anderen Hand stützte er seinen Unterarm.
»Jetzt das Messer! Legen Sie es langsam vor sich auf den Boden!«, zischte Stephan.
Theo Seipp öffnete blinzelnd die Augen. Er gehorchte und beugte sich nach vorn. »Langsam!«, schlug es ihm entgegen. Theo Seipp fuhr zusammen. Seine Hände zitterten wie seine Lippen. Folgsam verlangsamte er seine Bewegung. Als er das Messer auf den Boden gelegt hatte, war es mit seiner Beherrschung endgültig vorbei.
»Ich habe es nicht gewollt«, schluchzte er auf wie ein Kind, das eine teure Vase zerschmettert hatte. Er richtete sich mit erhobenen Händen langsam wieder auf und starrte mit weinerlicher Miene auf den Polizisten, der nicht weit von ihm am Boden kniete. Überrascht registrierte der Metzgersohn eben-

so wie Maren, dass die Hand Lars Stephans zitterte und sein Blick zu flackern begann. Für einen kurzen Moment schloss der Kommissar sogar die Augen. Sein Oberkörper wankte leicht. Das war das Signal für Theo Seipp. Sofort kam Bewegung in ihn. Er wandte sich mit erhobenen Händen um.

»Halt, stehen bleiben!«, rief Stephan sofort. Doch seiner Stimme fehlte es an der nötigen Schärfe. Theo Seipp machte einige tastende Schritte, als wolle er erproben, ob der Polizist seine Waffe einsetzen würde. Als dies nicht geschah, wurde er plötzlich wieselflink, sprang über die Schlammpfützen und lief hakenschlagend zwischen den Baumstämmen bergauf in Richtung Schranke davon. Lars Stephan ließ müde den Arm sinken und sah dann zu Maren, die ihn aus schreckgeweiteten Augen anblickte.

»Kein Grund zu schießen. Wir kriegen ihn auch so«, meinte er leise, sicherte seine Waffe und steckte sie wieder ein. Danach richtete er sich langsam auf und versuchte mühsam, das Gleichgewicht zu halten. Er schloss die Augen und öffnete sie wieder. Als er mit der Handfläche über die Kopfwunde strich und das Blut fühlte, kam endlich Bewegung in Maren. Sie zog ihr Seidentuch vom Hals, ging auf ihn zu und presste es gegen die Verletzung. Er nahm es ihr ab und schob ihre Hand beiseite.

»Warum hast du das getan? Und was machst du überhaupt hier?«, fragte er ungehalten.

»Julia ist weg«, wimmerte Maren, und die Tränen strömten ihr mit einem Schwall aus den Augen.

Er sah sie bestürzt an. »Hat Seipp etwas damit zu tun?«

Maren schüttelte den Kopf. »Ich glaube nicht, ich weiß nicht, hoffentlich nicht«, stammelte sie.

»Seit wann ist sie weg?«, fragte er eindringlich.

»Seit heute Mittag«, flüsterte sie.

Er sah stirnrunzelnd auf seine Armbanduhr. »Kurz vor zwei«, meinte er. »Lange kann sie also noch nicht weg sein! Hast du mal bei ihren Freunden gefragt?« Maren schüttelte weinend den Kopf.

In dem Augenblick läutete Marens Handy in ihrer Jackentasche. Sie griff hastig danach, hatte plötzlich zwei Geräte in der Hand, von denen sie eines dem verblüfften Lars Stephan reichte. Das andere Telefon klingelte noch immer. Sie presste es an ihr Ohr.

Ihre Stimme überschlug sich, als sie zu reden begann: »Was heißt hier verbummelt? Wo um alles in der Welt warst du? Du hattest früher Schule aus und hast es mir verschwiegen! Vergessen? Ich glaube dir kein Wort! Was habe ich dir gesagt, wo du nach der Schule hingehen sollst? Schnurstracks zu Frau Hebenstreit! Schnurstracks!«

Lars Stephan beobachtete Maren mit zusammengekniffenen Augen, als schmerzten ihn ihre schrillen Töne. Dann trat er einen Schritt beiseite, machte selbst einen kurzen Anruf und wandte sich wieder Maren zu, die aufschluchzend in ihr Telefon rief: »Erkläre mir erst einmal, wieso dein Schulranzen oben am Hang in den Bäumen hängt!«

Sie lauschte kopfschüttelnd. Schließlich sagte sie: »Hör zu, du bleibst jetzt bei Frau Hebenstreit und wartest dort, bis ich dich abhole! Verstanden? Ob du das verstanden hast? Ja, jetzt heulst du, das hätte nicht sein müssen! Also, bis gleich!«

Maren drückte die Taste und sah Lars Stephan verärgert an. »Verbummelt hat sie sich, sagt sie jedenfalls. Kinder hätten sie geärgert und ihr den Ranzen weggenommen!«

Lars blickte Maren nachdenklich an: »Wo ist ihr Ranzen?«

»Nicht weit vom Dorf oben am Hang. Er hängt in den Bäumen! Deshalb habe ich doch geglaubt, dass sie hier unten ist, und bin den Hang heruntergekommen. Im Wasser habe ich dann das Hemd in der Tüte gefunden. Mit dem Schild. Dann warst du plötzlich da. Ich wusste doch nicht, dass du hergekommen warst, weil ich dir auf die Mailbox gesprochen hatte, und – oh, Gott, ich dachte in dem Moment, du hättest Julia ...«

Mühsam versuchte er, ihre Worte zu ordnen. Schließlich fragte er: »Du warst das? Du hast mich angerufen? Ich habe deine Stimme nicht erkannt.«

Maren nickte mit tränenverschleiertem Blick. »Du solltest mich auch nicht erkennen. Ich wusste doch nicht, dass du Lars Stephan bist. Harry hatte mir vor ein paar Wochen die Handynummer des Kommissars gegeben, und ich hatte sie in meinem Handy gespeichert.«

Lars Stephan schüttelte ungläubig den Kopf.

»Harry«, wiederholte er flüsternd und presste sich das Tuch fest gegen die Stirn.

Maren betrachtete ihn voller Mitgefühl.

»Es tut mir leid«, flüsterte sie. »Ich dachte schon, ich hätte dich totgeschlagen!«

Er verzog geringschätzig die Mundwinkel und versuchte, den Stoff anders zu falten, um das Blut besser aufzuhalten. Sie nahm ihm das Tuch aus den Händen und band es ihm um den Kopf.

»So geht es erst einmal«, sagte sie. »Du musst damit aber in die Klinik, um das nähen zu lassen!«

»Ich gehe in kein Krankenhaus«, entgegnete er heftig und erklärte dann in sanfterem Ton: »Das kann mein Schwager machen. Der hat seine Praxis nicht weit von hier.«

»Der Arzt im Nachbarort ist mit deiner Schwester verheiratet?«

»Kirsten ist die Einzige aus meiner Familie, die hiergeblieben ist«, bestätigte er.

»Warum hast du mir nicht gesagt, wer du bist?«, fragte sie mit leisem Vorwurf.
»Anfangs kannte ich dich nicht gut genug. Und später wolltest du es nicht mehr hören«, antwortete er.
Maren nickte, ohne wirklich zu verstehen, und sah ihn fragend an.
Er fuhr fort: »Ich wollte nicht, dass es sich herumspricht und Seipp gewarnt würde. Allerdings bin ich ihm dann trotzdem begegnet. Zuletzt sogar in der Scheune.«
»In der Scheune von Melanies Oma?«, fragte sie.
»Ja, irgendetwas ist da wieder abgelaufen«, sagte er.
»Als ich vorhin dort vorbeikam, standen die Tore sperrangelweit offen. Ich hatte ein ungutes Gefühl dabei«, sagte sie.
Er schaute nachdenklich auf den See.
»Melanies Tüte hast du gefunden?«, fragte er plötzlich. Maren zeigte ihm die Stelle zwischen den Wurzeln und beobachtete, wie er Einweghandschuhe aus einer Jackentasche zog, sie überstreifte und den Inhalt des Plastikbeutels inspizierte. Er las die Inschrift der Turnschuhe. Hatte plötzlich noch ein geschlossenes Päckchen aus Alufolie in der Hand, dessen Aufdruck auf eine besondere Leckerei für Hunde hinwies, und breitete schließlich das Hemd aus.
»Th. S.« , buchstabierte er. »Theo Seipp.«
»Und ich dachte vorhin, es heißt Thorsten Steiner«, sagte sie leise. »Bis heute hatte ich nicht geglaubt, dass Sybille und Harry mit ihrem Verdacht recht hatten. Aber als ich dieses Schild sah …«
»Welchen Verdacht?«, fragte er.
»Dass du das damals mit Melanie warst und es jetzt auf Julia abgesehen hast«, sagte sie mit belegter Stimme.
»Das hast du geglaubt?«, fragte er erschreckt.
»Ich wollte es nicht glauben«, flüsterte sie.

»Ich hätte dir alles erklären können«, sagte er. »Warum hast du mir nicht auf meinen Brief geantwortet?«
»Welchen Brief?«, fragte sie.
Er schüttelte stumm den Kopf, packte den Inhalt wieder in die Tüte und legte diese neben die Weide.
»Von dir brauchen wir jetzt auch noch Fingerabdrücke«, sagte er.
Maren sah ihn entsetzt an.
»Um sie von den anderen zu unterscheiden, die vielleicht noch an der Tüte sind«, erklärte er lapidar. »Wo genau hast du die Tüte gefunden?«
»Da im Wasser«, sagte sie und deutete auf eine Stelle in der seichten Bucht. Er trat zum Ufer und betrachtete aufmerksam den Bereich, den sie genannt hatte. Dann wandte er sich wieder ihr zu.
»Aus dem Zustand des Hemdes und der Schuhe muss man schließen, dass sie unmöglich drei Jahre lang im Wasser gelegen haben können. Sie müssen erst vor kurzem hier hineingeraten sein.«
Während er in diesem Ton sprach, glitten Marens Blicke suchend über den Polizisten Lars Stephan und hielten ein wenig enttäuscht nach dem Journalisten Thorsten Steiner in ihm Ausschau.
Er hatte ihren forschenden Blick bemerkt. Seine Stimme klang nicht mehr so kühl, als er fragte: »Was ist? Warum siehst du mich so an?«
»Wie bist du auf den Namen Thorsten Steiner gekommen?«, fragte sie.
Ein Hauch des Lausbubengrinsens, das sie von ihm kannte, glitt über sein Gesicht.
»Als du damals plötzlich begannst, dich vorzustellen, fiel mir auf die Schnelle nichts Besseres ein als der Vorname meines

Bruders und der Mädchenname meiner Mutter. Sonderlich genial war das nicht. Das gebe ich zu.«

Maren nickte und erwiderte sein verschmitztes Lächeln. Sie trat einen Schritt an ihn heran und mit Blick auf das blutgetränkte Tuch um seinen Kopf meinte sie leise: »Mit Sicherheit ginge es dir jetzt besser, wenn du dir einen Namen mit anderen Anfangsbuchstaben hättest einfallen lassen.«

Seine Miene wurde sofort wieder ernst.

»Das heilt wieder«, meinte er.

Er hatte sich erneut dem See zugewandt und schaute über die Wasserfläche in eine Ferne, die es nicht gab. Maren trat vorsichtig neben ihn und musterte ihn von der Seite. Er stand da, nachdenklich, die Hände in den Gesäßtaschen seiner Jeans vergraben. Allmählich erkannte sie ihn wieder. Der Name war nicht wichtig.

»Lars?«, fragte sie vorsichtig. Er reagierte sofort und sah sie an. Sein Gesicht war reglos. Dennoch war es nicht die Erstarrung, die sie in der Zeit davor so oft erschreckt hatte, sondern Trauer.

»Ja?«, flüsterte er.

»Was meinst du, wo sie ist?«, fragte sie.

Er zog die Hände aus den Taschen. »Ich weiß es nicht«, sagte er so leise, als wolle er niemanden stören.

Maren hatte plötzlich das Gefühl, neben ihm an einem offenen Grab zu stehen. Sie tastete zaghaft nach seiner Hand. Bei der ersten Berührung zuckte er zurück, doch dann griff er nach der ihren und umschloss sie fest.

Schließlich durchbrach Maren die Stille: »Hast du deshalb so lange gesucht, weil sie deine Nichte war?«

Er sah Maren erstaunt an: »Woher weißt du, dass Melanies Mutter mit meinem Bruder befreundet war?«

»Frau Hebenstreit«, antwortete Maren.

Er nickte und ließ seine Blicke über den See wandern, als tauchten dort längst vergessene Bilder auf. Seine Stimme war rauh, als er zu reden begann: »Ich wusste das nicht. Ich begann es nur zu ahnen, als ich das Foto sah. Mit meinem Bruder hatte ich in dem Jahr vor seinem Unfall nicht mehr viel Kontakt. Meine Kollegen sagten zu mir: Sie suchen ein Kind im Hintertaunus, du kommst doch aus der Gegend und kennst dich aus. Dann zeigten sie mir das Fahndungsfoto. Das gleiche Lächeln, die gleichen blonden Haare ...«
»Wie dein Bruder?«, fragte sie.
Er schüttelte den Kopf, schwieg einen Moment und sagte dann: »Nein, wie Jenny. Meine Tochter.«
Maren schloss die Augen. Ihre Schultern senkten sich. Der verschlungene Buchstabe auf dem Schild des Bärchens und die Haarklemme hatten ihren Platz gefunden. Doch als sie sich dabei an Thorstens Gesichtsausdruck erinnerte, damals, als er Julia das Stofftier übergeben hatte, stieg eine schlimme Ahnung in ihr auf.
»Wo ist sie?«, fragte sie heiser.
»Sie lebt nicht mehr«, antwortete er.
Maren drückte seine Hand und wusste nicht, wie sie all die Fragen und Bilder, die in ihr aufwallten, in Worte fassen sollte. Sie hörte, wie er Atem holte und dann leise zu erzählen begann: »Nur zwei Monate vorher hatten wir sie beerdigt, und dann sah sie mich plötzlich aus diesem Foto an. Ich meldete mich sofort. In den ersten Tagen bestand ja noch die Hoffnung, sie lebend zu finden. Später haben wir jedes Wasserloch hier unten abgesucht. Nichts. Keine Spuren. Keine Hinweise. Trotzdem, ich konnte nicht mehr aufhören, selbst als die Ermittlungen offiziell als abgeschlossen galten. Es war, als hätte ich sie zum zweiten Mal aufgeben müssen.«
Maren hatte seine Worte sinken lassen und brauchte eine Wei-

le, bis sie vorsichtig tastend die Frage stellte: »Woran ist sie gestorben?«
Er atmete wieder schwer.
»Überfahren«, sagte er nahezu unhörbar. »Sie hat sich von Silkes Hand losgerissen. Weil sie mich auf der anderen Straßenseite gesehen hatte. Einen Tag und eine Nacht war sie im Krankenhaus. Dann war alles vorbei.«
Alles vorbei. Die Worte hallten in Marens Kopf nach und vermischten sich mit dem Geräusch quietschender Reifen auf dem Kopfsteinpflaster, mit Julias zerknirschter Miene auf Rolfs Arm, mit dem anderen Gesicht des Metzgersohns, mit dem rasenden Klopfen in ihren Schläfen.
»Das ist das Schlimmste, was Eltern passieren kann«, hörte sie sich flüstern.
»Ja«, bestätigte er leise.
Sie schlang ihre Arme um seinen Hals und zog ihn an sich. So standen sie eine Weile.
»Es tut mir furchtbar leid, dass du das hast erleben müssen«, sagte sie schließlich und spürte, wie sein Herz dabei schneller schlug.
»Ich komme inzwischen einigermaßen damit zurecht.«
Sie sah ihm in die Augen, deutete ein Kopfschütteln an und flüsterte: »So gut kenne ich dich inzwischen, um zu wissen, dass das nicht stimmt.« Er nickte ein wenig betreten, zog sie dann schnell an sich und vergrub sein Gesicht in ihren Haaren. Sie spürte seinen bebenden Atem und schaute über seine Schulter hinweg auf den schwarzen See. Über die sich darin spiegelnden Wolken huschten Wasserinsekten und ließen sie erzittern.
»Komm, lass uns gehen«, flüsterte er schließlich und löste sich von ihr. Seine Augen sahen klein und müde aus. »Komm«, sagte er noch einmal und hielt ihr seine Hand entgegen. Sie

griff danach und folgte ihm mit vorsichtigen Schritten durch den Morast.
In der Jackentasche klingelte sein Telefon. Seine Stimme klang vollkommen sachlich und beherrscht, als er sich meldete.
»Wo seid ihr denn? Das dauert ja ewig! Und die Streifen? Wie viele? Nein, ich denke, dann müsste er euch längst entgegengekommen sein. Er hat sein Auto vor einer Schranke am Waldrand geparkt. Meins steht daneben. Möglich, dass er Waffen im Auto hat. Ja, auch Langwaffen. Er hat einen Jagdschein ... Erkläre ich dir später. Durch das Neubaugebiet. Richtung Wald. Wir treffen uns dann dort ... Okay, bis gleich.«
Maren beobachtete ihn nachdenklich.
Er steckte das Handy wieder ein, bückte sich langsam nach Theo Seipps Messer und verstaute es in einem kleinen Kunststoffbeutel, den er aus der Jacke gezogen hatte. Als er sich wieder aufgerichtet hatte, schloss er einen Augenblick die Augen, um den erneut aufkommenden Schwindel zu überwinden. Maren sah ihn besorgt an und umfasste seine Oberarme, um ihn zu stützen.

Die Luft stach in seinen Lungen. Das Laufen war er nicht gewohnt. Noch dazu bergauf! Das Laub unter seinen Füßen raschelte so laut, dass er um sich herum nichts anderes hören konnte. Auch nicht, ob der Polizist ihn am Ende nicht doch verfolgte. Oder die Frau. Schließlich wagte er es innezuhalten. Er lehnte sich keuchend an den Stamm eines großen Baumes, zog ein Stofftaschentuch aus der Jackentasche und tupfte sich den Schweiß von der Stirn. Dann spähte er in die Richtung, aus der er gekommen war. Es gab keine Verfolger und keine Geräusche. Etwa fünfzig Meter oberhalb von ihm verlief bereits der Waldweg, der linker Hand zum Nachbarort und rechter Hand zur Waldschranke und dann weiter Richtung Neubaugebiet führte. Dort hatte er sein Auto geparkt. Er lauschte. Die Waldesstille ringsum wurde nur hin und wieder vom Glucksen der Zugvogelscharen unterbrochen. Eilig setzte er seinen Weg zum Parkplatz fort.

»Warte«, sagte Lars Stephan, nachdem sie schon ein gutes Stück des Hanges erklommen hatten und neben einem mächtigen Esskastanienbaum angekommen waren. Er bückte sich und hob mit spitzen Fingern einen weißen Papierstreifen auf. Das Papier war sauber und trocken und hatte offensichtlich noch nicht lange auf dem Humusboden gelegen.

»Kassenzettel von der Metzgerei«, sagte er und zeigte es Maren. Sie nickte.

»Also ist er hier entlang«, flüsterte sie. Lars blickte den Hang hinauf. »Er will zum Parkplatz. Da läuft er den Kollegen direkt in die Arme.«

Maren sah sich ängstlich um. »Hoffentlich hast du recht und er steht nicht irgendwo hier hinter einem Baum.«

»Glaube ich nicht. Je mehr Zeit wir ihm geben, desto ungefährlicher wird er.«

»Wie kommst du darauf?«, fragte sie.

»Weil er dann nicht mehr aus der Panik heraus reagiert. Wenn er die Möglichkeit hat, einmal kurz durchzuatmen und nachzudenken, wird er merken, dass seine Chancen gar nicht so schlecht stehen, und er wird sich ohne Widerstand festnehmen lassen.«

Maren sah Lars Stephan verständnislos an.

Er erklärte: »Wir haben kaum etwas gegen ihn in der Hand. Mit einem guten Anwalt ist er schnell aus allem heraus.«

»Aber das Hemd!«, protestierte Maren.

»Selbst wenn daran das Blut des Mädchens wäre, würde das

nichts beweisen. Weißt du, wie viele Gründe es für das Vorhandensein des Hemdes geben kann? Wirkliche Beweise für den Missbrauch oder den Mord gibt es nicht mehr.«
»Das glaube ich einfach nicht«, sagte Maren bestürzt. »Willst du damit sagen, dass er gute Chancen hat, ungeschoren davonzukommen?«
Lars nickte. »Das Einzige, was wir ihm wirklich nachweisen können, ist, dass er dich mit dem Messer bedroht hat, denn dafür hast du einen Zeugen, der hoffentlich trotz seines Knock-outs als glaubwürdig gilt. Aber das bringt ihn nicht einen Tag hinter Gitter.«
Maren schüttelte den Kopf. »Und wie groß ist die Gefahr, dass er sich bald an einem anderen Kind vergreift?«
Lars zuckte mit den Schultern. »Die einzige Hoffnung wäre ein Geständnis.«
»Deinen Beruf möchte ich nicht haben«, sagte Maren resigniert.
Er verzog das Gesicht, ohne weiter auf ihre Bemerkung einzugehen, wankte ein wenig und schloss erneut die Augen.
»Bestimmt hast du eine Gehirnerschütterung«, vermutete sie.
»In meinem Kopf fährt ein Karussell«, sagte er, ließ sich langsam am Stamm des Baumes entlang zu Boden gleiten und blieb mit angezogenen Beinen sitzen.
»Geht es dir so schlecht?«, fragte sie ängstlich.
»Nein, nicht wirklich«, antwortete er müde. »Aber es ist besser, wenn wir erst einmal hierbleiben, bis die Kollegen oben auf dem Parkplatz eingetroffen sind.«
Es trat eine Stille ein, die alles umher erstarren ließ. Maren wagte kaum zu atmen, so stark empfand sie die Beklemmung. Nur ihre Blicke ließ sie vorsichtig wandern. Jeder Baum erschien bedrohlich, weil Seipp sich dahinter verbergen und sie

belauern konnte. Vielleicht hatte er sogar schon die Waffe im Anschlag. Sie ging vorsichtig in die Knie und zuckte erschrocken zusammen, als unter ihren Füßen ein dürrer Ast zerbrach. Einige Atemzüge lang blieb sie reglos, dann setzte sie sich dicht neben Lars an den Stamm des Baumes. Jetzt konnte man sie von oben nicht mehr sehen. Die hüfthohen Stämmchen des Jungholzes rundherum und die Nester des Waldgrases boten eine gewisse Deckung. Maren atmete auf und musterte Lars von der Seite. Er hatte den Kopf mit dem Nacken gegen den Baum gelehnt und die Augen geschlossen.

»Ist es normal, dass es so lange dauert, bis sie kommen?«, wisperte Maren.

»Hier gibt es weit und breit kein Revier, das dauert mit Sicherheit eine halbe Stunde, bis die erste Streife hier ist, und Sabine und Tom werden noch etwa zehn Minuten länger brauchen.«

»Sabine«, wiederholte Maren leise. »Dann ist sie also eine Polizistin.«

»Ja, seit kurzem Kommissarin«, sagte er.

Sie glaubte, all seine Verstecke und Schlupfwinkel zu kennen, und hatte im Laufe der vielen bitteren Jahre immer gehofft, ihm durch diese Kenntnis zuvorkommen zu können. Doch er hatte immer Möglichkeiten gefunden, sich ihrer Kontrolle zu entziehen. Seine Taten waren zunehmend grausamer geworden. Ihr war nur übriggeblieben, die Spuren zu beseitigen. Dabei hatte sie ständig vor der Alternative gestanden, alles ans Licht zu bringen und damit sich selbst und ihre Existenz zu gefährden oder aber seine Handlungen zu vertuschen und zu hoffen, dass es eines Tages aufhören würde.

Sie war hier aufgewachsen als einzige Tochter des wohlhabenden Metzgermeisters und genoss dadurch Ansehen in der

Dorfgemeinschaft. Sie hatte sich auf die Heirat mit dem ehemaligen Gesellen ihres Vaters eingelassen, der nach dessen Tod mit ihr gemeinsam den Laden übernommen hatte. In der Krone am Stammtisch hatte es viel Gemunkel darüber gegeben, dass es dem Mann aus einfachen Verhältnissen mehr auf das gemachte Nest als auf die wenig attraktive Frau angekommen war. Dabei hatte man grinsend auf den wackelnden Hintern der neuen Bedienung gedeutet.

All dieses Gerede hatte sie an sich abgleiten lassen. Es gab niemanden, der es gewagt hätte, ihr dies ins Gesicht zu sagen. In ihrem Laden war sie die ungekrönte Königin. Der Laden war ihr kleines Reich.

Von dem Tag an, als das Kind geboren wurde, hatte sich alles schlagartig geändert. Das Kind hielt sich nicht an die Ladenzeiten. Nachts schrie es stundenlang und trieb damit ihren Mann aus dem Haus. Manchmal blieb er die ganze Nacht über fort. Und sie lag da und versuchte verzweifelt, Schlaf zu finden. Das Kind war nicht wie andere Kinder. Es schlief nicht, schrie viel und warf das Spielzeug aus dem Laufstall, den sie im Nebenraum des Ladens aufgestellt hatte. Der junge Metzger war der Meinung, dass der Kleine eine harte Hand brauchte. Immerhin hatten die Schläge den Erfolg, dass der Junge Ruhe gab.

Den ganzen, langen Weg am Waldrand hatte sie mit dem Fahrrad abgefahren. Hatte jede Wegbucht inspiziert, durch die Brombeerranken den Hang hinabgespäht und mit klammem Herzen den Wasserspiegel des Moorteiches zwischen dem Gestrüpp wie ein warnendes Zeichen blinken sehen. Da unten war sie noch nie gewesen. Dann hatte sie den Schulranzen entdeckt, der bedenklich über dem Abgrund baumelte. Auf dem Weg vor ihr stand ein Auto. Die Fahrertür war geöffnet. Der Schlüssel steckte. Es war der Wagen von Frau

Wiegand, deren Tochter heute nach der Schule nicht nach Hause gekommen war. Eben hatte sie es von der Hebenstreit erfahren. All das signalisierte ihr eine höchst bedrohliche Entwicklung. Als sie den Waldweg weiterfuhr, erkannte sie in den Furchen die tiefen Profilabdrücke eines Geländewagens. Damals, als Melanie verschwunden war und der furchtbare Verdacht in ihr Gestalt angenommen hatte, war sie in ihrer Verzweiflung nachts in den Wald gefahren, hatte die Jagdhütte durchsucht, nichts gefunden, und sie doch vorsichtshalber angezündet. Ebenso hatte sie das Auto des Sohnes kontrolliert und anschließend reinigen lassen. Und als sie schon fast überzeugt gewesen war, dass sich ihre furchtbaren Vermutungen nicht bestätigt hatten, und sie mit einer gewissen Erleichterung sogar im Laden auf das Thema eingehen konnte, hatte sie bei einem Gang in den Keller das Brummen jener Kühltruhe wahrgenommen, die ihr Mann nur in Gang setzte, wenn er Wild mit nach Hause brachte. Es war jedoch Schonzeit. Es hatte kein Wild gegeben. Sie hatte vor dem weißen Metallbehälter gestanden wie vor einem Altar. Sie war davor auf die Knie gefallen, hatte die Hände gefaltet und mit zitternden Lippen gebetet: »Nein, bitte nicht! Bitte nicht!« Sie hatte die Truhe nicht geöffnet. Einige Zeit später, als alle Polizeiaktionen abgeschlossen waren und auch der blonde Polizist seine Besuche eingestellt hatte, war das Brummen im Keller verstummt. Sie war vorsichtig hinabgeschlichen. Wieder hatte sie ehrfürchtig vor der Truhe gestanden und sich gewünscht, nie etwas anderes wahrgenommen zu haben als diese Stille. Ein merkwürdiger Geruch hing im Raum, von dem sie nicht wusste, ob sie ihn sich einbildete, und den sie dennoch nie würde vergessen können.

Als sie am Ende des Weges anhielt, entschied sie sich, noch einmal links den Waldweg entlang zum Parkplatz vor der

Schranke zu fahren. Schon von weitem erkannte sie das Auto, obwohl es halb verdeckt war von einem kleineren Wagen, der daneben parkte. Sie kannte dieses fremde Auto mit dem auswärtigen Kennzeichen nicht und erschrak, als sie auf dem Beifahrersitz ein Blaulicht entdeckte, wie es von Polizeifahrzeugen benutzt wurde. Panische Angst stieg in ihr auf. Sie spürte, dass etwas bevorstand, das ihre Existenz gefährdete. Sie suchte mit ängstlichem Blick den Innenraum des Fahrzeuges ihres Sohnes ab. Auf dem Boden vor den Rücksitzen lag etwas, das sie nicht erkennen konnte. Sie musste das Gesicht ganz nah an die Scheibe bringen, um durch die Verspiegelung Einzelheiten ausmachen zu können. Mit fliegender Hast zog sie schließlich ihr Schlüsselbund hervor, an dem sich der Zweitschlüssel für das Auto befand. Sie öffnete die hintere Tür und zog unter dem Sitz einen Turnbeutel aus bunt bedrucktem Kunststoffmaterial hervor, passend zu dem Schulranzen in den Bäumen.
Nein, bitte nicht, wimmerte es in ihr.
Nun würde es wieder einsetzen, jenes grausame Spiel, in dessen Räderwerk sie seit Jahren gefangen war. Schnell lief sie mit dem Turnbeutel zum Waldrand, wühlte unter einem Dorngestrüpp mit bloßen Händen ein Loch und vergrub ihn dort. Anschließend schichtete sie noch etwas Laub über der Stelle auf, als könne sie damit etwas ungeschehen machen, von dem sie selbst noch keine genaue Vorstellung hatte. Sie lief zurück zum Auto und blickte suchend umher. Was geschah hier gerade? War er auf der Flucht vor der Polizei? Hatte er das Kind noch bei sich? Oder ahnte er gar nichts von seinen Verfolgern? Nichts war zu hören oder zu sehen.
Das alles musste endlich ein Ende haben.

Er stand schon eine Weile im Gebüsch unterhalb des Parkplatzes und lauschte.
Etwas gab ihm das Gefühl, dass sich dort oben jemand aufhielt. Er glaubte, das Knirschen der Schottersteinchen gehört zu haben und auch das Geräusch einer Autotür. War die Polizei schon gekommen? Standen sie dort oben und warteten auf ihn? Dann durchbrach das Knacken eines Zweiges plötzlich die Stille. Er wandte sich nach unten um. Sehen konnte er nichts. Die Frau und Lars Stephan befanden sich wahrscheinlich auf dem Rückweg zu dem Parkplatz. Vermutlich hatte auch Stephan sein Auto dort abgestellt. Obwohl der Mann verletzt war, hätte Theo Seipp keine Chance gegen ihn. Im Gegensatz zu ihm war Stephan bewaffnet. Oben im Auto, im Handschuhfach lag seine Waffe. Er musste an sie herankommen, bevor seine Verfolger ihn erreichten. Aber wer war auf dem Parkplatz? Oder war alles nur Einbildung gewesen? Er lauschte angestrengt. Nichts war mehr zu vernehmen, weder von oben noch von unten. Sein Herz klopfte rasend. Er fühlte sich in die Enge getrieben.

Von weither waren die an- und abschwellenden Töne der Martinshornsignale zu vernehmen.
»Hörst du?«, sagte Lars Stephan. Er schaute auf die Uhr. »Kurz nach halb drei. Immerhin.«
Sein Handy meldete sich in der Jackentasche. Er griff blitzschnell danach.
»Nein«, sagte er. »Das ist die falsche Schranke! Ihr müsst jetzt quer durch das Dorf und dann den Asphaltweg entlang durch die Felder. Beeilt euch!«
Er betätigte die Tastatur seines Handys und bat Maren: »Schalte bitte dein Handy auch auf ›stumm‹, damit uns nicht der Klingelton im falschen Moment verrät.« Dabei schaute er

mit ernster Miene in Richtung Parkplatz. Maren änderte die Einstellung an ihrem Handy und folgte seinem Blick.

»Da stimmt etwas nicht«, meinte er. »Der müsste doch längst am Parkplatz sein, und wir hätten das Starten des Motors hören müssen. Nicht, dass er doch noch andere Pläne hat.«

Maren zog die Schultern hoch und duckte sich so tief sie konnte. Sie beobachtete Lars. Er saß mit dem Rücken an den Baumstamm gelehnt, die Waffe in der Hand und sah prüfend in die Runde.

»Hast du das so gelernt?«, flüsterte sie.

Er schaute sie erstaunt an. »Wie bitte?«

»Auf der Polizeischule, ob ihr das da so gelernt habt?«

Er lachte leise und schüttelte den Kopf. »Willst du jetzt kontrollieren, ob ich meine Hausaufgaben gemacht habe, Frau Lehrerin?«

Maren verzog das Gesicht und schwieg.

»Aber wenn du es genau wissen willst«, sagte er. »Es ist falsch, dass wir beide hier so dicht nebeneinandersitzen. Eigentlich müsstest du dich ein paar Meter weiter ins Gebüsch legen.«

»Das mach ich nicht!«, entfuhr es Maren sofort.

»Das dachte ich mir schon«, sagte er.

Die Einsatzfahrzeuge waren jetzt deutlich näher. Wahrscheinlich befanden sie sich schon auf dem Feldweg. Wenn Seipp da oben war, musste er spätestens jetzt Fluchtgedanken hegen. Irgendeine Richtung musste er jetzt wählen.

Er soll bloß nicht hier entlangkommen!, hoffte Maren. Sie schloss die Augen, wie ein Kind, das glaubt, dadurch selbst unsichtbar zu sein.

Mit den Armen rudernd setzte er sich in Bewegung. Er musste jetzt unbedingt zum Auto laufen, ganz gleich, wer sich oben auf dem Parkplatz befand. Die Signale der Einsatzfahr-

zeuge hallten zwischen den Bäumen wider und schienen aus allen Richtungen zu kommen. Mit ein paar schnellen Schritten erklomm er den Hang. Sofort erkannte er sie. Sie stand auf dem Parkplatz und starrte ihm entgegen. Unbeweglich, bleich im Gesicht. Ihre Unterlippe zitterte.
»Was hast du getan?«, stieß sie hervor.
»Nichts!«, schrie er. »Ich habe nichts getan!« Sein Gesicht wurde dabei dem ihren so ähnlich wie ein Spiegelbild.
Sie schüttelte ungläubig den Kopf. Das An- und Abschwellen der Sirenen trieb ihn an. Ohne weiter auf sie zu achten, lief er auf sein Auto zu. Doch sie stellte sich ihm entschlossen in den Weg.
»Was du getan hast, will ich wissen!« Ihre Stimme war nur noch ein ersticktes Wimmern. Mit einer hastigen Armbewegung stieß er sie einfach beiseite. Er musste sie schmerzhaft getroffen haben, denn sie rieb sich mit verzerrtem Gesicht den Oberbauch. »Sie kommen dich endlich holen!«
Er taumelte die letzten Meter zu seinem Auto, setzte sich hinter das Steuer und startete so schnell er konnte den Motor. Gleichzeitig öffnete er das Handschuhfach, zerrte seine Waffe hervor und entsicherte sie mit einem geübten Handgriff. In diesem Augenblick riss sie die Beifahrertür auf. »Du wirst das nicht tun! Du Ungeheuer!«, keuchte sie mit sich überschlagender Stimme und drängte sich in das Wageninnere. Blitzschnell griff sie nach dem Zündschlüssel. Der Motor verstummte. Sie streckte ihm ihre Handfläche entgegen. »Gib das her!«, befahl sie mit der Unerbittlichkeit der Mutter, die ihrem Kind ein verbotenes Spielzeug abnahm.

Plötzlich waren vom Parkplatz her deutlich die Startgeräusche eines Motors zu hören. »Also doch«, sagte Lars erleichtert, und Maren öffnete die Augen.

»Wenn er das ist, ist er zu spät dran. Jetzt kriegen sie ihn!«, flüsterte er und griff nach seinem Handy. »Sabine? Ja. Dann links herum Richtung Wald. Kann sein, dass er euch jetzt von dort entgegenkommt!«
Maren und Lars sahen einander verwundert an, als das Motorengeräusch plötzlich wieder verstummte.
Lars telefonierte sofort wieder: »Bleibt erst mal zurück, es kann sein, dass er das Auto wieder verlassen und sich irgendwo im Wald verschanzt hat!«
Ein Knall übertönte plötzlich alle anderen Geräusche. Sein Echo hallte durch den Wald.
Dann war es still. Auch die Einsatzfahrzeuge waren nicht mehr zu hören.
»Was war das?«, fuhr Maren auf.
»Klang wie ein Schuss«, sagte Lars, und Maren starrte ihn mit aufgerissenen Augen an.
»Von der Polizei?«, fragte sie.
Lars schüttelte zweifelnd den Kopf. »Erstens sind sie jetzt gerade erst im Neubaugebiet, und zweitens hätte man gehört, wie er vorher gewarnt wird.«
Maren lauschte mit klopfendem Herzen. Laut hallten vom Parkplatz her die Motoren der eintreffenden Fahrzeuge. Bremsende Reifen schmirgelten über den Schotter. Türenschlagen und Stimmen waren zu hören.
Lars musterte aufmerksam das Gelände am Hang. Dann richtete er sich vorsichtig auf. Maren wollte es ihm nachtun, doch er drückte sie sanft an der Schulter nach unten. Plötzlich erschien zwischen den Bäumen eine Gestalt, die laut raschelnd auf sie zukam. Maren erkannte eine großgewachsene, blonde Frau, die ähnlich wie Lars mit Jeans und einer Blousonjacke bekleidet war.
»Lars? Bist du hier irgendwo?«, rief sie laut.

»Das ist Sabine«, sagte er zu Maren. »Komm, wir können gehen. Offensichtlich haben sie ihn, sonst würde sie nicht so hier herumlaufen.«
Dann streckte er Maren die Hand entgegen, und sie liefen los. Kurze Zeit später standen sie vor der Polizistin. »Wie siehst du denn aus?«, sagte sie entsetzt zu Lars. Bevor er ihr eine Antwort geben konnte, fiel ihr Blick auf seine Hand, an der er Maren hielt. »Brauchst du Handschellen, sollen wir sie festnehmen?«, fragte sie sofort.
»Nein«, sagte er müde, »das ist Maren Wiegand, ich habe sie mehr oder weniger zufällig da unten getroffen. Sie hat mit der ganzen Sache nur am Rande zu tun.«
Die Polizistin musterte Maren aufmerksam, nickte grüßend und stellte sich vor: »Sabine Bauer«. Maren lächelte vorsichtig, doch das Gesicht der Polizistin blieb ernst. Sie wandte sich wieder Lars zu und deutete auf seine Kopfwunde. »Und wie bist du dazu gekommen? War das der Typ, den wir verfolgen sollten?«
»Nein, das war ein Ast, den ich zu spät gesehen habe.«
Maren schaute ihn erstaunt an. Sabine Bauer verzog ungläubig das Gesicht. »Am besten fährt einer dich gleich in die Ambulanz!« Lars blickte unwillig. Die Polizistin betrachtete die Blutspuren in Marens Gesicht und auf ihrer Kleidung. »Sind Sie auch verletzt?«
»Das ist von ihm«, sagte Maren, und die Augen der Polizistin wanderten von den Flecken auf Marens Bluse über ihren Hals zu den blutverklebten Haaren.
»So«, sagte sie.
»Habt ihr ihn?«, fragte Lars.
Sabine Bauer antwortete zunächst nicht, sondern schaute in Richtung Parkplatz, von wo sich ein junger Mann näherte.
»Tom! Hier ist er!«, rief sie ihm zu.

»Meine Güte, wie siehst du denn aus!«, stellte der Mann kopfschüttelnd fest. Sein Blick glitt eher beiläufig über Maren.
»Was ist mit Seipp, habt ihr ihn?«, wiederholte Lars eindringlich.
»Wenn der, der da oben erschossen im Auto liegt, dein Seipp ist, dann haben wir ihn, und eine Streife sucht ihn gerade, falls er es nicht ist. Sie fahren die Gegend ab. Verstärkung ist angefordert und Spurensicherung informiert.«
»Erschossen?«, flüsterte Lars Stephan entsetzt. »Selbstmord?«
Sabine Bauer schüttelte den Kopf. »Keine Waffe da.«
Lars sah Maren fragend an, als könnte sie ihm das erklären. Sie begegnete seinem Blick und suchte darin vergebens so etwas wie Erleichterung darüber, dass es Theo Seipp vielleicht nicht mehr gab. Lars sah hinauf zum Parkplatz.
»So ein Elend«, sagte er leise.

## Donnerstag, der 14. Oktober, abends

Das Telefon läutete. Julia sprang vom Tisch auf und zog es sich ans Ohr. Während sie lauschte, streifte ihr Blick über die beiden Erwachsenen, die schweigend am Esstisch saßen. Marens Haare waren feucht. Mit beiden Händen hielt sie einen Becher Tee umfasst. Ihre Handflächen waren bandagiert und leuchteten weiß im flackernden Licht einer Kerze. Über dem Tisch brannte nur eine der kleinen Hängelampen. Mehr Licht hatte Maren nicht zugelassen.

Hinter den großen Fensterscheiben stand bereits schwarz die Dunkelheit der Nacht. Hin und wieder war sie vom Aufflackern eines Blaulichts durchzogen.

Maren gegenüber saß Lars und schälte mit ruhiger Konzentration die Apfelsine, um die Julia ihn gebeten hatte. In seinem Haaransatz schimmerte ein heller Klebeverband.

Julia musterte den Mann und ihre Mutter verstohlen. Ein klein wenig war bei ihr ein schlechtes Gewissen aufgekommen, als sie von den beiden erfahren hatte, dass deren Verletzungen von der Suche nach ihr im unwegsamen Moorgebiet herrührten. Ein wenig erfüllte es sie allerdings auch mit Zufriedenheit, dass Maren und Lars so viel auf sich genommen hatten, nur um sie zu finden.

»Du, Papa«, sagte Julia zu ihrem Gesprächspartner am anderen Ende der Leitung. »Weißt du, dass Kalle ab heute bei uns wohnen darf?« Julia schaute dabei liebevoll auf den Hund,

der in gebührendem Abstand von Lars unter dem Esstisch lag. »Nein, Kalle ist ein Hund!«, erklärte Julia kichernd.
»Und weißt du, Papa, dass Thorsten eigentlich Lars heißt und ein Polizist ist?«
Julia legte eine Handfläche über die Sprechmuschel und raunte den beiden am Tisch zu: »Er wusste es längst, weil Lars es ihm gesagt hat!«
Maren blickte erstaunt auf.
»Wann hast du ihm das gesagt?«, flüsterte sie dem Mann zu.
Ohne von seiner Tätigkeit aufzublicken, antwortete er: »Wir waren mal ein Bier zusammen trinken, als wir uns zufällig in der Stadt trafen.«
Maren schüttelte den Kopf.
»Warum hat er es mir nicht gesagt?«
»Sagst du ihm alles?«, war seine Gegenfrage.
Maren verzog das Gesicht und wandte sich wieder dem zu, was von Julias Gespräch mit Rolf zu hören war.
»Ein Streifenwagen hat ihn zum Arzt gefahren … Nein, kein Krankenwagen, ein Streifenwagen. Glaubst du, ich bin so dumm, dass ich das nicht unterscheiden kann? Jetzt ist er hier und schält mir eine Apfelsine … Der Arzt hat gesagt, dass er nicht Auto fahren darf, weil er eine … eine Gehirnverschüttung hat.«
Lars lachte leise und sah Maren an.
Sie verzog keine Miene, sondern lauschte weiter dem Telefongespräch.
»Du, Papa, weißt du, Sabine hat mich mit dem Streifenwagen bei Frau Hebenstreit abgeholt. Kennst du Sabine? Nein? Sie ist eine Polizistin, und Mama hat sie einen Verband um die Hände gemacht … Nein, es ist gar nichts Schlimmes passiert, es war nur, weil sie mich nach der Schule im Wald gesucht haben. Dabei war ich gar nicht im Wald und war nur ein biss-

chen später zu Frau Hebenstreit gekommen ... Ich hatte Stress mit einem Freund.«
Lars hatte die Apfelsinenschale in Form einer Blüte geöffnet, legte das Messer beiseite und sah aufmerksam zu Julia hinüber.
»Mit dem Streifenwagen, das war nur, weil Mama mich nicht holen konnte. Ihr Auto ist kaputt, und Lars' Auto steht hinter einer Absperrung. Der Abschleppwagen hat Mamas Auto in die Werkstatt gebracht ... Natürlich kann ich morgen mitfliegen. Nachher werde ich mit der Mama noch den Rest einpacken ... Du, Papa, ich kann Fahrrad fahren, auch ganz enge Kurven.«
Julia verzog enttäuscht das Gesicht. Offensichtlich war Rolfs Reaktion auf ihre letzte Mitteilung nicht so überschwenglich ausgefallen, wie sie erhofft hatte. Mit vorgeschobener Unterlippe sah sie zu Maren und hielt ihr das Telefon hin.
»Hier, jetzt will er dich«, sagte sie.
Maren erhob sich langsam, nahm das Telefon und verschwand damit in die Küche. Lars hatte ihr nachgesehen und schaute noch einen Moment auf die geschlossene Tür, bis er sich Julia zuwandte, die ihm gegenüber am Tisch Platz genommen hatte.
»Oh, cool!«, rief sie beim Anblick der Apfelsine. »Hast du das extra für mich gemacht?«
Er nickte und musterte mit ernster Miene ihr begeistertes Gesicht. Die weiche Kinderhand griff in das Blütenkunstwerk, zerrte saftspritzend ein Stück heraus und hielt ihm das zermatschte Gebilde triefend vor das Gesicht: »Hier, dafür darfst du auch das erste Stück haben«, sagte sie großzügig.
Er schüttelte den Kopf: »Iss du, ich habe keinen Appetit«, sagte er.
Sie stopfte das Fruchtstück hastig in den Mund und griff noch

kauend nach dem nächsten. Der Saft lief ihr die Mundwinkel hinunter.
»Ist dir schlecht?«, fragte sie.
Er nickte, sah sie eine Weile an und sagte schließlich: »Ich habe auch auf einem ganz engen Hof Radfahren gelernt. Bei uns zu Hause. Mein Vater hatte damals keine Zeit gehabt, mir die Stützräder an das Rädchen zu montieren, das ich von meinem Cousin geschenkt bekommen hatte. Da habe ich mir eines Tags einfach das Rad genommen und auf unserem Hof alleine probiert, bis ich es konnte. Meine Knie sahen vielleicht aus danach!«
»Aber deine Mama oder dein Papa haben dich doch am Gepäckträger festgehalten, oder nicht?«
»Das ging nicht. Mein Vater war arbeiten, und meine Mutter hatte gerade erst meinen Bruder bekommen und musste sich auch noch um meine Schwester kümmern, die war erst zwei Jahre alt.«
»Und du? Wie alt warst du damals?«
»Ich muss etwa vier gewesen sein.«
»Mit vier konntest du das schon?«, rief Julia erstaunt. »Da war ich noch mit Papa und Mama in Frankfurt und hatte ein Rädchen mit Stützrädern. Als das zu klein geworden war, haben sie mir kein neues gekauft. Papa hat die Stützräder ein bisschen höher gestellt. Aber so richtig ohne Stützräder war ich noch nie gefahren. Hier können alle Kinder Fahrrad fahren, bloß ich konnte es nicht.«
»Hast du dich dafür geschämt?«
Julia nickte. »Aber jetzt kann ich es. Und bald kann ich auch richtig lang geradeaus flitzen.«
»Wo wolltest du das üben?«
»Es gibt Parkplätze im Wald, nicht weit von hier, nur ein paar Minuten, und unter der Woche sind da keine Leute.«

»Und da wollte Theo Seipp heute mit dir hinfahren?«, fragte er.
Julia sah ihn verblüfft an.
Maren schloss leise hinter sich die Küchentür und blieb wie erstarrt stehen, da sie die letzte Frage gehört hatte. Sie blickte entsetzt zu Lars. Sein Gesicht war noch blasser als vorher. Er bedeutete Maren mit einem beschwörenden Blick, sich jetzt nicht einzumischen. Die Küchenuhr tickte in die angespannte Stille hinein. Julia betrachtete die beiden Erwachsenen lauernd.
»Woher weißt du das?«, fragte sie kleinlaut.
»Ich weiß noch mehr«, sagte Lars ruhig. »Er hat mit dir auf dem Hof hinter der Scheune geübt. Sogar ein Fahrrad hat er dir besorgt.«
Julia nickte stumm und suchte vorsichtig seinen Blick, um festzustellen, ob er mit ihr schimpfen würde, doch sie stieß nur auf ernsthaftes Interesse. Das schmeichelte ihr, und sie begann plötzlich zu erzählen. Die Sätze sprudelten hervor, als habe man ein Schleusentor geöffnet: Von den geheimen Übungsstunden in der Scheune, von Theo Seipps besonderer Aufmerksamkeit ihr gegenüber.
»Und da hast du ihn in den Arm genommen, weil er so nett war?«, forschte Lars, und Maren starrte in Julias Gesicht.
»Nur ein einziges Mal, ganz kurz. Er wollte mich immerzu anfassen, aber ich wollte nicht. Ich hab ihn ja nicht so lieb wie Papa oder … dich. Das habe ich ihm auch gesagt. Da hat er mich in Ruhe gelassen.«
Maren und Lars sahen einander an.
Julia erzählte weiter. Ein wenig Trotz schwang in ihrer Stimme mit, als sie darauf hinwies, dass das alles nicht nötig gewesen wäre, hätte Maren ihr endlich das Radfahren erlaubt. Dabei wurde sie von Lars unterbrochen: »Ich bin sicher, du

hättest darüber auch mit deiner Mama reden können, aber einfach so hinter ihrem Rücken etwas Verbotenes zu tun war nicht fair, Julia!«

»Es war auch nicht fair, dass sie mich zum Baby gemacht hat!«, konterte Julia.

Maren kam schnell zum Tisch und setzte sich dazu. Ihre Stimme war fahrig: »Julia, wenn ich das gewusst hätte. Weißt du eigentlich, was dieser Kerl …«

Lars griff nach Marens Unterarm und sah sie bittend an. »Nicht so«, flüsterte er ihr zu.

Maren schwieg und versuchte, ihm wortlos deutlich zu machen, wie aufgebracht sie war. Er nickte ihr unmerklich zu. Julias Blicke waren aufmerksam zwischen den Erwachsenen hin und her gewandert.

Lars wandte sich wieder an Julia. »Und heute war auf einmal alles anders, nicht wahr?«

Julia nickte stumm. Tränen standen in ihren Augen. Lars löste vorsichtig das letzte Stück der Apfelsine aus der Blüte und hielt es ihr hin. Julia griff schnell danach und stopfte es in den Mund. Während sie kaute, liefen ihr die Tränen über das Gesicht.

»Biest, hat er zu mir gesagt. Und mich so ganz schrecklich angeguckt. Ich wollte nicht mehr mitfahren, weil er auf einmal so komisch war.«

Maren vergrub das Gesicht in den Händen.

Lars atmete tief durch und sah Julia an. »Es war dein gutes Recht, deine Meinung zu ändern!«

Julia nickte, griff sich eine neue Apfelsine, legte sie ihm hin und sagte: »Ich möchte noch so eine schöne Blume, bitte!«

Er nahm ihr die Frucht ab und begann stumm mit seiner Arbeit. Ab und an sah er zu Maren, die immer noch das Gesicht in den Händen vergraben hatte und zitternd atmete.

»Ich glaube, die Mama weint«, stellte Julia fest.
»Daran siehst du, wie lieb sie dich hat. Sie findet es gemein, dass sich einer dir gegenüber so verhält, und du meinst noch, er wäre ein Freund.«
»Er war plötzlich ganz anders, genauso wie Jörg, wenn man etwas nicht so macht, wie er es will«, sagte Julia verzweifelt.
»Das heißt, er ist richtig wütend auf dich geworden? Da hast du bestimmt Angst bekommen«, ergänzte Lars.
Julia nickte mit kläglichem Gesicht. Sie wischte sich mit dem Handrücken die Tränen aus dem Gesicht und beobachtete dabei verstohlen die Erwachsenen.
Maren reagierte zuerst: »Komm auf meinen Schoß, Schatz!«
Julia schüttelte den Kopf. »Ich will zu Lars«, entschied sie.
Bevor er etwas dazu sagen konnte, war sie schon um den Tisch herumgelaufen, auf seine Knie geklettert und hatte die Hände um seinen Hals geschlungen. »Thorsten, ups, ich meine Lars, hast du auch Angst, wenn einer, der total wütend ist, vor dir steht?«, fragte sie ihn.
»Klar«, sagte er, »man weiß ja nicht, was er im nächsten Augenblick machen wird.«
»Theo hat mir den Weg nach draußen versperrt. Im Scheunentor stand sein Auto, und er stand daneben. Ich musste an ihm vorbei, um nach draußen zu kommen, aber er stand da und hat gesagt, ich krieg dich, du Biest, und hat die Hände gehoben und so ganz schrecklich geguckt, als wollte er mich aufessen. So …«
Julia zog eine Fratze. Doch weder Lars noch Maren reagierten darauf, sondern sahen sie erwartungsvoll an. Julia registrierte zufrieden ihre gebannte Aufmerksamkeit.
»Und da habe ich furchtbare Angst gekriegt und an Mama gedacht und mir gewünscht, sie wäre da. Dann fiel mir ein, hinter ihn zu gucken, wie ich es mal mit Thorsten gespielt

hatte. Es war ganz einfach, denn ich habe mir vorgestellt, dass die Mama plötzlich draußen auf dem Weg steht. Ich wollte gerade schon wirklich Mama sagen, da hat er sich auch schon umgedreht, weil er dachte, dass da jemand wäre. Und in dem Moment bin ich losgelaufen, an ihm vorbei. Er hat mich noch am Ärmel erwischt, aber ich habe mich losgerissen und bin einfach weitergelaufen. Ich bin den Wiesenweg zum Dorf hinuntergelaufen. Er immer hinter mir her. Ich krieg dich, du Ratte, habe ich ihn ganz nahe bei mir gehört ...«
»Oh, Gott, das ist nicht wahr«, flüsterte Maren.
»Doch«, sagte Julia, »das kannst du mir glauben. Ich kokle euch nicht an. Es war echt genau so.«
»Ich glaube dir, Julia, ich bin nur so furchtbar entsetzt. Nicht auszudenken, wenn er dich erwischt hätte«, sagte Maren mit bebender Stimme.
»Es war klug von dir, in Richtung Dorf zu laufen, wo er befürchten musste, dass andere Leute dir zu Hilfe kommen«, sagte Lars.
Julia stellte zufrieden fest, dass auch seine Stimme sehr aufgeregt klang.
»Es waren keine Leute da«, sagte Julia, »ich bin dort hingelaufen, weil es bergab ging und weil da unten Kalle saß und auf mich wartete.«
Der Hund, der sich inzwischen unter dem Tisch breitgemacht hatte, hob kurz den Kopf, als er seinen Namen hörte. Julia beugte sich hinunter und griff nach seinem Ohr.
»Kalle hat wie verrückt gebellt, als er Theo sah, so ganz tief und böse, und sich geduckt dabei und die Zähne gezeigt, und die Ohren lagen ganz eng am Kopf. Da habe ich Theo nicht mehr hinter mir gehört. Ich habe mich aber auch nicht umgedreht, sondern bin mit Kalle zum Marktplatz gelaufen.«
»Kind, was hast du für ein Glück gehabt!«, flüsterte Maren.

»Ich weiß nicht«, sagte Julia. »Vielleicht hätte er mich ja gar nicht gehauen oder so. Vielleicht wäre seine Wut ja wie bei Jörg auch ganz schnell wieder weg gewesen und er hätte sich entschuldigt.«

»Wie kannst du so etwas glauben?«, fragte Maren kopfschüttelnd, wobei ihr die Tränen aus den Augen strömten.

Julia löste sich von Lars und ging zu Maren. Dort ließ sie sich fest in den Arm nehmen und schaute mit zufriedenem Lächeln zu, wie Lars sich wieder daranmachte, die zweite Apfelsinenblüte herzustellen. Während er nachdenklich seine Arbeit betrachtete, sagte er plötzlich: »Nach meiner Rechnung müsstest du so etwa um halb eins auf dem Marktplatz gewesen sein.«

»Du rechnest gut«, lobte Julia. »Ich kann schon die Uhr. Als ich zum Kirchturm geguckt habe, war es zehn nach halb eins.«

Lars redete weiter. »Von dort bis zu Frau Hebenstreit sind es fünf Minuten, wenn man richtig trödelt vielleicht fünfzehn Minuten. Du hast die Mama aber erst gegen zwei Uhr angerufen, um ihr zu sagen, wo du bist.«

Julia verzog das Gesicht und drängte sich dichter an Maren.

»Das ist auch nicht mehr so wichtig«, sagte Maren, »Hauptsache, du bist gut angekommen, und Hauptsache, du hast mich überhaupt angerufen!«

Lars schob Julia den Teller mit der Apfelsine hin. Die fütterte nun Maren damit und fragte: »Woher weißt du, wie viel Uhr es war, als ich die Mama angerufen habe?«

»Weil ich danebenstand.«

»Wart ihr da schon unten in den Sümpfen?«

»Ja.«

»Warum bist du da überhaupt hingekommen?«

»Weil Maren mich angerufen hat.«

»Konnte sie ja gar nicht. Sie hatte deine Telefonnummer nicht, weil ich sie zerrissen habe.«
»Aha, so war das also. Warum hast du das getan?«, fragte er.
»Weil du so blöde Briefe schreibst, in denen du ›ohne Julia‹ sagst.«
Jetzt schaltete sich Maren wieder ein. »Du hast seinen Brief heimlich aus dem Kasten genommen und zerrissen? Julia, das war nicht in Ordnung. Briefe, die …«
Lars unterbrach sie: »Das können wir später klären. Eben waren wir bei der Uhrzeit. Was hast du zwischen kurz nach halb eins und zwei gemacht, Julia?«
Maren sah Lars verständnislos an und schüttelte den Kopf. »Das klingt wie ein Verhör«, begehrte sie auf.
Julia ließ sich von Marens Protest nicht beirren und berichtete weiter mit wichtiger Miene: »Als ich sah, wie viel Uhr es war, wusste ich, dass ich nicht zu Frau Hebenstreit gehen könnte. Wenn ich ihr gesagt hätte, dass wir früher aushatten, hätte sie der Mama erzählt, dass ich viel zu spät gekommen bin. Da dachte ich, wäre es besser, erst um zehn nach eins wie sonst auch bei ihr zu sein, aber ich hatte auch immer noch ein bisschen Angst, dass Theo mir doch hinterherkäme. Da habe ich Jörg gesehen. Er saß neben dem Fahrrad seiner Mutter vor dem Laden. Ich bin zu ihm gegangen und habe gesagt, dass ich ein richtig gutes Versteck bräuchte. Zuerst ist ihm die Scheune eingefallen, aber dahin wollte ich nicht. Dann ist er mit mir auf den Hof vom Lebensmittelladen gegangen. Dort im Anbau ist das Lager. Die Tür ist tagsüber immer auf. Ich habe mich mit Kalle zwischen den Kisten versteckt.«
»Das gibt es nicht«, sagte Maren. »Wir haben uns nur ganz knapp verpasst! Jörg kam gerade vom Hof zurück, als ich ihn ansprach. Und er hat mir nichts gesagt, dieser Lümmel!«
»Jörg ist kein Petzer«, bestätigte Julia stolz.

»Und um zehn nach eins warst du dann bei Frau Hebenstreit?«, fragte Lars hartnäckig weiter, was ihm abermals Marens verständnisloses Kopfschütteln einbrachte.
»Ja, fast genau. Nur habe ich dann erst noch ein bisschen unten neben der Kellertür gewartet, weil ich, als ich ins Treppenhaus ging, gehört hatte, dass die Sonstnochwas oben bei Frau Hebenstreit an der Tür stand.«
»Die Sonstnochwas?«, fragte Lars.
»Frau Seipp«, erklärte Maren, und seine Gesichtszüge spannten sich noch mehr an.
»Warum wolltest du ihretwegen nicht nach oben gehen?«, fragte Lars.
»Ich habe Angst vor ihr. Sie mag keine Kinder. Sie schenkt mir zwar immer eine Wurstscheibe, aber sie guckt einen dabei so komisch an. Einmal habe ich geträumt, da wäre Gift drin.«
»Verstehe«, sagte er, »und da hast du dich vorsichtshalber im Kellergang versteckt. Konntest du trotzdem hören, was sie sagte?«
»Na klar. Sie schreit immer so. Sie hat Frau Hebenstreit gefragt, ob sie weiß, wo Theo ist und wann er weg wäre, denn die kann doch von ihrem Küchenfenster aus auf den Metzgereihof gucken.«
»Konntest du verstehen, was Frau Hebenstreit geantwortet hat?«
»Klar, Frau Hebenstreit hat gesagt, sie hätte gesehen, wie der Theo um kurz nach zwölf mit dem Auto los ist. Und dann hat sie gesagt, die Sonstnochwas wäre schon die Zweite heute, die jemanden sucht, eben wäre die Frau Wiegand bei ihr gewesen und hätte ganz aufgeregt nach ihrer Tochter gesucht, die früher Schule ausgehabt hätte. Und sie hätte sogar die Polizei anrufen sollen, aber dann doch nicht. Oje, habe ich da gedacht, die Mama weiß alles und ist bestimmt ganz schön böse,

wenn ich ihr auch noch sagen muss, dass mein Ranzen und mein Turnbeutel weg sind.« Julia schlang die Arme fest um Marens Hals und registrierte zufrieden, dass mit Schimpfen nicht mehr zu rechnen war. Julia fuhr fort: »Dann ist der Frau Hebenstreit noch etwas eingefallen. Sie hat gesagt, sie kann sich denken, wo der Theo ist: Bestimmt ist er zum Grundstück gefahren, um Fallobst einzusammeln. Er hätte nämlich eine Rolle blaue Müllsäcke in das Auto gelegt. Da ist die Frau Sonstnochwas losgerannt. Die Treppe hinunter. Ganz schnell.«

»Hast du zufällig auch gesehen, ob sie draußen auf ein Fahrrad gestiegen ist?«, fragte Lars.

»Ja, durch das Türfenster habe ich das gesehen. Ich dachte, sie kann gar nicht Fahrrad fahren, weil sie so dick ist. Das Fahrrad hat auch ganz schön geschwankt, als sie losgefahren ist.«

»In welche Richtung?«

»Die Straße hinunter zum Marktplatz.«

Maren verzog das Gesicht und blickte Lars zurechtweisend an. Er ließ sich jedoch nicht davon abbringen weiterzufragen: »Ist dir an ihrem Fahrrad etwas Besonderes aufgefallen, woran man es erkennen könnte?«

»Hör doch bitte auf mit dieser Fragerei!«, fuhr Maren aufgebracht dazwischen. »Wir sind hier nicht auf dem Polizeirevier!«

»Ich will das wissen, und Julia hat ein supergutes Gedächtnis«, antwortete er unbeeindruckt.

Julia überlegte kurz. Das Lob machte sie stolz.

»Es war sehr groß und rot. Hinten über dem Reifen war ein Netz gespannt, und karierte Taschen hingen an den Seiten. Und der Lenker vorne war so komisch gebogen.«

»Ein Hollandrad«, sagte er. »Du guckst wirklich genau hin. Das finde ich gut, Julia!«

Julia lächelte zufrieden. »Frau Hebenstreit nicht. Die hat noch nicht einmal gemerkt, dass ich meinen Ranzen nicht auf dem Rücken hatte, als ich die Treppe hinaufkam. Sie sagte wie immer, stell deinen Ranzen an die Garderobe! Aber sie war auch ganz in Gedanken, weil die Mama mich suchte, und wegen der Frau Sonstnochwas hat sie sich auch Sorgen gemacht.«
»Woran hast du das gemerkt?«, fragte Lars.
»Sie hat gesagt: Die arme Frau! Jetzt ist der Theo schon so alt, und trotzdem hört das nicht auf mit der Sucherei nach ihm. Sie würde sich noch erinnern, wie die Frau Sonstnochwas früher immer herumgelaufen ist und die Leute gefragt hätte. Stundenlang wäre er manchmal weg gewesen. Irgendwas hätte er immer aufgefressen.«
»Du meinst sicher ausgefressen?«
»Vielleicht hat sie auch das gesagt, kann sein«, meinte Julia. Ihrem Gesicht sah man an, dass ihr langweilig geworden war. Lars trank von seinem Tee. Maren beobachtete ihn dabei und schien erleichtert darüber, dass er seine Befragung endlich beendet hatte.
Stattdessen fragte Julia plötzlich: »Was ist mit meinem Ranzen?«
»Den hat Tom vom Baum geholt. Er kann klettern wie ein Eichhörnchen«, erklärte Lars.
Julia grinste. »Und mein Turnbeutel. Hing der auch da?«
»Nein, den haben wir woanders gefunden.«
»Kriege ich die Sachen wieder, damit ich sie morgen für die Schule habe?«
Er zögerte einen Augenblick. Dann erklärte er. »Du bekommst sie nach den Herbstferien zurück. Sie sind in der Spurensicherung. Wir wollen anhand der Fingerabdrücke herausfinden, wer sie zuletzt angefasst hat.«
»Das kann ich dir sagen. Es war der Theo«, sagte Julia.

Lars nickte abwesend. Er schien mit anderen Gedanken beschäftigt zu sein.
»Kriegt der Theo jetzt Ärger mit dir?«, fragte Julia.
»Wie meinst du das?«, fragte Lars.
»Weil du doch Polizist bist und er mir meine Sachen geklaut hat.«
Lars schüttelte den Kopf.
Julia nickte zufrieden: »Richtig geklaut hat er sie ja auch nicht. Die Sachen lagen schon bei ihm im Auto, weil er mich danach ja gleich zu Frau Hebenstreit bringen wollte!«
Julia rutschte von Marens Schoß herunter. »Mama, kommst du jetzt mit rauf und hilfst mir packen?«
»Gleich, Julia, geh schon einmal vor und leg auf das Bett, was du mitnehmen möchtest«, sagte Maren mühsam beherrscht.
Julia sauste die Treppe hinauf. Auf halbem Weg blieb sie stehen, beugte sich über das Geländer und meinte: »Lars? Hast du eigentlich die Geschenke noch, die du uns neulich mitgebracht hattest?«
Er nickte.
»Krieg ich meins noch vor dem Urlaub?«
»Morgen auf dem Frühstückstisch wirst du es finden. Es ist in meinem Auto, und da komme ich erst später dran.«
Julia war zufrieden. Sie nahm hüpfend die letzten Stufen. Kurz darauf hörte man aus ihrem Zimmer Musik und das Gewirr verschiedener Quietschstimmen von einer Kinderkassette.
Maren verbarg ihr Gesicht in den Handflächen und stützte die Ellbogen auf der Tischplatte ab.
»Mach dir nicht solche Sorgen«, sagte Lars zu ihr. »Julia steckt das besser weg, als du glaubst. Sie hat schließlich nicht die Horrorvorstellungen wie du und ich, über das, was hätte passieren können.«

Maren sah ihn an. »Das Schlimme ist, dass ich nichts davon bemerkt habe. Und du? Hast du am Ende etwas geahnt und nichts gesagt, um Seipp auf frischer Tat zu ertappen?«
»Wie kommst du darauf?«, fuhr er sie entsetzt an. »Ich hatte nur so ein Gefühl, dass dort in der Scheune wieder etwas lief, aber ohne es in irgendeinen Zusammenhang mit Julia zu bringen. Du glaubst doch nicht im Ernst, dass ich sie der Gefahr ausgesetzt hätte! Nur als sie vorhin am Telefon mit dem Fahrradfahren anfing, wurden mir die Zusammenhänge plötzlich klar!«
Maren nickte. »Den heutigen Tag muss ich erst einmal verarbeiten. Das war ein bisschen viel auf einmal.«
»Geht mir auch so«, sagte er. »Trotzdem wirst du Julia erzählen müssen, was mit Theo Seipp passiert ist.«
»Auf keinen Fall!«, fuhr Maren auf.
»Mach nicht den gleichen Fehler wie bisher. Du schonst sie nicht, wenn du ihr etwas vorenthältst. Morgen geht sie in die Schule. Dort wird das Tagesgespräch sein.«
»Dann geht sie eben nicht in die Schule, und ich bringe sie morgen früh vor meinem Unterricht zu Rolf.«
»Das hilft auch nichts. Sie würde es als Verrat ansehen, dass wir ihr verschwiegen haben, was wir heute schon wussten. Auch musst du bedenken, dass Harry es sich nicht nehmen lässt, exklusiv an eine Story zu kommen. Er wird versuchen, sie anzusprechen, und wird sich mit deiner Abfuhr am Telefon vorhin nicht zufriedengeben. Und deine neugierige Nachbarin wird ihr ebenfalls auflauern. Das alles kannst du nicht verhindern. Aber du kannst sie darauf vorbereiten, indem du mit ihr sprichst.«
»Wie erklärt man einem Kind etwas so Grausames?«, fragte Maren ratlos.
»Nicht, indem man die Tatsachen verschweigt oder schönt«,

antwortete er. »Wenn es dir schwerfällt, es ihr alleine zu erklären, können wir es ja nachher gemeinsam tun.«
Maren sah ihn an und nickte. Er umfasste vorsichtig ihre verbundenen Hände und küsste ihre Fingerspitzen. Sie zitterte, zog dann die Hände weg und legte sie wieder um den Teebecher. Er beobachtete sie schweigend und schien ein wenig enttäuscht zu sein.
Dann nahm er sein Handy. »Nur ganz kurz«, sagte er entschuldigend.
»Sabine? Ich bin es noch einmal. Ich weiß, wie das Fahrrad aussieht, zu dem wahrscheinlich die Reifenspuren passen, die ihr gefunden habt. Und ich sage euch auch, bei wem ihr es finden werdet ...«
Nachdem Lars sein Handy verstaut hatte, flüsterte sie: »Du bist ein Polizist, durch und durch.«
»Stört es dich?«, fragte er vorsichtig.
Maren reagierte nicht. Sie rührte nachdenklich in ihrem Teebecher. Dann sagte sie: »Rolf hat mir vorhin am Telefon erzählt, dass Vanessa nicht mit in den Urlaub fahren wird. Er hat mich gefragt, ob ich mitkommen möchte.«
Lars hatte Marens kreisende Handbewegungen gedankenverloren beobachtet. Dann suchte er ihren Blick.
»Und? Tust du es?«, fragte er leise.

# Andreas Föhr
# Der Prinzessinnenmörder
### Kriminalroman

An einem eisigen Januarmorgen wird im zugefrorenen oberbayerischen Spitzingsee die Leiche eines 15-jährigen Mädchens gefunden. Kurioses Detail: Sie wurde durch einen Stich mitten ins Herz getötet und trägt ein goldenes Brokatkleid. Als man im Mund des Opfers eine Plakette mit einer eingravierten Eins findet, ahnen Kommissar Wallner und sein ewig grantelnder Kollege, Polizeiobermeister Kreuthner, dass dies nur der Anfang einer grauenvollen Mordserie ist …

Der erfolgreiche Drehbuchautor Andreas Föhr blickt mit seinem außergewöhnlichen Debütroman in mörderisch kalte Abgründe – mitten im idyllischen Oberbayern.

»Eindringliches Psychopathen-Psychogramm aus Oberbayern«
*Hendrik Werner, Die Welt*

Knaur